Moord in Toscane

D1671124

Helene Nolthenius
Moord in Toscane

EEN MONNIK ALS SPEURDER
IN DE MIDDELEEUWEN

AMSTERDAM · ANTWERPEN
EM. QUERIDO'S UITGEVERIJ BV
2009

Eerste druk, 1989; tweede, derde en vierde druk, 1990;
vijfde druk, 1991; zesde en zevende druk, als Salamander, 1992;
achtste druk, als Salamander, 1994; negende en tiende druk,
als Singel Pocket, 1997; elfde druk, als Singel Pocket,
2000; twaalfde druk, 2004; dertiende druk, 2009

Geen been om op te staan, eerste druk, 1977, tweede druk, 1978; derde
druk, als Salamander, 1984; *Als de wolf vreet...*, eerste druk, 1980

Copyright © 1989 Helene Nolthenius
Voor overname kunt u zich wenden tot Em. Querido's Uitgeverij bv,
Singel 262, 1016 ac Amsterdam

Omslag Wil Immink
Omslagbeeld © Trevillion Images / Yolande de Kort
Foto auteur Flip Franssen

isbn 978 90 214 3545 9 / nur 301
www.querido.nl

INHOUD

Uit de speurtochten van Lapo Mosca – zo talrijk als ze alleen ver-richt kunnen worden door iemand die nooit heeft bestaan – zijn er voor deze uitgave twee gekozen. Ze worden gebracht in de volgor-de waarin ze werden beschreven en speelden zich af, respectieve-lijk, in 1358 en 1352.

Geen been om op te staan

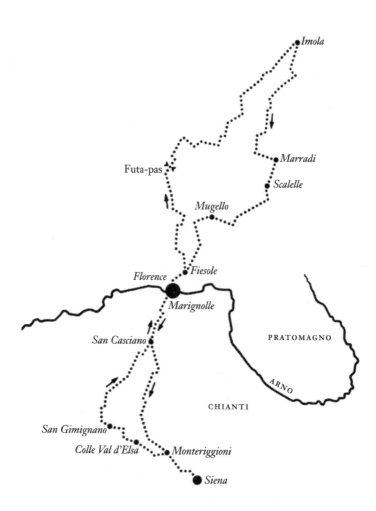

Lapo Mosca, een minderbroeder, oud-speelman
Maria Machiavelli, zijn verre aanbedene
Joosken, een Vlaamse wever
Meester Taddeo, een schilder
Alda van Cione, een weduwe
Tancia, haar dochter
Barna, een schilder
De prior van de dominicanen in Siena
Donatus, een novice
Pandolfo en Jachopo Arrighi, Sienese burgers
Bentivoglia, een minderbroeder
Filippo de' Figlipetri, een Florentijnse balling
Graaf Landau, aanvoerder van de Grote Compagnie
Burkhardt, zijn broer

'O zoete heuvels van Toscane,
die ik bewoon als mijn paleis...'

Lapo Mosca

Lapo Mosca heeft het koud. Hij droomt dan ook dat het luik van de wijnkelder boven hem is dichtgevallen. Daardoor weet hij zelfs in zijn droom hoe laat het is: kort voor het dag wordt. Hij doet zijn best om door te slapen tot hij uit het grote vat heeft kunnen drinken; maar het wordt steeds kouder, en zijn hoop en zijn vat vallen samen in duigen. Weg slaap. Mopperend en rillend gooit hij zich om en om, en weigert zijn ogen open te doen. Het is te vroeg. Te vroeg in de dag, te vroeg in het jaar. Vorige week lag er nog sneeuw op de bergen. Hij is geen twintig meer. Hij heeft jicht in zijn poot. Hij had thuis moeten slapen. Zijn overste heeft weer gelijk gehad.

Als het gelijk van een overste maar vaker gelijk was aan het gelijk van een broeder. Wie buiten de stad woont en thuis slaapt, komt te laat voor de vroegmis in de Apostelkerk: de stadspoort is dan nog niet open. Maar wie op karwei moet zonder vroegmis in de Apostelkerk, kan zijn karwei wel vergeten. Dat verbeeldt hij zich tenminste als hij Lapo Mosca heet. Breng dat een overste nu eens aan zijn verstand.

Er priemen keien in zijn rug. Hij moppert en rolt verder. Nu priemen er keien in zijn schouder. Gisteravond heeft hij geen kei-en gevoeld. Logisch. Keien worden week in de wasem van alcohol. Een natuurwet. Wie ze voelt opstijven, weet dat hij weer nuchter is.

Keien als straf voor de kroeg. Verdiende loon. Hoewel. Zonder kroeg was hem dat liedje vooreerst niet ingevallen. Het liedje van: God schiep de wijn en de duivel de kater, met de drinker als muis. Aardig liedje, zeiden ze gisteravond: het heeft hem meer rondjes opgeleverd dan goed voor hem was.

Er kraait een haan, er klept een klok, Lapo Mosca gaat overeind zitten. Hij slaat een kruis en probeert zich warm te wrijven. Hij knippert zijn ogen open. Het schemert.

Hij zit aan de Arno tussen de rommel van een volderserf. Aan zijn ene kant de pijler van een brug, aan zijn andere kant een voldersmolen. Schuin tegenover hem maakt een hoekig kerktorentje zich los van de donkere lucht. Tussen torentje en erfje, mistig, de rivier.

Lapo begint zich traag en uitvoerig te schurken. Hij rekt zich uit, hij rochelt, hij spuwt met overtuiging. Zijn nagels krabben een paardenvijg van zijn pij, terwijl hij lodderig naar het water kijkt. Zijn knieën doen zeer, en hij moet pissen, en nog een klein duwtje van de duivel in zijn lenden, dan heeft hij spit. Komt er nooit een eind aan dat gedraaf naar die Apostelkerk? Versleten gewoonten horen bij de voddenman. Eens en voorgoed: in het vervolg slaapt hij thuis.

Zijn blik blijft hangen aan een voorwerp dat tegen de brugpilaar is aangedreven. Ze gooien hun rotzooi toch maar overal neer tegenwoordig. Hij kijkt wat scherper... en dan is hij plotseling klaar wakker. Tegen de brugpilaar ligt een mens. Zonder veel kleren, zo te zien, en in een ongemakkelijke houding. Half in het water en half eruit, laat hij zich door de stroom koeioneren met de onverschilligheid van wie het voorgoed heeft laten afweten.

Lapo's eerste gedachte is: wegwezen. Lijken hebben er een handje van op te duiken in zijn nabijheid, en hij mag zich niet met ze bemoeien. Wat erger is: hij had niets te maken op het volderserf. Geen mens hoort 's nachts buiten te zijn. Ze zullen je maar een moord in de sandalen schuiven. Een moord tussen nachtklok en ochtendklok, daar hang je voor in Florence. De podestà van dit jaar moet een bloedhond zijn. Wegwezen.

Hoewel. Goed beschouwd kan het geen kwaad om te weten wie daar voor lijk ligt. En een gebed-voor-de-zielenrust zal er toch ook op over moeten schieten. Prevelend, op handen en voeten, kruipt hij naar de brugpilaar. Het is lichter geworden.

Lapo Mosca kijkt, en wendt zich haastig af. Het bekijken van naakte vrouwen hoort niet bij zijn staat, en het bekijken van doorgesneden kelen hoort niet bij zijn aard. Hij weet trouwens al genoeg. Een welgeschapen jonge vrouw. Lang heeft ze niet in het

14

water gelegen. Haar keelwond stamt niet van een vakman. Er haakt iets in zijn geheugen, en daarom ontkomt hij niet aan een tweede blik. Dat trotse, ovale gezicht, de heerszuchtige neus, dat vlekje bij de volle lippen. Hij heeft het gevoel dat de vuile haarslierten kastanjebruin zijn geweest, maar nee, hij kan haar toch niet thuisbrengen. Gelukkig.

Lapo laat het peil van de Arno stijgen en klautert op de wal. Hij trekt zijn pij recht, aarzelt, en kan dan toch niet laten de brug op te lopen. Het is nog stil. Ergens uit een bakkerij komen stemmen en de weerschijn van vuur. Ver weg, buiten een stadspoort, het geloei en geblaat van wachtend slachtvee. Dan dichtbij, uit het kluisje naast de brugkapel, een huilerig gezang. Het ingemetselde vrouwtje doet haar ochtendgebed.

'In de eeuwen der eeuwen amen,' zegt Lapo. 'Morgen, zuster Babbelkous. Niks bijzonders gehoord, vannacht?'

''s Nachts bid ik,' zegt het vrouwtje snibbig.

'Braaf zo. Bidden dat horen en zien je vergaat. Kunnen boeven hun gang gaan.'

'Boeven? Hier op de brug?' De oogjes van het kluisvrouwtje glinsteren terwijl ze haar geheugen afzoekt naar een geluid in de nacht. Een klein geluidje misschien...? Het kluisvrouwtje kan Lapo Mosca niet uitstaan. Ze is ervan overtuigd dat hij het liedje gemaakt heeft over ingemetselde roddelaarsters, dat vorig jaar de ronde deed. Maar nieuws is nieuws.

'Is er iemand bestolen dan? Of wordt er iemand vermist?'

'Nou, vermist. Ze zeggen dat er iemand hieronder ligt. Maar die is wel dood.'

Het kluisvrouwtje klapt net niet in haar handen. 'Dat wordt gezellig. Daar komt de halve stad naar kijken. Heb je de wacht al gewaarschuwd?'

Lapo antwoordt iets vaags, dat gelukkig wordt overstemd door de klokken van de Apostelkerk. Hij loopt de brug weer af. Hier is vannacht niet veel méér te horen geweest dan gesnurk uit het kluisje. Het slachtoffer is stellig verder stroomopwaarts het water in gegooid. Beroofd, of verkracht, of allebei. De smeerlappen. Lapo laat de zware jongens uit zijn kennissenkring langs zijn geestesoog trekken...

Wie gooide dat vrouwmens de Arno in?
Door wie is dat vrouwmens vermoord?

Stop. Gaat je niet aan. Kerk in. Bidden.

'Is het weer zover?' vraagt de koster, als hij het haveloze broedertje bij de sacristie ziet staan. 'Wat moet je nou weer opknappen?'
'Ik moet naar Siena.'
'Gefeliciteerd. Een heer hier uit de parochie kreeg de keus tussen verbanning en een gezantschap naar Siena. Hij koos verbanning.'
'Ik heb niet te kiezen. Ik heb te gaan. Dat noemen ze de heilige gehoorzaamheid.'
'Is er geen oorlog in Siena?'
'Vrede vind je alleen in de hemel, zegt mijn baas. Waar oorlog is kan een broeder veel goed doen, zegt hij. Ik moet met de dominicanen gaan praten.'
'Praten,' zegt de koster vakkundig, 'is het laatste wat je met dominicanen moet doen. Dat verlies je altijd.'
Hij grijpt de offerschaal.
'Daar wil je zeker mee rondgaan? Ze is juist binnengekomen. Maar je mag je eerst wel een beetje opknappen.'
Daar staat hij dan, Lapo Mosca, het onrustige geweten van de boeven van Toscane. Hij kamt gedwee zijn haar met zijn vingers en veegt met zorg het spinrag van zijn pij. Bedremmeld wacht hij tot hij de plaats mag innemen van een obscure koster en collecteren bij de weinige bezoekers van de vroegmis. Daarvoor komt hij naar de Apostelkerk: om een offerschaal voor te houden aan de vrouw die daar iedere morgen knielt naast de derde groenmarmeren zuil links, met haar kamenier. Een smalle hand die een muntje offert. Een vage glimlach in de blauwe schaduw van een kap. Een glimlach zonder belofte, zonder toespeling... maar een glimlach voor hém. Maria. Hij ziet haar zelden, hij spreekt haar nooit, maar jarenlang is ze een vast punt in zijn leven geweest. Een van de twee vaste punten. Als hij de schaal heeft teruggebracht, knielt hij voor een Lievevrouw die op haar houten gezicht dezelfde vage glimlach draagt.

Maria hierboven, Maria beneden,
ik weet maar niet wie ik zal kiezen.
  Ik heb tot u beiden met hartstocht gebeden,
Maria hierboven, Maria beneden,
  en zou u het liefst allebei overreden,
  maar dan zou 'k u beiden verliezen.
Maria hierboven, Maria beneden,
vertel me toch wie ik moet kiezen!

Het is het rondeel dat hem zijn bijnaam bezorgd heeft: Lapo Duedonne, Lapo van de twee Madonna's; iedereen kent het in de stad.
Is het versleten? Is de toewijding van vroeger versteend tot een
sleur of een bijgeloof: geen karwei zonder Apostelmis? Zijn de
twee Madonna's veel méér dan goede, maar oude vriendinnen die
hij af en toe terloops goeiendag zegt zonder een keus te maken?
  Starend in een kaarsvlam stelt Lapo vast: de buitenkant van zijn
rondeel mag verjaren, maar de binnenkant blijft zijn levenslied.
Wat er ook ouder wordt in hem, blijvend is het gevoel van over
een scheidsmuur te lopen, om en om gefascineerd door de aarde
links en de hemel rechts.

Buiten is het dagelijks leven begonnen. Als Lapo bij de rivier
komt, ziet hij aanstonds de oploop onder bij de brug, met dienders
van de podestà, en barmhartige broeders die het lijk komen bergen. Voor een vlotte nieuwsdienst gaat er niets boven kluisvrouw-
tjes. Wie weet hoeveel passanten ze naar de stadswacht gestuurd
heeft, waar Lapo liever vandaan blijft.
  Hij zou het troetelkind van de overheid moeten zijn, Lapo
Mosca. Waar het gaat om ontwarren van misdaad, wreken zich de
zorgen waarmee de stad haar hoogste gerechtsdienaren omringt,
de podestà en de stadskapitein. De blinddoek van Vrouwe Justitia
moet vooral stevig om hun hoofden blijven zitten. Met hun gevolg
van rechters, notarissen, dienders en wat niet meer, moeten ze van
buiten de stad komen en na een half jaar weer vertrekken. Vriendschap met ingezetenen mogen ze niet sluiten, berichten van thuis
mogen ze niet ontvangen. Zo blijven ze onpartijdig, dat wel...
maar bovendien onkundig van wat er werkelijk gebeurt. Een

nieuwsgierige straatslijper als Lapo Mosca beschikt over tienmaal betere relaties in de onderwereld. Hij zou een onschatbare bron van inlichtingen kunnen zijn, als hij dat wilde; maar hij wil niet. En als ze hem vertrouwden; maar ze vertrouwen hem niet. Daarvoor steelt hij de dienders te vaak het brood uit de mond, en kiest hij te vaak de kant van de zondaars; over schuld en onschuld heeft Lapo Mosca zo zijn eigen gedachten. De onderwereld weet dat, en er is dan ook al in geen jaren meer een aanslag op hem gepleegd... maar aan bewindslieden die hem liefst als diefjesmaat de stad hadden uit gejaagd, heeft het niet ontbroken. Dat maakt Lapo tot levensgroot probleem voor zijn overste; tegenwoordig is dat de gardiaan van de franciscanen onder Fiesole. Lapo brengt de orde in opspraak. Hij brengt zijn klooster in opspraak, dat het toch al zo moeilijk heeft, klein en armlastig als het is. Zo vaak hij op karwei moet, laat de gardiaan hem roepen en leest hem de les. Gisteren nog. Zondaars bekeren, daar ben jij voor, heeft de gardiaan gezegd. Zondaars ontmaskeren laat de Heer aan wereldlingen over. Lapo is vast van plan zich daar deze keer aan te houden, want hij is erg gesteld op zijn gardiaan. Ook daarom maakte hij dat hij weg kwam van het volderserf. Ook daarom liet hij de melding aan de stadswacht achterwege. Hij kent zichzelf. Hij voelt zijn vingers al jeuken als hij, daar bij de brugpilaar, de 'berrovieri' van de podestà ziet klungelen. Wegwezen.

Vastbesloten loopt hij de brug over en wuift in het voorbijgaan naar het kluisvrouwtje. Ze is bezig een kippenvleugel te eten die een vrome ziel haar gebracht heeft, en roept met volle mond: 'Slachtoffer onbekend, dader onbekend, maar ik heb alles gehoord vannacht, ze komen me vast ondervragen!'

'Veel plezier dan maar,' zegt Lapo Mosca, 'ík ga naar Siena.'

Maar hij gaat niet naar Siena – nog niet – en vijf minuten later weet hij al meer dan de berrovieri.

Eerlijk, hij kan er niets aan doen. Het komt door het varken dat hem voor de voeten loopt terwijl hij gehoorzaam de richting van de Zuidpoort uitgaat. Het is een opdringerig beest, en Lapo's pij geurt kostelijk. Aan lastige straatjongens wil de broeder nog wel eens een oplawaai verkopen, maar een onnozel varken geeft hij zo maar geen schop. Hij staat dus stil tot het dier is uitgesnuffeld – en op dat ogenblik hoort hij zijn naam roepen vanuit een halfopen kelder. Een hese stem met een accent dat hij onmiddellijk herkent. Het is duidelijk dat de man die hem roept, iets heeft tegen daglicht, dus Lapo daalt een paar treden af voor hij zacht vraagt: 'Joosken? Wat heb je nou weer op je kerfstok?'

'Niets: bezweert de hese stem. 'Ik heb niets gedaan. Ik heb er niets mee te maken. Maar u moet me helpen. Anders ga ik eraan. Vlamingen krijgen overal de schuld van.'

'Gewoonlijk terecht,' zucht Lapo. Hij loopt de kelder in. Zijn ogen wennen aan het donker. Hij ziet Joosken tevoorschijn komen achter balen stof, schriel, verkreukeld van angst.

De Vlaamse wevers zijn onrustige werknemers. Door volwaardige burgers worden ze met de nek aangezien, uitgebuit, gemeden. Ze verdedigen zich op hun manier, sluiten zich aanéén, zijn snel met vuisten en messen. Geen maand geleden heeft Lapo er vier bijgestaan voor ze werden opgeknoopt. Joosken was stellig de vijfde geweest, als Lapo zijn alibi niet had kunnen bewijzen; een succes dat hij deze keer minder aan zijn speurneus dan aan zijn talenkennis te danken had. Honkvast is Lapo Mosca nooit geweest. Er is bijna geen christenland, of in zijn jongere jaren heeft hij het bezocht. Maar tongvast was hij evenmin. Zodoende is er bijna geen christentaal, of hij spreekt er iets van. Tot voordeel van mannetjes als Joosken.

'Biecht maar op. Maak het kort. Ik moet naar Siena.'

'Mijn vier kameraden, pater, u weet wel. Ze hebben me hun spullen nagelaten.'

'Kan ik getuigen. Anders niet?'

'Pater, ik ben maar een mens. Een man in de kracht van zijn jaren. Wij gezellen mogen niet trouwen...'

Op dat ogenblik weet Lapo Mosca waar hij de dode vrouw in de Arno van kent.

'Jezusmaria, zeg niet dat je iets met die vermoorde hoer te maken hebt!'

Nee. Dat is het juist. Joosken kreeg de kans niet om iets met haar te maken te hebben, en dat had hij toch zo graag gewild. Hij had het gewild sinds hij haar ontdekte, maanden geleden. Dat was nog eens wat anders dan de tweestuivergrieten waar arme sloebers het mee moeten stellen, ondervoede sloofjes, rimpelige weduwen, ranzige slavinnen. Nennetta, noemt hij haar. Nennetta zag eruit als een grote dame. Ze leek op de Vrouwe van Groeningen, die hem als kind had afgerost met haar paardenzweep. Maar deftig is duur. Nennetta bleef onbetaalbaar, hoe Joosken ook spaarde en spaarde. Tot hij erfde van zijn opgehangen landgenoten. Hij heeft hun bezittingen verkocht, bedachtzaam, stuk voor stuk. Toen had hij alles bij elkaar: badhuis, barbier, nieuw hemd... en Nennetta's tarief, vijf lire aan piccioli. Ze wisten niet hoe ze het hadden in het vrouwenhuis, maar hij liet zich niet afschepen. Hij wachtte zijn beurt af. Haar kamer moesten ze hem wijzen, want bij de meiden beneden zat ze niet. Allicht niet. Ze lag op haar bed en ze was dood.

'Lakens vol bloed.' Jooskens woorden komen amper door zijn klappertanden heen. 'Ik stond. Ik stond, ik kon me niet bewegen. De kaars ging uit. Toen ben ik weggelopen. Maar ze kennen me. Die wijven. Ze lappen me d'r bij. Ik heb het niet gedaan. Ik niet. Ik zal daar gek zijn. Geloof het toch. U moet me geloven!'

Geloven...! Lapo Mosca zegt: 'De apostel Thomas kreeg een standje van zijn baas. Bij de politie had hij promotie gemaakt.' De Vlaming begrijpt er niets van. Zijn laatste muurtje beheersing staat op instorten.

Lapo legt uit dat rechters minder behoefte hebben aan geloof dan aan bewijzen. Bewijzen kosten tijd. Tijd hebben ze niet. Jooskens naam hoeft maar te vallen en hij ligt al op de pijnbank. Daar bekent hij alles wat ze willen.

Lapo Mosca heeft een zwak voor de apostel Thomas. Jooskens verering voor de vrouw Nennetta lijkt hem een tikje merkwaardig. Hoewel. Het schriele wevertje in de rol van bloeddorstige moordenaar lijkt hem nog merkwaardiger. De echte schuldige zal niets achterwege laten om deze stumper voor zijn daad te laten opdraaien.

'Jij gaat naar de minderbroeders van Siena. Nu dadelijk. Je vraagt naar broeder Bentivoglia. Je zegt dat hij voor je zorgt tot ik kom. Maar ik waarschuw je. Als je gelogen hebt zal ik je krijgen. Mars. Trek je jak af, loop rechtop, fluit een liedje. Er is nog geen sterveling die je verdenkt.'

Jooskens uitbeelding van vredige onschuld is niet overtuigend, maar goed beschouwd lopen armoedzaaiers van zijn slag er nooit als vredige onschulden bij. Lapo kijkt hem een ogenblik na... en maakt dan rechtsomkeert. Hij slaat een steeg in, loopt een andere brug over, en koerst aan op de Sito Baldracca, de rosse buurt achter het gemeentepaleis. Het is misschien niet mooi van hem... maar hij neuriet. Hij zal Joosken de Wever uit de perikelen moeten halen, of niet soms? Dan is het dus Naastenliefde die hem dwingt zich met de dode uit de Arno te bemoeien. Het gebod van Naastenliefde weegt zwaarder dan alle geboden van alle gardianen bij elkaar. Daar komt waarachtig het liedje weer om de hoek kijken, dat hij straks naar huis heeft gestuurd:

Wie gooide Nennetta de Arno in?
Door wie is Nennetta vermoord?

Als de volgende regels van het rondeel die vraag moeten beantwoorden, zal het een hele tijd duren eer Lapo er klaar mee is.

2

De relatie van Lapo Mosca met de vrouwenhuizen van de Sito Baldracca stamt uit de tijd dat hij aan de minderbroeders van Santa Croce was toegevoegd; een episode die God moet hebben toegelaten om hem te straffen; of om de gardiaan van Santa Croce te straffen; of gewoon omdat God eventjes sliep.

Santa Croce is een rijk en prachtig klooster. Het wordt nog dagelijks rijker en prachtiger, hoewel Lapo Mosca gemeend heeft het met een grote Parmezaanse kaas te moeten vergelijken, waar omwonende kwezels in drommen aan wriemelen en knabbelen als muizen. De opmerking viel niet in goede aarde. Het is een eer om tot de gemeenschap van Santa Croce te behoren. Geleerde professoren geven er college. De grootinquisiteur van Midden-Italië huist er als een vorst, kerkers inbegrepen. Santa Croce heeft het duurste marmer van de stad, en geeft opdrachten aan de beroemdste schilders. Allicht. Wie ook maar iets voor zijn eeuwig heil over heeft, gedenkt de minderbroeders in zijn testament. Dat scheelt zijn ziel een heel stuk, zelfs als de erfenis van woeker afkomstig is; volgens broeder Juvenalis tenminste, een vroegere gardiaan die met onvermoeid schrapen en bedelen een paleis heeft gemaakt van zijn bescheiden nederzetting.

Lapo Mosca woonde nog maar enkele weken in het klooster – terug van zendingswerk onder de Bulgaren – toen de sterfdag van deze Juvenalis herdacht werd in grote stijl. Lofzangen, kaarsen; de broeders riepen hem aan als een heilige. Lapo begreep er niets van. Hij stak zijn bevreemding nauwelijks onder stoelen en banken. Overzee had hij een medebroeder ontmoet, een Florentijn, die voormelde Juvenalis in een visioen had aanschouwd. Twee ijzeren voorhamers beukten hem op het hoofd. Beuken zullen ze tot de jongste dag, want Juvenalis zit in de hel. Zo gaat het met franciscanen die hun bruid, mevrouw Armoede, in de steek laten.

Eigenlijk had de gardiaan van tegenwoordig hem liefst toen al meteen de deur uitgegooid, maar dat had de naam van het klooster geen goed gedaan. Sint-Franciscus begon zelf ook altijd meteen over 'rijkdom' zodra iemand ophield gebrek te lijden. De gardiaan stuurde Lapo, in afwachting van een grijpbaarder misdrijf, de stad in met een bedelzak. Dat was geen succes. De man papte aan met de verkeerde elementen, leerde hun de verkeerde liedjes, en bracht lege zakken naar huis; niet omdat hij niets ophaalde, maar omdat hij steevast schorriemorrie tegenkwam met meer honger dan de kloosterbroeders. De gardiaan gaf hem een taak in de kerk. Daar begon alles wat niet nagelvast was in behoeftige handen te verdwijnen. Toen er een zilveren altaarschel vermist werd, was de maat gelukkig vol. Lapo kreeg een geweldige uitbrander, en zijn congé. Het verhaal gaat dat hij die nacht de cel van de gardiaan binnen stapte met een kom zoete pap, omdat de arme man zich hees had moeten schreeuwen; bij wijze van verzoening zouden ze tenslotte de kom samen leeggegeten hebben. Maar evengoed stond hij de volgende dag op straat. Lapo Mosca is als knoflook, moet de gardiaan gezegd hebben. Een teentje kan geen kwaad, maar van een hele streng worden we ziek. In de overste van Fiesole heeft Lapo tenslotte een baas gevonden met een steviger maag; misschien omdat hij net als Lapo uit Lucca afkomstig is.

Het zijn maar doodgewone jongens, daar in Lucca, en ze hangen aan elkaar als klitten. In elk geval heeft Lapo dan nu een klooster dat het volstrekte tegendeel is van Santa Croce. Het koor is te donker om de getijden te lezen. De slaapzaal is te nauw om alle broeders te bergen. In refter en kapittelzaal moeten ze staan. Een franciscaans lustoord. Hoewel. Zó hoeft mevrouw Armoede nu ook weer niet in de veren gelegd te worden voor Lapo Mosca.

Het is onderhand alweer twee jaar geleden sinds hij uit Santa Croce gezet werd, maar als hij door zijn vroegere bedelwijken loopt, is hij overal nog welkom. Ook in het vrouwenhuis aan de Arno, of althans in de keuken; verder is hij nooit geweest.

In die keuken troont Lucia, sinds ze te oud geworden is voor werkzaamheden in andere vertrekken. Ze bemoedert de dames, voedert de heren, en maakt zich zorgen over haar ziel; of liever, die maakte ze zich tot broeder Lapo er iets aan deed.

Lucia kan geen volbloed Tataarse zijn. Haar ogen staan niet erg scheef, haar neus is niet erg plat, haar Florentijns is onvervalst. Dat maakt haar tot een onzeker bezit: als zulke slavinnen weglopen is er geen opsporen aan. Lucia wordt dan ook zo behandeld dat ze aan weglopen niet denkt. Desondanks heeft Lapo haar uitgelegd dat hierboven slavernij als verzachtende omstandigheid geldt. Wie tot hoereren gedwongen wordt, heeft geen schuld. 'Ja maar,' heeft Lucia zorgelijk aangevoerd, 'ik vond het niet altijd naar.'

Een slavin moet wat hebben, heeft Lapo beslist. Sindsdien bidt Lucia méér, maar tobt ze minder. En omdat een slavin wat moet hebben, en ze dat niet meer krijgt, heeft ze haar toewijding gaandeweg van Venus naar Bacchus verschoven.

Het is dus Lucia die Lapo Mosca voorziet van een ochtendmaal en het laatste nieuws. Er zijn mannen geweest met palen, nee broeder, foei, niet zúlke palen, dat zou geen nieuws zijn. Palen van hout, met meetlatten en touwen. Er mogen geen vrouwenhuizen meer liggen op minder dan 200 el afstand van mannenkloosters. Dat was al jaren zo, maar geen mens maakte zich er druk over. Nu zal haast de hele concurrentie moeten verhuizen, maar waarheen? Het krioelt in de stad van abdijen, priorijen, fraterhuizen en wat niet meer. De paar vrije zones die overblijven, worden één groot bordeel. Lucia's huis haalde juist de 207 el, en dat is maar goed, want Lucia's huis ligt vlakbij het gemeentepaleis, en bedient veel meer raadsleden dan monniken. Nu ze het rijk alleen krijgen, zullen er trouwens wel meer tonsuren dan vroeger tussen de lange lokken te zien zijn.

Lapo, zijn mond vol gierstkoek, schudt het hoofd en verklaart dat hij dat niet kan geloven, van die tonsuren. Daar antwoordt Lucia niet eens op. Ze reikt hem een schaal halfvol blanc-manger, en stapt over op het wel en wee binnenshuis, waar het Lapo uiteraard om te doen is.

Hij kent de meeste bewoonsters. In het verleden is hij nogal eens opgetreden als voorlezer en schrijver van brieven. Niet voor de vrouw die Nennetta genoemd werd; die kreeg blijkbaar nooit post, of kon zelf lezen en schrijven. Lapo heeft haar maar enkele keren vluchtig gezien, als ze Lucia iets kwam bevelen of verwijten. In Lucia's huiskroniek neemt ze geen enkele plaats in. Die gaat over Gina, welke Gina Vanna met een stoof te lijf ging, waarna Vanna in het oor van Gina heeft gebeten. Over de misgeboorte, waarvan Lisa verlost is, een kind met een snavel en klauwen, het slechtste voorteken van het jaar. Over al de tranen en gebeden die de meisjes gestort hebben in de Vasten, na de verplichte hoerenpreek in de kathedraal; zo'n rotpreek als dat geweest is van het jaar. Lapo wringt er zich tussen: of Nennetta daar ook bij was? En hoe het Nennetta toch gaat?

'Kwaadaardiger met de dag. En gieriger. Het is "bramangiere" van háár klanten die je daar eet. Goed dat ze het niet weet. Ze zou in staat zijn er geld voor te vragen.'

'Dat waag ik toch te betwijfelen,' verklaart Lapo naar waarheid. Onvervaard begint hij over de amulet die Nennetta immers bij hem besteld heeft. Een hap eten is wel het minste dat ze daartegenover kan stellen. Het is trouwens vanwege die amulet dat hij gekomen is. Hij moet haar even spreken.

'Dat zal niet gaan. Ze slaapt.'

'Maak haar dan wakker. Ik moet de stad uit. En ik kan die amulet niet afmaken als ik de naam niet weet van de vrijer op wie ze het gemunt heeft.'

(O, Lapo van de twee Madonnen,
je bent toch een schavuit.

   Dat was van A tot Z verzonnen,
o Lapo van de twee Madonnen,
je bent hier nu wel aan begonnen,
maar kom je er ooit weer uit...?)

Een rondeel waarmee hij zich dagelijks op de borst moet kloppen... Maar Lucia snatert van argeloze opwinding. Nennetta, hard, koud, scherp als een hagelsteen, Nennetta verliefd, het bestaat niet. Een vent die haar onderhoudt zal ze zoeken. Op haar vingers telt Lucia de gegadigden af. Het raadslid? De landjonker? Eén van de drie vaste vrienden?

Lapo schuift de lege schaal van zich af. Complimenten voor de blanc-manger. Als de kokkin het hém vraagt: dáár is de weg naar het hart van de vrijer doorheen gegaan. Lucia knikt bedachtzaam. De blanc-manger was voor de drie jonge heren uit Marignolle, die altijd samen komen.

'Daar heeft ze veel mee op. Volgens mij kent ze die van vroeger. Als ze komen moet ik altijd met haar naar het badhuis. Op zo'n dag neemt ze geen ander aan.'

'Dus dat was gisteren alles wat ze te doen had?'

'Gisteren niet, maar dat was toeval. Gisteren bleven ze te kort, er was een doopfeest, een van de drie had een zoon gekregen. Er stond een ander te wachten, die wou en zou haar hebben. Die moest ze toen nemen van de waardin. Ik werd naar boven gestuurd om het haar te zeggen. Ze had goed de pest in. Ze was nog te beroerd om zich weer aan te kleden.'

'Die vent z'n naam hoeft dan alvast niet op de amulet.'

'Ik zou hem niet weten ook. We doen hier niet aan namen. Deze had ik trouwens nooit gezien. Nogal een deftige man. Hij zei geen boe of ba. En hij droeg een masker.'

'Hoe weet je dan dat je hem nog nooit gezien hebt?'

'O, broeder, d'r komen er hier zoveel met een masker. Er zijn honderd dingen waar je een man aan herkent. Deze was vreemd. Hij wist de voordeur niet eens te vinden toen hij weer naar beneden kwam. Ze had hem gauw afgewerkt.'

'Dan heeft ze nu lang genoeg geslapen. Maak haar maar wakker.'

'Ik zou je danken. D'r pispot gooit ze naar mijn kop. Ze was trouwens nóg niet klaar. Er stond een gastarbeider op haar te wachten. De waardin wou hem wegsturen. Van dat soort klandizie houden we niet. Maar hij had het geld, en... wil je geloven dat we haar zo'n luizige armoedzaaier wel eens gunden, zo hoog als ze het in haar hoofd heeft? Nou, hij heeft ervan gelust.'

'Waarvan?'

'Nennetta werkt voor de betere stand. Raadsleden zijn ook wel niet meer wat ze geweest zijn, met al die volksjongens die tegenwoordig gekozen worden. Maar het zijn tenminste Florentijnen. En dan zo'n enge vreemdeling. Reken maar dat ze het hem aan zijn verstand heeft gebracht. Hij sloop weg als een geslagen hond. Die probeert het niet nog eens bij haar.'

Lapo geeft toe dat dat onwaarschijnlijk is. Of Nennetta nijdig was na afloop?

'Vast wel. Ze is altijd nijdig na afloop. Ik ben mooi uit haar buurt gebleven. Die gastarbeider was de laatste klant. Prompt achter zijn kont schoof ik de grendel op de voordeur. Toen als de bliksem de grendel op mijn eigen deur hier. Leer me Nennetta kennen. Ze had het bestaan om me haar bed nog eens te laten verschonen.'

'Slaap je altijd in de keuken?'

'Allicht. 's Winters dan. 's Zomers kruip ik in het berghok bij de rivier. In het achterhuis. Daar is het koeler. Waarom, broedertje? Je bent toch niet op een nummer uit?'

Lapo ontvouwt een schalkse knipoog en staat op.

'Ik ben uit op mijn amulet. Als jij Nennetta niet wakker durft te maken, zal ik het zelf moeten doen. Waar vind ik haar kamer?'

'Dus wel een nummer, maar niet met mij,' plaagt Lucia, en wijst: twee trappen op, de deur met de eenhoorn, maar laat hij de waardin uit de voeten blijven. Om zelf een uitbrander te voorkomen, grijpt ze mand en omslagdoek en gaat naar de markt.

De ramen van de zaal op de eerste verdieping staan open, maar er hangt nog een scherpe stank van braaksel, zweet, verschaalde wijn. Het is er woelig toegegaan. Over het tapijt liggen scherven en vertrapte bloemen. Kussens zijn van de banken gevallen en bevlekt. Scheuren in het zijden behang, barsten in de spiegels. Een paar kleine tafels staan nog op hun schragen met morsige kleden, etensresten, vuile glazen. Lapo blijft even staan om het tafereel in zich op te nemen. Een goed middel om de kuisheid te bewaren. Ook eenhoorns zijn daar goed voor. De eenhoorn gaat door voor de kuisheid in persoon. Maar het exemplaar op Nennetta's deur heeft een geslachtsdeel, groter dan de hoorn op zijn kop. Een godslasterlijk beest. Lapo haast zich naar binnen voor hij zelf op de eenhoorn gaat lijken.

Er is niets te zien in het vertrek, dat is bezienswaardig genoeg. Vergeleken bij de 'Zaal' beneden ademt deze ruimte de rust van een ordentelijke burgerhuishouding. Schone kussens op gewreven kisten, gestreken handdoeken bij het koperen wasgerei, nieuwe kaarsen in albasten kandelaars. Binnen zijn zijden gordijnen is het bed opgemaakt, kraakhelder, onbeslapen – behalve door een fraai uitgedoste pop. De toilet-etagère bij de spiegel vertoont dezelfde pasgewassen onpersoonlijkheid. Ivoren kammen zonder haren, kristallen flesjes keurig op een rij. Civet-parfum, rozenwater, perzikpittensap; Lapo hoeft er nauwelijks aan te ruiken om te weten dat hun inhoud onschuldig is. Maar het juwelenkistje daaronder is niet gesloten en nauwelijks halfvol. Namaaksieraden. Had de rest meer waarde, was het de maskerman daar om te doen, heeft Joosken zich erover ontfermd...? Nennetta leek er de vrouw niet naar om goede juwelen open en bloot te bewaren op een allemanskamer, maar weet je het ooit? De meest onverwachte wijven zijn flonkergek.

Lapo keert terug naar het bed, kijkt er eens onder. Zelfs de gebruikelijke afval aan schillen, pitten, eindjes kaars, is weggeveegd. Zit daar een bloedvlek op de vloermat? De geoliede vensterdoeken zijn gesloten en laten weinig licht door, maar nee, bloed is het niet. En de biezen van de mat voelen niet vochtig aan, hij is dus niet schoongemaakt. Hoogstens verwisseld. Lapo staat nog maar net weer rechtop als achter hem de deur geopend wordt, en een ijzige stem vraagt wat hij zoekt.

Het verhaal van de amulet komt er onderdanig en onnozel uit. Wel drie keer krijgt de waardin het gestotterde verzoek te horen om Lapo's aanwezigheid toch vooral niet aan zijn overste te verraden. Het werkt. De argwaan op het harde gezicht maakt plaats voor minachting... en opluchting? Wie zijn bezoek geheim wil houden, loopt niet naar de politie. Lapo kan de vraag riskeren of juffrouw Nennetta naar de kerk is? Of hij even op haar mag wachten?

Dat zou ze de broeder niet aanraden, zegt de vrouw honend. Juffrouw Nennetta is gisteravond laat nog weggeroepen. Zulk huisbezoek van haar jongedames kan dagenlang duren. Heeft de keukenmeid Lapo dan niet gewaarschuwd? Heeft ze misschien niet eens gemerkt dat er nog een draagstoel voor kwam? Lag ze weer stomdronken op haar nest, als gewoonlijk? Door welke klant de juffrouw is afgehaald, kan de waardin natuurlijk niet zeggen: 'Dit huis dankt zijn klandizie aan zijn discretie,' verklaart ze met een preutse mond. Ze houdt de deur voor Lapo open. Als hij voor die amulet tenminste Nennetta's doopnaam vast zou weten...' probeert hij nog, maar de waardin haalt haar schouders op.

'Aan stambomen doen we hier niet. We hoeven maar een ding te weten van onze meisjes. Of ze het vak verstaan waar jij geen verstand van hebt. Goedemorgen.'

Voorbij het vrouwenhuis wonen de zeepzieders, en daar weer achter de ververs. Tot op straat staan hun kuipen. De stank is niet gering: hun purpermos drijft in de urine. Het belet Lapo niet om stil te staan en te kijken. In de loop van de jaren is hij immuun geworden voor stank zoals een ander voor pokken of pest. Stinken doet het overal – voor neus of voor geest –, maar niet overal geeft de wereld daar tonnen vol kleur voor terug, het warme geel van saffraan, het hemelsblauw van wede, het bloedrood van meekrap.

Bloedrood. Een toepasselijke kleur voor wie zijn gedachten over een moord wil ordenen. Joosken de Wever en de waardin van het vrouwenhuis: geen van tweeën zijn ze in hun eerste leugen gebarsten. Toch slaat de schaal, bij het afwegen, niet door naar de draagstoel, maar naar Jooskens opgebrande kaars en bloedig beddengoed. De kamer van Nennetta was te ongerept, als het waar is dat de slavin Lucia er geen hand meer naar uitgestoken heeft; en waarom zou ze dat liegen? In haar keuken heeft ze zich opgesloten, haar keuken aan de straatkant, maar een draagstoel heeft ze niet gehoord. Wat had ze gehoord als ze in het achterhuis bij de rivier had geslapen? De achterdocht van de waardin, de paniek van de wever, ze vormen een sluitend geheel.

Wie gooide Nennetta de Arno in?
Door wie is Nennetta vermoord?
   Haar lijk is ontdekt door de hoerenwaardin,
die gooide Nennetta de Arno in,
      maar wie gaf die dolkstoot dan onder haar kin?
      Een dief, bij het stelen gestoord...?

Stop. Een dief, of een ander, het doet er niet toe. Lapo Mosca hoeft het al niet meer te weten. Met het lijk heeft de waardin de hele moord haar huis uit gewerkt. Zolang ze vasthoudt aan haar draagstoel, heeft Joosken van de politie niets te vrezen. Hoewel. Erg stevig zit die draagstoel niet in elkaar. De waardin zakt er-door, zodra ze ermee op de pijnbank wordt gezet. Om maar te zwijgen van de uitsmijter, of wie haar verder geholpen moet heb-ben. Nee. Joosken moet vooreerst niet terugkomen. Ook al om de waardin uit de voeten te blijven: hij alleen kan verklaren dat ze loog. Intussen is het de vraag of de overheid wel zo zwaar zal tillen aan de dood van een 'baldracca'. Haar vak hoort nu eenmaal tot de riskante beroepen, zoals dat van een leidekker of een berentem-mer.
   Lapo Mosca gaat naar Siena. Niets heeft hij meer te maken met het beklagenswaardige voorwerp in de Arno. Nu ja, bidden zal hij natuurlijk voor de ziel die erin huisde. Niet zo'n geslaagde ziel. Het is aan te nemen dat ze het tamelijk warm heeft op dit mo-ment. Lapo gooit er zijn eerste schietgebed tegenaan als een brandweerman een emmer water... Maar Florence op een zonnige voorjaarsdag is een zak met vlooien: aan alle kanten beweegt het, springt het, kriebelt het en bijt het. Richt dan de blik maar eens op het vagevuur! Loop maar eens biddend langs de keurslijfmaker, die met gouddraad borduurt op scharlaken voor zijn open raam! Zeg maar eens nee tegen de pasteibakker, die dadelijk zijn beste witte wijn tevoorschijn haalt: onlangs heeft Lapo zijn onschuld

bewezen in een geval van vergiftiging. Neem maar eens géén kijkje in de pantsersmidse, waar uit vlammen en hamerslagen het nieuwste helmmodel geboren wordt!

Het gekink van de hamers begeleidt Lapo nog als hij zijn weg vervolgt. Met tegenzin stelt hij vast dat het méér ter wereld brengt dan helmen: uit hun ritme groeit vanzelf een uitwisselbare rondeelregel. De zesde:

> ...maar wie gaf die dolkstoot dan onder haar kin
> omdat ze te veel had gehoord...?

Dat is het. Daarom wil hij zich niet met het geval Nennetta bemoeien. Hij gelooft niet in een roofmoord. Het vrouwenhuis betrekt zijn klandizie vooral uit het gemeentepaleis. De waardin is natuurlijk bedacht op de goede naam van haar bedrijf... maar had ze wel zo haastig, zo grondig schoon schip gemaakt als ze niet wist, of niet vreesde dat er een raadslid bij de moord betrokken was? Een raadslid dat zijn dronken kop voorbij heeft gepraat? Veel hoeft hij zich niet eens te hebben laten ontvallen. Ook een beginnelinge in het chanteervak heeft genoeg aan één schimpscheut op het partijbestuur.

De machtsstrijd tussen de stadsregering en de Guelfse partij dateert niet van vandaag of gisteren, maar wel is hij onlangs opnieuw in beweging geraakt. Er zou natuurlijk geen sprake van strijd moeten zijn: een andere partij dan de Guelfse bestaat er niet. Haar tegenhangers waren de Ghibellijnen, die aanstuurden op nauwere banden met de keizer. De Ghibellijnen zijn sinds jaar en dag uit Florence verbannen. Maar de mens leeft niet bij brood alleen: hij heeft ook ruzie nodig om te kunnen bestaan. Zijn vijand is nog niet verslagen, of hij zoekt naar conflicten binnenshuis. In de opperste partijraad wordt de dienst uitgemaakt door een handjevol families. Daar hebben verbitterde tegenstellingen zich ingevreten, en dat was een zegen: jarenlang hadden de partijleiders genoeg aan het intrigeren tegen elkaar. De stadsregering berustte bij burgers, gekozen om hun bekwaamheid en fatsoen, niet om hun positie in de partij: Guelfs was iedereen vanzelf. De stad voer er geruime tijd wél bij. Sinds kort hebben de voormannen hun twisten bijgelegd. Hun eendracht gaf hun voldoende macht om een zuiveringsactie te beginnen die hun greep op de stad kon verstevigen. Geen week geleden hebben ze de podestà nog gedwongen acht topburgers te arresteren als 'niet goed Guelfs'. Het komt de getroffenen op 500 lire boete te staan, maar dat is bijzaak. In de toekomst zijn ze door deze arrestatie uitgesloten van iedere openbare functie. Als de Guelfen hun zin krijgen, is binnenkort voor die boycot zelfs geen veroordeling meer nodig: een 'vermaning' is dan voldoende om zowel de 'vermaande' als zijn familieleden voorgoed buiten het stadsbestuur te houden.

De Guelfse bovenlaag heeft ook vroeger wel naar de alleenheerschappij gestreefd. Tal van achtenswaardige bannelingen weten daarvan mee te praten; maar de willekeur die de stad vandaag bedreigt, is nog niet eerder vertoond. De heren raadsleden die op het ogenblik in functie zijn, hebben dan ook geen rustig ogenblik meer. Dag en nacht weten ze zich door Guelfse verspieders beloerd. In hun raadzaal. In hun eetzaal. In hun slaapzaal. Waarom dan niet ook in het vrouwenhuis? Wijlen Nennetta bezat vermoedelijk meer verstand en ontwikkeling dan haar doorsneecollega's. Zowel chantage als spionage kunnen in haar lijn gelegen hebben. Waar een dolk de keel in gaat, komt geen woord de mond meer uit. Afblijven, Lapo Mosca! Bidden en wegwezen!

3

Lapo gaat naar Siena. Het belet hem niet om nog gauw even bij de stadsleeuwen te gaan kijken, waar vier welpjes geboren zijn; dood natuurlijk, want zo gaat dat bij leeuwen, maar vanmorgen beginnen ze juist te leven. Hij gaat naar Siena, maar luistert nog gauw even naar de stadsomroeper, en praat nog gauw even met de kruidenverkoopster, die haar tuintje naast zijn klooster heeft. Hij loopt nog gauw even een stukje mee met een huilende veroordeelde, die naar de galg gebracht wordt, en eet nog gauw even een stukje mee van een gebraden fazant die juist uit de stadsoven komt. Hij gaat naar Siena... maar in het begin leidt zijn weg langs de rivier. Dat hij het dáár op een lopen zet, kan toch niemand verlangen. Molens draaien, vrachtschuiten varen, en langs de oevers krioelt het nu van wasvrouwen, veermannen, vissers, zandgravers, leerlooiers. Wie hem ziet langsgaan, wuift hem toe. 'O, Lapo Mosca, ga met God!' 'O, Gianni – of Benci, Cecco, Corso – ga niet met de duivel!' 'Ai, broeder Lapo, ik ben mijn gans kwijt!' 'Ai, Moretta – of Lina, Piera, Tosa – dan moet je bij Sint-Antonius wezen!'

Onder afdaken wordt de geverfde wol gespannen en te drogen gehangen, en pakken ze de gedroogde wol in manden. Twee ezels gaan er juist mee naar de weverijen, drijvers achter zich aan, het vaandeldragende lam van het wolgilde als insigne op hun kielen. Lapo slentert hen na, een brug over, om nu eindelijk de Zuidpoort op te zoeken... maar als de beesten een atelier binnen geloodst worden, blijft hij plotseling staan. Dit is het atelier waar Joosken werkte, hij heeft hem er zelf eens gesproken. Van binnen komen stemmen, en omdat de wevers het op moeten nemen tegen het geratel van de weefgetouwen zijn ze tot op straat te verstaan. Ze spreken Vlaams en hebben het over bier en geslachtsdelen. Lapo vraagt zich plotseling af, of Joosken met zijn kameraden gesproken heeft over zijn bezoek aan Nennetta. Daarmee staat of valt zijn veiligheid. Hij loopt de werkplaats binnen. Leerlingen zijn doende de ezels af te laden. Anderen sjouwen met balen en rollen stof. Weer anderen hebben tot taak van de morgen tot de avond het weefsel vochtig te houden. De lucht hangt vol pluizen, Lapo begint ogenblikkelijk te hoesten. Als hij naar Joosken vraagt, komt er een blonde reus met een rode kop naar voren, wantrouwig.

'Wat mot jij van Joosken?'

'Weten waarom hij niet is komen opdagen gisteravond.'

'Had hij bij jou zullen komen?'

'Bij een vriend van me. Een schilder. Hij had model zullen staan voor herder van Bethlehem. Voor geld.' *(Alweer van A tot Z verzonnen, o Lapo van de twee Madonnen...)*

'Voor geld! Och, broeder, neem mij dan! Kijk es wat een goeie herder ik ben!'

Een andere wever vouwt zijn handen en trekt zo'n smoel dat Lapo prompt belooft: 'Als we aan de os en de ezel toe zijn, zal ik

32

aan je denken!' maar onderwijl loopt hij de werkplaats weer uit, op een wenk van de roodkop.

Die zegt buiten: 'Ik en Joosken hebben samen een bed. Hij is de hele nacht niet thuisgekomen.'

'Had hij niks gezegd over die schilder?'

'Voor herder staan met een nieuw hemd? Met geknipte haren? Als ik niet met hem in één bed sliep, zou ik denken dat hij naar de hoeren wou, gisteravond, zoals hij zich had opgedirkt. Maar Joosken en wijven...'

Zoveel voor wat betreft het smachtende Nennetta-verhaal.

'Hij heeft te veel poen,' vervolgt de roodkop, bezorgd. 'Als schilders dat aan modellen betalen, zou er geen mens in de stad meer weven.'

'Je weet toch dat hij geërfd heeft?'

'Van die vier hennepkijkers? Kom nou, broeder. Dat waren Hollanders, die sturen iedere spaarcent naar huis. Wat Joosken geërfd heeft, daar kon hij met moeite een keer een stuk van in zijn kraag drinken.'

'Jatten dan? Daar lijkt hij me te bang voor.'

'Je hebt mensen,' zegt Jooskens makker, 'die zijn te bang voor kleine gevaren. Maar om grote gevaren bijtijds te zien, daar zijn ze dan weer te stom voor.'

Hij kijkt Lapo aarzelend aan.

'Ik heb hem gewaarschuwd. Of het lukt je niet, heb ik gezegd, en dan grijpt de stad je. Of het lukt je wel, en dan grijpt dat tuig je, want dan weet je te veel.'

'Tuig...?'

De roodkop aarzelt opnieuw.

'Nou goed. Joosken vertrouwt u. Hij zou u zelf roepen als hij kon... De laatste tijd nog in de Mugello geweest, broeder?'

Lapo is wat hij zelden is: verbluft.

Achter in het Mugello-dal, even ten noorden van het Florentijnse gebied, bivakkeert sinds weken een detachement soldaten. Het zijn er niet veel en ze houden zich rustig, maar niemand twijfelt eraan dat ze deel uitmaken van de Grote Compagnie, die op dit ogenblik nog in haar winterkamp ligt, aan de andere kant van de Apennijnen.

In heel Italië is er geen kind, of het doet wat hem gezegd wordt als zijn moeder dreigt: pas op, of ik haal de Grote Compagnie...! Een leger van buitenlandse huurlingen, wel twintigduizend of meer, die het land terroriseren en uitplunderen. Waar zij langs zijn gegaan, groeit geen gras meer, staat geen huis meer, leeft geen maagd meer... of de steden moeten hen afkopen voor kolossale bedragen. Florence houdt niet van betalen, en is te machtig om erg bang te zijn; de stad staat dan ook bovenaan de zwarte verlanglijst van de Compagnie. Ze bepaalt er zich toe haar burgerwacht en haar verdedigingsgordel op peil te houden... en te letten op de verspieders in de Mugello. Maar de stad is groot en druk. De controle bij de poorten – op bannelingen en andere ongewenste elementen – blijft een vangnet met wijde mazen. Het is onvermijdelijk dat er nu en dan Mugello-spionnen binnendringen... en dat ze handlangers hebben onder de bevolking.

'Maar Joosken...? Zulke kerels laten zich toch niet in met een stumper als Joosken?'

De roodkop haalt zijn schouders op. 'Wie geen stumper is, laat zich niet in met zulke kerels. Het zijn moffen, daar in de Mugello. Ons kunnen ze verstaan. Italianen niet.'

Van binnen komt een ongeduldig bevel, en de Vlaming zegt haastig: 'Zelf heb ik er geen barst mee te maken, begrijp dat goed. Maar als u iets doen kunt... hij is wel stom, maar niet kwaad.'

Lapo Mosca voelt zich zowel stom als kwaad bij het verdergaan. Kwaad omdat hij zich stom heeft laten voorliegen door Joosken. En kwaad omdat het geval-Nennetta veel verder reikt dan hij dacht... en hem nu toch weer te pakken heeft. Geen raadsleden, geen Guelfen... maar de Compagnie?

> ...maar wie gaf die dolkstoot dan onder haar kin?
> Een vijand van buiten de poort...?

Deed ze aan dubbelspionage? Kwam de maskerklant uit de Mugello om een rekening te vereffenen? Hij ziet een ogenblik de verminkte hals bij de brugpilaar. Geen beroepsmoordenaar, denkt hij weer. Toch Joosken dan, in opdracht van God-weet-wie? Hij zal het mannetje stevig aan de paar tanden moeten voelen die er nog in zijn slechtriekende mond steken. In Siena... waar hij nog steeds niet rechtstreeks naartoe gaat.

Hier over de Arno woont het kleinste volk van de stad, volders- knechten, sjouwers, strontruimers. De houten huizen zijn verval- len, de straten vuil, de kinderen mager en haveloos. Vermoeide vrouwen, stuk voor stuk zwanger, zitten voor hun deuren te spin- nen. Maar de bedelaars voor de kerkportalen hebben het beter dan in andere buurten. Arm heeft meer voor arm te missen dan rijk. Bovendien zijn de meeste bedelaars uit deze wijk afkomstig. Het is eigenlijk voor de bedelaars dat Lapo Mosca zijn zoveelste omweg maakt; maar als ze hem zien leggen de vrouwen hun spinrokken opzij en dringen de kinderen om hem heen.

'Een liedje, Lapo Duedonne! Eén liedje maar!'

Dat gaat zo maar niet, hij is al twintig jaar geen speelman meer, hij is broeder! Hij moet weten of ze hun Pasen gehouden hebben? Hun gebeden opgezegd? Geen fruit gekaapt uit de manden van Monna Trecca? Geen katten opgehangen aan hun staarten? Dan zingt hij wat ze vragen, bij het tamboerijntje dat in zijn achterzak woont. Over de raaf van Salvestro, 'die preken kan als een pas- toor'. Voor de kinderen. Over de molenaar die vreemd wou gaan, 'maar zijn wijf nam hem netjes te grazen'. Voor de vrouwen. En voor de bedelaars het rondeel over de Fortuin, waar iedereen het refrein van kan meezingen:

> 'Fortuna draait haar grote rad.
> Helaas, ik zak omlaag.
>   Mijn vijand stijgt, en pist me nat.
> Fortuna draait haar grote rad
>   en gooit mijn vijand op zijn gat,
>   maar ík stijg op vandaag.
> Fortuna draait opnieuw haar rad.
> Helaas, ik zak omlaag...'

Als vrouwen en kinderen zijn afgetrokken, gaat Lapo tussen de bedelaars in de zon zitten. Het is een erbarmelijke troep blinden, idioten en verminkten. De verminkten kent Lapo bijna allemaal, hetzij uit de stadsgevangenis, die in zijn vroegere bedelwijk lag, hetzij van de schandpalen op de bruggen, waar ze te kijk hebben gestaan voor ze hun handen, voeten of neus bij de scherprechter achter moesten laten. Hij ziet eens om zich heen en vraagt hoe de zaken gaan.

Hoe zouden ze gaan? Slecht. De spoeling wordt veel te dun. Die podestà's van tegenwoordig laten maar brandmerken en af- hakken of het niets is.

'Halfzacht, dat is wat ze zijn,' licht een man zonder benen toe. 'Vroeger hingen ze je gewoon op, als ze zagen dat je toch geen geld voor de boete had. Tegenwoordig hakken ze, omdat ze zo nodig je leven willen sparen.'

Lapo geeft toe dat het verdomd onrechtvaardig is. 'Wie geen geld achter de hand heeft, kan zich geen misdaad veroorloven. Maar wie het geld wel heeft, hoeft aan geen misdaad te beginnen. Jongens, wat ik vragen wou, is Acht-negen-tien er niet?'

Acht-negen-tien is een Duitser die bij het doopsel de naam Ot- to ontving. Otto betekent acht in Florence, en omdat de man ui- termate vlug is bij het dobbelspel, was de bijnaam Otto-nove-dieci gauw gevonden. Gauwer dan Otto-nove-dieci zelf, deze morgen, die het terrein van zijn wederrechtelijke arbeid nog wel eens wil verleggen. Lapo ontdekt hem tenslotte in de schaduw van het kerkje San Pier Gattolino, vlakbij de Zuidpoort waar hij naartoe schijnt te moeten of hij wil of niet. Hij krijgt niet de indruk bij- zonder welkom te zijn.

Ondank is 's werelds loon. Indertijd placht Otto, zonder soldij door zijn leger achtergelaten, aan de kost te komen bij de graven van plaatselijke wonderdoeners, die speciaal in Noord-Italië als paddestoelen uit de gewijde grond schieten. Kreupel, stom, blind, mismaakt of verlamd sleepte Otto zich naar de zerken, om ter plekke te genezen tot stichting van goedgeefse gelovigen. Een vir- tuoze voorstelling, Lapo heeft het hem verschillende malen zien doen, en hem hartelijk bewonderd. Het ging hem eigenlijk aan zijn hart er een eind aan te maken, maar tenslotte moest hij ingrij- pen of zijn bazen hadden het gedaan: de verering van de échte heiligen – van de franciscaanse met name – leed er te veel schade door. Nu bleef de overheid er net nog buiten, want Otto nam zich de krachtige waarschuwing wijselijk ter harte. Hij moest omzien naar een ander middel van bestaan, en de voet die hem daarbij tenslotte, als bedrijfsongeval kan men zeggen, ontnomen werd, heeft op geen enkel wonderdadig graf weer aan willen groeien. Van die knak in zijn carrière geeft hij Lapo Mosca de schuld. Dat zou te begrijpen zijn... als het hem niet beter ging dan ooit, sinds hij en zijn uitgeholde stok zich samen op het zaraspel hebben toegelegd. Feitelijk moest hij de hemel dagelijks voor Lapo Mosca bedanken. Ook zou hij blij moeten zijn dat Lapo hier in de stad niemand heeft ingelicht over Otto's mirakel-verleden: daar werd hij ook vandaag nog zonder pardon de poort voor uitgejaagd. De inlichtingen die de broeder hem van tijd tot tijd komt vragen, zou hij als tegenprestatie moeten zien, niet als chantage. Maar als gezegd, ondank is 's werelds loon.

'Spelletje, broeder?' vraagt Acht-negen-tien zonder veel illusies.

'Altijd. Maar je weet het: zonder holle stok. En zonder dobbels.'

'Papenspelletjes. Geen kloot aan.'

'Otto, Otto, wat zul jij je vervelen in de hemel. Het is maar goed dat je er voorlopig niet in komt.' Lapo laat zich neer met nadrukkelijke gemoedelijkheid. 'Goed, kinderspelletjes dan. Een kinderlijk praatje, daar is het me om te doen. Ik moet naar het Noorden. Naar Bologna. Het schijnt dat ik onderweg een troep van de Grote Compagnie kan tegenkomen. Ik dacht: daar kan Otto me vast wel wat over vertellen. Die heeft toch bij de Compagnie gediend, indertijd?'

Een vertederde glimlach verlicht het gelaat van de oud-strijder.

'Dat was nog eens een tijd. Toen stond de Compagnie onder Monreale. De grootste generaal die er ooit heeft bestaan. Let wel, mij heeft hij eruit geflikkerd, maar dat had ik verdiend. Bevel is bevel. Ik had een miskelk achterovergedrukt.'

'Tjonge, had hij daar bezwaar tegen? Ik wist niet dat die man zo vroom was.'

'Vroom? Natuurlijk was hij vroom, maar daar ging het niet om. Die kelk zat in de ongedeelde buit, hij was van goud, er zaten kanjers van edelstenen op. Ik mocht blij zijn dat mijn kop er niet af ging. Een geweldige generaal. Ik heb gehuild toen zíjn kop eraf ging. Eerlijk waar.'

'Zijn opvolger schijnt er ook verstand van te hebben. Is dat geen landgenoot van jou?'

'Kan niet tippen aan Monreale. Ene graaf Landau. En zijn broer is helemaal niks waard. Die voert op het ogenblik het bevel. Landau zit in Duitsland.'

Ach ja, soldaten met heimwee uithoren is kinderspel. De actualiteit in Otto's berichtgeving verraadt Lapo precies wat hij weten wil. Blijkbaar voelt de Duitser het zelf. Hij trekt een vrijblijvend gezicht en roept: 'Spelletje, dame?' naar een voorbijlopende boerin. Een afleidingsmanoeuvre. Zelfs de boerinnen weten dat een fatsoenlijke vrouw niet dobbelt, althans niet op straat. Lapo vertrekt geen spier.

'Wat ik eigenlijk zoek is het een of andere vrijgeleide. Die soldaten met wie jij praat, kunnen me dat natuurlijk niet bezorgen. Waar kan ik ergens een officier vinden?'

'Weet ík het? Denk je dat die bij mij komen?'

'Nee, nee. Hun handlangers hebben twee voeten nodig. Wees daar maar heel blij om. Waar ze wél komen, daar gaat het om.'

Acht-negen-tien vlucht in een lach. 'Loop voor mijn part de bordelen af,' roept hij, 'dan ben ík je kwijt.' Daarmee schijnt hij zich opnieuw versproken te hebben, want hij voegt eraan toe: 'Niet dat je ze dáár zult vinden. D'r komen geen officieren in de stad. Geen manschappen ook. Niet meer. D'r zijn er een paar gegrepen, vóór Pasen. Spelletje, heren?'

Twee goedgeklede losbollen schijnen wel iets in het voorstel te zien. Lapo wuift een afscheid en vervolgt peinzend zijn weg.

Buiten de stadspoorten drommen de plattelanders. Tolgaarders zijn bezig een kudde schapen te tellen, en zout te wegen, dat van zee komt, en graan, de laatste graanvrachten van het jaar. Een boer staat zenuwachtig naar de waag te kijken. Graan is goud, het doet vandaag veertig stuiver de schepel, maar de tolrechten zijn schreeuwend hoog. Twee mud, drie schepel? Zoveel was het niet, er moet iets met de gewichten zijn... De tolgaarder buigt zich over de schaal, en dan ziet Lapo hoe achter zijn rug een kameraad een kar tolvrije laurier naar binnen rijdt. Er steekt een varkensoor onderuit, dat Lapo in hevige tweestrijd brengt: wie moet hij waarschuwen, de onhandige smokkelaar of de slordige douanier? Gelukkig volgt de boer Lapo's blik, ziet het oor en camoufleert het. Lapo Mosca heeft er zelf heel wat aan afgesmokkeld, toen hij nog een zondige leek was, en voelt een diepe voldoening. Maar de knipoog van de laurierkruier beantwoordt hij niet, want zo'n knipoog is een steekpenning.

'O broeder,' zegt een jonge boerin, 'bid een onzevader voor me en ik geef je een appel.'

'Weet je zeker dat je geen Eva heet?'

'Ik heet Cosa.'

'Geef me dan twee appels voor twee onzevaders.'

'Wat een smulpapen, hier in Florence!' Maar van de appels die ze uit haar ezelmand grijpt, geeft hij haar één terug, die ze moet opeten waar hij bij staat, want ze heeft een lange reis achter de rug. Haar rok is stoffig, en behalve appels heeft ze een hoge mand saffraankrokus bij zich: die verbouwen ze de kant van San Gimignano uit. Hij belooft haar goede zaken. Dank zij de onzevaders zullen koks, ververs en apothekers vechten om haar saffraan! Krokussen en boerin geuren vaag naar voorjaar en aarde. Opeens heeft Lapo haast om uit de drukte te komen. Vóór hem liggen de Chianti-heuvels, golvend met donker bewerkte akkers en groene olijven; wat doet hij hier, uren geleden had hij al daarginds willen lopen.

> O zoete heuvels van Toscane,
> die ik bewoon als mijn paleis...

Het is een van die liedjes die nooit afkomen. Een rondeel biedt maar weinig plaatsruimte, en steeds ontdekt Lapo nieuwe schoonheden die er noodzakelijk in moeten. Hij is er dadelijk weer mee bezig, zodat ze allemaal op de achtergrond raken, Nennetta, de wevers, de gemaskerde van de Grote Compagnie. Hij gaat naar Siena... wat hem niet belet eerst af te slaan naar Marignolle.

4

De naam Florence, zeggen ze, heeft iets met een bloem te maken. Dat zal dan wel een zonnebloem zijn, waar de stad zelf, binnen haar stevige muren, alleen het hart van is. De kleurige bloembladen liggen erbuiten: een krans van zomerhuizen en tuinen. Mee-golvend over de heuvels leggen ze een tweede ringwal met een omtrek van wel vijftig mijl, wordt er beweerd. Een kwetsbare ring-wal, natuurlijk, zodat veel zomerhuizen eruitzien als bastions. Het belet hun eigenaren niet, hun zorg en spaargeld te steken in wat achter de getraliede vensters en zware muren ligt, vooral in de tuinen. Wie een veer van zijn mond kan blazen, stuurt 's zomers zijn gezin naar zijn villa, en rijdt zelf op en neer tussen de koelte daarboven en de hitte van de stad. Enkel in de winter, of als er oorlog dreigt, hebben de boeren het rijk weer alleen; maar Floren-ce krijgt er steeds meer slag van, haar oorlogen uit te vechten op andermans terrein. Ook al vanwege de buitenhuizen.

De groene ringwal is niet overal even voornaam. Op het ogen-blik gaat de voorkeur naar de zuid-heuvels uit, en voor bij uitstek beschaafd geldt het gehucht Marignolle. Het is vooral in trek bij rustige intellectuelen, en dat, beseft Lapo Mosca, heeft hem van begin af aan vagelijk dwarsgezeten. Stille bomen steken uit boven nog stillere muren, de wegen zijn schoon en saai. De drie platte hoerenlopers die hij zoekt, zouden niet uit Marignolle moeten komen. Hoewel...

De zon staat hoog, hij is dorstig en warm. Dat treft. Voor zijn eerste verkenning rekent hij op de herberg aan het pleintje. Wie bij de betere stand moet eindigen, kan het beste bij de mindere stand beginnen.

Twee grijsaards zitten achter de witte wijn met de rust van langgewortelden. Ze steken redelijk goed in het boerenpak, zodat Lapo zonder gewetensbezwaar in hun buurt gaat staan als hij de waard luid om een kroes water vraagt ter liefde Gods. Het werkt. Even later zit hij bij de grijsaards achter dezelfde witte wijn. Wie dorstigen laaft, verhoogt zijn hemelse banksaldo; vooral als het dorstigen zijn van de geestelijke stand. Lapo is in zekere zin een koopje, omdat hij alleen is: in de regel gaan minderbroeders twee aan twee op pad.

'Met mij houdt niemand het uit: verklaart hij vriendelijk. Zijn opdrachten zijn meestal niet van een soort waar men meer dan een vertrouweling mee belast, maar dat hoeven zijn gastheren niet te weten. 'Drinken kan ik trouwens wél voor twee,' verzekert hij, en heft zijn glas. Trebbiano. Dat dacht hij al.

'Helemaal uit Fiesole!' Het tweetal is hem onmiddellijk gaan uithoren. 'Dan ben je vroeg op pad gegaan, broeder,' zeggen ze vol respect.

'Ik moest wel. Wie niet werkt, zal niet drinken.'

'O, daar is niets van aan. Ik heb me lam gewerkt en nooit gedronken. Mijn vrouw wou het niet hebben. Ze had een gelofte gedaan. Pas nu ze dood is, haal ik mijn schade in.'

'God hebbe haar ziel. Waar is ze aan gestorven?'

'Aan bedorven water.' De grijsaard begint beschaamd te giechelen. 'Daar kreeg ze de koorts van. De lonen die God voor geloften betaalt, daar sta je van te kijken, als sterveling zijnde.'

'Ik heb me ook mijn leven lang lam gewerkt,' verklaart de tweede grijsaard. 'Wat een verloren tijd was dat. Die schade zit ik in te halen. Met niets doen. Ik ben er nog lang niet mee klaar. Ik kan nog niet doodgaan.'

'Dat zal ik ze doorgeven, hierboven,' belooft Lapo, en daar maakt hij een mooie beurt mee. Hoopvol vragen de oude mannen of hij niet in Marignolle kan blijven. De pastoor hier heeft alleen verstand van kippen fokken. Zelfs lezen en schrijven is er niet bij.

'Ik zou best willen. Maar ik moet naar Siena. De paters dominicanen daar hebben een been van de zalige Bartolo. Onze Bartolo, die van San Gimignano. Daar hebben ze niets aan. Een man als Bartolo doet geen wonderen voor betweters. Dat been hoort bij ons. Ze willen het wel verkopen, maar wij minderbroeders hebben geen geld. Nu sturen ze mij eropaf om het voor niks los te krijgen.'

'Krijg je wel vaker iets voor niks van dominicanen?'

'Zeker wel. Bakkerskarren vol stenen, en ze smoezen net zo lang tot je zweert dat het broden zijn.'

'Pas dan maar op dat die relikwie ook niet van steen is!' waarschuwt de eerste grijsaard. De tweede kijkt medelijdend en zegt: 'Had je overste daar niet beter een slimmerd op af kunnen sturen?'

'Ik ben Lapo Mosca,' zegt Lapo Mosca – en bidt haastig een akte van berouw.

Maar zijn naam zegt de grijsaards niets. Of toch wel. 'Mosca?

Van de Mosca's uit Impruneta? Of van die schele Mosca uit de Zwaardenmakerssteeg? Of...'

'Nee, nee. Ik ben Lapo, zoon van Lapo, de mandvlechter uit Lucca. Bij ons in de orde word je Mosca genoemd – broeder Vlieg – als je geen zitvlees hebt. Mijn overste weet dat. Daarom ben ik het altijd die op karwei wordt gestuurd. Al doende leert een mens. Ook al is hij geen slimmerd.'

Hij zegt er niet bij, natuurlijk, wat hem werkelijk dwarszit in dit karwei. De prior van de dominicanen heeft uitdrukkelijk gevraagd, hém als onderhandelaar te sturen. Hij begrijpt niet wat ze van hem kunnen verlangen. Ze zullen nauwelijks verlegen zitten om zijn kijk op de een of andere filosofische haarkloverij...

We moeten onze naasten liefhebben. Onze naaste medemensen dan. Over onze naaste kloosterorden zegt de Schrift gelukkig niets, anders kwamen er weinig franciscanen de hemel in. Dominicanen veel eerder. Die kunnen de franciscanen wel net zomin zetten als omgekeerd, maar vinden overal een loentje op. Zegt Lapo Mosca. Dominicanen heten eigenlijk predikheren. De officiele naam van franciscanen luidt minderbroeders. Heren en broeders: ook de gewijde samenleving kent rangen en standen. Van de vriendschap die de beide heilige ordestichters anderhalve eeuw geleden verbond, is niet veel méér over dan de feestverpakking: daarbinnen vangen de zielzorgende rivalen elkaar nogal eens de onsterfelijke vliegen af. Dat maakt persoonlijke ontmoetingen in de regel een tikje geforceerd.

De tweede grijsaard is ondertussen op de voetstappen van het gesprek teruggekeerd: 'Als je naar Siena moet, wat doe je dan in Marignolle?'

Eindelijk!

Lapo drinkt zijn glas leeg, voor hij welsprekend uiteenzet dat hij die omweg maakt ter wille van zijn petemoei. Een voormalig zoogkind van zijn petemoei is bevallen van een zoon, hier in Marignolle, en daar heeft ze een mutsje voor geborduurd dat hij af moet geven. Maar de petemoei heeft geen tanden meer, en Lapo was wat slaperig tijdens haar verhaal, en zo zit hij nu hier en heeft geen idee hoe de familie heet waar hij wezen moet. Hij weet alleen dat hij een dag te laat is. Het doopfeest was gisteren.

Belcore, zeggen de mannen uit één mond. Het enige doopfeest sinds Pasen was bij Belcore, en ja zeker, dat was gisteren: wie goed snuift, ruikt de gebraden ganzen nog. Het duurste feest sinds jaren, zeggen de mannen koeltjes. Een protsfeest. Belcore bulkt van het geld, maar hij is geen heer. Heer zijn leer je niet in één slag van vader op zoon, en Belcores vader voer nog op de Levant. Daar heeft hij de duiten verdiend...

'Niet daar en niet verdiend,' onderbreekt de een de ander. 'Hier. En gestolen. Met belasting ontduiken.'

...in elk geval de duiten waarmee de zoon het landgoed van de Figlipetri gekocht heeft, toen die verbannen werden. Belcore hoort er thuis als een keutel in een schatkist, wat hij ook doet. Hij mag naar muskus stinken en zijn haar friseren en overal eekhoorn-bont aanzetten, tot aan zijn slaapmuts toe. Het is ermee als met de hoge hakken die moeten verbergen dat hij een onderkruipsel is: fratsen verbergen niet. Ze onthullen.

Het is duidelijk dat Belcore de weg beter gevonden heeft naar vrouwenhuizen dan naar mannenharten. De grijsaards schamen zich een beetje voor hun geroddel. Ze haasten zich tot een aanvulling. Belcore mag geen heer zijn, zijn vrouw is wel een dame. Altijd in het zwart, altijd zwijgen, altijd bidden. Lapo's goede pete-moei heeft haar geen zure melk gegeven, dat staat vast.

Lapo bedankt voor de wijn en de inlichtingen en laat zich de weg wijzen naar wat nog steeds het buiten van de Figlipetri genoemd wordt.

De gevel van het huis... grote brokken donkerblonde zandsteen – onderscheidt zich van de aangebouwde parkmuren alleen door vensters en een zware bronzen deur. Daar komt een kolossale neger uit, die hem van top tot teen fouilleert als hij naar de heer des huizes vraagt. Handen, groot, soepel, onbehaaglijk, als poliepen. Ze vinden geen wapens, zelfs geen pantserhemd, niets dan de kleine tamboerijn die met achterdocht wordt bekeken. Ten slotte mag Lapo mee, een deurtje in de tuinmuur door. De livreimouw met de poliep eraan wijst in de richting van een prieel. Lapo kan niet laten een volzin Arabisch los te laten, die hij aan het Heilige Land heeft overgehouden. Hij krijgt er de Florentijnse versie van 'lul niet' voor terug.

Tegen een achtergrond van cipressen glooit een grasveld naar omlaag, kortgeschoren, donkergroen. Van het bordes achter de villa slingeren paden verschillende kanten uit, dichtbij geflankeerd door aardewerk potten met geurende oranjebloesem, verder weg overdekt met rozenloggia's die al groen zijn. Vogels kwetteren rond een witmarmeren fontein. De muren gaan schuil achter bloeiende heesters en olijven. De donkere statigheid van cipressen en ceders vormt de achtergrond. Lapo Mosca blijft even stilstaan, een mooi uitzicht is aan hem nooit verloren. Zijn gedachten gaan uit naar de vorige eigenaar, de banneling Figlipetri. Het plezier van bezitten verzwaart het leed van verliezen. Het is veiliger een broeder Vlieg te zijn, die 'niets heeft en alles bezit', een kijkje kan nemen en doorlopen. Wat hij dan ook doet – na een blik op een antiek godenbeeld bij het bordes, dat een fluwelen wangenmuts op één oor draagt, naast een godinnenbeeld waar rode tieten en zwart schaamhaar op geverfd zijn. Belcore heeft humor.

Uit het prieel klinken de stemmen van mannen die een heel eind heen zijn. Het verbaast Lapo dan ook niet dat al spoedig de zware geur van malvezij hem tegemoetkomt, en dat de heren naar wie hij verwezen is, schuilgaan achter glazen en karaffen. Het zijn er drie; met een beetje geluk heeft hij de drie vrienden van Nennetta in één klap te pakken. Ze kijken hem een poosje onduidelijk aan, tot er één vaststelt: 'Een broeder van Sint-Geefmeneencent.'

Lapo heeft de man uitgezocht die het beste met de beschrijving van de grijsaards overeenkomt. Hij maakt een buiging voor hem en wenst hem de gebruikelijke duizend zonen.

'Als je op het doopmaal afkomt,' zegt de gelukkige vader, 'in de keuken hebben ze misschien nog een kliek.'

'Dank u. Ik heb vanmorgen vroeg al een kliek van uw blanc-manger gehad.'

De mannen kijken elkaar aan; hun blik bevestigt Lapo dat hij stellig met Nennetta's drie klanten te maken heeft. Ze gaan rechter op zitten, lijken nuchterder.

'Is die meid gek, dat ze een paap op me afstuurt?'

'Als u Nennetta bedoelt, die zoek ik juist. Het is haar waardin die me stuurt.'

'Is dat wijf gek?' Belcores woordenschat is wat mager. 'Denkt ze dat ik een snol in mijn huis haal?'

Zijn ene vriend slaat zich op de dijen van pret. 'Hoor je dat? Sismonda stiekem de hort op!'

Maar de derde, die Lapo zwijgend heeft aan zitten kijken, vraagt met een grafstem: 'Ben jij Lapo Mosca niet? Dat betekent gelazer.'

(Steek in je zak, opschepper: voor deugdzame grijsaards een vreemde, bij jeugdig ontuig bekend...)

'Gelazer, heren, maar niet voor u. Er was een familiefeest hier, dat weet iedereen. Geen mens zoekt de vrouw in Marignolle. Maar geen mens weet waar ze wél is. U hebt haar gisteren gesproken. Wat heeft ze gezegd? Wat weet u van haar?'

'Dat ze lekkere billen heeft,' begint er één uitdagend. De anderen vullen het signalement gretig aan met wat er verder nog de moeite waard is aan de vermiste.

'Dat weten we natuurlijk,' zegt Lapo onverstoorbaar – en inderdaad, sinds vanmorgen weet hij daar het een en ander van. 'Maar het zou helpen als we wat meer gegevens over haar persoon hadden. De waardin stuurt er mij liever op af dan dat ze er dadelijk de politie bij haalt. Zelf weet ze ook niet meer dan dat de doopnaam van de jonge vrouw Sismonda luidt. Uit welke familie komt ze, met wie stond ze in contact? U moet het toch weten, u bent vrienden van haar.'

'Vrienden van een hoer? Is die paap gek?'

'Niemand wordt als hoer geboren. Ze schijnt gezegd te hebben dat ze u kende van vóór die tijd.'

De mannen schuifelen wat, tot Belcore zijn schouders ophaalt.

'Nou ja, beter tegen jou dan tegen de politie. Waar ze naartoe is weten we niet, maar we kennen haar al jaren, dat klopt. We kenden haar al toen ze nog fatsoenlijk was en we nog haar schaduw niet aan mochten kijken. Ze kreeg les met de zusters van Carlo hier, lezen, muziek, weet ik veel. Een verdomd mooie meid, we liepen haar al achterna toen ze tien was. Maar we waren stront voor haar, we kregen nog niet eens antwoord als we iets tegen haar zeiden. Haar familie werd verbannen, maar ze bleef hetzelfde kreng. Toen verdween ze... en twee jaar terug vonden we haar in die hoerenkast. Puur bij toeval. Mooi dat de rollen omgedraaid werden. We hadden wat betaald te zetten, begrijpt u?'

'Nee. Wie zo omlaag valt, heeft genoeg betaald.'

'Zoiets begrijpt een broeder niet,' zegt de vriend die Carlo heet. 'De padrone hier, messer Belcore, heeft om haar hand laten vragen toen ze twaalf was. Hij kreeg haar niet. Hij was niet fijn genoeg.'

'Dat vond haar vader, niet zij zelf...' Lapo blijft steken. Hij ziet tranen in de ogen van Belcore. Tranen van woede, vernedering, spijt.

'Haar vader, precies. Hij werd verbannen, hij had geen cent meer, hij zat op een zolder in Siena, toen heb ik haar zelf opgezocht, wat kon mij een bruidsschat schelen, ik heb zat, ik heb haar gevraagd, ze heeft me weggehoond. Godendeduivel, wat heeft ze me naar mijn hoofd gegooid. Stront was ik, net als vroeger. Ze bleef nog liever haar leven lang maagd, zei ze. Maagd! Zij! En dat secreet vind ik dan aan de Sito Baldracca. Nog steeds op haar achterste benen. Nog steeds klaar om mijn ogen uit te krabben en me de deur uit te schoppen.'

De man die Carlo heet, schatert het uit.

'De madam moest eraan te pas komen. Toen hoefde het niet meer van Feo. Maar dat hebben we de volgende dag met ons drieen even goed gemaakt, hè Feo?'

'Lijkwit werd ze toen ze ons binnen zag komen. M'n karwats in m'n mouw. Ze heeft in geen week kunnen zitten.'

'Z'n kont heeft-ie d'r laten likken...'

'Op handen en voeten heeft ze hem rond mogen rijden...'

'Hortsik, mevrouw de gravin!'

'Kent mevrouw Carlino nog? Bek open voor Carlino!'

Drie geile, dronken koppen, Lapo ziet ze niet meer. Hij ziet de vrouw in de Arno. Mijn god, het was zelfmoord. Wat een wonder. Als hij boven het gebral uit kan komen, zegt hij: 'Lafbekken, met z'n drieën tegen één vrouw. Zo drijf je een mens de dood in.'

'Welnee, broer. Ze vraagt erom. Ze moet weten wie de baas is. Dan wordt ze zo krols als een kat.'

'Jij weet niks van vrouwen, broeder,' zegt Carlino met een zekere goedigheid. 'Je hebt ze in twee soorten. Of ze gaan gedwee op hun rug liggen en vallen in slaap terwijl je bezig bent. Goed om mee te trouwen en verder niets waard. Maar de anderen! Die komen pas op gang als je ze afrost, en dan weten ze van geen ophouden. Hoerenhout. Daar is Sismonda uit gesneden. Als we haar niet aan haar bed vastbinden, of met een zweep of een dolk zwaaien, is ze niet te harden. Elke keer opnieuw. Geloof mij nou, ze vindt het lekker.'

'Je hebt Marduch toch gezien, bij de voordeur? Die was vroeger van Sismonda natuurlijk. Hij hoorde bij dit huis. Als ik je nou vertel dat ze zelf heeft voorgesteld om hem eens mee te brengen. Je had het moeten zien. Ik dacht verdomd dat hij door haar bek weer naar buiten zou komen...'

'Bewaar de rest voor je biechtvader!' Lapo merkt niet dat hij schreeuwt. Hij wil weg, hij weet genoeg. De vrouw in de Arno was Sismonda de' Figlipetri. De zoveelste banneling die, van alles beroofd, de brede weg opraakte.

'Maak je over die meid geen zorgen, broeder. Ze is heus zo slecht niet af. Wat had ze in Siena moeten beginnen? Bedelen? Thuiswerk doen voor een gilde? Een kale-netenklooster ingaan?'

'Je laat ons erbuiten, hè? Ze komt heus wel weer boven water.'

'Je ziet hoeveel vrijheid ze heeft. Zegt niets tegen d'r madam. Gaat en staat waar ze wil.'

'Ze gaat niet en ze staat niet,' zegt Lapo, voor hij zich omdraait, 'maar boven water kwam ze wel. Vanmorgen. In de Arno. Met een doorgesneden keel. Goedemiddag.'

5

Wie gooide Sismonda de Arno in?
Door wie is Sismonda vermoord?

Een dief. Een raadslid. Een partijlid. Een knecht van de Compagnie. Een dolgedraaide vrijer. Zij zelf.

Een klein, dik, haveloos broedertje loopt zijn 'zoete heuvels van Toscane' op en af zonder ze te zien, laat staan te bezingen: ze hebben het nu toch van de vrouw in de Arno verloren. Hij maakt zich niet eens meer wijs dat hij ter wille van Joosken met haar bezig is.

47

Door het relaas in Marignolle is het wevertje als dader nagenoeg uitgeschakeld: het schriele ventje had Sismonda evenmin baas gekund als de nobele Belcore. Lapo zou nog eerder aan zelfmoord denken; maar bij nader inzien zijn hem geen gevallen bekend van mensen die erin slagen op deze manier hun eigen keel door te snijden. Alles wijst op de vreemdeling met het masker. Hij zal hem het masker niet af kunnen rukken voor hij Sismonda zelf ontmaskerd heeft. Haar afkomst brengt hem misschien op weg.

Het proces-Figlipetri heeft indertijd veel stof doen opwaaien. De stad lag in oorlog met Milaan. Ze had geld nodig, en zocht voorwendsels om grote vermogens te confisqueren. Om oud-bankier Figlipetri te kunnen treffen heeft ze stellig lang moeten zoeken. Figlipetri deed niet aan politiek, niet aan invloedrijke relaties, niet aan knievallen voor machthebbers. In de stad verscheen hij hoe langer hoe minder, zelfs in de winter niet. Met zijn gezin en zijn boeken leefde hij binnen de muren van zijn buitengoed: een echte Marignolle-bewoner. Na de dood van zijn vrouw werd hij bijna een kluizenaar. Om in Nennetta het kleine dochtertje van weleer te herkennen, had men vaker bij hem over de vloer moeten komen dan de meesten vergund was. Hoe dat dochtertje tot de vrouw Nennetta kon worden, is nog onduidelijk – maar voor haar bereidheid tot alle spionage en chantage die de stad zou kunnen schaden, ligt een verklaring voor het grijpen.

Met de zon mee daalt Lapo's speurlust. Na veertien uur op de been is hij vermoeid, en honger heeft hij ook: achter die obstakels zakken de boeiendste problemen uit het gezicht. Het schemert tegen de tijd dat hij het wegkapelletje op de bergkam bereikt, waar hij wel vaker blijft slapen als hij in deze streek 'op karwei' is. Dankbaar gaat hij op het stoepje zitten naast verflenste bloemen van gelovige voorbijgangers, en haalt het brood tevoorschijn dat een vrouw hem onderweg heeft toegestopt.

Als het op is, blijft hij nog lang kijken hoe de vuren bij de boerderijen de een na de ander doven, en de witte muilezelpaden flauw oplichten onder de sterren. Cipressen rijzen zwart omhoog als opgeheven armen van een biddende aarde. Lapo volgt het voorbeeld zo goed hij kan. Bidden is een medicijn tegen onrust – maar deze avond werkt het slecht. Lapo Mosca is uit zijn doen... voor zijn doen. Hij hoopt dat het door de vis komt die de pastoor van Galluzzo hem heeft laten geven, en die zijn beste tijd gehad had; maar hij weet heel goed dat de vis minder bedorven was dan de praatjes die hij in het prieel te horen heeft gekregen. Het is zijn geestelijke maag die opspeelt. Nu de dag voorbij is, vermindert zijn weerstand tegen het soort oprispingen dat hij meer vreest dan tastbare gevaren. Wat Belcore en zijn vrienden uitkraamden, wekte zijn afschuw... maar ook zijn verwarring.

Voor een zwerver met open ogen en oren is monnik-zijn geen eenvoudige zaak. Armoede heeft Lapo moeten beloven. Dat was geen probleem: hij heeft nooit iets anders gekend. Gehoorzaamheid. Een begrip waar je alle kanten mee uit kunt. Maar dan. De zogezegde kuisheid...

Lapo Mosca is tamelijk tevreden met het leven dat hij tenslotte gekozen heeft. De heilige vader Franciscus is een man naar zijn hart, hij slaat hem nauwelijks lager aan dan Onze-Lieve-Heer zelf. Hij voelt zich op zijn plaats als zoon van een man die zwierf, en zong, en troostte: net als hij zelf, maar dan in het heilige. Een ruggensteun waar hij best wat voor over heeft... zolang de contributie zijn draagkracht niet te boven gaat. De laatste penningen brengt hij zelden op, en dat zit hem vooral in de kuisheid. Geen vrouwen. Of dat niet lastig genoeg is. Maar zelfs niet denken aan vrouwen. Beelden, bont als vlinders, hardnekkig als wespen... Lapo zucht, en gaat op de tast het kapelletje in. Hij gaat op de ruwe grond liggen met een bezwaard hart, want hij weet van tevoren wat hij dromen zal. De vrouw die door Belcore mishandeld wordt, zal zowel Sismonda zijn als Maria uit de Apostelkerk. Misschien is het niet eens altijd Belcore die zich misdraagt.

Hij heeft zijn hart aan 'Maria-Beneden' verloren toen hij nog straatzanger was, en haar als klein meisje zag spelen in een binnenhof, blond, ingetogen, ernstig. Ze kwam op hem toe gelopen, meer om zijn vedel dan om zijn lied, en tokkelde aan de snaren, een voorzichtig vingertje, twee verrukte blauwe ogen. Haar kindermeid riep vanuit het huis, toen heeft hij in een opwelling gezegd: 'Madonnina, alles wat ik zing, is voortaan voor u.'

Het kind heeft geantwoord: 'Dan zult u ook voortaan mijn ridder zijn', en ze maakten een buiging voor elkaar.

Een spel? Helemaal vergeten hebben ze het geen van beiden. Voor Lapo was het bovendien meer dan een spel: de toezegging van het kleine meisje vulde een open plaats. Wie dichter is, hoort een dame te kiezen die hij boven de sterren verheft – al dicht hij ook enkel goedkope rondelen. De dames uit zijn omgeving waren te plomp om boven sterren te zweven. Stuk voor stuk vielen ze omlaag – maar 'Maria-Beneden' bleef boven. Zeker duizend liedjes heeft hij op haar gemaakt, en veel daarvan zijn bekend in Toscane. Het kleine meisje werd groot, de speelman werd broeder, ze spreken elkaar nooit; maar als symbool was Maria opgewassen tegen iedere verandering. Uit de verte heeft Lapo over haar gewaakt. Toen ze verloofd werd, heeft hij haar schoonfamilie uitgeplozen tot in het derde geslacht, voor hij het paar in stilte zijn zegen kon geven. Ze is in het huis van de Machiavelli getrouwd, goede Guelfen die niet gauw verbannen zullen worden. Bijzonder gelukkig zal ze niet zijn, maar enkel een dwaas houdt geluk voor zijn goed recht. Het is al mooi dat het witte gezicht in de blauwe kapmantel geen bijzonder ongeluk verraadt. Van haar vier of vijf kinderen zijn er in elk geval twee blijven leven. En de anderen zijn tenslotte zo ver niet weg. Ze knielt in de Apostelkerk om naar ze te wuiven.

Sismonda de' Figlipetri. Maria ne' Machiavelli. Ze hebben niets van elkaar, behalve het glazuur van geslachtenlange beschutting en beschaving: blijkbaar voldoende voor een proleet als Lapo Mosca, om hen in zijn dromen te laten samenvloeien. Als hij 's morgens wakker wordt, heeft hij nog steeds het gevoel of er een emmer gootwater over zijn ziel is uitgestort. De dode vrouw staat hem dadelijk en duidelijk weer voor de geest. Het doodshemd waarmee hij haar in gedachten bedekt heeft, wil slecht blijven zitten. Hij bromt, slaat een kruis, wrijft in zijn ogen, doet ze open.

En dan bromt hij, en slaat hij weer een kruis, en wrijft opnieuw, want vóór hem knielt Sismonda de' Figlipetri. Ze heeft geen doodshemd aan, maar een rode mantel waar het kastanjehaar overheen golft, en haar beide armen steekt ze uit naar een tuinman die daar niet van is gediend. Het kapelletje is toegewijd aan Maria Magdalena, maar er kan geen twijfel over bestaan: die vrouw daar op de frescoschildering is Sismonda, tot en met het moedervlekje bij haar mond.

Lapo Mosca prevelt iets halverwege een schietgebed en een vloek. Hij zet koers naar het dorp op de heuveltop dichtbij, dat zijn poort juist heeft geopend. Hij heeft al een vuist gebald, om ermee op een huisdeur naast de kerk te bonzen, maar de deur staat open. Een kleine jongen doet pogingen twee vrijpostige biggen naar buiten te werken. Achter hem wordt druk geschrobd, gespoeld, gehamerd. De hoofdbewoner zelf mag nog in bed liggen, zijn leerlingen houdt hij kort. Met weinig slaap, weinig voer, weinig vertier, kweekt men de beste schilders, dat is bekend. Lapo drentelt het atelier door in afwachting van 's meesters komst... en is natuurlijk aanstonds verdiept in wat er te kijken valt. Zijn kwade dromen lossen op in niets, en zelfs Sismonda raakt even vergeten. Kleuren! Verzen maken van kleuren, zoals hij het met woorden doet! Beitels, ganzenpennen, houtskoolstiften worden bijgeslepen, penselen worden gereinigd, wankele ezels verstevigd. Bij een aanrecht zijn twee jongens bezig met de aanmaak van verf. Dat is nog heel wat anders dan de kuipen van het Verversstraatje in de stad! Al die schakeringen rood, geel, groen: cinnaber, drakenbloed, oker, keulse aarde, zeegroen en aardgroen! De leerlingen noemen de namen van de mengsels waar Lapo op wijst, maar ongeduldig, want verf bereiden vraagt alle aandacht, vooral op het moment dat er ei doorheen moet. Terwijl Lapo geboeid staat te kijken, voelt hij een handje in zijn achterzak. Voor hij het kan beletten, maakt een kleine zakkenroller zich uit de voeten met zijn tamboerijn, en klimt bliksemsnel op een hoge kast.

'Sinds wanneer houden jullie er een aap op na?'

Sinds een dag of drie, zo blijkt het. De baas van de aap is gestorven, en de kinderen van de schilder zijn gek met het beest. De leerlingen kennelijk ook, lachend en lokkend staan ze rondom de kast. De aap bekijkt en besnuffelt het tamboerijntje aan alle kanten, en Lapo kijkt ongerust toe; maar plotseling begint het dier vakkundig te roffelen.

Het is een loeder, zeggen de jongens. Sinds hij hen bezig heeft gezien, loert hij op verf en kwasten om hun panelen vol te kladden. Lapo lacht mee. Dan wordt hij opmerkzaam.

'Jongens, hij slaat niet zo maar wat. Hij maakt verschil tussen lang en kort, hoor maar. En tussen hard en zacht.'

Tatamta tatatamta tatatamtatamtatam, roffelt de aap, als een bevestiging.

'Je zou zweren dat hij een liedje begeleidt,' zegt Lapo verbaasd. 'Ik heb in mijn leven maar van een aap gehoord die je dat kon leren. Een speelmansaap.'

'Dat zal deze dan wel zijn. Zijn baas was speelman.'

'Toch niet... hoe heette die vent ook weer, een beetje scheel, met een baardje... Naddo... uit Perugia is-ie.'

Hoe hij heette weten ze niet, maar scheel was hij wel. Ze dachten dat het van de pijn kwam. Hij had naar Florence gewild, naar dokter del Garbo, maar hij heeft het niet meer gehaald. Maagkoliek. Zelf hield hij vol dat hij vergiftigd was.

Lapo slaat een kruis, meer uit heden-hij-morgen-ik-overwegingen dan omdat hij deze voormalige kunstbroeder nu zo graag mocht. Als het inderdaad Naddo was, heeft de dood een gluiper tot zich genomen, en dat zakkenrollen heeft zijn aap ook van niemand vreemd.

Tatamta tatatamta, begint de aap weer, en dan vliegt de deur open en een woedende stem brult: 'Wie heeft dat verrekte beest hier binnengelaten? En wie heeft hem die verrekte tamboerijn teruggegeven? Ik had toch gezegd...'

Maar dan heeft meester Taddeo zijn bezoeker herkend, en hij sluit hem in de armen, zijn slaapmuts nog op het hoofd. Al omhelzende brult hij naar de keuken, want als Lapo langskomt, heeft hij steevast honger. Vuur oppoken! Water warmen! Hierheen met die rest grauwe erwten en tonijn! En grijp een wortel om dat rotbeest omlaag te lokken!

'Wacht even,' vraagt Lapo. 'Hij slaat de maat van een liedje. Laat me even uitvinden wat het kan zijn.'

De leerlingen zeggen dat zij dat ook al hebben geprobeerd. Voor ze hem zijn eigen tamboerijn afhandig maakten, sloeg hij ditzelfde ritme van vroeg tot laat. Ze werden er gek van. Maar wat ze er ook bij zongen, elke keer begon hij woedend te schreeuwen.

Lapo Mosca tikt zachtjes met de aap mee, neuriet dit, neuriet dat, schudt zijn hoofd, en zegt dan: 'Ik weet maar één lied dat hier precies bij past, maar dat is geen speelmanskost. Het staat in het nieuwe verhalenboek van messer Boccaccio, op het eind van de "derde dag", als ik me niet vergis. Zoiets kan hij haast niet bedoelen!'

'Probeer het!' roepen ze van alle kanten, en Lapo springt in het getrommel als in een rijdende wagen:

'Geen meisje heeft te klagen
en te zuchten zoals ik,
helaas! vergeefs moet ik mijn liefde dragen...'

Op de kast roffelt de aap als bezeten, en wipt van plezier op en neer. Dan doet hij wat hij voor geen wortel doet: hij komt naar beneden en legt de tamboerijn in Lapo's uitgestoken hand. Vaklui onder elkaar.

Meester Taddeo kan om den brode het beschilderen van bruidskisten en gordijnen niet weigeren, maar zijn specialiteit zijn Kruislieveheren en Madonna's. Ook zijn vader en grootvader maakten daar hun specialiteit al van, en Taddeo denkt kennelijk in kinderliefde tekort te schieten als hij aan hun stijl en techniek iets zou veranderen. Wel een dozijn kruisbeelden staat naast elkaar tegen de wand, als tegen een kroegwand tijdens een processie op een warme dag. Ze verkeren in verschillende stadia van afwerking, sommige zijn niet meer dan getekend, andere missen alleen het goud nog van hun aureool, maar allemaal hebben ze dezelfde opzijgebogen, schematische lijven en boerse, schematische koppen. In een hoek staren ettelijke Madonna's uit lege, bolle ogen over hun debiele baby's heen. Hun onpersoonlijkheid herinnert Lapo aan een arrogante Magdalena met een moedervlek.

'Wie heeft het oude fresco in de wegkapel overgeschilderd? Ik hield ervan, ik had er devotie voor, ik ging er bidden zo vaak ik in de buurt was. Ik wist vanmorgen niet wat ik zag toen het licht werd!'

'Heiligschennis!' zegt meester Taddeo nadrukkelijk en bitter, en Lapo ziet beweging onder de leerlingen, of liever stilstand: spatels rusten, penselen zakken, ogen staren. Lapo wordt er baldadig van: 'Natuurlijk, die vorige Magdalena keek scheel. Ze had een lijf als een zak knollen, en daar knielde ze mee in een houding die geen sterveling vol kan houden. Maar daar zat 'm nou juist het heilige

53

in. Heilig kan ik die nieuwe niet noemen.'

De leerlingen gniffelen, maar hun meester geeft Lapo grimmig gelijk. De jeugd van vandaag smokkelt de aarde de hemel binnen. Het nieuwe fresco is een schandaal. Hij was bereid geweest het persoonlijk over te schilderen, maar de graaf die ervoor betaald heeft, vindt het nog mooi ook. De lummel die het maakte, heeft hij ontslagen. Wie goddeloos schildert, heeft bij hem niets te zoeken.

Lapo's ontbijt is op, hij kan ter zake komen.

'Ik vraag me af wat voor model zo'n jongen daar nu voor gebruikt heeft?'

'Het model dat we hier allemaal gebruiken. Mijn zoon. Je dacht toch niet dat ik hier vrouwelijke modellen naar binnen haalde? Nergens voor nodig. Hun lijven zijn niets anders dan misvormde mannenlijven. Vrouwen over de vloer, ik moet er niet aan denken. Moeten mijn leerlingen soms trillende handen en troebele ogen krijgen?'

'En vergeet de troebele zielen niet!' vult Lapo gedienstig aan. 'Dat kereltje met die biggen, was dat je zoon? Dan kan ik niet zeggen dat de gelijkenis goed was getroffen.'

Meester Taddeo zucht onder zulke lekenpraat. Gelijkenis? Wat doet gelijkenis er in vredesnaam toe? Gelijkenis is het masker van de vergankelijkheid. Wie lijkt nog op zijn eigen kindergezicht? Wie kent de gezichten die de heiligen bezaten, en wat doen die gezichten ertoe? In de hemel hebben ze al lang geen aardse gestalten meer.

Mopperend loopt hij naar achteren om een appelwangig jongmens op de vingers te kijken die een ster moet schilderen op de schouder van een Lievevrouwenmantel. Zuinig aan, bladgoud kost kapitalen! Dichtbij zegt een leerling zachtjes: 'Van Barna z'n vrouwen lijkt er geen een op het zoontje van de baas. Maar ze lijken wel allemaal op elkaar.'

'Barna?'

Uit Siena komt hij, of eigenlijk uit Monteriggioni, maar zijn eerste opleiding heeft hij in Siena gehad. Barna van Alda van Fredi, een boerenjongen, maar zijn kameraden spreken over hem als Moren over Mohammed. Uit alle windstreken zijn de kenners naar zijn Magdalena komen kijken. Geen wonder dat meester

Taddeo de pest in heeft. Geen wonder dat Barna geld als water verdient sinds hij voor zichzelf is begonnen. Door de duffe kunst-van-gisteren heeft Barna een dikke klodderstreep gehaald.

Taddeo roept dat hij de naam Barna niet meer horen wil, en Lapo neemt afscheid. Het is nog een heel eind naar Siena... te meer omdat hij er alweer niet rechtstreeks naartoe gaat.

'Bid onderweg voor de kunst, ze heeft het nodig,' zegt meester Taddeo, en laat een handvol muntjes glijden in Lapo's zak. Meester Taddeo is de kwaadste niet.

'Arri!' roept de voerman naar zijn muildier, en hij klakt met zijn tong. Dan wendt hij zich weer naar Lapo Mosca, naast hem op de bok, en herhaalt: 'Kinkels!' met de verwatenheid van een stede-ling. Hij is een Sienees, en bestuurder van Monteriggioni. Lapo trof hem aan onderweg, zijn zweep in de hand om een dorpssmid te straffen. Een smid met een hamer, dat was dus niet verstandig; maar de vlerk wilde dan ook een wiel repareren op zijn manier en niet volgens de aanwijzingen van de Sienees: dat was nog onver-standiger. De smid wist het natuurlijk wel beter, maar de Sienees was nu eenmaal hoger. Lapo kwam juist bijtijds om hem een slijte-rij in te loodsen, zodat de smid zijn ambacht kon uitoefenen en de klant zijn gezag... zij het dan in zijn verbeelding. Toen de wagen weer rijden kon, mocht Lapo mee op de bok. In zulke gevallen redeneert hij het voetgangersideaal van zijn orde tijdelijk omver. Een bedelmonnik is sober, maar wat hem toegestopt wordt, moet hij eten. Een bedelmonnik moet lopen, maar als hem een rit wordt toegestopt... nietwaar? Bovendien spreekt de regel van zijn orde over paarden, niet over muildieren.

'Kinkels. Ransel een boer en je hebt hem tot vriend. Geldt ook voor smeden, zoals je gezien hebt. Met Pasen had je dat tuig uit mijn gemeente moeten meemaken. Niet een was er nuchter. Alle-maal hadden ze het hoogste woord. Er hoefde niets te gebeuren, of daar knatsten de koppen weer tegen elkaar. Gelukkig, hun geld is opgezopen. Ze zitten weer op hun akkers en praten weer tegen hun beesten.'

'Net als Sint-Franciscus,' zegt Lapo deugdzaam.

'Ha, moet je ze horen! Ik voel me net Sint-Franciscus. Wanneer ik ze iets aan hun verstand moet brengen namelijk. Alleen praatte hij tegen vogels en ik tegen vee. Maar goed,' zegt de Sienees, 'je vraagt naar die Barna van Alda. Kinkel. Of nee, vlegel. Niet dat hij nog woont in dat dorp van mij, maar hij kwam een keer een grote bek tegen me opzetten. Zijn moeder lag overhoop met een buurman over een wijngaardje.'

De herinnering stemt de Sienees vrolijk.

'Ze beweerden natuurlijk allebei dat het hún wijngaard was. Laten ze nou allebei los van elkaar bij me aan komen zetten met een vat wijn. Dachten ze mij mee te versieren. Maar ik laat me niet omkopen natuurlijk.'

Dat valt me dan dik van je mee, vader, denkt Lapo. Eerbiedig zegt hij: 'Waren alle rechters maar zo. Standvastig zijn en geschenken weigeren.'

'Weigeren? Waarom zou ik ze weigeren? Afslaan doe ik nooit wat. Ik laat me er alleen niet mee omkopen. Ze grepen er allebei naast. Ik wees die wijngaard toe aan een neef van me, een officier van de stadswacht in Siena. Zeg niet dat dat geen goeie zet was. Nu heeft hij reden om ons te verdedigen als de oorlog onze kant uitkomt.'

'Salomonsoordelen,' besluit de Sienees, als Lapo blijft zwijgen, 'dat is je ware, daar hebben kinkels respect voor. Alleen die Barna, die heb ik een nacht in het cachot moeten stoppen.'

'Een ziekte,' zegt Barna's moeder een paar uur later. 'Het ene jaar heeft iedereen pestbuilen, het volgende jaar vreten de sprinkhanen alles kaal, het derde jaar neemt iedereen een ander z'n wijngaard af. Niets tegen te doen. Ze zeggen dat het met de sterren te maken heeft.'

'Het heeft te maken met geen man en geen geld hebben,' zegt haar dochter, die Tancia heet. 'Vrouwen-alleen zijn vogelvrij. Verzet je, en ze klagen je aan als heks.'

Wat nog niet eens ver gezocht is, denkt Lapo meewarig, terwijl hij de knokige vrouw bekijkt, en de schelle stem hoort die woorden als glasscherven spuwt uit een dunlippige mond. De verbittering die haar tot uit de haarpieken druipt, is bij haar moeder al lang gestremd tot lusteloze gelatenheid. Alda van Fredi zegt: 'Wat ik met die druiven verdiende, moet ik nu bij elkaar bedelen. Het kost meer tijd, maar het is minder vermoeiend.'

Verbeteren kan een vrouw-alleen haar lot misschien niet. Vergeten kan ze het wel, als ze voor haar dorst niet op water is aangewezen. Het is duidelijk dat Alda van Fredi die noodweg regelmatig betreedt. Een vormeloze vrouw van rond de vijftig. Ze herinnert Lapo onweerstaanbaar aan de niet-bestaande petemoei, voor wie hij het niet-geborduurde mutsje niet in Marignolle heeft afgegeven. Hij begrijpt dan ook, nog voor ze het vertelt, hoe ze zich in leven heeft gehouden na de dood van haar man: ze heeft als voedster een rijke stadsbaby in huis genomen en pasgeboren Tancia overgelaten aan de geit. Een lot dat ook Barna ten deel viel, een paar jaar later. Wie als min aan de kost moet komen, dient kinderen te baren, ook zonder huwelijkssacrament. Alda van Fredi heeft een lange weduweloopbaan achter zich: Lapo schat 'pasgeboren Tancia' op vijfendertig. Maar het blijkt dat zwoegen en brommen haar tien jaar voorschot aan rimpels hebben gegeven, want Fredi van Alda is pas een kwarteeuw dood.

De man is om het leven gekomen bij de grote overstroming van november 1333. Dat was toen het weken en weken bleef regenen en beneden, in het Arno-dal, alle ingekuilde wintervoorraden wegrotten. Fredi volgde het voorbeeld van andere boeren uit hooggelegen dorpen. Hij laadde zijn eigen voorraad aan uien en prei op zijn ezel en ondernam de lange tocht naar Florence, waar goede prijzen te maken waren. Terwijl hij in de stad was, kwam de vloedgolf, en hij verdronk met ezel en al. Sindsdien staat Alda alleen en onbeschermd.

'Alleen en onbeschermd? Jullie hebben Barna nu toch?'

Het mocht wat. Een jongen die naar de stad is getrokken op de dag zelf dat hij zijn eerste broek aankreeg. Hij dacht er niet over het boerderijtje op de been te helpen, zijn moeder te verzorgen, zijn zuster uit te huwen. Stront-schop-en-bezem worden in het huis van zijn zoogbroer, dat noemde hij: vooruitkomen in de wereld. Goed, lezen en schrijven heeft hij er geleerd, en daarmee kon hij bij een koopman in dienst. Als hij daar tenminste gebleven was en zijn loon thuis had afgedragen. Maar hij moest zo nodig gaan schilderen. Sindsdien liggen bij Alda van Fredi de muizen verhongerd onder tafel. Schilders verdienen niets.

Daarover heeft Lapo die ochtend iets anders vernomen. In gedachten geeft hij Barna van Alda een draai om zijn oren.

'Vooruitkomen in de wereld!' herhaalt Tancia smalend. Vooruitkomen op een schoen en een slof. Genadebrood eten in de kerken en kluizen die hij volkladdert. En áls ze dan in hun ongeluk een keer een beroep op hem doen, verpest hij alles met zijn brutale bek.

'Ik zal eens met hem praten,' belooft Lapo, en fijn!, dat is nu eens niet verzonnen, van A niet tot Z niet. Waar hangt hij uit, de verdorven zoon?

In Siena. Ze weten niet beter of hij werkt nog steeds in de Dominicuskerk. Wat dat betreft had Lapo zich de omweg over Monteriggioni kunnen besparen. Hoewel. Niets heeft zijn schaduwzijde, of aan de andere kant brandt licht. De hele dag al heeft hij hinder van de ongewone zwaarte in de zak van zijn pij.

'Helemaal niets verdienen schilders nu ook weer niet. Barna had nog wat loon tegoed van een vroegere leermeester, die ik vanmorgen tegenkwam. Dat kan ik dan net zo goed hier laten.'

Vier handen grissen naar de povere muntjes, die een kijfstem en een grogstem elkaar woedend betwisten. Korte, brede handen met lelijke, platte duimen.

Het hooi waar Tancia de gast in te slapen legt, ruikt muf. Waarschijnlijk is het niet ververst sinds Barna er met zijn zoogbroer in speelde. In elk geval zit het vol geitenkeutels en ongedierte, zodat Lapo aan iets schoons en lieflijks moet denken als tegenwicht, en zich de tuin van Marignolle voor de geest haalt. Zonder zuipbroeders, maar mét de fontein, de vogels, de geur en de bloemen. Hij valt in slaap terwijl hij er een rondeel over verzint.

Maar de volgende morgen kriebelt het aan alle kanten, en zo komt het dat Lapo Mosca voor dag en dauw over de dorpsbron gebogen staat. Zindelijkheid is geen deugd waar een zwerfmonnik zich bij uitstek op toe pleegt te leggen, maar bij dominicanen ligt dat anders. Dominicanen zijn heren. De kansen om hun een relikwie te ontfutselen, worden stellig niet verruimd door poep op de pij en hooi in de baard, om van vlooien en goedgerijpt zweet maar te zwijgen. Lapo wil de relikwie graag hebben, en niet alleen omdat hij daarvoor is uitgestuurd. Jammer genoeg is hij niet zo'n beste monnik. De zalige Bartolo van San Gimignano muntte uit in alles wat Lapo ontbreekt. Hij was rein, ingetogen, geduldig, goudeerlijk, en geweldig goed in bidden. Als Lapo zijn ziel aan de zaligheid van Bartolo mocht toevertrouwen, als hij dat been van Bartolo maar eventjes had om geestelijk op te staan... dan werd hij daar zeker een beetje beter van. Om niets onbeproefd te laten, zoekt hij zelfs een stuk boombast om zijn tanden mee te poetsen, en kauwt hij zijn adem schoon met een blad peterselie.

Hij staat min of meer toonbaar op het punt van vertrekken, als Alda van Fredi hem een voorwerp toestopt dat in een doek is geknoopt. 'Een geitenkaasje,' zegt ze verlegen.

'Dat ruik ik: antwoordt Lapo geroerd, en zijn maag knort van genoegen. Maar het blijkt de bedoeling te zijn dat hij het afgeeft.

'Niet dat die zoon van jou het verdiend heeft: verklaart hij hoofdschuddend. Dat is Alda met hem eens. De kaas is dan ook helemaal niet voor Barna, de kaas is voor haar zoogkind Ginepro. Die had al eeuwig honger toen hij een kleuter was. Nu is hij pater aan het worden, wat betekent dat hij zo goed als niets te eten krijgt, al brengt hij de dominicanen nog zo'n smak geld in. Lapo moet hem de bijvoeding geven zonder dat iemand het merkt, ook Barna niet, en nog veel minder Tancia; stop het weg! Die twee zijn altijd jaloers geweest. Alsof zij het helpen kon dat zoogkinderen nu eenmaal van alles het beste moesten hebben. Daarbij is de zoogbroer van Barna een schat van een jongen, met een hart van goud.

Amen. Maar buiten de dorpspoort staat Tancia, alle haren overeind, alle klauwen gekromd: 'Ze heeft je wat meegegeven. Ik zag het. Voor wie is het?'

'Voor mij. Je moeder laat een gast niet zonder eten vertrekken.'

Heks wordt weer vrouw, met tegenzin bijna. 'Ik dacht al dat het weer voor Gino was. D'r hemd van d'r gat zou ze dat rotjong geven, en mijn hemd erbij. Als we hemden hadden.'

'Moet jouw hart slecht zijn omdat het hare goed is?'

'Kom van je preekstoel af! Schatrijk zijn ze, Gino en zijn grote broer... dat is de lamstraal die mijn melk heeft opgezopen toen mijn vader stierf. Denk je dat ze ooit naar ons omkijken? Gino, dat stuk ongeluk dat zo nodig cadeaus moet krijgen. Hij zou ons nog niet groeten als hij over ons víél.'

'Wij minderbroeders zijn er om andermans fouten goed te maken,' zegt Lapo vriendelijk. 'Ik val niet over je. Ik val zelfs niet op je. Maar groeten doe ik je wel.'

En nu gaat hij dan wezenlijk naar Siena.

6

'Een moeilijke tijd voor de zielzorg...'

De prior prevelt met de spitse lippen van wie zijn tijd beter zou willen gebruiken. Lapo Mosca hoort hem aan met de voorhoofdsrimpels van wie een diepe zin zoekt achter ieder woord. Daarbij heeft hij met de ondiepe zin al moeite, want de prior spreekt met een sterk Frans accent. Nog meer moeite heeft Lapo overigens met zichzelf. Kinderachtig, die hekel aan dominicanen. Niets dan broodnijd en afgunst. Zie me nu zo'n prior eens aan. Prior betekent: meerdere, en daarom wou Franciscus het woord niet horen; bij Lapo thuis heet een overste gardiaan: bewaker. Maar deze man is gewoon een meerdere. Hij is als prior in de wieg gelegd. Rijzige gestalte, doordringende blik, doctorsbul uit Parijs. Kom daar bij de franciscanen eens om. Een moeilijke tijd voor de zielzorg. Hoe goed is dat gezien! Zorgen voor zielen in een tijd die amper meer weet wat zielen zijn! Daar heeft hij natuurlijk weer nooit bij stilgestaan. Leeghoofd dat hij is.

'Winters zijn altijd moeilijk voor de zielzorg,' verduidelijkt de prior. 'Sneeuw. Vorst. Daarna veel te veel regen. Waterschade in de stad. Verkeersproblemen daarbuiten.' Hij dankt God, die het weer heeft geschapen als gespreksstof voor de intellectueel die de eenvoudige van geest te woord moet staan. Weggeslagen bruggen, ondergelopen land. En dan die stormen. Een van zijn paters is onlangs warempel van een helling gewaaid met muildier en al. Hij brak zijn pols en kneusde zijn ribben.

'En het muildier?' vraagt Lapo bezorgd.

'Dat zoudt u broeder stalknecht moeten vragen.' De prior pauzeert voor een glimlach, eer hij er fijntjes op wijst dat de Heilige

Schrift onze aandacht voor mensen opeist. Armen, weduwen, wezen. Niet voor dieren.

'Uw aandacht wel natuurlijk!' geeft Lapo ijverig toe, 'maar och, de mijne...' De Heer, veronderstelt hij, moet hem bij de stalknechten hebben ingedeeld. Hij kan tenminste geen armen, weduwen en wezen zien – zoals daareven bijvoorbeeld bij de kloosterpoort –, zonder aan hun honden te denken: hoeveel honger díé dan wel moeten hebben.

Pater prior fronst de wenkbrauwen. Persoonlijke ergernissen duwen hem even uit zijn rol.

'Dat volk bij de poort wordt een wezenlijk probleem. Op het eind van een winter is ons klooster natuurlijk evengoed door zijn voorraden heen als zij. Dat is hun honderd keer gezegd. Het schijnt niet tot ze door te dringen.'

'Ik weet er alles van, maar onze gardiaan heeft er een middel op,' vertelt Lapo behulpzaam. 'Hij laat de bedelaars onze provisiekamer kijken. Schoon leeg. Laatst zijn ze toen zelf aan komen zetten met een pan soep.'

'Het ooilam van de arme!' Er klinkt afkeuring in de Franse stem: Lapo's raad was blijkbaar toch niet zo goed. Hij herinnert zich nu ook de kooklucht die hij in de hal heeft opgevangen en zegt haastig: 'Hier ligt dat anders. Uw gangen zijn natuurlijk te mooi voor al die vuile voeten...' Aan het been van Bartolo, denkt hij, zat ook een bedelvoet. Hekel of geen hekel, het been van Bartolo is hier niet op zijn plaats.

Lapo heeft al een paar maal geprobeerd het gesprek op de relikwie te brengen. De prior heeft terloops gewezen op de grote devotie van zijn broeders voor de zalige Bartolo. Levenslang ziek, zo heeft hij vernomen, na de beet van een slang. Het zal moeite kosten om te scheiden van de relikwie, die ze pas een paar maanden in huis hebben. Lapo deed zijn mond al open om te wijzen op een kleine misvatting, maar hij kreeg de kans niet. De prior begon dadelijk weer over regen en storm.

Misschien dat hij nu ter zake komt. Hij is gaan verzitten en de klank van zijn stem wordt levendiger. Maar nee, het weerbericht wordt enkel vervangen door plaatselijk nieuws. Lapo's gedachten dwalen af.

Hij heeft die ochtend een eind mee mogen rijden met een troep kooplui – op een lege pakezel –, en stond al vroeg voor het baksteengevaarte van de Dominicuskerk. Hij was er binnengegaan, laten we zeggen om even te bidden. Dat stelde de ontmoeting met de prior nog wat uit. Het eerste wat hij er zag, was een gloednieuw fresco van de Madonna. Dat zou niets bijzonders zijn, want Siena houdt zich zelf voor Maria's lievelingsstad. Er kan geen schutting zijn, of Maria moet erop; maar deze Madonna had een hovaardige neus en een vlekje bij haar mond, en dat kwam Lapo slecht gelegen. Hij had het geval-Sismonda welbewust opzijgeschoven, zijn geest moest leeg zijn voor de karwei waar hij op af was gestuurd. Wat kwam daar op zo'n manier van terecht? Nu vroeg hij natuurlijk aanstonds naar de schilder van de fresco; die was in de onderkerk bezig, werd hem gezegd. Voor hij de trap af was, werd hij aan zijn mouw getrokken, en onmiddellijk naar de prior geleid door een ijverige novice. Een kwebbelende gewichtigdoener, heeft hij gedacht, want het was nog vóór hij berouw kreeg van zijn hekel aan dominicanen. Ondertussen is het kwaad geschied: Sismonda heeft zich opnieuw in zijn hersens genesteld. Hij zit geduldig tegenover de prior, zijn ronde hoofdje wat gebogen, zijn dikke handjes in de mouwen van zijn pij. Zijn ogen staren bekommerd naar vlekken die hij in de vroege morgen over het hoofd heeft gezien... en ondertussen hoopt hij tegen beter weten in, dat de prior hem iets makkelijks zal opdragen. Een discrete boodschap. Een gelegenheidsgedichtje. Geen echt probleem. Hij heeft genoeg aan Sismonda. Wie twee potten tegelijk op het vuur heeft, laat er één aanbranden.

'Zo ligt de zaak dus,' besluit de prior. Lapo begrijpt met schrik, dat de gemengde berichten die hij langs zich heen heeft laten gaan, betrekking hebben op de gevreesde tegenprestatie.

'Juist,' zegt hij op goed geluk, 'dat is niet eenvoudig.'

'Als het eenvoudig was, hadden we uw gardiaan niet lastig hoeven vallen.' De prior denkt even na, en verbetert dan zichzelf: 'Liever gezegd: als het ingewikkeld was, hadden we hem niet lastiggevallen. In de rangorde der kenbaarheden bekleden feitelijke situaties als deze tenslotte een secundaire plaats. Wij hebben ons verdiept in de moraaltheologische aspecten van de casus. Dat is ons werkterrein. Met voldoening mag ik vaststellen dat onze aanspraken op geen enkele wijze strijdig zijn met het tiende gebod.'

Zodat Lapo de richting ziet waarin hij zich zal moeten bewegen. Het tiende gebod verbiedt ons, onze naaste op onrechtvaardige wijze in zijn tijdelijke goederen te benadelen. De prior heeft daarstraks laten doorschemeren dat de zaak te discreet was voor een schriftelijke uiteenzetting in de brief aan Lapo's gardiaan. Lapo wist dus al, dat iemand hier óf zich vergaloppeerd had, óf uit was op een massa geld. Met het tiende gebod erbij slaat de weegschaal duidelijk door naar geld.

De prior leunt achterover en legt de vingertoppen tegen elkaar. Eindelijk zit hij waar hij thuishoort: op een katheder van de Sorbonne. 'De cardo questionis,' zegt hij, 'zal dus de eliminatie van deze lapsus moeten zijn. Wijlen Arrighi was notaris. Niemand wist beter dan hij, dat onwettige nazaten niet automatisch delen in een erfenis. Ze moeten uitdrukkelijk en met name in het testament staan vermeld. Voor de ongelukkige term "wettige nazaten" bestond dus geen enkele reden. Als gezegd: een lapsus. De man was hoogbejaard, en lag in extremis. Ongetwijfeld bediende hij zich zonder erbij te denken van een formule: wettige nazaten en loyale burgers dezer stad. Dat moet hij tientallen keren in akten van benoemingen en eedafleggingen hebben neergeschreven. In testamenten hoort het niet. Maar ondertussen is zijn vergissing een wapen in de hand van de oudste zoon; of althans van diens juridische adviseur. Pandolfo Arrighi zelf kan alleen omgaan met wapens van ijzer. Hij heeft grote speelschulden, maar dit terzijde. Wat hij stelt is, dat zijn vader die term inlaste omdat niet al zijn nakomelingen wettig geboren zouden zijn. Uit het materiaal dat hij verzameld heeft, zou moeten blijken dat de jongste van zijn twee halfbroers in overspel is verwekt. U begrijpt de ernst van de zaak. Wij hebben deze jongeman voor het priesterschap bestemd. Een natuurlijke geboorte is wel geen volstrekt beletsel, maar zou een zeer, zeer ernstig bezwaar vormen. Wij moeten dus zekerheid hebben.'

'En geld,' zegt Lapo bot.

'Zekerheid,' herhaalt de prior koel. Hij raadpleegt opnieuw de paperassen die voor hem liggen. 'Zekerheid bestaat er tot dusver alleen voor de twee andere erfgenamen. De notaris huwde zijn eerste vrouw in februari van het jaar 1333. Zij beviel van Pandolfo in november daaraanvolgend, en overleed in het kraambed. De weduwnaar hertrouwde enkele maanden later, ditmaal met een dame uit een zeer aanzienlijke familie. Ze schonk hem twee zoons, en stierf op haar beurt bij de geboorte van de jongste, de novice Donatus, in mei 1337. In die tussentijd was de notaris, mede door dit huwelijk, een belangrijk man geworden. Hij werd regelmatig benoemd tot rechter of podestà in naburige steden. Wat Pandolfo nu tracht aan te tonen is, dat Donatus geboren werd ruim vier maanden na een podestaat van zijn vader, terwijl iedereen weet dat een podestà geen enkel contact met zijn familie onderhoudt gedurende het halve jaar van zijn ambtstermijn. Voor de goede orde: de notaris is later voor de derde maal in het huwelijk getreden, maar deze laatste vrouw en haar kinderen zijn allen omgekomen tijdens de grote pest.'

Lapo Mosca staart mismoedig voor zich uit: dit zijn nu precies de zaken die hij haat. 'Pas op voor geld!' heeft zijn heilige Franciscus gewaarschuwd. Terecht. Wat om geld draait, is haast altijd onfris. De mensen zijn doodsbang voor vrijdagen, uilen, heksen, kometen: onheilsdragers van de tweede rang. Geld is honderdmaal heillozer, en ze zitten erachteraan als bezeten. Van geharrewar rond een testament heeft hij een extra afkeer. Testamenten op zich zelf deugen al niet. Zolang de aarde honger heeft, zijn het antipaspoorten voor de overledenen bij de grenspost van Petrus. Afgezien daarvan is de erfgenaam-beneden er haast even beroerd aan toe als de erflater-boven, wanneer zo'n testament met onbegrijpelijke voorwaarden en bepalingen komt.

Rijke mensen als de Arrighi zullen vermoedelijk wel ergens in trouwakten van een notaris of begrafenisboeken van een parochie voorkomen, zodat hun huwelijks- en sterfdata zijn na te gaan; maar hun geboortedata staan nergens. Met de registratie van borelingen of dopelingen houdt men zich zelden bezig: die moeite is te vaak vergeefs. Een groot deel van de nieuwe mensenkinderen vertrekt immers met spoed weer naar betere oorden... Niet voor de eerste maal denkt Lapo Mosca dat hij en de samenleving het gemakkelijker zouden krijgen, als de pastoors een zielenboekhouding bij zouden houden, even nauwkeurig als de kooplui dat met hun zakenboekhouding doen.

Overigens lijkt de datum van Donatus' geboorte betrekkelijk vast te staan. Hij wordt zelf niet uitdrukkelijk vermeld, maar met de sterfdag van zijn moeder is dat wel het geval. In de onderhandelingen van haar familie over teruggave van haar bruidsschat wordt als doodsoorzaak uitdrukkelijk het baren van een zoon genoemd. Er valt dan ook niet aan te tornen: Donatus kwam op de wereld omstreeks de vijfde mei, en zijn vader was pas in januari naar Siena teruggekeerd, na een afwezigheid van bijna zeven maanden.

Ben ik een hond, vraagt Lapo Mosca zich treurig af, een hond die geplaagd wordt met een been, zo hoog boven zijn neus dat hij er niet bij kan: het been van Bartolo? Het wijf hield het met een ander. Dat is duidelijk. En het kost mij mijn relikwie. Korzelig vraagt hij: 'Hoe kunt u denken dat ik nog iets tevoorschijn zou kunnen halen onder zulke harde feiten?'

'Ik denk niets. Het zijn uw eigen ordebroeders die dat denken. Het schijnt dat u ervaring hebt in dit soort... eh...'

'Vuile zaakjes.'

'Juridische aangelegenheden. Uw naam is ons genoemd door een van uw ministers in Assisi.'

De stem van de prior verraadt zijn twijfel aan het gezonde verstand van deze franciscaanse voorman. Lapo voelt: hij zal in het geweer moeten komen om zijn hoge medebroeder voor blamage te behoeden. Hij herinnert zich nu ook, dat tijdens het gekeuvel waar hij niet naar heeft geluisterd, de naam Assisi gevallen is. Assisi is het 'Bethlehem' van de minderbroeders. Lapo's heilige ordestichter is er geboren en begraven. Het blijkt dat ser Arrighi podestà in Assisi geweest is, tijdens dat halve jaar waarin zijn vrouw zich misdragen zou hebben. De prior heeft er een speurder naartoe gestuurd, ofschoon Assisi momenteel moeilijk te bereiken is: het ligt achter Perugia, en het is met Perugia, dat Siena in oorlog verkeert. Het voornaamste wat de speurder bespeurde, was dat hij in het kielzog voer van een speurder die door de tegenpartij was uitgestuurd. Als er al ooit een bruikbare aanwijzing op het gemeentehuis te vinden was geweest, dan was die nu door Pandolfo verdonkeremaand. Waarschijnlijk is dat niet. Ser Jachopo Arrighi was een modelpodestà geweest, dat bleek uit alle akten. Zijn wapen prijkte dan ook nog steeds als gedenksteen op de gevel van het gemeentehuis. Energiek, rechtvaardig, nauwgezet, had hij zijn plichten vervuld. Geen uur had hij zijn post verlaten. Van contact met welke Sienezen dan ook was geen sprake.

'Niettemin ligt in Assisi onze enige kans,' verklaart de prior. 'U als minderbroeder kunt daar meer uitrichten dan wij. Na het middagmaal moet u meteen vertrekken.'

'Dwars door de frontlinie? U bent wel vriendelijk.'

Voor religieuzen zijn er geen fronten, meent de prior.'Waar oorlog is, kan een broeder veel goed doen,' zegt hij. De woorden van Lapo's eigen gardiaan. Als ze iets van je nodig hebben, lijken alle bazen op elkaar.

'Laat me eerst zelf die stukken eens doorkijken die u daar hebt,' ontwijkt hij.

'Kunt u dan lezen?'

'Een beetje... Verder moet ik die Donatus natuurlijk zien.'

'Die hebt u gezien. Hij heeft u bij me gebracht. Maar ik kan hem opnieuw laten halen.'

De opgeblazen kwebbelaar! Lapo Mosca voelt zich vaag ongerust. De prior is een man van formaat. Welke man van formaat ruilt een heilzame relikwie tegen Ezeltje-strek-je? Zuchtend buigt hij zich over het afschrift van het testament, en de bewijsstukken die hebzuchtige Pandolfo in het veld brengt tegen zijn jongste broer. De prior verlaat het vertrek.

Het testament is door notaris Arrighi persoonlijk aan een confrère gedicteerd in de vereiste ambtelijke taal. Het is een omvangrijk document dat opvalt door heldere formulering en veel aandacht voor details. De grafsteen waaronder de stervende wil rusten – in zijn eigen parochiekerk – wordt nauwkeurig beschreven: in welk gewaad hij erop wil worden uitgebeeld, van welke soort marmer, en wat het mag kosten. De goede doelen die bedacht moeten worden, de missen en armenbedélingen tot heil van zijn ziel, de hospitalen die begiftigd, de arme meisjes die uitgehuwd, de slaven die vrijgelaten, de oudgedienden die met zijn kleren verrijkt zullen worden: ze staan er allemaal met de grootste precisie in vermeld.

Het is onwaarschijnlijk dat de stervende, te midden van zoveel zorgvuldigheid, zich vergist zou hebben ten aanzien van zijn zoons als voornaamste erfgenamen, toen hij, in plaats van hun namen te noemen, verlangde dat ze 'wettige nazaten en loyale burgers dezer stad' moesten zijn. Daar kan ook de prior in zijn hart niet aan geloven, besluit Lapo; overigens begrijpt hij de wrevel van de prior heel goed: onder de geestelijken die als getuigen optreden, zijn twee parochiepriesters en vijf franciscanen. Geen enkele dominicaan. Die krijgen genoeg via Donatus, moet de notaris gedacht hebben; maar hoffelijk is dat niet. Lapo grijpt naar de andere stukken. Terwijl hij leest, dringt er een eerste lichtstraaltje dun als een naald, door de duisternis van zijn karwei.

'Ik heb hier een schrijven van Andrea de' Salimbeni, de broer van Donatus' moeder, over teruggave van een deel van de bruidsschat na haar dood,' zegt hij, als prior en novice zijn binnengekomen. 'Daarin wordt inderdaad over de zoon gesproken, bij wiens geboorte zij is overleden. Alleen heet die zoon geen Donatus.'

'Donatus is zijn kloosternaam. Wij geven nieuwe namen aan onze postulanten, als hun doopnaam ons minder passend voorkomt.'

'Minder passend, dat wil ik geloven!' Lapo grinnikt ervan. 'Wat zou uw orde moeten beginnen met een Juniperus! Als er één doorgewinterde, onverbeterlijke, heilige dwaas achter Franciscus heeft aangelopen, dan was het Juniperus. Arm en nederig, en smerig, en lezen kon hij vast niet. Ik wou dat ze mij Juniperus genoemd hadden. Maar hoe kom jij aan die naam? Heeft je vader je dat nooit verteld?'

Donatus begint een omstandig verhaal, dat vervangen kan worden door het woordje nee.

'Geen grootvaders, of ooms, of neven die zo heetten?' vraagt Lapo voor alle zekerheid.

Donatus vervolgt met een omstandig verhaal dat vervangen kan worden door het woordje nee. Een droefgeestig nee, want hij heeft altijd last gehad van die buitenissige naam. Gelukkig placht enkel zijn vader hem voluit Juniperus te noemen of, in de volkstaal, Ginepro. Alle anderen had hij tot de afkorting Gino kunnen overreden.

'Ik denk haast dat ik weet naar wie je vernoemd bent. Er woonde een Ginopro in Assisi, toen je vader daar podestà was.'

'Ah?' vragen prior en novice gespannen.

'Ik heb hem heel goed gekend. Een doodeenvoudige man. De broeder-portier van een gastenverblijf.'

'Oh...' zegt de novice ontgoocheld. De prior zwijgt.

'Het gastenverblijf in het dal, buiten de stad, naast de Porziuncola-kapel. Mooi, ik zie dat die naam je iets zegt.'

De jongen mompelt dat zijn vader het daar vaak over gehad heeft. Hij werpt een verontschuldigende blik op zijn overste. Zijn vader had het beter kunnen hebben over een dominicaans heiligdom. Maar Lapo knikt vergenoegd.

'Porziuncola heeft jouw vader stellig de drukste dagen van zijn podestaat bezorgd, tussen 30 juli en 2 augustus. Dan komen de mensen daar van heinde en verre naartoe om de aflaat te verdienen die de heilige Franciscus indertijd van de paus heeft verkregen. U bent Fransman, pater prior, u weet dat misschien niet...'

'Natuurlijk weet ik dat.' De stem van de prior klinkt scherp. 'Een volle aflaat nog wel. De geldigheid ervan wordt sterk betwijfeld.'

'Niet door de simpele zielen die erop afkomen. Die zijn ervan overtuigd dat ze met de voorgeschreven handelingen een ziel het vagevuur uithelpen. Ik heb het meer dan eens meegemaakt. Met duizenden komen ze. Een gewoel van belang. Ieder jaar weer loopt alles uit de hand. Een gouden tijd voor zakkenrollers...'

In pater prior begint iets te bewegen. Hij stuurt broeder Donatus, in wie niets beweegt, terug naar zijn werk. Met een aanzet tot bewondering vraagt hij: 'U stelt dat de podestà tijdens die drukte zijn vrouw kan hebben ontmoet? In het gastenhospitium?'

'Onmogelijk is het niet.' Ook Lapo voelt een aanzet tot bewondering: de prior is vlug van begrip. 'De dame kan op bedevaart zijn gegaan. Een podestà woont dit soort plechtigheden altijd bij. De portier was een goedhartige man. En uw novice heet niet zo maar Ginepro.'

De prior vat de koe bij de horens: 'U gaat die portier ondervragen zodra u in Assisi komt!'

Op dat moment gaat er iets scheef in Lapo Mosca. Hij heeft het in de deugd van nederigheid nog lang niet ver genoeg gebracht. Het deeg van zijn versgeknede dominicanenbewondering kan niet verder rijzen en zakt in elkaar. Wat denkt die prior eigenlijk? Wie heeft het hier voor het zeggen? Het wordt tijd om te laten zien wie Lapo Mosca is.

'Toevallig ga ik niet naar Assisi,' antwoordt hij, zo hoog uit de hoogte als hij maar komen kan. 'Er is in Assisi niets te vinden. Ook die portier niet. Dat was een Toscaan. Als ik me niet vergis, slijt hij zijn oude dag hier ergens in de buurt. Als er nog wat te slijten valt, tenminste. Ik zal ernaar informeren.'

'Zo gauw mogelijk!' roept de prior geestdriftig, en loopt naar de deur. Lapo houdt hem staande.

'Er is nog één ding dat ik graag even zou willen zien.'

'Wij beschikken niet over verder materiaal in deze zaak.'

'Toch wel. De relikwie van de zalige Bartolo.'

7

Hoe fel de ogen van Barna zijn, ziet Lapo pas goed op het plein voor de kerk. De prior heeft hem voor het bezichtigen van de reli-kwie naar broeder Donatus verwezen, die dienstdoet in de sacris-tie; maar daar was de novice gewichtig in de weer met ampullen en paramenten voor de laatste mis. Lapo had er geen bezwaar te-gen de ontmoeting met Bartolo's been uit te stellen tot na de plechtigheid. Donatus-Ginepro had van zijn kant geen bezwaar tegen de geitenkaas die hem werd overhandigd. Sinds Lapo de doopnaam van de jongen in de akten zag staan, heeft hij begrepen dat 'Ezeltje-strek-je' het zoogkind uit Monteriggioni moet zijn, dat naar zijn voedster niet meer omkijkt. Donatus bleef in stijl door te zeggen: 'Dat mensje houdt me te vriend, omdat ik haar zoon een paar klusjes hier in de kerk bezorgd heb. Ze moet niet denken dat ik hem levenslang aan de kost help.'

De laatste mis werd in de onderkerk gelezen. Donatus zag nog kans een snauw in de richting van een schildersstellage te geven, terwijl hij bellend voor de priester uit naar een verlicht altaar liep.

Tijdens de mis mag er niet geverfd worden. Een donkere, gedrongen gestalte was mopperend omlaaggeklauterd. Lapo had hem mee naar buiten genomen om hem allereerst de les te lezen over de manier waarop hij zijn familie verwaarloosde.

Barnaba van Alda is geen rouwmoedige zondaar. Met zijn handen op zijn rug staat hij naar de nieuwe raadhuistoren te kijken, die zich, één heuvel verder, slank en uitdagend boven de huizen verheft. Wanneer Lapo is uitgesproken, antwoordt hij giftig: 'Als u vindt dat u daar een barst mee te maken hebt, mag u weten dat mijn moeder 's avonds had opgezopen wat ik haar 's ochtends gaf. Daar werk ik niet voor.'

'En om je zuster fatsoenlijk uit te huwen, werk je daar ook niet voor?'

'Kom nou, broeder. Die teef slijt ik aan niemand.'

'Met een bruidsschat breng je iedere vrouw aan de man. Dat weet je en dat is je plicht.'

'En zo'n arme man beschermen tegen een helleveeg, is dat soms niet mijn plicht? Waar zou ik trouwens een bruidsschat vandaan moeten halen?'

'Uit je verf en je penselen. Op het atelier van meester Taddeo zeiden ze: je verdiende geld als water.'

Barnaba van Alda begint te lachen, luid, zorgeloos, het hoofd achterover.

'En dat kon die ouwe niet uitstaan zeker? Geen goed woord over voor mijn werk?'

Even plotseling is hij weer ernstig, kijkt Lapo aan met zijn heftige ogen.

'Ik spaar voor iets beters dan bruidsschatten. Ik heb ervoor gespaard sinds ik misselijk werd van Taddeo zijn onbenullige koppen. Ik wil weten hoe Christus eruit heeft gezien.'

'En daar wou je achter komen door je familie te laten verkommeren?'

'Reken maar. Hoe anders? Door braaf zijn, en arm, en bidden maar, en visioenen? Klets. Er woont hier in de buurt een klein meisje dat aan visioenen doet. Maria in een moderne jurk en Jezus in een moderne wieg. Dank je. Zo kan Taddeo het ook. Ik wil Jezus schilderen zoals hij werkelijk was.'

'Die wetenschap is voor geen geld te koop.'

'Wat weet u daarvan? Niemand heeft er nog naar gezocht. Ik wil naar het Heilige Land. Luister, ik heb gewerkt bij een notaris – de vader van die ezel daarbinnen. Die had een paar beelden van oude Romeinen, uit het een of andere graf. Daar was ik als kleine jongen al niet vandaan te slaan. Dat waren mensen. Mensen van steen, geen poppen als van meester Taddeo. Elke kop had zijn eigen persoonlijkheid. Die beelden moeten geleken hebben. In die tijd konden ze dat: echte mensen maken van steen. Het was de tijd van Christus. Waarom zouden ze hém nooit naar het leven hebben afgebeeld? Daar wil ik naar zoeken, en als ik het vind, zult u eens wat zien. Eindelijk een Christus die op zichzelf lijkt en niet op alle anderen.'

'Als je dat zo belangrijk vindt, waarom lijken dan je Magdalena daar en je Madonna hier op elkaar als twee druppels water? En waarom lijken ze samen op Sismonda de' Figlipetri?'

Er verandert iets in het gezicht van Barnaba. Het agressieve masker valt eraf, een kinderlijk verrukte jongen blijft over. Hij grijpt de twee handen van Lapo Mosca.

'Dat hebt u gezien? U kent haar dus? Heeft ze u misschien gestuurd? Ze zou bericht sturen als het zover was.'

'Hoe ver?'

'Dat ze weg kon. Heeft ze u verteld dat we als kinderen al vrienden waren? Door het dolle heen was ik toen ik haar terugvond. Met carnaval. U weet waar...'

Lapo weet helaas nog meer: dat de hele pater prior, met testament en al, het in zijn geest ogenblikkelijk weer heeft afgelegd tegen Sismonda. Zijn oogjes fonkelen terwijl hij Barna's woorden in zijn mozaïek past als ontbrekende steentjes.

De verbannen Figlipetri hadden een paar kamertjes bewoond dichtbij het huis van Jachopo Arrighi. Er was vriendschap ontstaan tussen de jonge Filippo de' Figlipetri en de zoons van de notaris. Barna, het knechtje, werd regelmatig de straat over gestuurd met boodschappen; soms met levensmiddelen, wat omzichtigheid vereiste, want de bannelingen waren even trots als arm. In die tijd al verloor de jongen zijn hart aan Sismonda, die hem genadig als haar page behandelde. Hij bleef haar opzoeken, toen hij klerk bij een koopman werd, en het was terwijl hij haar uittekende, dat hij zijn talent ontdekte. Hij kwam bij schilders in de leer, eerst in Siena, later bij meester Taddeo om ook de Florentijnse stijl te leren. Tijdens zijn afwezigheid was het gebeurd. Soldaten hadden Sismonda op straat overvallen en ontvoerd. Soldaten uit het gevolg van de koning van Bohemen. Die had zich een tijdlang in Siena opgehouden toen hij naar Rome reisde om er tot keizer gekroond te worden. Drie jaar geleden.

'Ik ben teruggekeerd zodra ik het hoorde. We zijn haar allemaal in Rome gaan zoeken, Filippo, de Arrighi's en ik. Ik had haar gevonden als ze er geweest was. Ze was er niet. We namen aan dat de schoften haar hadden vermoord. Deze winter begreep ik pas dat ze haar hadden doorverkocht.'

Hij legt zijn handen op Lapo's schouder. Hij straalt.

'Ze ís terecht. Ze komt vrij. Al die tijd heb ik haar uit mijn geheugen geschilderd. Die Madonna binnen is van na het weerzien. Die is dan ook honderd maal beter.'

Lapo denkt aan wat hij Barna zal moeten vertellen, en stelt het moment nog wat uit. Om het brok in zijn keel... en omdat er na zijn onthulling niet veel sprake meer zal zijn van uithoren.

'Hoe bedoel je: ze komt vrij? Ze ís vrij. De stad beschermt iedere vrouw die uit zo'n huis weg wil.'

'Tegen die schoften kan de stad haar niet beschermen. De schoften die haar in hun macht hebben. Daar is ze bang voor. Ze wou me niet zeggen wie het waren. Ik weet zeker dat ze haar niet laten gaan voor ze genoeg geld heeft afgedragen.'

'Geld? Dat had jij haar kunnen geven.'

'Ik zie dat u haar niet kent. Daar is ze te trots voor.'

'En als het nu eens helemaal niet ging om geld? Als ze haar voor heel iets anders gebruikten? Barna, zegt de naam Landau je iets?'

De schilder kijkt hem aan met open mond. Er waren officieren van de Grote Compagnie in het gevolg van de keizer. Niet Landau zelf, voorzover hij zich herinnert, maar wel zijn broer.

'De Compagnie heeft de ondergang van Florence gezworen. Het huis van Sismonda ontvangt vooral stadsbestuurders.'

'Spionage...' Barnaba gaat er voor op de stoep zitten. 'Dat lijkt me gevaarlijk,' zegt hij naïef, na enig nadenken.

Heel gevaarlijk, knikt Lapo bedrukt.

'Had ik dat maar eerder begrepen, dan had ik het ook aan haar broer kunnen schrijven. De Grote Compagnie! Weet u dat iemand dat al eens verondersteld heeft, dat ze door kerels van de Compagnie is ontvoerd? Ik geloof dat het een van de Arrighi was. Haar broer zit in Londen, daar werkt hij op een bank. Ik heb hem om haar hand gevraagd. Haar vader dorst ik dat niet te vragen. Die is veel te ziek. Hij denkt dat ze dood is. Dat denkt iedereen trouwens. Zodra ik antwoord heb van Filippo, ga ik naar haar toe. Maar is ze nu klaar met... met wat ze voor die kerels doen moet? Laat ze dat zeggen?'

'Ik zei toch niet dat zij me gestuurd heeft,' – Lapo Mosca, je bent een lafaard – 'het zijn de paters hier die me hebben laten komen. Ze denken dat ik de erfenis van je zoogbroer voor ze in de wacht kan slepen.'

'De geldwolven. Als het u lukt, vraag ik opslag.' Barna van Alda kijkt voor zich uit; blijkbaar in een poging om zijn aandacht los te maken van het onderwerp-Sismonda, want even later zegt hij: 'Kunt u niet ook wat doen voor de broer van Donatus? Voor Jachopo, bedoel ik, de middelste Arrighi. Die staat er beroerd voor.'

'Waarom? Met zíjn afkomst is niets aan de hand.'

'Afkomst? Zijn tóékomst, daar is iets mee aan de hand. Als niemand hem helpt, gaat hij eraan.'

Jachopo Arrighi blijkt gevangen te zitten, verdacht van hoogverraad. Ze hadden hem juist gearresteerd toen zijn vader, stervend, het testament dicteerde. Voor Lapo gaat een licht op over de clausule 'loyale burgers dezer stad'. Barna zegt heftig: 'Ik ken hem. Hij is mijn vriend. Ik leg er mijn hand voor in het vuur dat hij onschuldig is.' Hij aarzelt en verbetert zichzelf: 'Nou ja, mijn hand... mijn voet. Mijn handen heb ik nodig om te schilderen.'

(En mijn handen heb ik nodig om ze voor mijn oren te houden. Laat me met rust. Ik zit al met Sismonda. Ik moet het been van Bartolo halen. Nu niet óók nog Jachopo...) 'Waar wordt hij van verdacht?' vraagt Lapo Mosca gelaten... en komt terecht op de frontlinie, tussen Siena en Perugia, waar hij straks niet naartoe wilde.

Die frontlinie loopt, ruwweg, door het Chiana-dal. Ze is, aan Siena's kant, verstevigd door een stel vestingen, en daartussen patrouilleert haar troepenmacht heen en weer. Een van die vestingen was toevertrouwd aan messer Andrea de' Salimbeni. Lapo herkent de naam uit de paperassen van de prior: een zwager van wijlen de notaris. Castiglioncello over de Noro: van daaruit beheerst men het hele zuiden van Toscane. Het heeft een haar gescheeld, of de vesting was Perugia in handen gevallen. Niet door verovering: door verraad. Het is wel zeker dat Perugia er dertienduizend goudguldens voor wilde betalen. De vraag is alleen aan wie. De vijand was het ommuurde stadje al binnen en wachtte tot de poort van de burcht zou opengaan. Toen kwam de ruiterij van Siena aangestormd: het verraad was op het nippertje verraden. De vijand droop af. In de burcht bevond zich niet enkel Salimbeni, maar ook zijn neef Jachopo Arrighi. Wie van de twee had met de vijand geheuld? De aanvoerder van de ruiterij liet ze allebei in boeien slaan. Die aanvoerder was de officier Pandolfo Arrighi.

'Die laat geen kans voorbijgaan om zijn broer te pesten,' zegt Barna woedend. 'Natuurlijk is Coppo onschuldig. Zodra hij hoorde wat zijn oom van plan was, is hij naar de vesting gereden. Om hem van dat plan af te brengen. Om hem te waarschuwen dat het ontdekt was. Hij zat er nog maar net toen die van Perugia oprukten. Zonder Coppo was de ruiterij van Siena te laat gekomen. Nu aarzelde zijn oom juist lang genoeg om de burcht te behouden. De stad moest hem dankbaar zijn!'

'De stad zóú hem dankbaar zijn als de zaak zo eenvoudig lag,' zegt Lapo beslist – en daar blijkt hij gelijk in te hebben. Pandolfo zit erachter. Die had er alle belang bij om zijn broer verdacht te maken, eerst bij zijn stervende vader en toen bij de regering. Hij heeft het op een akkoordje gegooid met Andrea de' Salimbeni. Samen houden ze vol dat het Jachopo was die met de vijand konkelde, Jachopo, die de vesting wilde verkopen.

De stadsregering is niet zo onnozel dat ze die verklaring zonder meer slikt. Salimbeni tracht zijn huid te redden, en Pandolfo geldt als goed militair maar twijfelachtig persoon. Jachopo kan bewijzen dat hij tot de avond voor het verraad in de stad is geweest: hoe had hij die van Perugia dan kunnen benaderen? Zijn zaak zou er beter voorstaan als hij zich minder hooghartig gedroeg, en vooral: als hij wilde vertellen hoe hij dan wél kennis gekregen heeft van Salimbeni's boze plannen. Die hadden de stadsregering in het diepste geheim bereikt.

'Maar z'n verklaringen zijn pure onzin. Natuurlijk wil hij zijn zegsman beschermen. Of zijn zegsvrouw. Zo is hij. Lijdt aan bravoure. Aan ridderlijkheid. Zegt maar wat of lacht zijn ondervragers uit. En toch schijnt dat de enige vraag te zijn waar het om gaat. Meteen bij zijn eerste verhoor zijn ze erover begonnen. Op Nieuwjaarsdag. Hij belandt nog op de pijnbank als hij niet bekent. En daarna gaat zijn kop eraf.'

'Op Nieuwjaarsdag?' herhaalt Lapo verwonderd. 'Zo lang is Siena toch nog niet aan het vechten?'

'Al veel langer. Zeker sinds februari.'

Lapo kijkt de schilder strak aan. Dan slaat hij zich tegen het voorhoofd.

'De tijdrekening van Siena! Natuurlijk! In Siena begint het nieuwe jaar op 25 maart.'

'Allicht. Het jaar begint op de dag dat Christus ontvangen werd. Maria Boodschap. Zo is het mij geleerd tenminste.'

'Mij niet. Ik kom uit Lucca. In Lucca beginnen ze een jaar waar het hoort: op Kerstmis. Bij jullie is het jaar des Heren 1358 dus nog geen drie weken oud, ofschoon...'

Lapo begint een uiteenzetting over kalenders, zonjaren, maanjaren, epacta, Paasberekeningen en andere zaken die hij nooit begrepen heeft. Barna neemt zijn woorden precies voor wat ze waard zijn: 'Wilt u Coppo helpen, ja of nee?'

'Hoe stel je je dat voor? Als het alleen om Pandolfo ging... dat heerschap zou ik graag eens onder handen nemen (hij weet dat Pandolfo aan het front ligt, veilig ver weg...) Maar Jachopo? Moet ik hem de bek soms openbreken?'

'U niet. Laat zijn biechtvader dat doen. Dat is de gardiaan van uw medebroeders. Daar liep hij de deur plat.'

'Ik zal er in elk geval over praten,' belooft Lapo, om de jongeman niet in het harnas te jagen. Het bericht over Sismonda laat zich niet veel langer verzwijgen, en daar krijgt hij genoeg aan.

Er komen een paar wijfjes de kerk uit als mummelende bewijzen voor het einde van de mis. Lapo schuift de gevangen Jachopo met opluchting van zich af. Terug naar zijn overige karweien! Daar heeft hij waarachtig de handen mee vol.

'Het kan zijn dat ik morgen nog eens terug moet naar je moeder in verband met die zoogbroer van je. Heb je niet toevallig een boodschap voor haar?'

'Dat ze de brandewijn laat staan en zelf de geitenmelk zuipt waar ze mijn jeugd mee verpest heeft. Verdomd nog toe, broeder, als het alleen die geitenmelk was geweest! Ze heeft nooit naar me omgekeken. Al haar zorg was voor het zoogkind.'

'Wees redelijk, dat kon niet anders. Van die zorg moesten jullie leven.'

'Leven? Ik ben er zowat aan dood gegaan. Wilt u mijn rug eens zien? Eén groot litteken. Ik heb er nog altijd last van. Ik ben in een sikkel gevallen toen ik een maand of tien was. Welke moeder laat een sikkel slingeren als haar zoontje net leert lopen? Ik vergeef het haar nooit. Dat ik het overleefd heb, dank ik aan Tancia.'

'Nu begrijp ik waarom je met zoveel warmte over haar praat en je dag en nacht uitslooft om haar aan de man te helpen.'

Barna lacht schaapachtig, en veegt met zijn handen langs zijn kiel, ofschoon de verf aan zijn smalle, bruine vingers al lang is opgedroogd.

'Nou, goed. Zeg maar dat ze naar een man uitkijkt. Een ons of wat aan zilver kan er wel af. Maar als ze getrouwd is, wil ik haar nooit meer zien. Tancia is geen gezelschap voor Sismonda.'

Terug bij de omzeilde klip...

'Was Sismonda dat heilige land waar je voor spaarde?'

'Waarachtig niet. Ik neem haar mee. Daarom heb ik zoveel geld nodig.'

Broeder Donatus komt naar buiten om de gast te vergezellen en de werkman naar zijn verfpotten te sturen: weer kan Lapo zijn doodsbericht niet kwijt. Maar daar wijdt hij op dit ogenblik geen gedachte meer aan. Zijn blik is gericht op de handen van broeder Donatus. Voor het eerst ziet hij ze in het volle licht. Handen? Knuisten. Kort, breed, met lelijke, platte duimen, zoals hij zo heel kort geleden nog aan andere handen heeft gezien.

De broeder die achter de novice aanloopt, de broeder die in de sacristie knielt, wachtend op het been van Bartolo... is een man met een verscheurde ziel. Wat heeft hij misdaan, dat hem deze kool gestoofd wordt? Wat is hij anders dan een arme slokker die zijn best probeert te doen, een onnozele boodschappenjongen die enkel even een pakje komt halen voor zijn baas? Hij denkt aan de sikkel. Aan de vochtige ogen van Alda van Fredi toen ze hem de geitenkaas overhandigde. Aan haar handen, aan Tancia's handen, grissend naar de muntjes op tafel. Aan de handen die nu de reliekschrijn voor hem neerzetten en het deurtje ontsluiten, de handen die de koker grijpen met het been van Bartolo erin. Het been dat hij enkel meekrijgt in ruil voor Ginepro's geboorterecht.

Wonderlijk, nee, wonderdadig is de uitwerking van de relikwie op Lapo Mosca's gemoed. Hij staart naar het been, een goed ontwikkeld mannenbeen, mooi gaaf, met de gave voet er nog aan. Het certificaat hangt aan de koker. De overste van het Sinte Fina-hospitaal in San Gimignano verklaart onder ede, het been van de zalige Bartolo ontvangen te hebben van Bartolo's nabestaanden, in ruil voor een kleine helling Vernacciadruiven. Lapo blijft er een poos naar staren, en als hij Donatus beduidt dat koker en schrijn weer weggeborgen kunnen worden, is er in zijn binnenste een vroom, sereen geluk ontwaakt. Hij verlaat de kerk, zo in gedachten verdiept dat hij Barna van Alda voorbijgelopen zou zijn, die in het portaal staat om kleuren bij daglicht te mengen; maar de schilder houdt hem staande.

'Waarschuw me voor u naar Florence teruggaat. Ik geef u een brief voor Sismonda mee. Ze moet onmiddellijk weg uit de buurt van de Compagnie. We zoeken een schip in Pisa en...'

'Ze is al weg uit de buurt van de Compagnie.' Lapo slaat een arm om de schouders van de schilder en trekt hem mee naar het nieuwe Maria-fresco. 'We zullen hier een kaars opsteken,' zegt hij, 'en bidden voor de zielenrust van Sismonda de' Figlipetri...'

Als hij twintig minuten later het plein betreedt, wrijft hij een pijnlijke keel. Barna van Alda is hem aangevlogen... eer hij vloekend en huilend de stad is in gestormd.

8

Wie twee potten tegelijk op het vuur heeft, laat er een aanbranden. En dan in Siena...

Alle Florentijnen weten natuurlijk dat Siena het achter de mouwen heeft, en zich, voor zo'n provinciegat, veel te veel verbeeldt. Honderd jaar geleden heeft Siena Florence verslagen. Toegegeven, dat was niet zomaar een nederlaag. Duizenden doden heeft Florence verloren, plus haar strijdkar, haar oorlogsklok, haar vaandel. Sindsdien heeft ook Siena er al weer van langs gehad, en heeft Florence zich hersteld, is groter, rijker, machtiger dan Siena geworden... maar geen Florentijn kan de vijand van vroeger naderen, zonder in gedachten het lelievaandel weer door de straten te zien slepen aan de staart van een ezel... Nee, Siena deugt niet.

Ook niet voor Lapo Mosca, al is hij geen geboren Florentijn: geen vuriger patriotten dan immigranten. Hij heeft gekozen voor de stad die als een grote, open zonnebloem in de drijfschaal van het Arno-dal ligt; en dus vindt hij Siena benauwend en donker... uit de verte. Vanmorgen nog, toen hij zijn reisdoel op haar heuvels zag liggen, met al haar glorie van fiere torens en paleizen, noemde hij Siena een staatsieharnas: prettiger om naar te kijken dan om in rond te lopen... Maar nu is hij het Dominicus-plein nog niet over, of hij voelt zich bezwijken voor de eigen, besloten charme van deze stad.

Daar bestaat wel een middel tegen, en dat past hij ook aanstonds toe. Hij loopt, steil omlaag en weer steil omhoog, naar de dom. Daar gaat hij zitten kijken naar de hoge, loze muur van de nieuwbouw. Haha! Groter dan de dom van Florence hadden ze hun kerk willen maken. De grootste kerk van de wereld, zoals Babel de hoogste toren van de wereld wilde bouwen. Het is hun niet gelukt, hun ogen waren groter dan hun beurs; geen stad kan het opnemen tegen de macht van Florence. Ze hebben hun nieuwbouw stil moeten leggen. Daar staat hun muur, verlaten. Symbool van hun hoogmoed, skelet dat nooit bekleed zal worden met het vlees en bloed van een echte kerk. Lapo Mosca kijkt ernaar tot het evenwicht in zijn wereld is hersteld. Siena heeft Florence willen overtroeven, en de Heer heeft het niet geduld. De dominicanen hebben de minderbroeders willen overtroeven, en dat duldt Lapo Mosca niet. Als er loeren te draaien zijn, dan draait hij ze zelf wel. Voor de prior, of voor Siena, net zoals het uitkomt. Gesterkt door dat nobele besluit, breekt hij op en gaat welgemoed naar zijn klooster.

Niet rechtstreeks natuurlijk, want hij is een jaar of vijf niet in Siena geweest. Nu hij zich weer goed heeft ingeprent hoe de verhoudingen liggen, is hij bereid te erkennen dat Siena geen onaardig plaatsje is. Haar schelpvormig plein is verdienstelijk, en haar bouwmeesters hebben wezenlijk hun best gedaan op het raadhuis. Goed dan: een pracht van een raadhuis en een schitterend plein. En de schilders, die hier in Siena zowel binnenwanden als buitenmuren versieren, verstaan hun vak. Goed dan: op het ogenblik eigenlijk beter dan de schilders van Florence. Onder tegen het raadhuis wordt een kapelletje gebouwd; daar komt de stad een gelofte uit het pestjaar mee na. Het is nog steeds niet gereed: tot driemaal toe hebben de burgers het weer afgebroken omdat het hun niet mooi genoeg was. Ze zijn trots op hun stad. Goed dan: niet helemaal zonder reden.

De huizen van Siena hebben open loggia's, beneden langs de straten. Daar speelt zich allerlei af. Hier staat een zijverkoper achter zijn toonbank, met de lappen stof over een balk boven zijn hoofd. Verderop is een grutterswinkel: daar hangen de worsten en kazen aan de balk. In een andere loggia zit een schoolmeester rood-getoogd op zijn katheder, ijverige scholieren aan zijn voet. Daar blijft Lapo voor stilstaan met schuldbesef en afgunst. Als hij ook maar half zo aandachtig had opgelet als die jongens daar... Zijn schooljaren in Lucca vormen geen periode waar Lapo Mosca trots op is. Gelukkig wordt op dat ogenblik zijn naam geroepen vanuit weer een andere loggia. Daar is een kroegje, en het zou wel een wonder zijn als de kroegbaas hem niet bleek te kennen, en hem gul van wijn voorzag in ruil voor de laatste nieuwtjes. Samen kijken ze naar het woelige verkeer. Dienaren met pakezels, meiden met lasten op het hoofd, boeren met een stel schapen of varkens... en dwars door de menigte regeerders en zakenlieden hoog te paard. Heel Siena zoemt van bedrijvigheid, je zou niet zeggen dat ze in oorlog zijn. Lapo's ogen volgen een knappe vrouw in jacht-

kledij, sperwer op de hand, knechts met honden achter haar tel-
ganger. De kroegbaas zegt opstandig: dat neemt hij niet. Hij gaat
er werk van maken. Er mag geen jachtstoet meer door de binnen-
stad rijden, en daar zullen eindelijk ook de grote lui zich aan moeten houden. Ze hebben er al veel te veel ongelukken mee gemaakt.
    'Ook bij zichzelf!' lacht een andere klant, en hij herinnert
smeuïg aan monna zus-en-zo die met valk en al van haar paard
viel. Het beest was geschrokken van een wijnvat dat de hellende
straat kwam afrollen. Ze kreeg er een miskraam van.
    'Haar familie daagde de wijnsjouwer voor het gerecht. Die zei:
stuur mevrouw gerust naar me toe, dan zorg ik wel voor een nieuwe koter. Hij wist dat hij zou worden vrijgesproken, zie je. Dat
wijf had daar helemaal niet mogen rijden.'
    'Zo gaat dat hier tegenwoordig,' bevestigt de kroegbaas trots.
'In Siena is het gewone volk de baas, broeder. We hebben de nota-
belen weggeschoven. Daar kan Florence nog wat van leren.'
    'Leren jullie dan vast van Florence dat notabelen weer binnen-
schuiven voor je het weet!' waarschuwt Lapo; en na die wijze
woorden zoekt hij eindelijk zijn klooster op. Wie weet hoe Siena
gebouwd is, kronkelende straten op en af over drie lange heuvel-
ruggen..., die begrijpt dat Lapo buiten adem is als hij zijn plaats
van bestemming tenslotte bereikt.
    Broeder Bentivoglia wacht hem op en sluit hem in de armen.
Hij is anderhalf maal zo oud als broeder Lapo, en anderhalf maal
zo lang, maar verder hebben ze veel gemeen. Tot op zekere hoogte – maar dan ook niet veel hoger – zijn het uitstekende minderbroeders. Franciscus zond zijn zonen de wereld in – deze twee zijn
te ongedurig om thuis te zitten. Franciscus beval zijn zonen deemoedig te eten wat hun werd voorgezet – deze twee hebben het
bevel doorgetrokken ten aanzien van het drinken. Broeder Bentivoglia kan wel niet zo goed boeven ontmaskeren, maar als hij de
geest krijgt, en een flinke slok, kan hij geweldig preken. Zo leggen
ze allebei het vuur na aan de schenen van de zondaars, en ook dat
heeft Franciscus gewild. Als ze zelf maar niet zulke zondaars waren, konden ze, kortom, lijnrecht de hemel in.
    Sinds broeder Bentivoglia te oud is geworden om langs 's He-
ren wegen te zwerven, is hem het beheer over de kloostervoorra-

80

den toegewezen. Men zou zo denken: daar is hij gauw mee klaar, want de kloostervoorraden zijn nauwelijks groter dan bij Lapo thuis. Maar daarom is Bentivoglia er juist nooit mee klaar, want te eten moet er nu eenmaal dagelijks zijn. Zo pleegt hij de marktkramen langs te slenteren met een novice vol hengselmanden achter zich aan, en die manden vullen zich met allerlei eetbare afval. Broeder Bentivoglia heeft ook zelf een mand, en daarin komt de levende have die hij de marktboeren weet af te troggelen. Hij is niet, zoals Lapo, bezeten van Maria's en rondelen: hij is bezeten van dieren. Men ziet hem dan ook zelden zonder duif op het hoofd of kat op de schouder. Lapo Mosca wist wat hij deed toen hij Joosken de Wever op deze medebroeder afzond. Bentivoglia heeft met één oogopslag de wezel in het Vlaminkje herkend, en hem als een wezel verzorgd en gekalmeerd. Het ventje kreeg een taak, zo dicht mogelijk bij zijn oude beroep: hij zit op de kleermakerij en lapt oude pijen op. Tot tevredenheid van zichzelf en zijn klanten, bericht Bentivoglia, terwijl hij Lapo een van zijn fameuze krachtbrouwsels voorzet, die een mens van zijn vermoeidheid afhelpen; want behalve van dieren heeft Bentivoglia ook verstand van medicijnen. Dat maakt hem tot klaagmuur voor zieke buurtbewoners... en voor zichzelf. Hij lijdt eronder dat hij zijn patiënten onvoldoende kan helpen. Niet door gebrek aan kennis: door gebrek aan geld. Zijn zieken zijn arm, en goede geneesmiddelen zijn tegenwoordig niet te betalen.

'Neem nu dat drankje dat ik jou gaf tegen jicht,' zegt hij klaaglijk. 'Ik zag je strompelen toen je binnenkwam. Het heeft dus niet geholpen.'

'Tegen Gods wil kan zelfs jouw drank niet op.'

'Het is de drank die niet wil. Wat ze ook zeggen, tegen jicht helpt geen winterrozemarijn. Al pluk je hem bij de goede maanstand en met de goede gebeden. Teringlijders, die reageren er nog wel eens gunstig op. Jichtlijders niet. Wat jij moet hebben, is een saffier. Bind een saffier op je voet, en je bent de pijn zo kwijt. Maar waar haal ik een saffier vandaan? God stuurt kwalen aan iedereen, en genezing aan de rijken. Een stakker hier vlakbij lijdt aan vallende ziekte. Geef me een smaragd en ik help hem ervan af. Geef me diamanten, hier, het staat in mijn boek. Diamanten heb-

81

ben de kracht om aambeien te verdrijven. Wat schiet ik ermee op? Wat heb ik eraan dat God edelstenen heeft geschapen om ons te genezen, wanneer de mensen ze misbruiken als sieraden of geldbelegging? Mijn zieken zitten op aambeien, omdat gezonden op hun diamanten blijven zitten.'

'Het hoeven toch niet juist edelstenen te zijn? Vorige keer was je opgetogen over een nieuw middel, met mineralen die je onder je tong moest leggen.'

'Rosati. Ja, die helpen. Bij bevallingen en vergiftigingen. Maar ze worden alleen gevonden in de hersens van sommige padden, zoals je parels vindt in sommige oesters. Moet ik alle padden van Toscane uitmoorden om een of twee mensen te redden?'

Lapo vertelt wat hem naar Siena voert, om zijn vriend van zijn gezondheidszorgen af te leiden. Hij heeft er onmiddellijk succes mee. Bentivoglia heeft Ginepro's ouders goed gekend. Hij is er om zo te zeggen kind aan huis geweest, en maakt zich over Pandolfo's verdachtmaking zo kwaad, alsof de jonge vrouw hem zelf de horens zou hebben opgezet. Arrighi en zijn tweede vrouw golden voor het gelukkigste paar in Siena. Ze zijn nooit in opspraak gebracht, voor Pandolfo de nagedachtenis van zijn stiefmoeder door de modder van zijn 'bewijsstukken' begon te halen. Ook niet naar aanleiding van het vreemde tijdstip waarop hun jongste kind geboren werd, houdt Bentivoglia vol, als zijn vriend daarnaar vraagt. Margherita's gezondheid was slecht. Voorzover hij zich herinnert, verbleef ze bijna voortdurend in haar buitenhuis, waar Ginepro geboren en zij zelf gestorven is. Bovendien is het echtpaar regelmatig gaan kuren in de warme baden van Petriuolo, ten zuiden van de stad. Wie zwanger raakt na Petriuolo, zeggen ze in Siena, kan van alles verwachten: tweelingen, drielingen, voortijdige en overtijdige bevallingen. Het kan zijn dat een rechtbank een vraagteken plaatst achter dat volksgeloof, maar het heeft Ginepro's moeder indertijd tegen kwade tongen beschermd. Tegen de kwade tongen van vandaag moet de portier van Porziuncola worden ingezet! Die is nog in leven en allesbehalve kinds. Met twee andere oudjes slijt hij zijn dagen in het Chianti-land, waar een weldoener het klooster een wijnberg in bruikleen gaf. Niet meer dan vier uur lopen, Bentivoglia stuurt er aanstonds een broeder naartoe.

Lapo Mosca staat op, zijn vermoeidheid is over. Hij zegt beleefd dat het brouwsel van Bentivoglia hem nieuwe krachten schonk, maar van binnen weet hij wel beter. De zaken gaan goed, hij brengt ze prima voor elkaar, hij is Lapo Mosca! Twee potten op het vuur, en wat dan nog? Al waren het er tien. Een slok wijn om de smerige smaak te verdrijven, en hij zet koers naar Joosken de Wever.

Zijn beschermeling begroet hem zonder geestdrift. Zijn oogjes zoeken allereerst, als een houvast, de vogelverschrikkersgestalte van Bentivoglia, en glijden schichtig langs Lapo heen, voor ze zich weer op het naaiwerk richten.

'Ik mag hier nog blijven van die grote pater,' zegt hij alleen, als Lapo heeft uitgelegd dat hij buiten schot is zolang de waardin van het vrouwenhuis volhoudt dat de moord buitenshuis is gepleegd.

'Voor alle zekerheid heeft de grote pater hem wel huisarrest gegeven,' verklaart Bentivoglia, terwijl hij een konijntje uit zijn zak haalt. 'Sinds jullie je handelsroute langs Siena laten lopen, trekken hier van vroeg tot laat Florentijnen door de stad.' Hij streelt het konijntje over de oortjes.

'Dat treft slecht. Zou ik hem niet even mee kunnen nemen naar de Dominicuskerk?'

Joosken geeft een kreet: hij heeft zich aan zijn naald geprikt. Hij steekt zijn bloedende vinger in de mond, en zit meteen weer te rillen in de ijskou van zijn paniek.

'Niet naar de Dominicuskerk. Daar ben ik geweest. Toen ik aankwam. Ik wist de weg niet. Ik dacht dat ik daar moest wezen. Ik vroeg het aan een meneer. Hij deed iets aan een schilderij op de muur. En toen keek ik naar dat schilderij...'

Ontzetting verkrampt zijn tong.

'Toen herkende je Nennetta. Dat klopt. Maar nu die meneer. Herkende je die ook?'

Jooskens beven groeit uit tot nee-schudden.

'Denk na. Kan het een klant in het vrouwenhuis geweest zijn? Die klant voor jou. Je moet hem gezien hebben. Hij droeg een masker.'

Nadenken, met hersens die als paarden op hol zijn geslagen! Het duurt een poos, maar tenslotte ziet Joosken de klant weer voor zich, en hij schudt opnieuw zijn hoofd. De man met het masker was lang en mager, de schilder in de kerk was kort en breed. Lapo had Barna niet werkelijk verdacht, maar heeft graag bewijzen eer hij vrijspreekt. Jooskens verklaring is beter dan niets, al wordt Lapo verder niet veel wijzer. Het is duidelijk dat de vermoedelijke moordenaar niet op wilde vallen. Handschoenen, laarzen, een doodgewone muts die afhing langs zijn masker. Gerustgesteld door een knipoog van Bentivoglia denkt de wever nog eens na zo goed hij kan, en zegt dan vakkundig: 'Hij had een goeie jas aan. Mechels laken. Eerste kwaliteit. Kom je hier niet vaak tegen.'

Hier niet. In de Grote Compagnie vermoedelijk wel. Daar wemelt het van noorderlingen.

Bentivoglia wordt naar de poort geroepen voor een moeder met een ziek kind.

Lapo schuift een kruk naast Jooskens tafel en zegt: 'En nu wil ik precies weten wat jij te maken hebt met de boeven van Landau.'

Naaiwerk en schaar vallen op de grond, en de angst parelt nu zelfs op Jooskens voorhoofd. Maar het verhaal dat hij tenslotte te voorschijn hakkelt, ligt zo voor de hand dat Lapo het zelf had kunnen bedenken.

Een feestdag. Carnaval. Een kroegje bij de Bolognese poort. Vreemdelingen aan de tafel waar Joosken zit met een kameraad. Ze mopperen. Op het bier, uiteraard. De Vlamingen kunnen hen goed verstaan, houden hen voor Gelders, maar ze blijken uit Westfalen te komen. Jooskens makker weet van een kroeg, daar tappen ze echt Duits bier. De vreemden durven er niet heen, het is te diep in de stad. Ze geven de wevers geld voor een vaatje, en later buiten de poort drinken ze het gevieren leeg. Als de Duitsers hen uit beginnen te horen, vooral over vrouwen, trekt Jooskens makker zich dadelijk terug. Dat soort belangstelling vertrouwt hij niet. Het is dan al duidelijk dat ze met militairen te maken hebben uit het voorpostkamp van de Compagnie, en in de Mugello zijn vrouwen genoeg.

Zelfs nu nog kan Joosken die argwaan niet delen. De hoeren van Florence zijn beroemd. Ze vormen het gesprek van de dag, onder de wevers. Iedereen weet waar de mooiste meiden zitten, al zijn die geen spek voor hun bekken. Ook Joosken is op de hoogte, al geeft hij schoorvoetend toe dat hij de begeerte van zijn forsere kameraden maar zelden deelt: meestal heeft hij te veel honger. Hij houdt vol dat de vrouw Nennetta een diepe indruk op hem gemaakt heeft. Ze leek wezenlijk op de Vrouwe van Groeningen die hem als kind had afgerost met een paardenzweep. Zo iemand terug te zien in de goot doet altijd goed. Het verbaasde hem dus volstrekt niet, dat ook de Duitsers over Nennetta begonnen. Het was hun taak op de hoogte te zijn van het naaipotentieel in iedere stad, niet voor zichzelf, maar voor hun officieren. Sinds de controle bij de poorten verscherpt was, waagden die zich niet meer zonder voorzorgen en afspraken de stad en de bordelen in. Joosken had zich bereid verklaard als tussenpersoon op te treden – tegen een handgeld dat ieder ander met argwaan had vervuld. Hij kreeg een briefje mee voor een meid in een kast over de Arno, een mooie, Duitse blondine, en het antwoord dat ze opschreef, leverde hij buiten de poort weer af. Na een volgend adres, waar hij zich als klant moest vervoegen, was de beurt aan het huis van Nennetta. Het is minstens zozeer om de Westfalers, die vergeefs op antwoord wachtten buiten de poort, als om de stadspolitie, dat Joosken zich uit de voeten wou maken. Lapo maakt hem duidelijk dat het geen liefdesbetrekkingen geweest zijn, die hij in stand hielp houden. Hij krijgt vaag de indruk dat ook Joosken daar niet meer zeker van was. Het briefje dat hij had moeten geven, bezit hij natuurlijk niet meer, en lezen kan hij niet.

Lapo twijfelt er niet langer aan dat Sismonda het slachtoffer is geworden van haar geheime dienst. Was het de stad die dat ontdekte en er een eind aan liet maken? Was het de Compagnie? In dat geval hebben de opdrachten aan Joosken en aan de gemaskerde elkaar gekruist.

'Je weet toch heel zeker,' vraagt hij streng, 'dat je die vrouw zelf met geen vinger hebt aangeraakt?' Hij kijkt zo doorborend als hij kan, en tegen zijn verwachting in ziet hij Joosken aarzelen. Een magere hand verdwijnt onder een kiel en trekt, weerstrevend, een koord te voorschijn. Aan het koord is een stuk kant geknoopt, kennelijk afkomstig van een laken of sloop, en vol roodbruine vlekken.

'Kleren van een vermoorde brengen geluk,' fluistert hij. 'Ze had geen kleren aan, maar dit helpt ook. Als ik het niet had afgescheurd, was ik nooit de stad uitgekomen...' Lapo schiet in de lach, en de wever lacht opgelucht mee.

'Eén vraag. Je hoeft niet bang te zijn, enkel na te denken. Die officieren voor wie je werkte, heb je daar ooit namen van gehoord?'

Eén keer. De Westfalers hadden onder elkaar gesproken over een graaf met een Vlaamse naam. Joosken trekt zijn voorhoofd in diepe rimpels en zegt dan: 'Boerenhart. Graaf Boerenhart Zo heette hun baas.'

En dan weet Lapo hoe hoog het spel was dat Sismonda speelde. Burkhardt is de broer van graaf Conrad von Landau, en de waarnemend bevelhebber van de Compagnie. Burkhardt móét de hand gehad hebben in wat haar overkwam.

> ...al gaf hij die dolkstoot niet onder haar kin,
> op zijn bevel is ze vermoord...

Wat heeft Barna van Alda ook weer gezegd? Was Burkhardt in Siena toen het meisje ontvoerd werd?

Broeder Bentivoglia komt de kleermakerij weer binnen met een vergenoegd gezicht. Het zieke kind bij de poort heeft wormen. Die laten zich goedkoop bestrijden. Een teentje knoflook doet wonderen, als je er met wijwater de naam van de man Job op schrijft. Hij ziet het naaiwerk op de grond, en het asgrauwe gezicht van zijn wezel, en haalt een kroes wijn tegen het klappertanden. Wezels hebben geen saffieren of smaragden nodig. Onder de grote, veilige handen van Bentivoglia houden de schouders gaandeweg op met schokken.

Als hij weer met zijn vriend alleen is, waarschuwt Lapo voor de gevaren waarin Joosken terecht is gekomen. Bentivoglia kan hem voorlopig maar beter bij zich houden. Anders belandt hij onherroepelijk in de gevangenis... als een moordenaar de politie niet voor is. Terwijl hij praat, herinnert het woord gevangenis hem aan een belofte die hij Barna de schilder deed. Hij begint over Jachopo Arrighi.

Bentivoglia's goede humeur verdwijnt op slag. Hij is natuurlijk op de hoogte van het geval. De hele stad is ervan op de hoogte, en de hele stad is overtuigd van Jachopo's schuld. Ook Bentivoglia, en hij trekt het zich aan, omdat Jachopo's ouders hem na aan het hart lagen. Jachopo zelf heeft hij uit het oog verloren toen de jongen naar Bologna ging om te studeren. Het schijnt overigens dat hij daar meer verzen en pret gemaakt heeft dan hoge cijfers. Hij is naar huis gekomen met veel praatjes, maar zonder diploma, en de handel ingegaan; kennelijk in afwachting van zijn erfdeel. Wie zo lang in het buitenland blijft, verliest de band met zijn stad, zegt Bentivoglia. Een echte Sienees had Siena niet verraden.

Vergeleken bij de straf die Jachopo wacht, speelt het testament nauwelijks een rol. Wie geen kop meer heeft, kan ook zijn fortuin wel missen. De bepaling over 'loyaal burgerdom' komt enkel zijn broers ten goede. Wordt Jachopo terechtgesteld, dan kan de stad zijn erfdeel niet confisqueren, omdat er in dat geval geen erfdeel is geweest.

'Ik heb gehoord dat zijn broer Pandolfo een grote rol speelt in de beschuldiging. In Florence zouden ze dat verdacht vinden, een getuigenis van een belanghebbende!'

In Siena ook, verzekert Bentivoglia. Het is waar, veel moois valt er niet te bespeuren in het karakter van de oudste Arrighi; alleen wordt daar het karakter van de beklaagde helaas niet beter van. Het is duidelijk dat Jachopo zich met de vijand heeft ingelaten. Misschien heeft hij Perugijnse vrienden opgedaan in zijn studententijd. Hoe had hij anders kunnen horen wat er gaande was in de vesting van zijn oom?

'Langs evenveel wegen als Siena oren heeft,' zegt Lapo nuchter.

'Siena is Florence niet! Wij hebben hier tegenwoordig een volksregering. Twaalf burgers uit de onderste gilden. Ik heb horen zeggen dat ze het goed doen. Ze schijnen zelfs onomkoopbaar te zijn. Niet geleerd, maar met hart voor de stad, en dat is meer waard. Alleen overvoorzichtig. Achterdochtig. Vooral op de regeerders van vroeger zijn ze gebeten. Edelen, rijke burgers, gesjeesde blaaskaken van Jachopo zijn soort, die krijgen geen voet meer aan de grond. Het bericht over Salimbeni's vesting is binnengekomen bij de stadsbestuurder voor oorlogszaken. Die zou zijn eigen kop riskeren als hij zijn mond voorbijpraatte. En een neef van de verrader is dan nog wel de laatste die zo'n topgeheim te horen kreeg.'

'Zijn vriend Barna is overtuigd van zijn onschuld.'

'Laat hij het bewijzen. Ik kan alleen nog bidden voor de zoon van monna Margherita.'

9

Ik ben nieuwsgierig naar het Eeuwig Leven,
maar vind het hier op aarde ook niet gek
   en hoop dit lijf nog lang niet op te geven.
Ik ben nieuwsgierig naar het Eeuwig Leven,
   maar wil 't voorlopig liefst alleen maar even
   begluren door de spijlen van het hek;
   want hoe nieuwsgierig ook naar 't Eeuwig Leven,
   ik vind het hier op aarde ook niet gek...

De minderbroeders van Siena mogen zich dan niet bezondigen aan de overdaad van Santa Croce in Florence, hun behuizing is een stuk comfortabeler dan die van Lapo in Fiesole. Hun kapittelzaal is volgeschilderd met fresco's waar Florence jaloers op mag wezen. Ze is bovendien ruim, en Lapo's stem klinkt er goed. Zijn gastheren laten zich de kans op een voorstelling van de oud-speelman niet ontgaan. Bereidwillig zingt Lapo het ene lied na het andere, tot zijn pols pijn doet van het tamboerijngeroffel.

'Eigen schuld,' verwijt Bentivoglia goedmoedig, terwijl hij de pols van zijn vriend vakkundig masseert. 'Neem daar dan ook een aap voor!'

Lapo blijft steken in zijn beleefdheidsgesprek met de gardiaan en trekt zijn pols terug van verbazing. Bentivoglia geniet van de sensatie die hij wekt. Jazeker, vorige maand heeft hij een aap verpleegd die op de tamboerijn kon slaan, en goed ook. Niet toen hij kwam. De stakker had een longontsteking opgelopen. Maar toen hij weer opknapte, zat hij te roffelen van vroeg tot laat. Het klooster leek wel een kazerne!

De broeders die om hem heen zitten, zijn aanstonds vol van de aap. Daar was iets heel bijzonders mee aan de hand. Niets wilde hij weten van de liedjes die ze met hem mee probeerden te zingen... tot ze een lied van de heilige vader Franciscus aanhieven. Toen juichte hij – voorzover apen dan juichen – en bleef het gezang begeleiden al zongen ze het honderdmaal opnieuw.

'Dan had zijn baas hem dat lied geleerd,' zegt Lapo beslist. 'Ik ken die aap. En ik ken zijn baas. Een zekere Naddo.'

Maar dat is het nu juist. Toen Naddo het dier weer op kwam halen, ontkende hij dat zulke vrome liedjes op zijn programma stonden. Zodat er sprake is van een klein wonder. Het stomme dier dat nooit iets anders begeleid heeft dan zondige wereldse deunen, vóélt plotseling de heiligheid die uitstraalt van Franciscus' lied – en aanstonds stemt hij ermee in. Een van de aanwezigen begint het lied te zingen dat zulke bovennatuurlijke gevolgen had:

> 'Zo groot is 't goed, o Liefde,
> dat Gij mij belooft in het Eeuwige Leven
> dat niets mij op aarde nog zorgen kan geven...'

Wel even iets anders dan Lapo's eigen goddeloze rondeel van daareven... maar het is toch niet daarom dat hij ongelukkig naar de gardiaan kijkt. Hij ziet een zweem van een glimlach op het beheerste gezicht.

'Vergeet het apenwonder maar,' zegt hij dan. 'Dat beest en zijn baas bedoelen verschillende dingen. De aap herkende jullie wijsje. Dat is alles waar híj naar luisterde. Maar buiten een klooster zingen ze op dat wijsje heel andere woorden. Dáár dacht zijn baas aan. Als jullie niet zulke brave, verstorven jongens waren, hadden jullie meteen geweten wat Naddo wél op zijn programma had staan. Het slotlied van de "achtste dag" uit de *Decamerone* van messer Boccaccio:

> "Zo groot is 't goed, o Liefde,
> dat Gij mij bezorgt in gelukkige uren
> dat ik met genoegen verbrand in Uw vuren..."'

Een lelijke teleurstelling voor de minderbroeders van Siena. Om ze te troosten vertelt Lapo wat hem zelf is overkomen met de aap bij de schilder Taddeo. Hij verbaast zich over Naddo, de speelman die de cultuur is ingegaan op zijn oude dag, en zijn aap speciaal op Boccaccio heeft afgericht: vorige maand de achtste dag, en gisteren de derde!

'Dat is niet verwonderlijk,' meent een van de broeders. 'Wij hier houden ons natuurlijk alleen met geestelijke dingen bezig...' deugdzaam slaat hij de ogen neer, 'maar in de stad is het tegenwoordig alles Boccaccio wat de klok slaat. Messer Boccaccio woont hier in de buurt, moet je denken. Hij is geweldig in de mode. Een slimme speelman stemt daar zijn repertoire op af.'

'Goed,' zegt Lapo, en fronst zijn wenkbrauwen, 'maar waarom juist een slimme speelman uit Perugia? Ik dacht dat jullie oorlog hadden met Perugia?'

'Niet uit Perugia!' Bentivoglia is verontwaardigd bij het idee dat hij een vijandelijke aap verpleegd zou hebben. 'Naddo is uit Arezzo. Dat heeft hij vaak gezegd. En hij komt hier regelmatig. Misschien bedoel je toch een andere speelman, Lapo.'

'Scheel? Baardje? Ik kan je zijn adres in Perugia zó geven. Een slimme speelman, zeiden jullie? Misschien nog slimmer dan jullie dachten.'

'Wedden dat je je vergist, Lapo Mosca? We zullen het Naddo vragen zodra hij weer langskomt.'

'Naddo komt nooit meer langs. Hij is dood. Ze zeggen dat hij vergiftigd...' Lapo zwijgt als hij een blik van de gardiaan opvangt. De gardiaan is uit zijn stoel gekomen en zegt misprijzend: 'We zijn hier niet bij elkaar gekomen om over de herkomst van vreemde muzikanten te praten. Het is al lang tijd voor de vespers.'

De broeders breken gehoorzaam op, en Lapo wil hen achterna gaan, een beetje onthutst door de verkeerde beurt die hij blijkbaar gemaakt heeft. Maar de gardiaan houdt hem tegen.

'Jij en ik gaan onmiddellijk naar het gemeentepaleis,' zegt hij.

De schemering hangt over het schelpvormige plein. In de ijzeren houders bij de raadhuispoort zijn al brandende toortsen gestoken. Uit de vergaderruimten op de eerste verdieping schijnt licht. Lui zijn ze niet, de twaalf leden van Siena's volksregering.

De gardiaan passeert zonder moeite de poortwachters en loopt met Lapo naar boven. Hij vraagt dringend de oorlogsbestuurder te spreken, en heeft blijkbaar gezag: de man verlaat er de vergadering voor. Lapo krijgt een scherpe, onderzoekende blik te doorstaan uit een zorgelijk gezicht.

'Wel, pater gardiaan?' vraagt de stadsbestuurder, bestudeerd-gewichtig.

'Heer stadsbestuurder,' antwoordt de gardiaan, bestudeerd eerbiedig, 'ik moge u dringend verzoeken mijn biechteling Arrighi te laten halen. Nu meteen.'

'Er vinden 's avonds geen verhoren plaats...' begint de bestuurder streng, en dan wint zijn nieuwsgierigheid het: 'Wilt u zeggen dat de speelman in de stad is? Daar is geen bericht over binnengekomen.'

'Dat bericht ligt bij de Opperbestuurder hierboven. De speelman is dood. Maar zijn boodschap is misschien te achterhalen. Door mijn medebroeder hier, samen met Arrighi.'

'Pater gardiaan, dat meent u niet ernstig. Moet ik mijn vergadering onderbreken voor dat onzinnige raadselspelletje?'

'Heer stadsbestuurder, als er íéts is dat ik ernstig meen, dan mijn waarschuwing. U hebt zich een vorige keer vergist. Dat kunt u niet nog eens riskeren.'

'U hebt niet het recht...' begint de bestuurder uit de hoogte, kijkt dan van de een naar de ander en haalt de schouders op. Hij stuurt een wachter naar de arrestant Arrighi en gaat zijn gasten voor naar een zijkamer. Ze staat van onder tot boven vol fresco's, maar het is er kil als in een spelonk. De bestuurder ziet de gardiaan diep wegduiken in zijn pij, en praat opeens als de vriendelijke man die hij waarschijnlijk in werkelijkheid is. Zal hij een mantel laten halen? Er mag niet gestookt worden in het paleis, dat is slecht voor de schilderingen waar iedereen zo trots op is.

'Het kalkmengsel eronder deugt niet,' zegt hij vakkundig, 'maar dat is vóór mijn tijd gebeurd. Nu zitten we ermee. Het is altijd kil binnen die zware muren. Wij raadsleden zijn aan kou gewend...'

'Wij minderbroeders ook,' verzekert Lapo Mosca hem. Zodra hij de stadsbestuurder zag, heeft hij in hem de onzekerheid herkend van wie omhoog moet klimmen naar het ambt dat hem werd toebedeeld, maar zich in zijn hart nog steeds één tree te laag weet. Geduldig doet hij zijn verhaal over Naddo, zijn aap en zijn dood.

'En waar dacht je aan, broeder Lapo, toen je daarstraks alwéér een lied uit de *Decamerone* te horen kreeg?' vraagt de gardiaan insinuerend.

'Aan een code natuurlijk,' zegt Lapo ervaren – en dan komt de gevangene binnen. Hij ziet er wat verfomfaaid uit, en heeft een huiskleur gekregen, maar lijkt weinig te lijden onder de ernst van de situatie.

'Nog twee zetten en de cipier was mat geweest,' bericht hij. 'Goeienavond allemaal. Waarmee kan ik de heren van dienst zijn?'

'U weet dat uw proces is opgeschort tot er bewijzen zijn voor uw onwaarschijnlijke verhalen,' begint de stadsbestuurder afgemeten.

'Zeker, zeker. Niets op tegen. Jullie keuken kon wat beter zijn, dat is alles. Heeft onze gardiaan de speelman te grazen? Komt zijn aap nu eindelijk uit de mouw?'

Als hij hoort dat de speelman dood is met verschijnselen van vergiftiging, fluit Jachopo tussen zijn tanden. Eén spion méér op zijn dooie rug, constateert hij.

'God hebbe zijn ziel!' zegt de gardiaan verwijtend.

'God liever dan ik. De vent kraste als een kraai. Maar wíj zitten ermee, hè Renzo? Ik kan nooit meer iets bewijzen en jij kunt nooit meer horen wat hij kwam vertellen.'

'Ik verzoek u een andere toon aan te slaan!' zegt de bestuurder, en Lapo ziet aderen bij zijn slapen zwellen.

Haastig valt hij in: 'Wat hij kwam vertellen zat volgens zijn aap verpakt in het derde slotlied van de *Decamerone*.'

'Torrita,' roept Jachopo onmiddellijk. 'Torrita of Asinalunga. Stuur als de weerlicht een koerier naar het front!'

'Om me voor uw plezier belachelijk te maken?' protesteert de stadsbestuurder. 'En wie zal dat betalen? Een koerier moet toeslag hebben voor een nachtrit. Als ik voor iedere wissewas...'

'Renzo, Renzo, je bent nog net zo'n krentenkakker als toen je mijn vaders stal kwam opmetsellen. Ik heb het je al tien keer uitgelegd. In Bologna sloegen we mekaar om de oren met dit soort foefjes. Die speelman had er vast nog meer van, als hij zijn werkgever hier het oorlogsnieuws nauwkeurig wou verklikken. Ik heb alleen op de *Decamerone* gelet. Kinderspel, man. In Bologna gebruikten we Dante op dezelfde manier. Alle honderd zangen van de *Divina Commedia* om aan te geven hoe je een knappe griet moest versieren, en het stond nog ontwikkeld ook. Wie aan wil geven waar ons front in beweging komt, heeft aan de tien slotliederen van Boccaccio genoeg. De legerleiding heeft de frontlinie immers in tien zones ingedeeld!'

Lapo Mosca heeft genoeg gehoord, zowel voor een hekel aan deze middelste Arrighi, als voor inzicht in het systeem van Naddo, de speelman. Zo vaak hij optrad in Siena, stond er één lied op zijn programma dat hij door zijn aap liet begeleiden. Om dat lied ging het. Jachopo knikt bevestigend. Het was hem opgevallen dat, vlak na een dergelijke uitvoering van lied 2, de stad Cortona door de vijand werd bezet. Begin februari begeleidde de aap lied 4. Jachopo ging het stadsbestuur waarschuwen dat Montepulciano in gevaar was. Het stadsbestuur lachte hem uit. De aanval op Montepulciano kwam, en werd met moeite afgeslagen. Half maart gaf lied 8 hem te verstaan dat zijn oom Andrea bedreigd werd. Hij had geen behoefte, en ook geen tijd, om opnieuw te worden uitgelachen: in galop reed hij naar de vesting.

'Oompje liep gevaar. Meer wist ik ook niet, anders was ik thuisgebleven. Een rotstreek uithalen en mij ervoor laten opdraaien! Goed, nou was Naddo op weg met lied 3. Stuur als de bliksem een koerier om je bevelhebber te waarschuwen. Bid op je eigenwijze knieën dat hij nog op tijd komt.'

'Hersenschimmen,' bromt de stadsbestuurder onrustig. 'Waarom zou ik geloven in hersenschimmen? In zwarte kunst geloof ik ook niet.'

'Dan niet,' zegt Jachopo welgemoed. 'Beleid en inzicht komen een metselaar nu eenmaal niet aanwaaien. Als je maar onthoudt dat ik je gewaarschuwd heb, Renzo. Met deze twee getuigen erbij. Zelf heb ik veel liever dat je niets onderneemt. Broertje Pandolfo ligt bij Torrita. Als hij van Perugia op zijn flikker krijgt, is tegelijk mijn onschuld bewezen. Twee vliegen in één klap. Mag ik nu terug naar mijn schaakspel?'

'Stúúr die koerier, heer stadsbestuurder,' zegt de gardiaan dringend, als Arrighi is weggevoerd. 'Wat u waagt en uitgeeft, betekent niets, vergeleken bij het risico dat de stad bedreigt als hij gelijk heeft. Ik ben er zeker van dát hij gelijk heeft. Het is al erg genoeg dat die spion gedood is voor u hebt kunnen vaststellen wie zich hier in de stad van hem bediende... en hem uit de weg liet ruimen vóór hij namen kon noemen, zodra Jachopo de spionage aan het licht bracht.'

'Wil ík dat even voor u uitzoeken, heer stadsbestuurder?' vraagt Lapo Mosca, medelijdend... en popelend. 'Een lijst van Naddo's vaste concertbezoekers. Een lijst van burgers die belangen hebben in het Chiana-dal, of in Perugia zelf...'

Wéér een nieuwe pot op zijn vuur... maar wie er zich aan brandt, niet de stadsbestuurder. Hij slaat Lapo's aanbod af met een vermoeide glimlach. Daar moet hij eerst over denken, zegt hij. Ook over die koerier moet hij eerst nog denken. Hij dankt de broeders voor hun komst.

'Durft in zijn eentje geen verantwoording aan,' stelt Lapo vast, als ze buiten lopen. 'Het zou me zelfs niet verbazen als hij vermoedde wie de opdrachtgever van de speelman was.'

'Daarvoor komen alle wijnmagnaten in aanmerking die factorijen hebben in het frontgebied,' zegt de gardiaan. 'Die hebben er belang bij om bijtijds te weten waar de klappen vallen. Daarvoor hoeven het nog niet eens verraders te zijn – al zagen ze de volksregering liever vandaag verdwijnen dan morgen.

Ik maak me bezorgd over onze bestuurders,' voegt hij eraan toe. 'Ze menen het goed en ze doen hun best... maar hun bazen van vroeger durven ze eigenlijk niet aan te pakken, en soms is dat nodig.'

'Wie eeuwenlang in een hoek gedrukt is, durft geen grote pleinen meer over,' bevestigt Lapo Mosca, en hij denkt: aan die angst heeft Jachopo Arrighi te danken dat hij nog leeft. Overigens rijdt hen een stadskoerier voorbij vóór ze thuis zijn.

Pater gardiaan was van meet af aan op de hoogte van het spionagegeval. Hij heeft het bewaard als biecht- en staatsgeheim, en geen spier vertrokken toen zijn broeders zich lieten stichten door 'apekool...' Lapo Mosca heeft groot respect voor zoveel zwijgzaamheid. Het belet hem niet zijn vriend Bentivoglia onmiddellijk gerust te stellen inzake het vermeende verraad van Jachopo Arrighi. Op het karakter van de vlegel is hij minder gerust. Vlegel...? Wie werd er kortgeleden nog meer voor vlegel uitgemaakt? Juist, Barna van Alda, de schilder. Een mooi stel vrinden. Vrinden?

Lapo Mosca heeft moeite om de slaap te vatten. Hij ligt op de grond van Bentivoglia's cel, naast Bentivoglia zelf die vervaarlijk snurkt; zijn strozak is afgestaan aan enige zieke katten. Zowel de katten als Lapo's hersens zijn onrustig. Zijn gedachten blijven warrig kronkelen om Jachopo en de stadsbestuurder, om Joosken en Burkhardt, en tenslotte om Ginepro en Bartolo's been. Zijn het toch te veel potten voor één vuur en één kok? Met Bartolo's been loopt het in elk geval glad verkeerd. Morgen moet hij terug naar Monteriggioni.

Maar als hij een paar uur later een ogenblik half wakker opduikt uit een schimmige slaap, merkt hij dat zijn gedachten ondertussen niet bezig zijn geweest met de relikwie. Als kiespijn, zeurderig en hardnekkig, hangen ze rond de tijdrekening van Siena.

10

Hij vaart over zee en het stormt. Zijn schip stampt, de golven dreunen.

Geen schip. Het is Bentivoglia die hem schudt. En wat er dreunt, zijn geen golven, maar klokken. Een geweld van trillend brons dringt van alle kanten op hem in, geen klepel in Siena hangt nog stil. Zoveel klokken voor een vroegmis? Zoveel klokken voor helemaal geen mis. Zoveel klokken voor de totale nederlaag van Siena tegen Perugia, op 10 april 1358. In het Chiana-dal bij Torrita. Gisteren.

De koerier was nog meer dan een uur van het front verwijderd, toen hij de eerste vluchtelingen al ontdekte, uitgeput, in paniek, vol tegenstrijdige berichten. In de loop van de nacht zijn ze naar huis gekomen, zonder wapens, bijna zonder officieren, met twee, drie man op een paard. Perugia heeft Siena in een hinderlaag gelokt. Zelfs de ervaren Duitse huurcommandant heeft zich laten beetnemen en buitmaken. Zelden zal de dood van één speelman aanleiding geweest zijn tot zoveel tranen... Waarschijnlijk zijn er maar twee mensen in de hele stad die opluchting voelen. Jachopo Arrighi om het bloedige gelijk dat hij gekregen heeft. En de stadsbestuurder voor oorlogszaken, omdat hij tenminste die koerier nog gestuurd heeft, al was het te laat.

Lapo Mosca is in een ogenblik de straat op. Er gaat een aparte attractie uit van steden in rouw. De routine staat stil en de scheidsmuren vallen weg. Iedereen praat met iedereen, iedereen verlangt naar schouderkloppers en medelijders. Lapo kan goed troosten. Hij is wezenlijk met Siena begaan. Niet zo diep als hij met Florence begaan zou zijn: door alle verslagenheid heen ziet hij toch het lelievaandel aan de staart van de ezel nog... En ook niet zo diep dat hij zou vergeten om naar het lot van Pandolfo Arrighi te informeren. Pandolfo wordt vooralsnog vermist. Die van Perugia hebben het erop aangelegd, zoveel mogelijk officieren gevangen te nemen. Daar zal Lapo gebruik van moeten maken.

Buiten de stad is het druk. Geen mens weet wat de Perugijnen van plan zijn, geen mens weet hoe hun positie is en of ze door kunnen stoten. Wie bezittingen heeft op het land, haast zich om maatregelen te nemen. Om naar Monteriggioni te komen, krijgt Lapo de keus tussen een oude wijnbouwer, die hem achter op zijn paard, en een jonge boerin, die hem naast zich op de bok wil nemen. Hij zou natuurlijk de oude wijnbouwer moeten kiezen, maar dan was de reis hem langer gevallen, en hij heeft haast...

Lapo treft Tancia van Alda bij de dorpsbron, met twee kruiken en een praatgrage buurvrouw. Het nieuws over de veldslag heeft hen wel bereikt, maar laat hen koud. Torrita is ver weg. Warm lopen ze van de ontucht die zij-van-hierachter deze nacht weer gepleegd heeft.

Als ze getweeën naar Alda's huisje lopen – Tancia met een kruik op het hoofd en Lapo, galant, met de andere – begint hij bedachtzaam: 'Ik heb met Barna over een bruidsschat gepraat.'

'Of ik daar wat mee opschiet. Praatjes vullen geen gaatjes.'

'Dat denk je maar. Mijn praatjes hebben al heel wat gaatjes gevuld. In gewetens, geheugens, verplichtingen, noem maar op. In elk geval: Barna zal ervoor zorgen. Als hij kan. En als hij weet waar hij een bruigom vandaan moet halen.'

Tancia komt een ogenblik tot leven. Die bruigom zou voor het grijpen liggen. Als ze geld meebracht, zou ze morgen kunnen trouwen. Een vroegere buurjongen woont op een verwaarloosd erf in de Maremmen, een weduwnaar met kleine kinderen. Er zit aluin in zijn grond. De ververs van het wolgilde betalen hoge prijzen voor aluin, maar om het te delven is een kostbare installatie nodig. De weduwnaar wil haar graag hebben. Ze kan immers werken als een paard en brengt een moeder mee die op het grut kan passen. Maar waar praat ze over, de centen groeien Barna ook niet op de rug... Het luchtkasteel zakt al in elkaar terwijl ze het opbouwt.

Lapo Mosca haalt zich nog één ogenblik het hoogmoedige gezicht van de dominicaanse prior voor de geest, en één ogenblik het been van Bartolo. Adieu been.

'Er groeien hele fortuinen op Barna's rug,' zegt hij, terwijl hij zich naast Tancia neerlaat op de bank voor het huisje. 'Maar om ze te plukken, heeft hij jouw medewerking nodig.' Stap voor stap gaat hij op zijn doel af. Herinnert ze zich het ongeluk met de sikkel nog? Is het lang geleden sinds ze Donatus voor het laatst heeft gezien? Kijkt ze wel eens in de spiegel? Is het haar nooit opgevallen dat ze meer op Donatus lijkt dan op Barna? Heeft ze nooit haar handen met die van Donatus vergeleken?

Hij hoeft helemaal niet zo voorzichtig te zijn. Tancia was weliswaar nog te klein toen het ongeluk met de sikkel gebeurde. Haar herinnering is gevormd door wat haar moeder haar jarenlang heeft aangepraat; maar die herinnering legt ze ogenblikkelijk naast zich neer. Het kan zijn, dat Lapo's woorden haar de schellen van de ogen trekken, zodat ze plotseling ziet wat ze onbewust al jaren vermoedde. Maar hoe het was of niet was, laat haar koud; waar haar voordeel ligt, dat heeft ze in een ommezien begrepen. Een erfenis voor Barna helpt haar aan een uitzet en een beter leven. Een erfenis voor Donatus verdwijnt in de fondsen van zijn orde. Donatus en geen ander is haar beminde en bloedeigen broer! Lapo hoeft haar geen enkele wenk meer te geven. Ze loopt het huis in, waar Alda van Fredi haar roes uitslaapt, en zet meteen haar schelste kijfstem op.

Flarden van haar verwijten dringen tot Lapo Mosca door. De ouwe zuipschuit is erbij. Haar bedrog is uitgelekt, zichzelf en haar dochter heeft ze de brandstapel opgeholpen. Gino, dat hoerenjong, heeft ze bij een rijke familie binnengesmokkeld, en Barna, die er thuishoorde, heeft ze weggemoffeld. Wat moet er nu van hen worden? Alda van Fredi wordt gestenigd met de keien, beseft Lapo, die híj heeft helpen aandragen. De vrouw komt naar buiten, haastig in rok en jak geschoten. De ontreddering op haar gezwollen gezicht pleit voor de juistheid van zijn vermoeden. Gefeliciteerd, Lapo Mosca. Het is me de overwinning wel.

'Dat was een groot offer dat je gebracht hebt,' zegt hij zachtjes, 'en eigenlijk voor niets, hè? Die zoon van je, die oogappel, je wou hem een gouden toekomst bezorgen. Daarvoor deed je afstand van hem... en híj wist niets beters te doen dan een klooster in te gaan. Mooi natuurlijk, een klooster... maar daar had hij evengoed in kunnen treden zonder dat je hem met het kind van de notaris had verwisseld. Dat heb je zelf ook zitten bedenken, is het niet?

Vertel eens, Alda: had je die verwisseling aangedurfd als je kostbare zoogkind níét in een sikkel was gevallen en bijna doodgebloed? Had je hem misschien al opgegeven? Dorst je de notaris niet onder ogen te komen met zijn verminkte zoon? Wist die man veel, hij had het druk met zijn nieuwe vrouw en zijn deftige banen, hij kwam hier nooit. Je enige getuige had Tancia kunnen zijn... maar Tancia was te jong.

Gelukkig dat Barna is blijven leven. De zaken kunnen nog rechtgezet worden. Je loopt niet eens kans op een straf, want het is te lang geleden. Maar je moet het wel opbiechten. Een verklaring bij een notaris, met een eed op het Evangelieboek dat je de waarheid spreekt. Dan krijgt Barna het geld waar hij recht op heeft, zodat hij voor je oude dag kan zorgen, en voor Tancia's bruidsschat. En wat je eigen zoon betreft... het zou me niet verbazen als je die terugkreeg. Zoals de zaken nu liggen, heb je alle kans dat hij de geestelijke stand weer vaarwel zegt.'

Alda van Fredi kan de aardverschuiving in haar bestaan niet aanstonds verwerken. Ze kijkt naar alles wat bedolven en blootgekomen is, en snottert voor zich heen. Tancia is meer bij de pinken. Ze gaat meteen aan de slag om zich op te knappen voor het bezoek aan de stad... en loopt plotseling haar huis weer uit naar Lapo Mosca. Ze heeft de gevolgtrekking gemaakt waar Lapo al op wachtte.

'U zei dat ik de enige getuige was, broeder... van Barna en die sikkel. Dat is natuurlijk niet waar. Pandolfo was hier nog. Die is door zijn vader hier gelaten tot hij naar school moest. Maar natuurlijk was hij óók te jong om te begrijpen wat er gebeurde. We waren even oud.'

'Natuurlijk, Pandolfo!' roept Lapo vergenoegd. 'Ik herinner het me toch goed, is het niet? De vader van Tancia verdronk bij de overstroming van november 1333. Tancia was toen net geboren. Alda nam een zoogkind in de kost. Dat zoogkind was toch beslist Pandolfo Arrighi, en geen ander?'

Alda huilt voor zich heen. Bij de dood van haar Fredi is alle ongeluk begonnen. Maar haar dochter werpt Lapo een achterdochtige blik toe. Allicht was het Pandolfo, wie anders, maar waarom wil de broeder dat zo precies weten? Voor de getuigenverklaring natuurlijk, zegt Lapo, en hij drentelt weg om zijn voldoening te verbergen. Heeft hij gisteren niet beweerd dat hij Pandolfo onder handen wou nemen? Wel, dat gaat gebeuren. Wijlen de notaris huwde zijn eerste vrouw in februari 1333, Sienese tijdrekening: niet negen maanden voor de overstroming, maar drie maanden erna. Toen hij de clausule over wettige nazaten in zijn testament liet opnemen, dacht hij niet aan Ginepro, zijn jongste zoon. Hij dacht aan Pandolfo, zijn vóórkind...

Florence heeft ruzie met Pisa, in normale tijden haar doorvoerhaven. In Pisa, heeft ze gezworen, zal het gras tussen de straatstenen gaan groeien! Om die wraak te volbrengen, is ze bereid haar handelswaar vele mijlen zuidelijker te verschepen, vanuit een onooglijk haventje. Dat maakt de oude Via Cassia, waar zowel Monteriggioni als Siena aan liggen, tot een drukke handelsroute. Klaarblijkelijk heeft de slag bij Torrita daar op dit moment nog niets aan veranderd. Lapo Mosca hoeft niet lang te wachten voor hij met zijn beide dames wordt meegenomen. Te meer omdat Tancia warempel dienst doet als blikvanger. De opwinding heeft haar een blosje bezorgd. Een diadeem van glaskralen houdt haar gekamde haren in bedwang. Haar verschoten keurslijf wordt opgefleurd door een papieren corsage. Geen beter schoonheidsmiddel dan leedvermaak. De gedachte aan de val die verwende Donatus gaat maken, vervult haar met welbehagen.

In Siena is het leven nog volledig van slag, met luiken voor de winkels, en groepen burgers die hun stemmen laag en hun handen stil houden; maar toch is het karakter van de nationale rouw subtiel aan het veranderen. De berichten wijzen er meer en meer op dat er in Torrita weinig doden, maar des te meer gevangenen zijn gemaakt: er zullen dus meer beurzen dan graven geopend moeten worden. Arme skeletmuur daar boven bij de Dom, denkt Lapo vals: de kans dat je het nog eens tot grootste kerk van de wereld zult brengen, is kleiner dan ooit.

Uit het Chianti-land is de oude portier Juniperus komen aanzetten. Hartelijk zoent hij Lapo op beide wangen. Schaterend bevestigt hij de Porziuncola-theorie. Als een hemelse engel op doorreis, zo had het vrouwtje van podestà Arrighi eruitgezien. Weiger een hardwerkende, vrijgevige bewindsman nu eens een babbeltje met zijn wettige engel! Een babbeltje voor ze hun aflaatbiecht gingen spreken; die voorwaarde had hij uiteraard gesteld...

Als gevolg van de zakelijke moeilijkheden die de Sienezen bedreigen, duurt het enige tijd voor Lapo een notaris tot zijn beschikking heeft; maar dan staat Juniperus' verklaring spoedig op schrift. Hij moet haar bezweren, en dat heeft meer voeten in de aarde. Er zijn maar weinig gevallen waarin een broeder een eed mag afleggen. Tenslotte komt hij met de notaris overeen dat zijn verklaring is onder te brengen bij Verweer tegen Laster. Dan mag het: Juniperus legt zonder bezwaren zijn hand op de bijbel. Vanaf dat ogenblik is de wettige komst van Ginepro Arrighi niet langer aan te vechten; de prior van de dominicanen zal zich in de handen wrijven. Tot hij de verklaring leest die Alda van Fredi daaraanvolgend aflegt en gedwee bezweert. Lapo ziet erop toe dat als tweede kind-getuige naast Tancia het zoogkind Pandolfo genoemd wordt, sinds november 1333 bij Alda van Fredi in de kost. Geen mens neemt er aanstoot aan.

Pas later, wanneer hij met Bentivoglia alleen is, gunt Lapo Mosca zich de luxe van een kleine triomftocht. Het ziet er naar uit, dat hij binnen één etmaal heel wat overhoop gehaald heeft in huize Arrighi. De bastaard die zijn erfdeel verliest, is niet de beklaagde, maar de aanklager; en de beklaagde voor wie Lapo naar Siena moest komen, is zelfs geen bastaard van de notaris, maar een wisselkind.

Broeder Bentivoglia raakt ervan buiten adem. Hij kijkt niet helemaal gelukkig. Zóveel was er van Lapo niet gevraagd. Het zou de eerste keer niet zijn, dat Lapo zijn doel voorbijschoot. Past die vechtlustige ijver nog binnen de Heilige Gehoorzaamheid? Morgen wandelt zijn vriend onbekommerd de stad weer uit – zijn medebroeders moeten maar zien hoe ze zich redden tegen een bende woedende dominicanen... Pas na verloop van tijd geeft hij toe dat Lapo in elk geval de Gerechtigheid heeft gediend. En nog weer later zegt hij plotseling: 'Dan heeft die doodgraver toch gelijk gehad.'

Toen de eerste vrouw van notaris Arrighi was gestorven, had Bentivoglia, die toevallig met de bedelzak langs de deur kwam, op verzoek van de weduwnaar de lijkbezorgers gewaarschuwd. Bereidwillig was hij bij de apotheker langs gegaan, waar de dienstdoende doodgravers zaten te dobbelen. Die waren dadelijk gekomen en aan het werk geslagen. Ze hadden rouwbanken voor het huis geplaatst, de sterfkamer opgeruimd, kaarsen ontstoken en bruine rouwkleden opgehangen. Ze hadden de dode afgelegd, haar maat genomen, en daarmee de doodkistmaker opgezocht. Een van de mannen zei later tegen Bentivoglia: toen ze met de vrouw bezig waren, had er een pasgeboren kind in de wieg gelegen, waarvan hij zou zweren dat het dood was. Toen ze terugkwamen om de dode te kisten, was het kind verdwenen. Ze zeiden hem dat het leefde, snel gedoopt was, en al op weg naar een voedster op het platteland. In werkelijkheid, begrijpt Bentivoglia nu, heeft de notaris de gelegenheid te baat genomen, een natuurlijke zoon voor een wettige te laten doorgaan. Het voorkind was al een jaar oud, maar leefde op het land, waar geen spoor van controle bestond. Binnen enkele jaren zou het geen mens meer opvallen, dat de jongen te oud was voor zijn officiële leeftijd. Heeft de vader spijt gekregen van zijn onwettige handelwijze? Hoe ouder Pandolfo werd, hoe groter de moeilijkheden waren tussen vader en zoon. Die moeilijkheden moeten Arrighi de omstreden formule uit het testament hebben ingegeven.

Lapo Mosca loopt in de late namiddag naar de Dominicuskerk, om zowel de schilder Barna als de prior in te lichten. Wat Barna betreft: dat blijkt niet nodig te zijn. Tancia is Lapo vóór geweest. Hij treft de schilder op zijn stellage, furieus bezig met het vervaardigen van baarlijke duivels. De jongen toont nauwelijks belangstelling voor de familie en de fortuin die hem in de schoot rollen. Ze komen te laat, want Sismonda heeft er niets aan. Erger: ze leggen tijdrovende verplichtingen op. Hij zal zich met Alda en Tancia moeten bezighouden. Hij zal een speurder achter de dood van Sismonda aan moeten sturen. Hij zal haar moordenaar moeten doden. Ze was zijn bruid nietwaar? Maar alles waar hij voor deugt, is schilderen. Ook de ontmaskering van Pandolfo interesseert hem weinig. Wat hem betreft mag de schoft zijn centen houden.

Vóór Lapo, ontnuchterd, de steiger weer af is, klautert een ander naar boven: Jachopo Arrighi, op borgtocht vrijgelaten. Die heeft wel degelijk plezier in het loon-naar-werken dat Pandolfo te wachten staat bij zijn terugkeer uit de Perugijnse krijgsgevangenschap: als het aan zijn grote broer gelegen had, was hij op het schavot beland. Zijn geprat en gelach davert door de gewijde ruimte, tot er van beneden streng wordt geprotesteerd.

'De podestà hier,' zegt hij, wat zachter, 'is een simpele ziel. Die had de wettige nazaten uit het testament willen achterhalen met hulp van een godsoordeel. Hij wou ons alle drie een pijl en boog geven en op het dode lichaam van vader laten schieten: wie raak schoot, was wettig. Zijn werkelijke gedachte was natuurlijk: schieten op zijn eigen vader, dat kan alleen een bastaard. De prior hier heeft er een stokje voor gestoken, gelukkig. Ik zag me daar al staan met die boog...'

'Maar had u het gedaan?' vraagt Lapo Mosca.

'Man, ik kan helemaal niet schieten. Gino ook niet. Pandolfo wel natuurlijk. Die aarzelde dan ook geen ogenblik. Zodat de podestà nog gelijk had gekregen ook.'

Lapo heeft schoon genoeg van alle Arrighi's, oud- of nieuwbakken. Ze zoeken maar uit samen hoe ze hun vriendschap in broederliefde denken om te zetten. Hij is de steiger al af als Barna hem naroept: de broer van Sismonda is die middag uit Londen aangekomen en wil Lapo zo gauw mogelijk spreken. Lapo heeft geen haast om de prior te ontmoeten. Hij gaat op zoek naar de woning van de Figlipetri met het gevoel van opluchting dat een kok moet hebben, als er op zijn vuur nog maar één pan over is om te bewaken: wie gooide Sismonda de Arno in...?

Het vertrek waarin hij ontvangen wordt, is zo kaal dat hij er zich dadelijk thuis voelt en al zijn aandacht kan richten op Filippo de' Figlipetri. De man lijkt op zijn zuster, maar de regelmaat van de trekken, die Sismonda tot een schoonheid maakte, ontbreekt bij Filippo. Alles aan hem is hoekig, verkrampt, verbeten. Terwijl hij hem aanhoort, denkt Lapo: de voornaamste gelijkenis is jullie trots.

Zodra Filippo de brief van de schilder had ontvangen, was hij uit Londen vertrokken. Het ene paard na het andere heeft hij afgebeuld. In Aigues Mortes nam hij de boot naar Pisa. Hij zette koers naar Florence zodra hij geland was... en bedacht zich halverwege. Als banneling riskeerde hij zijn leven daarginds, en zonder hem zou zijn vader verhongeren. Beter was het, Barna te sturen met geld en een broederlijk bevel, en het tweetal op te wachten aan de stadsgrens. Hij boog dus af naar Siena.

'Als we geen tegenwind hadden gehad op zee... en als ik bij Parijs niet zoveel tijd verloren had, met dat muitende boerentuig daar... als ik maar vier dagen eerder was geweest...'

Hij laat Lapo vertellen hoe hij Sismonda heeft gevonden, en wat hij in het vrouwenhuis heeft ervaren; maar hij blijft met zijn rug naar de broeder toe voor het raam staan om zijn ontroering te verbergen. Als Lapo is uitgesproken, zegt hij toonloos: 'Het zijn de Guelfen geweest. De Guelfen hebben haar vermoord. Of het niet genoeg was dat ze ons de stad uitjoegen en ons alles afpakten. Ook haar leven moesten ze nog hebben.'

'Er kan nauwelijks iemand geweest zijn die haar heeft herkend,' voert Lapo aan; hij voelt dat dat een troost voor Filippo moet zijn. Zo goed als de rol die de Grote Compagnie moet hebben gespeeld, en die in elk geval aantoont dat Sismonda zich verdedigd en gewroken heeft, op haar manier. Ook Filippo brengt Burkhardt von Landau onmiddellijk in verband met Sismonda's ontvoering.

In tegenstelling tot Barna was hij zelf in de stad, toen koning Karel er vertoefde. Siena leek een heksenketel. De soldaten van het escorte kampeerden weliswaar buiten de muren, maar overdag zwierven ze door de straten en geen vrouw was veilig voor hen.

'Ik hield mijn zuster natuurlijk in huis. Alleen op de sterfdag van mijn moeder, toen zijn we samen naar de mis gegaan. Acht-entwintig maart, een dubbele sterfdag. In de kerk – het was de Dom – troffen we bekenden. Onze buren Arrighi waren erbij, en een paar van hun invloedrijke vrienden. Ik zocht dag en nacht naar werk, ik hoopte dat ze iets voor me konden doen. Zo liet ik Sismonda alleen met de meid naar huis gaan. Het was tenslotte vlak-bij.'

Inderdaad. Door het open raam zien ze, boven de huizen van de steil oplopende straat, de zwart-witte strepen van de Domtoren als een ladder de hemel in steken.

'Soldaten schijnen haar op hun paard gesleurd te hebben. Vizieren gesloten natuurlijk. De meid is vermoord. Omstanders beweren dat ze de kleuren van de garde herkenden. De koning wou daar niet van horen, toen ik zijn hulp ging vragen.'

'Omdat hij de dader wou beschermen?'

'Zijn reputatie moest hij beschermen. Al die moffen en Bohemers in zijn gevolg misdroegen zich als beesten. Vrouwen waren vogelvrij. Sismonda was de enige niet die ze ontvoerden. Ze was wel de enige voor wie hij geen vinger uitstak. Hij stond daar maar, en bleef praten met een hoveling, en prutste met zijn zakmes aan een takje. Waarom zou hij moeite doen voor een balling? Impossible, zei hij steeds weer. Impossible.'

Hij kijkt strak naar Lapo, of door Lapo heen.

'Burkhardt von Landau? Hij was in het kamp. We hebben zijn tent doorzocht. Dat zegt niets. Ik zal het spoor nagaan. Als het naar hem toe leidt, ben ik niet voor niets uit Engeland gekomen.'

'De ontvoerder hoeft de moordenaar niet te zijn.'

'Natuurlijk niet. Dat is duidelijk. De Guelfen zijn de moorde-naars. Daar gaat het me niet om. Zonder ontvoerder was er nooit een moordenaar geweest. De ontvoerder is de hoofdschuldige. Ik heb gezworen dat ik hem doden zou. Dit is voor het eerst dat ik een duidelijke aanwijzing krijg. Ik moet naar hem toe.'

'Wat zei u daarstraks? Zonder u zou uw vader verhongeren...?'

'Ik pas wel op...' begint Filippo, en zwijgt. De deur is open gegaan. Een zeer oude, zeer zieke man schuifelt met twee stokken naar binnen.

'Hij weet niets!' waarschuwt Filippo fluisterend, voor hij zijn vader in een ziekenstoel helpt. De oude Figlipetri heeft tijd nodig voor hij op adem is gekomen; dan richt zijn blik zich op Lapo Mosca. Een lichte blik uit een broodmager gezicht in een krans van dun, wit haar.

'Ik heb je stem herkend. Jij bent Duedonne, de liedjeszanger.'

De stem heeft iets fluitends, en komt van ver. Lapo voelt zich klein en onzeker.

'Speelmansliedjes, heer. Ze hebben niets te betekenen.'

'Zing ze voor me.'

'Ze zijn niet goed genoeg. Ik zal iets zingen van messer Petrarca.'

'Van jezelf.'

Lapo kijkt aarzelend naar Filippo, dat trotse gezicht waarop nu medelijden ligt als vocht op een open wond. Filippo knikt. Dan grijpt Lapo verlegen zijn tamboerijn, en slaat niet maar streelt, terwijl hij toch eerst zijn rondeelexcuus maar zingt:

> 'Met mijn woorden kralen rijgen
> die zich vlechten tot rondelen.
> Hoor ze gaan: ik kan niet zwijgen,
> 'k moet van woorden kralen rijgen.
> Wie ze mooi vindt kan ze krijgen,
> gooit ze weg als ze vervelen:
> dan zal ik nieuwe kralen rijgen
> die zich vlechten tot rondelen.'

Maar nee: het is natuurlijk het lied van de twee Maria's, dat de oude man wil horen. Het lied van hemel en aarde, zegt hij, als Lapo aan zijn verzoek heeft voldaan. Gelukkig hij die nog voor de keus staat. Voor hém telt de aarde al lang niet meer mee. En de hemel? Hoe dichter hij nadert, hoe zwakker zijn ogen worden. Heilige hovelingen in brokaat? Zingend en spelend rondom gouden tronen? 'Ik weet het,' zegt de hoge stem, 'in de kerker staan ze te kijk. Die kleine Barna van de overkant schildert er de muren vol mee. Hemelse paleizen, met serviezen, en schoothonden, en bloemperken.' Hij kijkt naar Lapo met de schaduw van een glimlach.

'Als ik kan, zal ik je groeten overbrengen aan Sint-Franciscus. Maar ik weet niet of ik dat kan. Wie de makkelijke weg van plaatjes en verhaaltjes heeft verworpen... in zijn hoogmoed... die komt voor een weg omhoog te staan die bijna onbegaanbaar is. Dat zou me nog jaren kosten. Ik heb het te laat gezien.'

Tegen zielzorg op dit niveau is Lapo Mosca niet opgewassen. Zijn alledaagse medegelovigen vinden baat bij zijn goedmoedige Bid-maar-tien-onzevaders-recepten, die hem hier tot kwakzalver zouden stempelen. Hij weet niet wat hij zeggen moet, en denkt aan Figlipetri, zoals hij tussen zijn boeken gezeten moet hebben, in zijn villa, of in dat prieel. Opeens is het Marignolle-rondeel er weer, waar hij mee rondliep. Het is een beetje verbogen, maar plotseling kant-en-klaar, zodat hij het dadelijk zingen kan:

> 'Het vogeltje dat tjilpt en baadt
> in de fontein,
> daar bij de olijven,
>   beseft niet eens dat hij bestaat.
> Zo'n vogeltje dat tjilpt en baadt
>   terwijl míjn leven mij verlaat...
>   O, vogel zijn
>   en nog wat blijven!
> Niets dan een vogeltje, dat baadt
> in mijn fontein,
> daar bij de olijven...'

Niemand zegt iets. Tenslotte steekt Lapo Mosca zijn tamboerijn in zijn zak en verlaat zwijgend de woning. Later zal hij niet weten: heeft hij tranen gezien op dat oude gezicht?

11

Vanmorgen begint de prior het gesprek niet met weerberichten. Hij is uitgesproken kort van stof. Lapo is door een vreemde novice naar hem toe gebracht, en ziet het dossier van de notaris op tafel liggen. Er wordt hem geen zitplaats aangeboden. 'Orde,' zegt de prior. 'Duidelijkheid. Een helder inzicht in verwarde situaties. Dat zijn verdiensten die hier zeer op prijs gesteld worden. Wij zijn dan ook dankbaar voor het licht, door u geworpen op de duistere passage in het testament van de betreurde notaris.'

'Orde en duidelijkheid,' bevestigt Lapo, armen deemoedig over de borst gekruist, dikke handjes in mouwen, 'zijn meer waard dan de grootste erfenis.'

'Ze moeten ons gedrag dan ook blijven besturen. Wij hadden u ontboden om ons het bewijs te leveren, dat de novice Donatus een wettige nazaat van notaris Arrighi was. U bewees ons het tegendeel. U leverde daarmee een ongevraagde prestatie. Ongevraagde prestaties kunnen geen aanspraak maken op een honorarium. Pacta servanda sunt. Het is de mening van dit convent, dat we in geweten verplicht zijn de relikwie van de zalige Bartolo voor ons klooster te behouden.'

'Dat zal mijn gardiaan geweldig spijten,' zucht Lapo Mosca verdrietig. 'Te meer, omdat het een relikwie van zeldzame waarde blijkt te zijn. De hemel heeft er een extra wonder aan verricht. Men hoort wel zeggen dat de zalige Bartolo geleden heeft aan de gevolgen van een slangenbeet. Dat is onjuist. De zalige Bartolo was melaats. Zijn botten waren aangetast door de ziekte. Zijn tenen waren weggevreten. In uw sacristie mocht ik met veel devotie vaststellen dat de Heer na Bartolo's dood althans een van zijn benen weer gaaf en gezond heeft gemaakt.'

Hij glimlacht stralend naar de prior. Hij knielt, en vraagt zijn zegen. Hij buigt nog eens diep en verlaat het vertrek. Verlaat het klooster en de wereld van de hooggeleerden. Zijn karwei is mislukt. Het is misschien niet mooi van hem... maar hij neuriet.

Niet lang. Voor de kerk treft hij broeder Donatus met een smerig voorschoot, een bezem, en een mond vol scheldwoorden. Lapo neemt de moeite hem uit te leggen hoeveel beter het is, arm te zijn dan rijk. Wie arm is, heeft geen verplichtingen. Hij heeft niets te verliezen. Hij hoeft niets te bewaken. In de hemel krijgt hij voorrang. Maar broeder Donatus begint tegen hem te schreeuwen. Bemoeial! Konkelaar! En in één moeite door: huichelaar! Ketter! Sodomiet! Als Lapo zich afwendt, krijgt hij een por met de bezem. Hij struikelt en valt van het bordes. De hele dag houdt hij pijn in zijn heup. Maar het is niet enkel de bezem die hem van een bordes duwt, en de pijn die zijn geestelijke smak hem bezorgt, duurt langer dan een dag. Bemoeial! Het woord blijft klinken, terwijl hij voorthotst op een wagen die Barna, de schilder, heeft afgehuurd. Hij brengt er de twee vrouwen mee terug naar Monteriggioni, om daarna zelf de Maremmen in te gaan. Alda van Fredi zit te huilen, want ook in zijn ongeluk wil haar zoon niets van haar weten. Tancia is weer de heks van vroeger, sinds ze ontdekt heeft dat Barna ook zonder haar onthullingen met een bruidsschat over de brug was gekomen. Barna zelf is ongenietbaar, zoals steeds wanneer hij uit zijn werk gehaald wordt. Daar begint het gelazer van rijkzijn al. Als de broeder denkt dat het plezierig is om een woedende Pandolfo in de familie te krijgen, alsjeblieft, dan mag hij ruilen. Ook de vrouwen zijn bang voor Pandolfo, nu hun duidelijk wordt welke gevolgen hun argeloze verklaring voor hem krijgt. Lapo Mosca heeft ze erin laten luizen. Bemoeial. Niets had hem belet de wettige geboorte van Donatus aannemelijk te maken, en nu met zijn relikwie op huis aan te gaan. Een valse relikwie, akkoord, maar daar heeft niemand hinder van, en kijk nu eens.

Broeder Lapo verdedigt zich niet. Naar de letter genomen zijn de verwijten misplaatst. Hij heeft rechtgezet wat krom zat. Maar is het zijn taak, om recht te zetten? Hij is de knecht niet van mevrouw Gerechtigheid. Hij is de knecht van mevrouw Naastenliefde. Bovendien heeft hij zijn slag niet geslagen om rechtvaardig te wezen, maar om de prior een loer te draaien. Om eens even te laten zien wat hij waard was. Vijf levens die hij zo nodig overhoop moest halen. Bemoeial. Het enige complimentje dat hij krijgt, betreft de bevrijding van Jachopo Arrighi, waaraan hij amper heeft meegewerkt...

Laat in de middag komt Colle di Val d'Elsa in zicht. Alda en Tancia zijn dan al uren geleden uitgestapt, en Lapo herademt. Hier scheiden de wegen. Barna gaat op zoek naar Tancia's weduwnaar, en Lapo moet verhaal halen in San Gimignano. Die opdracht heeft zijn gardiaan hem meegegeven voor het geval er iets mis zou lopen met de relikwie. De schilder zet hem af bij het minderbroedersklooster, en Lapo kijkt hem na. Bij iedere stap waarmee de ezels zich van hem verwijderen, komt zijn goede humeur wat dichterbij. Het is verbluffend, zoals Barna in één nacht de boerenjongen van zich heeft afgestroopt. Hij heeft geen goed woord over voor zijn fortuin, maar ondertussen slaat hij de hooghartigheid van de bezittende klasse als een mantel om zich heen. Alda en Tancia zal hij in de Maremmen installeren, en nooit meer naar ze omkijken... zo min als, nu, naar Lapo. Levenslang zal hij schilderen met beter materiaal en betere relaties dan hij ooit gekregen zou hebben. Dat Lapo daar iets mee te maken had, zal niet in hem opkomen, want nu al, terwijl hij de hoek omslaat, is hij de hele Lapo vergeten.

Lapo Mosca haalt zijn schouders op, en wat hij begint als een zucht, loopt uit in een grinnik. Hij stelt vast dat hij geen zin heeft om in dit muffe kloostertje te overnachten. Zijn reisdoel ligt hoogstens een vier uur gaans verderop. De zon staat nog hoog, de akkers zijn groen, de bossen lopen uit. Hij zet er de pas in en stapt naar de Westpoort.

'Zou je maar niet hier blijven, broeder?' vraagt de poortwachter. 'Er zijn nog wolven in de buurt en ze hebben honger.'

'O, wolven!' zegt Lapo verachtelijk. De wolven van Toscane zijn bekende lafbekken. Sint-Franciscus draaide zijn hand niet om voor de bekering van wolven. Een béétje franciscaan houdt ze tenminste op een afstand.

'Ik neem gewoon een stok mee,' zegt hij moedig. 'En ik kan hard schreeuwen. Als het moet, schreeuw ik ze wel weg.'

'Als je daar maar geen rovers mee naar je toe schreeuwt.'

'Rovers? De kant van San Gimignano uit? Wat valt daar te halen?'

'Een rovende vogel vangt altijd wát. Daartegen begin je niet veel met een stok.'

'Wij broeders hebben ook hel en verdoemenis nog achter de hand.'

'Ik hoop het voor jou. Maar ik heb horen zeggen dat het de bende van de Kardinaal is.'

'Die wou ik al lang eens op zijn donder geven!'

Maar dat is bluf. Lapo Mosca is allesbehalve een held. De Kardinaal is een afgevallen priester, en dus een eersteklaspapenvreter. Lapo wuift dapper naar de poortwachter, maar als hij uit het gezicht is, blijft hij staan en krabt zich eens achter het oor. Teruggaan betekent tijdverlies. En gezichtsverlies. Doorgaan... feitelijk betekent doorgaan boete doen. Hij heeft de zaak verpest in Siena. Er valt iets goed te maken. God moet de kans krijgen hem te straffen voor zijn ijdele bemoeizucht. Hij heeft zichzelf gezocht, niet de relikwie... en die dan ook niet gevonden.

Doorgaan dus. Lapo's boetvaardigheid belet hem niet te hopen dat de Heer met zijn bereidheid tot het martelaarschap tevreden is. Op het ene spoor van zijn gedachten houdt hij zich bezig met zijn onsterfelijke ziel. Op het andere spoor maakt hij zich zorgen over de snelheid waarmee de zon omlaagzakt, en berekent hij, of hij met een versnelde pas voor donker bij de hoeve van Bindo di Cione kan zijn. Daar zullen ze hem graag ontvangen.

Wat die berekening betreft: ze klopt. Maar als hij in de schemering het erf van Bindo oploopt, vindt hij daar alleen een spookachtige puinhoop, zwartgeblakerd... en stilte. Wat er met Bindo en zijn familie gebeurd kan zijn, houdt hem op dat ogenblik minder bezig dan de afstand tot de volgende boerderij. Die afstand is aanzienlijk.

Lapo Mosca zet er zijn versnelde pas weer in, ook al om warm te blijven. De aprilnachten zijn koud in dit land, dat al zo open ligt naar de zeewind. Er is geen maan, hij moet goed letten op het smalle pad, en speurt ondertussen naar het glinsteren van wolfsogen tussen het struikgewas. Om zijn onrust de baas te worden, neemt hij zijn toevlucht tot een beproefd middel. Hij begint aan een rondeel. Op de maat van zijn voetstappen groeit het bijna vanzelf.

'Als U mij hoort klappertanden,
Heer, dan is het niet van angst!
  Rovers hebben méér om handen,
als ze horen klappertanden,
  dan een schooier aan te randen:
  armoe duurt nog steeds het langst.
Als U dus hoort klappertanden,
Heer, dan is het kou, geen angst!'

Het lijkt hem een van de minder slechte, en hij hoort er aanstonds een wijsje bij. Neuriënd probeert hij het uit, zingt het met woorden, schaaft het hier en daar wat bij, zingt het opnieuw. Hij beleeft er plezier aan, zodat hij zijn tamboerijn grijpt, en tenslotte galmt uit volle borst. Tot het kraakt in de struiken, en hij plotseling weer weet dat hij op moet letten, en eigenlijk bang is. Op hetzelfde ogenblik hoort hij roepen: 'O, Lapo Mosca!' en twee mannen stappen op het pad.

'Ook goeienavond.' Lapo heeft de roepende stem herkend en is opgelucht. 'Bindo! Ik dacht al dat jullie rovers waren!'

'We zijn ook rovers!' zegt de andere man bars. 'Hier met de poen!'

'Och man, dit is Lapo Mosca, die heeft toch niks.'

'Jij moet het vak nog leren, Bindo!' Lapo bekleedt zich met branie, het papieren harnas van de angst... 'Een goeie rover plukt veren van een kikker en plant ze op zijn hoed. Wie heeft je hoeve in brand gestoken?'

Bindo van Cione slaat dadelijk een jammertoon aan. 'Huurlingen uit Pisa. Mijn hoeve en mijn vee en mijn vrouw erbij. Wat moest ik...'

'Geen smoesjes,' blaft zijn maat, maar Lapo weet al lang dat zijn beste kansen juist wel bij smoesjes liggen.

'Valt me mee van de Kardinaal, dat hij gesjochte boeren opneemt.'

'Nou, opneemt. Ik ben begonnen als gevangene, maar voor mij betaalt niemand natuurlijk een losgeld. Ze hadden me al lang aan een boom gehangen als ik niet toevallig...'

'Bek houden,' blaft de kameraad, die blijkbaar langer in het vak is. 'Dat gaat hem geen mieter aan. Hij is van de tegenpartij.'

'Ik zeg je toch dat het Lapo Mosca is? Die hoort bij geen partij.'

'Waarachtig wel. Ik hoor bij de partij van God.'

'Dan mag je je partijleider wel aanroepen. Aan jullie volk heeft onze baas speciaal de pest gezien. Mee!'

De wolvenstok doet het ook goed op mensen. Lapo laat zijn belager op het pad liggen; hij kreunt, dus dood is hij niet. Hij wil zijn tocht voortzetten, als een derde boef uit het struikgewas komt.

'Hoorde ik de naam van Lapo Mosca? Lapo, ben jij het? Tondo, ik ben Tondo, ken je Tondo niet meer?'

Tien minuten later zit Lapo bij een vuur in een grot, met een kom soep. In het flakkerende schijnsel neemt hij het zestal eens op dat bij hem zit. De meesten zien er erbarmelijk uit. Ook Tondo, die zijn afwezige baas schijnt te vervangen, en zijn bijnaam – Dikkop – al lang geen eer meer aandoet. Er zijn er nog twee die hem blijken te kennen. Een heeft hij getroost en verbonden toen de beul hem oren en neus had afgesneden. Een heeft hij buiten westen geslagen, toen de lieverd de voeten van een vrouw in het vuur hield om haar spaarcenten los te krijgen. Die ziet eruit of hij de operatie liefst ogenblikkelijk zou herhalen met de voeten van Lapo Mosca; en de vent die daareven met de stok heeft gehad, en nu suffig in het vuur kijkt, gunt hem ook niet veel goeds. Maar Lapo is niet bang meer. De man die ze Tondo noemen, heeft kennelijk nogal wat in de soep te brokken, en indertijd heeft Lapo zijn leven gered. In het ergste geval is Bindo van Cione er ook nog.

'Als ik geweten had dat je toch het slechte pad weer opging, Dikkop, had ik me niet aan een leugen hoeven te bezondigen tegen die kapitein.'

'Als ik het goeie pad was opgegaan, broeder, dan was jouw pad op dit ogenblik verdomd slecht.'

'Je had me beloofd dat je je zou bekéren.'

'Dat beloof ik nog. Het is alleen wat vroeg.'

'Bekeren!' herhaalt een ander. 'Jullie nette mensen praten gemakkelijk. Waar moet je van leven, als bekeerde?'

'Je kunt toch een vak leren,' begint Lapo zonder veel overtuiging.

'Ik zeker!' schampert de man zonder neus. 'Geen baas heeft me aan willen nemen. Zelfs als bedelaar gaven ze me haast niks.'

'En waar deug ík nog voor, nadat de beulsknechten me met de wipgalg uit elkaar hebben gerukt?' vraagt een ander.

'Eerst nadenken, dan preken, broeder,' zegt een derde. 'Ik kén een vak. Ik was touwslager. Bindo hier was boer. Na de Zwarte Dood, ja. Toen kwamen ze vaklui te kort. Maar nou stikt het toch al lang weer van de werkelozen. Als fatsoenlijke werkeloze kan je maar één ding. Creperen.'

'Neem onze baas,' voert Tondo aan. 'Als díé geen vak had waar je oud bij kon worden! En vet! Een knappe kop, onze baas. Heeft jaren gestudeerd. Maar hij was er te goed voor, snap je? Hij zag de andere papen, wat voor tuig dat was. Hij kreeg ruzie met ze, en nu heeft hij ruzie met God.'

'Die kon hij dan beter maar bijleggen. Dat is een ruzie die een mens altijd verliest.'

'Onze baas niet. Die heeft gewonnen. Hij zegt dat God is gevlucht. De gerechtigheid is dood en God is gevlucht. Dat zegt hij.'

Daar heeft Lapo Mosca niet dadelijk een antwoord op. Er zijn momenten waarop hij zich ook zelf wel eens afvraagt of God is gevlucht. Tenslotte zegt hij: 'Wat lastig. Als jullie baas zo'n eind uit de koers is, zal ik voor hem moeten bidden. Ik heb al zo veel te bidden.'

'Spaar je de moeite,' zegt iemand achter hem, en omdat hij plotseling Tondo's arm om zijn schouders voelt, weet Lapo wie dat zegt, nog voor hij de kardinaalsbonnet gezien heeft, die de hoofdman wezenlijk op één oor draagt. De man wordt gevolgd door een stuk of wat kerels met zakken op de schouder, maar de zakken lijken leeg, en binnen de lichtkring staan hun smoelen mistroostig.

De Kardinaal wijst gemelijk naar een boom buiten de grot 'Minderbroeder, hè? Bof je bij. Anders hing je al. Nou kan je eerst nog een slok wijn krijgen.'

Tondo drukt bemoedigend de arm van zijn beschermeling, maar Lapo voelt zich niet helemaal gelukkig terwijl de hoofdman zijn soep slobbert. Hij nipt alleen van de wijn om beleefd te blijven. Het is rotwijn, trouwens.

De Kardinaal likt zijn kom uit en kijkt zijn gevangene eens aan. 'Verrek, jij bent die liedjeszanger. Ik heb die snuiter een keer op een jaarmarkt gehoord,' zegt hij tegen zijn onderdanen. 'Maakte een liedje voor iedereen die beloofde dat hij zou gaan biechten.'

'Ik herinner me niet dat ik er een voor u gemaakt heb,' zegt Lapo hoffelijk, 'maar het aanbod geldt nog steeds.'

'Dit is de man die ik tegenkwam buiten Rome,' zegt Tondo, haastig, omdat hij niet weet of Lapo's antwoord in goede aarde viel. 'Ik heb er u over verteld. Dat was toen we die persoon te pakken kregen die zei dat hij zo beroemd was. Een professor of een dichter...'

'Waar jij de naam niet eens van kon onthouden!' hoont de Kardinaal.

'Een zekere Francesco Petrarca,' vult Lapo gedienstig aan.

De hoofdman begint te vloeken van verontwaardiging. 'En zo iemand lieten jullie lopen! Die was goed geweest voor tienduizend pond!'

'Hij was goed geweest voor tienduizend galgen,' verbetert Lapo. 'Ze hadden hem net tot dichter-koning gekroond op het capitool, met een hele massa drukte. Tondo en zijn vrienden grepen hem vlak buiten de stadsmuren. De patrouille kon elk ogenblik langskomen. Wat dan ook gebeurd is.'

'We waren hem aan het fouilleren, toen kwam broeder Lapo op het lawaai af. Die zei: jongens, dat wild is te groot voor jullie.'

De Kardinaal spuwt op de grond. 'Ik hoor het al. Broeder Lapo houdt het met de elite.'

'Een elite die zulke gedichten maakt, och ja, eminentie, daar wil ik het best mee houden.'

'Alleen hield de elite het niet met hem!' Tondo begint te giechelen. 'De jongens namen hem ook gevangen, maar hij had niks, natuurlijk, en hij zei dat hij bij wijze van losgeld wat zou zingen. Machtig was dat, we waren er kapot van. Alleen die meneer hoe-heet-ie vond je een blèrende kinkel, broeder.'

'Gelijk heeft hij,' knikt Lapo welgemoed.

Tondo herinnert zich gnuivend: 'De jongens zeiden tegen die persoon: wat jij kan, vader, dat weten we niet. Van jou hebben we nooit gehoord. Maar die broeder hier maakt jofele versjes. Die mag van ons zó verder trekken. Wit zag die man. De broeder maakte prompt een liedje om hem te kalmeren, maar terwijl hij stond te zingen, kwam de stadspatrouille. Iedereen smeerde hem, alleen ik kon zo gauw niet wegkomen; ik zat net te schijten. Toen heeft Lapo gezegd dat ik bij hém hoorde. Anders was ik hier niet.'

De Kardinaal heeft meneer Petrarca jaren geleden in Avignon ontmoet, en daar niet veel sympathie aan overgehouden.

'Als dat liedje van je die verwaten lamstraal op zijn nummer zette, wil ik het ook horen,' zegt hij. 'Iedere vorst heeft recht op zijn pias. Zing op.'

'Op zijn nummer! Dat nummer is hoger dan u en ik kunnen tellen. Gelukkig was hij een beetje ijdel. Anders had hij mij voor een gore vleier uitgemaakt:

> "Meneer Petrarca is een roos,
> ik ben een paardebloem.
>   Ik dicht in pluisjes, waardeloos,
> en hij kan dichten als een roos,
>   maar beide bloeien! Wees niet boos
>   als ik ons samen noem:
> meneer Petrarca, schoonste roos,
> en Lapo, paardebloem."'

De rovers maken eerbiedige geluiden, maar het is duidelijk dat hun voorkeur uitgaat naar de molenaar die vreemdging en de raaf die preken kon als een pastoor. Om maar te zwijgen van:

> 'Als ik je oester
> eventjes koester,
> Monna Catina, is dat nu zo erg?'

en aanverwante zaken uit Lapo's verre speelmansverhalen. Hij is bereid tot een groot aantal toegiften, want de tronie van de Kardinaal staat al bijna op een glimlach. Als hij tenslotte ook het Rad van Fortuna nog heeft weggegeven, trapt de hoofdman de galgenbeker om, die voor Lapo's voeten staat.

'Betere wijn voor Duedonne! En uit de zilveren beker!'

Het is een echte Brunello waar ze mee aankomen, en uit een schitterend jaar; maar Lapo's aandacht wordt toch het meest getrokken door de zilveren wijnhoorn die hij in handen krijgt. Er zijn ranken en trossen in gedreven, en engeltjes met pijlen en bogen. Hij buigt dichter naar het vuur, om ze goed te bekijken, en verontwaardigde kreten waarschuwen hem dat hij morst met het feestelijk vocht.

'Dat ding is een fortuin waard! Waar hebben jullie die vandaan?'

'Van niemand,' zegt Tondo braaf. 'Bindo van Cione heeft hem gevonden. Op zijn eigen akker.'

'Dat zal wel. Zilverzaad gezaaid zeker.'

'Waar denk je dat je hier zit?' vraagt de Kardinaal.

'Bedoelt u die grot?'

'Grot? Het is een grafkamer. Het stikt hier van heidengraven, en die zitten vol zilver. Nooit van Etrusken gehoord, broeder?'

'Nooit. Ik had wel gehoord dat de gemeente San Gimignano vergunningen had uitgegeven voor het graven naar zilver. Ik dacht dat het om zilvermijnen ging.'

'De aardigste zilvermijnen van de wereld,' zegt de Kardinaal grinnikend. 'Leveren kant-en-klare spullen in plaats van erts. En vragen niet eens naar een vergunning. Ze leveren trouwens nog veel meer dan zilver.'

Trots en gewillig komen de bandieten met hun vondsten aandragen. Bronzen wapens, zilveren vaatwerk, urnen van albast en marmer. Er is een urndeksel bij, daar ligt een man op van marmer, met een klein lijf en een groot hoofd. Lapo kijkt naar de rimpels, de onderkin, de wrat op de neus, en denkt aan zijn gesprekken met Barna van Siena, die verlangde naar 'echte mensen van steen'. Hij zegt: 'Als jullie dit beeld kwijt willen, moet je naar een schilder gaan die zich Barna van Siena noemt. Hij werkt in de Dominicuskerk, en zal er goed voor betalen.'

De rovers ontvangen de tip schoorvoetend, en de Kardinaal zegt tenslotte: 'We willen best zaken doen met die Barna, maar niet bij de dominicanen. We hebben van de winter wat moeilijkheden gehad met een koopman die voor die kerels werkte. Je kunt ervan opaan dat hij ons signalement heeft doorgegeven.

Wij slijten de spullen liever in Milaan en Verona.'

Lapo is onder de indruk. Een koopman uitschudden die voor de dominicanen werkte! Dat is haast hetzelfde als de dominicanen persoonlijk uitschudden. Maar de rovers zien zonder voldoening op de overval terug. De vent had niets bij zich wat de moeite waard was. Kisten en kokers vol botten. Een reliekenhandelaar.

'Hei, wacht eens. Kwam hij uit San Gimignano? Had hij het been van Bartolo bij zich?'

Zaten er benen bij die knekeltroep? Twee benen, weet Bindo van Cione zich te herinneren: die is nog te kort op het boevenpad om zijn respect voor relikwieën te hebben verloren. Twee benen, elk in een koker, met een briefje erbij.

De leprapoot! herinnert nu ook een ander zich. 'Wat was dat een rotgezicht, al die afgebroken tenen. Als een heilige er al zo'n poot op na houdt, hoe zal een zondige lepravoet er dan wel uitzien...'

Ze hebben het been als de bliksem weer in zijn koker gedaan: je zou er zelf de ziekte van krijgen. Ook de rest ging ijlings de kisten weer in, en de koopman mocht meteen verder, zonder zijn poen dan wel, maar met al zijn knekels. 'Dat hoef jij je niet aan te trekken, Lapo Mosca!'

'Of ik het me aantrek,' zegt Lapo sip. 'Het is mijn leprapoot die jullie zoekgemaakt hebben.'

Als het tot de rovers doordringt, dat ze in hun haast en zenuwachtigheid de benen hebben verwisseld en in elkaars kokers geschoven, is het plezier algemeen en onbarmhartig. Lapo lacht witjes mee. Heeft niemand toevallig gezien van wie het andere been afkomstig was, en waar het heen moest?

De man zonder neus weet van wie het was. De Kardinaal heeft voorgelezen wat er op het briefje stond, en de man zonder neus heeft het onthouden, want het was zijn eigen naam.

Cassianus. 'Ik had hem graag willen houden, maar het mocht niet van de baas,' zegt hij weemoedig.

'Als er benen af te hakken zijn, zal ik het zelf wel doen,' licht de hoofdman toe. Hij herinnert zich het geval nu weer. Het been was bestemd voor een Cassianus-klooster, ergens bij Imola.

En dat is dan dat. Toen Lapo Mosca daarstraks deze nachtelijke tocht aanvaardde om boete te doen, wist hij niet half wat er zwaaide. Straf voor zijn streken in Siena? Kruimelzonden waren het...

Lapo Mosca ziet niet langer het leedvermaak van de Kardinaal voor zich. Hij ziet, met genadeloze duidelijkheid, de wanhoop van een krakkemikkige schoolmeester in Lucca, omjoeld door een bende rekels waar Lapo, zoon van Lapo, er een van was. De schoolmeester van Lucca, bleek, mager, zijn naam was Bamboglia, en Lapo, zoon van Lapo, vereerde hem. De verering werd niet aanvaard, want wie was Lapo, een botte armoedzaaier die alleen op school werd geduld omdat de domorganist iets in hem zag. Zodat verering omsloeg in haat, en Lapo, zoon van Lapo, de brutaalste kwelgeest van het schooltje werd. Tot de dag kwam waarop de schoolmeester, met inkt beklad, met leien bekogeld, scheefgezakt in zijn doorgezaagde katheder, half huilend had geroepen: 'Wacht maar! De heilige Cassianus van Imola zal het aan jullie bezoeken!'

Hij heeft zijn tijd genomen en op zijn kans gewacht, de heilige Cassianus van Imola, patroon van de schoolmeesters; maar deze nacht slaat het uur der wrake. In het gebied van Imola, achter de Apennijnen, heeft hij kloosters en kerken bij de vleet. Lapo ziet, als in een afschuwelijk visioen, wat er gebeuren gaat. Hij zal net zo lang moeten lopen zoeken tot hij het been van Bartolo gevonden heeft, dat daar bij vergissing terecht is gekomen. En wie weet wat hij moet opknappen om dát dan weer los te krijgen...

Vergeefs tracht hij van de Kardinaal een nauwkeuriger adres te weten te komen. Die lacht hem uit en houdt hem een afgekloven schapenbot voor.

'Breek daar wat van af en kook het uit, dan ziet geen mens het verschil!'

'Jij moest beter weten, Kardinaal. Die schapenpoot zou immers geen wonderen doen. Spotten, en relieken jatten, schaam je je niet? De gevolgen zullen niet uitblijven.'

'De gevolgen zijn er al. Niemand is nog tegen de lamp gelopen sinds we die koopman te pakken namen. Dat komt door een reliekje van ónze schutspatroon. We hebben het achtergehouden. Een stuk van het touw waarmee de heilige Dismas aan zijn kruis werd gebonden.'

'De Goede Moordenaar!'

'Niks Moordenaar. De Goede Rover, zo heet hij in de bijbel. En wanneer spreek je van een goede rover? Als hij goed kan roven.'

'Deze was goed omdat hij zich bekeerde.'

'Kunst, als je naast Onze-Lieve-Heer hangt.'

'Kardinaal, wees wijzer. Gebruik je hersens. Vandaag schop je tegen de maatschappij aan, maar morgen schop je tegen de wind met een strop om je nek. Of anders grijpt God jullie zelf in de kladden. Hebben jullie die komeet niet langs zien komen, die zoveel ongelukken maakte? De storm die hij teweegbracht, hebben jullie daar niks van gevoeld? In de bergen achter Pistoia zijn er tweeënveertig rovers in weggeblazen. Geen mens weet waarheen. Nooit is er meer iets van ze gehoord. Zo zal het jullie ook vergaan.'

'O nee, Lapo Mosca, nou zeg je maar wat. Die kerels zijn niet weggewaaid omdat ze rovers waren. Ze zijn weggewaaid omdat ze ketters waren. Ketters kan God niet verdragen.'

'Slechte mensen, die kan God niet verdragen. Die rovers waren grote zondaars, en jullie zijn geen haar beter.'

'Geen haar beter! Hoe durf je zo iets te beweren. Stel dat wij ook zondaars zijn. Dan zondigen we in ieder geval tegen het ware geloof.'

'Daar kom je alleen maar dieper de hel mee in.'

'Niet dieper dan een ander. Zal ik je eens wat vertellen, Duedonne: we zijn al in de hel. Jij denkt dat je leeft. Niets ervan. Je bent al dood en je zit in de hel. Kijk om je heen, dan zie je het. Je zit in de hel en God is 'm gesmeerd.'

De Kardinaal gaapt, trekt zijn mantel om zich heen, en laat zich achterovervallen; zijn volgelingen volgen zijn voorbeeld.

Lapo Mosca kijkt in de laatste opflikkerende vlammen, en grijpt zijn tamboerijntje nog eens. 'Een wiegenliedje, Kardinaal, voor mensen die aan jouw vergissing lijden:

"Toen alles klaar was, heeft de Heer ten leste
op vrijdag ook nog gauw de mens gemaakt.
Die laatste scheppingsdaad was niet zijn beste:

toen alles klaar was kwam de mens ten leste
het hele bouwwerk radicaal verpesten.
Had God zijn werk maar donderdag gestaakt!
Wat zou de wereld mooi zijn, als ten leste
de Heer niet ook de mens nog had gemaakt..."'

Geen rondeel dat meneer de Inquisiteur te horen moet krijgen.
Van de rovers zal hij het niet vernemen. De schildwacht buiten
heeft zijn aandacht bij de wolven, en zijn makkers binnen ronken
al.

12

Met regen en storm keert Lapo Mosca terug van zijn karwei in
Siena. Het weer is al omgeslagen als hij de roversgrot verlaat, zodat hij gevoeglijk afziet van zijn omweg over San Gimignano, waar
niets meer te halen valt. Het behoedt hem er niet voor, doorweekt
en verkouden thuis te komen.

Het voorjaar ontwikkelt zich slecht. Er trekken onweren over
Toscane, zoals ook ouderen ze nauwelijks ooit hebben meegemaakt. Eind april slaat op een nacht de bliksem in de marmeren
engel die, vier ellen hoog, als torenspits op Santa Maria Novella
staat. Uit alle windrichtingen komen er toeschouwers op af, en
wie Lapo Mosca mocht zoeken, vindt hem natuurlijk op de voorste rij. Met de engel mee zijn hele brokken van de toren naar om-
laaggekomen, brandend, zodat er veel schade is aangericht in kerk
en klooster. Allicht, zeggen de omstanders. Die paters leefden te
weelderig. Donzen bedden en maaltijden met zeven gangen. Juist
de slaapzalen en keukens zijn getroffen. De welsprekendheid des
hemels laat weer niets te wensen over. Lapo is het er geheel mee
eens. Santa Maria Novella is van de dominicanen. De Santa
Croce-gebouwen van zijn eigen orde, aan de andere kant van de
stad, komen weliswaar in aanmerking voor een soortgelijke beris-
ping; maar zijn ervaringen in Siena hebben op de bodem van zijn
ziel iets achtergelaten dat, na het onweer, als leedvermaak naar
boven komt.

De hemel blijft welsprekend. Hij tikt Lapo niet alleen op de vingers, maar ook op schouders en hoofd. Terwijl hij op weg is naar huis, begint het te hagelen. Dit voorjaar vallen er stenen, groter dan kippeneieren; gewassen en vee zijn erdoor getroffen. Zelfs mensen zijn ermee doodgegooid, herinnert Lapo zich, biddend en kleumend onder de verwaarloosbare bescherming van een spichtige olijf. Zijn verdiende loon. Hoewel. Soms is het slechtste weer juist het mooiste. In de Apennijnen zijn de passen weer dichtgesneeuwd. Zijn gardiaan kan hem op het ogenblik moeilijk naar Imola sturen.

Breekt de zomer door, dan rijst er een nieuw obstakel omhoog tussen hem en het been van Bartolo: de Grote Compagnie. Die staat te popelen om haar winterkwartier bij Bologna te verlaten, en zich te verhuren aan de meestbiedende. Florence heeft ermee gerekend dat de meestbiedende de rijke heerser van Milaan wel zou zijn, maar zijn bod wordt overtroffen door het bod van Siena. Na de slag bij Torrita worden haar vijanden met de dag brutaler. Siena ligt te koken van woede en vernedering. Wie zo diep wordt beledigd, haalt haar onderste stuiver boven voor wraak, of ze nu door zuinige kleine luiden geregeerd wordt of niet. De Compagnie moet komen en het gebied van de vijand verwoesten tot de laatste steen, de laatste vruchtboom, de laatste korenaar. Een kolfje naar roofzuchtige soldatenhanden... maar om Perugia te bereiken moet de Compagnie over Florentijns gebied. Toen de Sienese gezanten langskwamen, op weg naar Landaus bivak bij Bologna, heeft Florence daarom meteen een paar eigen onderhandelaars meegestuurd. Die hebben het daarginds niet gemakkelijk. Landau zelf zit nog steeds in Duitsland. Zijn officieren zijn domkoppen, waar niet mee te praten valt.

Lapo Mosca beklaagt de Florentijnse gezanten. Hij beklaagt iedereen, die deze maanden buiten de stad moet doorbrengen; vandaar de uitvluchten waarmee hij ook zelf zijn gardiaan bestormt. Weer of geen weer, Compagnie of geen Compagnie, in het voorjaar is Florence de verrukkelijkste stad van de wereld. De feesten volgen elkaar op als praalwagens in een triomftocht.

Eerst komt Hemelvaart, als alle burgers zich staan te vergapen aan een Heer die echt omhoogstijgt, zegenend met zijn houten glimlach en houten handen, langs een kabel naar het dak van de Carmelkerk. De techniek staat toch voor niets, tegenwoordig. Een langzame hemelvaart, dat wel, met horten en stoten, zodat Lapo zijn hart vasthoudt, en de man naast hem zegt: 'Als hij het zo had aangepakt, indertijd, was hij nu nóg niet boven...'

Volgt Pinksteren, als de Heilige Geest jarig is, en het plein voor de Heilige Geest-kerk een feestzaal wordt vol bloemen en zijden sierkleden. De beroemde lofzangers van de kerk zingen er als engelen, avond aan avond, een week lang; hun koor wordt herhaaldelijk versterkt door broeder Lapo, die een aantal van hun liederen zelf heeft gemaakt.

Dan komt Sint-Zenobius nog, en de domklokken luiden en luiden, tot de handen van de klokkenluiders vol blaren zitten. Zenobius overstelpt zijn stadgenoten met wonderen, sinds zijn relikwieën een nieuwe schrijn hebben gekregen in een nieuwe nis. Pas weer heeft hij duivels gedreven uit zes bezeten zusters. De zalige Bartolo zal zijn beste beentje vóór moeten zetten – voor wát trouwens? –, wil hij het daartegen opnemen. Lapo staat er maar niet te lang bij stil. Hij verheugt zich helemaal niet op de reis naar Imola. Bovendien heeft hij de laatste tijd enige moeite met het relikwisme van zijn gardiaan. Zijn gardiaan is een nuchtere man, die zich weinig wijs laat maken, en sappige verhalen kan doen over de vreemde devoties van nonnen die hij af en toe als rector pleegt bij te staan. Lapo heeft zich indertijd al verbaasd over het plotselinge enthousiasme voor Bartolo's been. Bij zijn terugkeer uit Siena heeft hij vernomen dat de gardiaan naar Duitsland heeft geschreven voor een van de wonderdadige rozen van de heilige Elisabeth van Thüringen. Een andere broeder is naar Loreto gestuurd, aan de Adriatische kust, om een veer van de engelen die onlangs het huisje van Maria hebben overgevlogen uit het Heilige Land. En dat is nog maar een greep uit de heilige behoeften van de gardiaan. Lapo neemt aan, al kost het hem enige moeite, dat zijn overste een visioen over relikwieën heeft gehad. Het zou zijn taak verlichten, als hij daar deelgenoot van gemaakt werd; maar zijn overste zwijgt. Niet meer aan denken dus. Niet voor het onvermijdelijk is.

Hemelvaart, Pinksteren, Sint-Zenobius: laat het geen kinderspel zijn, voorspel is het wel. Het feest waar de hele stad sinds Pasen naartoe leeft, is het feest van Sint-Jan. Hij is de beschermheilige van de stad. Voor hem naaien, borduren en poetsen de vrouwen van Florence twee maanden lang. Als er maan is, zitten ze halve nachten op hun balkons, want maanlicht is goed voor haren: daar worden ze blond van. Overdag staan ze te dringen voor de toonbanken van de stoffenwinkels. Met de lelies en sterpatronen van vorig jaar kunnen ze zich natuurlijk niet meer vertonen: deze zomer moeten het ruiten zijn. Straks lopen alle burgervrouwen erbij als gravinnen; in hun eigen ogen tenminste. De echte gentildonna's doen het nog heel anders. Die gaan de winkels niet in, die ontbieden stalen en stoffen bij zich thuis, en als het straks feest is, ai!, als godinnen prijken ze dan op hun balkons en tribunes. Ook voor dat schouwspel blijft Lapo Mosca zo lang mogelijk thuis. Zijden rozen en wijnranken klimmen op langs purperen gewaden, handgeschilderde papegaaien fladderen op mantels van brokaat. Mouwen hangen af tot de grond – koeientongen, zegt het volk afgunstig: enkel goed om armen te bedekken die nooit iets uitvoeren – en door de haren zijn diademen gevlochten van niets dan edelstenen en goud. De wet op de luxe heeft zulke uitstallingen verboden, maar wie het breed heeft – of doen wil alsof –, laat het eens per jaar breed hangen: zo betalen de echtgenoten hun boete gewillig bij voorbaat. Ja, de grote dames van Florence! Maar ook het manvolk mag er wezen. Jonge kerels paraderen met hun behendigheid bij het trainen van de paarden waar straks de Sint-Jans-palio mee gerend wordt. Op het plein van Santa Croce trainen ze zich zelf met toernooien, ringsteekritten, worstelpartijen; meer dan een bloedneus valt er zelden te betreuren. Uit de buursteden komen geleidelijk de feestgaven voor Sint-Jan al binnen: rollen velours en bont en gestreepte tafzij; ook jachthonden en afgerichte vogels die straks meegaan in de processie.

In de werkplaatsen worden schabrakken vermaakt, banieren en lambrekijnen vernieuwd. De kaarsenmakerijen zijn bijenkorven gelijk: iedere burger boven de vijftien heeft immers een kaars aan Sint-Jan te offeren. Hele wijken geuren naar bijenwas. Over de pleinen worden zonnetenten gespannen, die vooreerst nog veel te vaak als regenschermen dienstdoen. Omdat in de meimaand feestvieren boven werken gaat, worden onder die tenten bruiloften gehouden, bals, gastmalen, iedere dag weer. Het getokkel van luiten en de echo's van liedjes zijn niet van de lucht, uit iedere steeg komen jonge mensen gehuppeld met kransen op het hoofd, en rond iedere samenkomst buitelen de acrobaten, die uit heel Toscane afkomen op het goedgeefse plezier van de Arnostad.

Ga nu in zo'n tijd eens naar Imola! Lapo Mosca heeft een onuitputtelijke voorraad boodschappen achter de hand die noodzakelijk in de stad gedaan moeten worden. Hij is niet te beroerd om zieken te bezoeken en ouden van dagen mee uit kijken te nemen. Hij schrijft discrete brieven voor de een en levert discrete brieven af voor de ander, hij neemt aalmoezen aan en geeft ze weer weg, bidt voor wie erom vraagt, en beschermt drinkebroers door tijdig hun glas leeg te drinken. Onderwijl neust hij rond in kurassmederijen en timmerwerkplaatsen, of loopt de torenbouwers voor de voeten. Die hebben het druk met de honderd gevaarten van hout en bont papier, waarmee ze op de feestmorgen als kleurige wervelwinden in het rond zullen draaien. 's Avonds deelt Lapo in het volksvermaak over de Arno, waar kolossale vaten in een uur schoon leeggaan, en kerels met ontblote bovenlijven voor enorme vuren staan en schapenbouten roosteren. Hele wijken zitten aan lange tafels bij toortslicht te lachen en te schransen, en wie tot de feestvreugde bijdraagt met een rondeeltje en een tamboerijntje, krijgt tienmaal meer te eten en te drinken dan hij kwijt kan.

Het is juni geworden en achter de bergen is de Grote Compagnie in beweging geraakt. De passen zijn open, ze willen naar Perugia. De Florentijnse onderhandelaars trachten hun een route aan te praten langs de uiterste grenzen van hun gebied, de bergen door, ver van dorpen en akkers. Ze kregen de geheime opdracht mee, de besprekingen te rekken tot het te velde staande gewas zoveel mogelijk is geoogst. Zo gaan er geregeld koeriers op en neer, en de stad is nu toch zo ver dat ze overweegt een extra gezant met extra toezeggingen te sturen. Ze is bereid voor levensmiddelen te zorgen, en vijf- tot zesduizend florijnen te betalen in ruil voor garanties waar ze zelf maar half in gelooft. Daarom laat ze ondertussen haar oostelijke grensposten versterken, en dit jaar mogen er geen kudden weiden in de dalen waar de Compagnie doorheen moet. Thuis is de stadsmilitie paraat, en er zijn tweeduizend hand-boogschutters aangeworven. Die dansen voorlopig nog mee in de voorjaarsfeesten, want het laatste wat Florence zou afgelasten, is de huldiging van de stadsheilige in tijden die juist behoefte hebben aan zijn bescherming. De burgers kunnen de zorgen van hun regeerders onmogelijk delen. Ze zijn te vol van nieuwe kleren, gerechten en schandaaltjes om gedachten te wijden aan soldatenbenden die vele dagreizen verwijderd zijn. Misschien doet de enige keer dat de Compagnie in het openbaar ter sprake komt, zich voor tijdens een rechtszitting waarbij een spion uit de Mugello wordt voorgeleid, die op heterdaad is betrapt.

De gerechtshoven van podestà en volkskapitein horen tot de weinige plaatsen die niet zijn omgebouwd tot springplanken voor het Sint-Jansfeest. Lapo Mosca staat al vroeg tussen de toeschouwers, die morgen dat de spion wordt verhoord. De moord op de vrouw in de Arno is niet opgehelderd. Nadat ze geïdentificeerd was als inwoonster van een vrouwenhuis, heeft men het geval geseponeerd. Maar de zaak kan uiteraard weer geopend worden als er nieuwe feiten aan het licht komen. Lapo acht het niet uitgesloten, dat de verdachte uit de Mugello iets heeft losgelaten met betrekking tot 'Nennetta'.

Het is druk en rommelig in de rechtszaal van de podestà. Op een verhoging zitten de schrijvers, notarissen, raadsheren en rechters uit zijn gevolg. Hun ambtskleding zit vol inktvlekken, de bontranden zijn pluizig en geklonterd. Nog een goede week, dan loopt hun zittingsperiode ten einde. Ze zijn moe, en hebben hun bekomst van deze woelige, veel te grote stad.

Als Lapo binnenkomt, zijn er routinegevallen aan de orde. Twee hazardspelers worden beboet, de een met 25 lire, maar de ander met 75, want toen hij verloor, heeft hij in woede de dobbelsteenmaker willen doodslaan. Michele heeft een steen naar Benedetto gegooid – 18 lire –, maar Benedetto gooide er vier door het raam van Michele, met zware beledigingen en bedreigingen erbij – 110 lire. Chiara, vrouw van Piero, wordt beschuldigd van overspel, maar de voogd die namens haar het woord voert, heeft getuigen voor haar onschuld en ze wordt vrijgesproken. Tonio heeft Simon de Arno ingegooid – 18 lire –, maar Simon, weer op het droge, sloeg Tonio met een roerstang op zijn neus zodat het bloed eruit spoot: verzwarende omstandigheid, 70 lire. En tenslotte Nicola uit Pisa. Zijn rechter moddervoet heeft hij afgeveegd aan het stadssymbool, een geborduurde leeuw op een wandtapijt. Verontwaardiging gonst door de zaal. Hij wordt bij verstek veroordeeld tot 100 lire, of het afhakken van de schuldige rechtervoet.

Nu komen de ernstige gevallen. De podestà voegt zich zelf bij het college. Daar is Stefano van Biondo, die een scherp ijzer in zijn keel heeft gestoten met de bedoeling zich van kant te maken. De opzet is mislukt en komt hem op 200 lire te staan. Segna Andrei en Giovanni Guidi hebben–na de nachtklok nog wel–de oude Dioteaiuti met hartsvangers om zeep gebracht, om zijn kleindochters te kunnen verkrachten. Ze worden ter dood veroordeeld. Zekere Baccio, die de oude man heeft vastgehouden en vervolgens op de uitkijk heeft gestaan, krijgt 750 lire boete en wordt ingeschreven in het Boek der Schanddaden. Daarna, eindelijk, komen de gevallen van hoogverraad, die tot de allerzwaarste misdrijven gerekend worden die Florence kent. Bij verstek wordt een verrader ter dood veroordeeld, die zich wijselijk uit de voeten gemaakt heeft. Dan is de beurt aan de spion uit de Mugello.

Een verwilderde boerenjongen, die naar de beklaagdenbank gedragen moet worden. Onder tortuur heeft hij de meest uiteenlopende zaken bekend. Van zijn eerste verhaal: dat hij afspraken moest regelen tussen Compagnie-officieren en lichtekooien, is geen spaander heel gebleven. Zijn arrestatie komt voort uit de tortuur waaraan een andere verdachte werd onderworpen, een Duitse spionne in een bordeel over de Arno. Bij een adres dat de vrouw had losgelaten, is de jongen gepakt met een briefje van de Compagnie in zijn zak. De moffen in de Mugello, die van zijn diensten gebruikmaakten, hebben hun kamp terstond opgebroken en zich bij de hoofdmacht van de Compagnie gevoegd. Onder de contactpersonen die zowel door de Duitse spionne als door deze stumper genoemd zijn, bevindt zich inderdaad 'de lichte vrouw, bekend als Nennetta'. De beklaagde heeft aanvankelijk verklaard dat hij zich reeds sinds Pasen niet meer bij Nennetta vervoegd heeft, maar op de pijnbank heeft hij bekend dat hij haar op last van de Compagnie heeft gedood. De waardin van het vrouwenhuis heeft hem onder ede herkend. Op de zitting komt de moord zelf niet anders meer ter sprake dan in de opsomming van het requisitoir. Lapo verlaat de rechtszaal, na een laatste blik op het wrak in de beklaagdenbank. Wat er van de stumper over is, laat zich onmogelijk verenigen met de beschrijving van de lange, magere, deftige, gemaskerde moordenaar. Waarschijnlijk gelooft niemand aan zijn bekentenis. Komt ze de podestà van pas, die niet graag onopgehelderde misdrijven achterlaat bij zijn vertrek? Komt ze een machtige groepering van pas, die de ware dader vrijuit wil laten gaan? Dienstklopper of doofpot: de zaak-Nennetta hoort tot het verleden. Joosken kan terugkomen.

Lapo stapt het paleis uit en staat dadelijk weer onder de guirlandes. Van het Domplein komen vrolijke trompetten; hij loopt eropaf, wat afwezig nog... en belandt in een bruiloft. De gasten begeven zich juist naar de dansvloer, die tussen Dom en Doopkapel is gelegd. Onder de genodigden ziet Lapo plotseling zijn Maria-Beneden aan de hand van haar echtgenoot. Reden genoeg om zich tussen de gasten te scharen en, als de beurt aan hem komt, zijn handen in het zilveren wasbekken te dompelen en een stuk vergulde pauwenbout te nemen van de enorme schaal die hem wordt voorgehouden. Het is lang geleden, sinds hij zijn Madonna zonder blauwe kapmantel zag, en het valt hem op hoe mooi zij nog is, in haar fluwelen sleepgewaad vol gouden ranken. Zij draagt een kapje van dezelfde stof, waar een gazen sluiertje van afhangt; daarvoor ligt het zware, blonde haar in dikke tressen rond haar voorhoofd. Ze ziet bleek, als gewoonlijk, en zelfs haar lach is ernstig, terwijl ze onder de wandeldans opkijkt naar haar echtgenoot. Een knappe, verstandige man, denkt Lapo, met jaloerse goedkeuring, en voelt plotseling hoe slecht hij zelf is geschoren en hoe weinig gewassen, en hoe het vet van het gebraad langs zijn kin loopt. Hij is dan ook nauwelijks verwonderd als een ceremoniemeester hem op de schouder tikt: 'Heidaar, broer, jij bent niet uitgenodigd.'

'Dat kan ík toch niet helpen?' vraagt Lapo, met volle mond.

Er ontstaat enige beweging onder de gasten die zijn antwoord gehoord hebben. Het wordt doorgelachen van mond tot mond, en bereikt het bruidspaar als Lapo al, weggejaagd, bij de groene sierboompjes staat die de feestruimte afbakenen. De bruigom laat hem terughalen. Hij heeft Lapo herkend en schenkt eigenhandig een bokaal Griekse wijn voor hem in. Wanneer de dans voorbij is en de schetterende muzikanten zwijgen, duwt hij Lapo een luit in handen: laat je horen, Duedonne! 'Het lied voor mijn bruid. Ik kan het alleen maar vóélen. Jij moet het zingen!'

Lapo Mosca heeft in geen jaren een luit aangeraakt en zegt dus: een luit is voor wereldlingen of voor engelen, voor broeders niet. Hij grijpt zijn tamboerijn, in de hoop dat hij tegelijk zijn inspiratie zal grijpen. Het ontbreekt zijn repertoire natuurlijk niet aan liefdesliedjes, hoog- en laaggestemde, rechte en schuine; maar terwijl zijn gedachten haastig in de voorraad rommelen, beseft hij dat zijn minnerondelen zelden vrolijk genoeg zijn voor een bruiloftslied. Hij werpt een blik op zijn Madonna en ziet haar glimlach, mild, geamuseerd. Het moet het beste van het beste zijn, dat hij zingt, en natuurlijk voor háár, al komt het vandaag om het hoofd van een ander te hangen, als de aureool van een schilder die zich vergist. Hij kijkt opnieuw naar zijn Maria. Dan weet hij het:

'Madonna, als ik aan u denk
gaan overal de bomen bloeien.
De zon gaat op als ík haar wenk,
als ík, Madonna, aan u denk:
zo is ons leven úw geschenk,
want zonder zon kan niets meer groeien.
Vergun mij dat ik aan u denk,
dan zullen wij als bomen bloeien...'

De bruigom klapt en de bruid giechelt, en de bruidsvader bromt: wat een onzin. Lapo Mosca betaalt zijn pauwenbout met een hele serie liedjes, luchtiger nu, zodat de feestgangers de refreinen meezingen, glazen opgeheven in de hand.

Op een gegeven moment ziet hij tussen de vrolijke, verhitte gezichten er een dat niet alleen strak staat, maar hem aankijkt met haat; een donkere, onbehouwen kop die hij nooit eerder gezien heeft. Een vent met een kwade dronk, veronderstelt hij; maar omdat een kwade dronk tot rare dingen kan leiden, glipt hij, als hij het feest heeft verlaten, de werkplaats binnen van de bouwmeesters die sinds kort weer met de Dom bezig zijn. Daar vergeet hij kwade en andere dronken, zo boeien hem de tekeningen van de nieuwbouw en van de reliëfs waar beeldhouwers aan werken. Tegen de avond gaat hij ongemoeid naar huis: de kwade dronk is ook hem blijkbaar vergeten.

Maar geen vierentwintig uur later loopt hij, tussen de kramen van de Oude Markt, de schilder Barna van Siena tegen het lijf. Het gevolg van die ontmoeting is dat Lapo Mosca nu toch op Sint-Jans-dag geen torens zal zien draaien en geen paarden zal zien rennen... omdat hij met bekwame spoed moet maken dat hij wegkomt.

De schilder Barna! Lapo herkent hem zelfs niet direct, zo fraai zit hij in de kleren, zo zelfbewust is zijn tred. Jawel, hij heeft zijn erfdeel gekregen, zo goed als Jachopo zijn broer, die van alle blaam gezuiverd is. Met Pandolfo is het minder rooskleurig gesteld. Geheel onterfd hebben de rechters hem tenslotte niet, maar de regering heeft hem zijn eigen losgeld laten betalen aan Perugia. De rest verdampte sissend op de gloeiende plaat van zijn speelschulden. Sindsdien is hij blut en verbitterd.

'Goed voor hem,' zegt Lapo onbekommerd, 'aan een beetje armoe zal Pandolfo niet sterven.'

'Pandolfo niet, maar jij wel,' zegt de schilder; u is jij geworden in een evenwijdige lijn met het linnen dat tot zijde werd. 'Pandolfo geeft jou de schuld van zijn verlies. Hij kan je bloed wel drinken. Dat zal hij doen ook, als je niet oppast. Hij is in de stad voor het Sint-Jans-feest. Na afloop reist hij door om zich met andere militairen bij de Compagnie te voegen. Tegen Perugia, daar wil hij bij zijn! Maar zolang hij hier is, mag je wel uitkijken.'

Lapo herinnert zich onmiddellijk de nijdas van het bruiloftsfeest. Hij gunt zich nauwelijks de tijd om afscheid van Barna te nemen. Nooit is de weg naar huis zo lang geweest. Nooit heeft hij langs zoveel heggen en muren en poorten geleid, die geschapen lijken om boze Sienezen tot hinderlaag te dienen... Diezelfde middag gaat hij op karwei naar Imola. Nergens glijdt een mes zo gemakkelijk een rug in als te midden van feestgedrang. Pandolfo zelf zou hij kunnen ontwijken, maar die bedenkt zich wel tweemaal, voor hij handtastelijk wordt in een vreemde stad: stellig stuurt hij een huurling. Lapo kan niet eens zeggen dat hij Pandolfo's woede niet begrijpt. Ook voor de man zelf kwam zijn geboortegeheim als een verrassing, en geen mens heeft Lapo Mosca gevraagd om het te ontsluieren... Hij verlaat zijn klooster door een achterdeur en steekt de olijfgaarden door van de leprozerie Trespiano: daar zullen ook huurmoordenaars zich voor geen geld in wagen. Ver buiten de stad bereikt hij de weg naar Imola, en als het avond wordt, zit hij al hoog in de bergen bij een herdershut. Urenlang is hij tegenliggers in feestkledij gepasseerd: die aanblik vergroot zijn weemoed. Hij wil helemaal niet weg. Hij wordt oud, hij heeft genoeg aan Toscane, de vreemde horizonnen lokken hem minder dan vroeger... en dan met Sint-Jan! Het liedje dat nooit gereed wilde komen, neemt opeens een andere wending in zijn hoofd:

> O zoete heuvels van Toscane
> die ik bewoon als mijn paleis,
> helaas, ik moet op reis,
> dat kost mij tranen...

Twee dagen later haalt Barna, de schilder, hem in op de Stalepas, en zet hem achter op het paard dat hij tegenwoordig berijdt. Hij heeft helaas meer verstand van schildersezels dan van rijpaarden. Als Lapo niet zo goed van vertrouwen was, had hij zich een paar maal afgevraagd of de stuurse jongeman hem misschien in opdracht van halfbroer Pandolfo een afgrond in moest kieperen; maar 's avonds zitten zij toch behouden in het gastenverblijf van het pelgrimskloostertje. Het ligt op de tweesprong die hun wegen gaat scheiden. Lapo zal rechtsaf moeten om Imola te bereiken met een bocht om de oprukkende Compagnie heen. Barna zal rechtdoor rijden, en hoopt over een week in Venetië een schip te vinden naar het Heilige Land. Hij heeft het huwelijk van Tancia met haar weduwnaar helpen sluiten... in alle stilte, diep in de moerassige Maremmen, uit angst voor Pandolfo. Geen bericht dat Lapo vervult met trots. Zoogbroer Donatus, tenslotte, heeft de kap aan de wilgen gehangen en is in Rome een onduidelijk zaakje begonnen met een handgeld van de Arrighi.

Filippo de' Figlipetri houdt de wacht bij het sterfbed van zijn vader. Barna neemt aan dat hij de zoon evenmin zal terugzien als de vader. Filippo wil, als de oude man begraven en de woning ontruimd is, naar de Compagnie om Burkhardt von Landau te doden. Het is onwaarschijnlijk dat hij dit voornemen overleeft: de man zit in de kring van zijn Hongaarse lijfwacht als in een onneembare gevechtstoren. Pandolfo Arrighi heeft tijdens zijn gevangenschap een voormalige adjudant van Burkhardt getroffen. Die man, heeft Pandolfo verteld, is indertijd getuige geweest van Sismonda's ontvoering: de schuld van Burkhardt staat nu wezenlijk vast. Maar een wraakexpeditie door één enkele broer noemde de adjudant onbegonnen werk. Alle vrienden in Siena rieden Filippo het voornemen dan ook af. Vergeefs.

Lapo ziet de schilder weer in tranen voor zijn Sismonda-fresco. 'Was er geen sprake van dat je met Filippo mee wilde gaan?'

'Jawel...' De schilder aarzelt.'Wat schiet ik daar feitelijk mee op? Sismonda wordt er niet levend van, en als ik iets aan mijn handen krijg, kan ik niet meer schilderen.'

Hij schijnt zelf te voelen dat die overwegingen wat kaal aandoen, na de weelderige hartstochten van weleer. Hij kijkt Lapo aan van terzijde, en zegt tenslotte: 'Die medebroeder van je, die lange met die beesten, die zei: "Als jij weten wil hoe Onze-Lieve-Heer eruit heeft gezien, geef ik je meer kans om erachter te komen zonder bloed aan je handen." Daar zit wel iets in.'

Daar zit iets in voor die lange broeder met de beesten, denkt Lapo. Niet voor jou. Jij hebt Sismonda bijgezet, nu wil je schilderen, en daarmee uit. Je huichelt. Hardop vraagt hij: 'Hoe kwam jij bij Bentivoglia?'

'Omdat ik dat mannetje herkende. Die wever. Iemand moest toch gaan zeggen dat hij dood was.'

Joosken de Wever is vermoord langs de weg gevonden op de eerste de beste dag dat hij zich buiten het klooster gewaagd heeft. De onderhandelingen tussen Siena en de Compagnie waren toen in volle gang. Gezanten en waarnemers van beide partijen reisden op en neer. Bentivoglia neemt aan dat de gemaskerde uit het vrouwenhuis zich onder hen bevonden heeft en Joosken herkende. Misschien dacht hij in zijn hart wel, wat ook Lapo nu aanstonds vermoedt: het zal eerder andersom zijn gegaan. Joosken heeft de gemaskerde herkend – misschien aan zijn mantel van Mechels laken? – en deed een domme poging om hem te chanteren. Welke van beide theorieën ook de juiste is, de theorie van Filippo de' Figlipetri over de Guelfen als moordenaars wordt erdoor verzwakt. Siena's politiek is antiguelfs, de laatste jaren. De partijleiders van Florence hadden in Siena niets te maken.

Lapo Mosca haalt de schouders op. De dood van Sismonda gaat hem op dit ogenblik minder ter harte dan de dood van Joosken de Wever. Hij bidt een hele poos voor de zielenrust van het Vlaminkje, voor hij slapen gaat. Daarna hecht hij nog een P.S. aan zijn gebed voor de lichaamsrust van Alda en Tancia. Het mag waar zijn dat het leven voortdurend dwingt tot kwaad om goed te doen. Tot onrecht om recht te zetten. Maar hem was niets gevraagd, en de angst waarin de twee vrouwen leven, heeft híj hun bezorgd.

Alda en Tancia. Joosken de Wever. Bamboglia de Schoolmeester... soms lopen ze in zijn geest door elkaar, in de dagen dat hij oostwaarts trekt over slechte paden door woest landschap. Of hij ze kwaad deed of goed, gewild of ongewild, speelt nauwelijks een rol. Ze stonden zwak en tegenover wie zwak staat, voelt men zich schuldig. Of hij deze karwei nu opvat en uitvoert als boetetocht, daar schieten de zwakken weinig mee op: Cassianus van Imola kan er hoogstens het ergste vuil van Lapo's eigen ziel mee afwassen... als hij wil. Lapo heeft een lange lijst meegekregen van kloosters, kerken en kapellen die aan de heilige schoolmeester zijn toegewijd. Ergens in die gewijde hooibergen ligt het been van Bartolo als een speld. Zonder persoonlijke tussenkomst van de heilige uit Imola vindt hij nooit wat hij zoekt... en heeft Cassianus veel reden om Lapo, zoon van Lapo, te hulp te snellen?

Een vreselijk lot is deze schoolmeester indertijd beschoren geweest. Zijn heidense rechters leverden hem geboeid aan zijn eigen leerlingen uit. De kleine beulsknechten maakten van die buitenkans een beter gebruik dan welke scherprechter ook.

> Heilige schoolmeester Cassiaan
> gaf duizenden draaien om duizenden oren
> tot het zijn leerlingen tegen ging staan.

Eerst zijn ze schoolmeester Cassiaan
hard met hun leien en boeken gaan slaan,
toen hem met pennen en griffels doorboren.
Ik was niet beter dan zij, Cassiaan.
Wees me genadig, en leen me uw oren...

De bergen worden vlak, het land wordt saai. Dit is de Romagna,
en daar op de horizon ligt Imola.

13

Juni wordt juli en nog steeds ligt de Grote Compagnie aan de
oostkant van de Apennijnen. De soldaten vervelen zich en treite-
ren het landvolk rond Faenza. Hun leiders vervelen zich en treite-
ren de gezanten van Florence. Welke marsroute door Toscane de
Florentijnen ook voorstellen, de antwoorden die ze krijgen bestaan uit verwaten gebral. Ze staan op het punt de onderhandelingen af te breken en naar huis te gaan, dan komt eindelijk graaf
Conrad von Landau terug uit de Duitse landen en neemt het gezag strak in de hand. Een gezag dat voor het eerst een schijn van
wettigheid bezit, want keizer Karel, die graag profiteert van de
grote Duitse krijgsmacht in Italië, heeft Landau zojuist tot zijn
stedehouder benoemd. Zijn opdracht is het, door tactvol en vrede-
lievend optreden, stemming te maken voor de keizer en de kei-
zersgezinde Ghibellijnen. Bij die opzet kan Landau vooreerst geen
vijandschap met een machtige stad als Florence gebruiken; zo
treedt hij de gezanten vriendschappelijk tegemoet. Nog op de
avond van zijn terugkeer worden zij het eens over een marsroute
door het Lamone-dal en het Sieve-dal, die de Compagnie in vijf
dagen langs eenzame bergstreken naar het gebied van Perugia zal
brengen. Als Landau zijn volgelingen werkelijk in de hand had, en
hen niet jarenlang naar believen had laten plunderen, moorden,
brandstichten waar ze ook kwamen, hoefde niemand zich over die
doortocht bezorgd te maken.

De Grote Compagnie, daar gaat ze! Ruiters, lanseenheden,
handboogschutters, wapenknechten en oppassers, meelopers,

marskramers, zoetelaars, hoeren, samen om en nabij de zevenen-
twintigduizend man–en vrouw–, met zeker tienduizend paarden.
Overal afblijven, luidt het verdrag, en: levensmiddelen tegen betaling! Maar de Grote Compagnie is niet gewend aan betalen, en
nog veel minder aan afblijven. Zo trekken ze westwaarts als een
vuur in de wind, alles verwoestend op hun pad, en voor zich uit,
als rook, de vluchtende bevolking. Florence krijgt bericht van de
opmars. Door een koerier, niet door de gezanten die Landau als
gijzelaars bij zich houdt. Het stadsleger rukt aanstonds uit, de
nieuwbenoemde podestà aan het hoofd, en betrekt zijn stellingen.
De stadswachten worden verdubbeld, de poorten gaan dicht, de
zware noodklok roept de vakantiegangers uit hun villa's terug binnen de wallen.

Filippo de' Figlipetri hoort de klok terwijl zijn paard stapvoets
het bergpad beklimt. Een week geleden heeft hij zijn vader begraven, ver van het oude familiegraf in de stad, zelfs niet naar behoren in de Sienese dom: een smalle rustplaats achteraf, met een
zerk van goedkope steen. Alles wat hij de dode mee kon geven was
de gelofte zijn gebeente eenmaal terug te brengen naar waar het
hoorde: een gelofte die het meer van de goede bedoeling moest
hebben dan van de waarschijnlijkheid dat ze ooit volbracht zou
worden. Hij luistert naar de noodklok en denkt met verbittering
aan een andere Florentijnse klok die hij heeft horen luiden: de
doodsklok toen de verbanning over zijn familie werd uitgesproken. Hij was niet ouder dan zestien, maar het schertsproces dat de
schuld van zijn vader moest aantonen, staat hem tot in kleinigheden voor de geest. De valse beschuldigingen–zelfs zijn overgrootvader hebben ze tot bastaard van een Ghibellijn willen maken. De
valse getuigen–van gesprekken tussen zijn vader en rebellenleiders
die hij zelfs nooit had gezien. De ontlastende getuigen–stuk voor
stuk hebben ze het af laten weten. De vaandels die hij steeds nog
ziet waaien, de trommels die hij nog hoort slaan–van de stadsmilitie die zijn geboortehuis bij het Domplein kwam verwoesten. De
Guelfen hebben zijn familie bitter slecht behandeld ter wille van
een kapitaal dat al lang weer is opgebruikt. Zijn vader is erdoor
gebroken. Zijn zuster is eraan gestorven. Misschien zijn ze beter af
dan hij, die zich ver weg, in een mistige, rauwe stad, in het leven

moet houden als onbetekenende bankemployé. Zijn vriend Jachopo Arrighi heeft hem geld te leen geboden. Dat kan hij in Londen tegen woeker uitzetten, zoals andere Florentijnen doen. Dat maakt hem vermogend in een paar jaar, zodat hij makkelijk een Engelse burgerdochter kan krijgen, even karig met gratie bedeeld als royaal met een bruidsschat. Geen toekomst die hem lokt. Er zal voor hem nooit een andere stad bestaan dan de vaderstad die hem onrecht aandeed en buitensloot. Hij zal er niet meer binnenkomen. Ze beschouwen hem als Ghibellijn. Hij is op weg naar de Ghibellijnse keizer-vicaris. Wie zal ooit geloven dat hij komt om de broer van die vicaris te doden, en niet om zich bij hem aan te sluiten, zoals andere bannelingen doen? Het is bijna een troost, dat hij zijn voornemen met zijn eigen dood zal bekopen, zodat hij niet terug hoeft naar Londen.

Het paard klimt en klimt, en zijn berijder houdt de oren gespitst. Hij heeft het Sieve-dal onder zich gelaten, de klokken zijn al lang niet meer te horen, en dat is goed. Ze kunnen geen pijn meer doen, en evenmin andere geluiden overstemmen. Waar de Compagnie zich precies bevindt, weet Filippo niet, maar de voorhoede kan niet ver meer weg zijn. Hij wil niemand bij daglicht ontmoeten. Speciaal de Sienezen die zich bij de legerleiding gevoegd hebben, dient hij uit de voeten te blijven: die willen Burkhardt niet missen voor hij Perugia te grazen heeft genomen. Ze zouden in staat zijn de schurk te waarschuwen. Ze hebben Filippo bezworen te wachten tot de veldtocht voorbij is, maar Filippo wil niet meer wachten. Hij heeft geen geld meer, en ook geen levensmoed. Hem houdt niets anders in het zadel dan de Verbeten wilde eer van zijn geslacht te wreken.

Het schemert als hij over de kale pas van Belforte komt. Hij kijkt rond naar een kloostertje dat hier ergens moet liggen, en ziet plotseling grote vuren branden, ver weg in de diepte. Dat moeten de wachtvuren van de Compagnie zijn. Voor hem daalt, het pad zigzaggend en steil naar omlaag en verdwijnt in een kloof. Meer naar rechts, niet veel lager dan de pas, lijken een paar huizen te liggen op misschien een mijl afstand. Daar zal ook het klooster zijn. Hij zoekt zijn weg erheen tussen keien en mager gras, voorzichtig, zijn paard is moe. De nederzetting lijkt een geschikt uitgangspunt voor de sluipmoordenaar die hij, op last van het noodlot, zal moeten worden.

De bergstreek waar Filippo doorheen is getrokken, was dun bevolkt; maar twee of drie dorpen is hij gepasseerd. Ze waren, of leken, verlaten. Geen stemmen, geen gebalk of geblaat, luiken gesloten, mest langs de weg verdroogd. Hij had er weinig aandacht aan geschonken: het lawaai in zijn hart overstemde de stilte daarbuiten. Vaag heeft hij gedacht aan de letterlijk uitgestorven dorpen die hij als jongen gezien heeft tijdens de grote pest. Nu pas, achteraf, realiseert hij zich dat al wat leeft, is weggetrokken uit angst voor de Grote Compagnie.

De gebouwen waar hij op af rijdt, maken geen kloosterlijke indruk. Ze zien eruit als de hutten en stallen van een zomerweideplaats. Ook zij lijken leeg. Filippo heeft geen moed meer om het klooster zelf te zoeken. Hij stijgt af bij een uitgeholde boomstam, waar een stroompje doorheen is geleid, niet breder dan een arm. Hij laat zijn paard drinken en kijkt naar wat zich nog aan hutten aftekent door het snel vallende duister heen; een van die krotten zal hij als bivak moeten kiezen.

Voor hij zijn keus gemaakt heeft, vliegt er een deur open, en vijf of zes boeren storten zich met hooivorken naar buiten. Filippo gaat hen een paar schreden tegemoet. Het dringt niet dadelijk tot hem door dat ze het op hém gemunt hebben, ook al omdat hij geen woord van hun dialect verstaat. Ze sluiten hem in, ze houden hem voor een verspieder van de Compagnie. Een ogenblik ziet het er heel onprettig uit voor Filippo de' Figlipetri. Dan dwingt een gebiedende stem de vechtersbazen tot kalmte. Een haveloos kereltje baant zich een weg tussen binken en hooivorken. 'Ezelsveulens! Dat is een vriend van me!'

En om zijn leven te redden moet messer Filippo zich onwelriekend laten omhelzen en afzoenen door fra Lapo Mosca, bijgenaamd Duedonne.

Wekenlang is broeder Lapo van kerk naar kluis getrokken in het land van Imola, en het lachen is hem erbij vergaan. Zijn ervaringen begonnen door elkaar te lopen. 's Avonds voor het inslapen – nu eens in een gastencel, dan weer in een hooischuur – zag hij een wirwar van kerken, grote kleine arme rijke oude nieuwe, een mastbos van zuilen, wit groen zwart, plavuizen, grafstenen, en sacristieën, sacristieën. Habijten en soutanes in elke vorm en kleur... en altijd weer een Cassianus-schrijn. Nergens een been besteld, nergens een herinnering aan een reliekengrossier. Drie kerken hadden al een rechterbeen, oud, verkleurd, verschrompeld. Gaaf tot in de nagels van de tenen.

Het was pas op de terugreis dat hij Bartolo op het spoor kwam; de Voorzienigheid serveert successen liefst als dessert. Middenin de Apennijnen vond hij een uithof van een abdij, niet veel meer dan een afdak voor broeder-schaapherder: hij stond niet eens op de lijst van pater gardiaan; maar hij was wel aan Cassianus toegewijd. Verlaten. Kudden en herders waren met alle andere kudden en herders naar veiliger oorden vertrokken zodra de marsroute van de Compagnie bekend werd: door het dal pal beneden de uithof. Enkel een oude tuinman scharrelde nog rond, niet weg te slaan van zijn alpenkruiden voor ze geplukt konden worden. Hij voorzag Lapo van kruidensoep en kruidenkaas en het nieuws van het jaar. Een van de graven Guidi – de plaatselijke grootgrondbezitters – was op een haar na verongelukt tijdens een jacht. Weken had hij in de uithof gelegen voor hij naar het dal vervoerd kon worden. Als dank had hij de broeders een Cassianus-reliek beloofd, en die was gekomen ook, kort voor Kerstmis. Niet veel bijzonders, zei de oude man tot Lapo's vreugde. Een spakig been waar de voet bijhing als een zootje visgraten. Gelukkige oude man: hij had nog nooit een leproos van dichtbij gezien. Overigens was het grafelijk geschenk niet zo minderwaardig, of men had het met alle andere bezittingen mee geëvacueerd, twee weken terug. Lapo weer op pad. Eerst naar de abdij zelf, en vandaar naar een andere uithof, omdat ook de abdij was leeggestroomd. Bijna alle bewoners, vader abt incluis, hadden een veilig heenkomen gezocht, en in de huifkarren met kostbaarheden die meereden, was ook de vermeende Cassianus-relikwie terechtgekomen. Wie kans zag, heeft de benen genomen, zei de portier verbitterd. Die kans zoek ik al vier maanden lang, heeft Lapo geantwoord... en vermoeid was hij de huifkarren achternagegaan.

Een nare tocht door lege landen, met de rook van brandende dorpen al boven de bergkam uit. Lapo Mosca was even weinig op de Compagnie gesteld als de voortvluchtige vader abt. De Compagnie had een zwak voor het opknopen van kloosterlingen. Ze telde op dit ogenblik bovendien Pandolfo Arrighi onder haar gelederen. Toen Lapo eindelijk de abt en zijn huifkarren had ingehaald, was hij de uitputting nabij. De abt zelf was er nauwelijks beter aan toe. De zorgen groeiden hem boven het verstorven, aartsvaderlijke hoofd. Zijn gedragslijn was bepaald door de inlichtingen die hem verschaft waren over de marsroute van de Compagnie, maar die inlichtingen waren faliekant onjuist. De Compagnie zou volstrekt niet rechtdoor naar de Mugello trekken, dat wilde Florence immers niet hebben. De Compagnie moest een zijdal inbuigen, en de Belforte-pas overtrekken naar de Sieve... maar dan was de nieuwe schuilplaats van de monniken nog onveiliger dan de oude. Ze maakten zich gereed om verder te klimmen, te voet, naar waar geen soldaten hen konden volgen... maar huifkarren evenmin. Lapo had moeilijk een slechter moment kunnen kiezen om bij de abt aan te komen met een Cassianus-reliek die eigenlijk een Bartolo-reliek was, en of hij niet misschien even... De abt wees hem de deur met een snauw: 'Houd die kerels tegen, dan kun je krijgen wat je hebben wilt!'

'Tegenhouden! Is het anders niet? Komt ú ze dan even bekéren?'

Het laatste wat hij van vader abt gewaar werd, was een kan die rakelings langs zijn hoofd vloog.

Een blik op de staldeuren gaf Lapo de ongenadeslag. Stevig gesloten, ijverig bewaakt, en daarachter hadden de huifkarren een plaats gekregen. Daar lag nu het been waarvoor hij zich het vuur uit de sloffen gelopen had. Hij kon er niet bij komen en morgen sloegen plunderaars het kort en klein. De oude broeder-tuinman uit de Cassianus-uithof, die zich intussen hier bij zijn overste gevoegd had, beleefde weinig eer aan de bergkamillen waarmee hij de vermoeide bottenjager dacht op te beuren; zomin als aan de valeriaanwortel voor zijn opgewonden abt. Mismoedig was Lapo naar het naburig gehucht geslenterd. Hij ging bij een uitgeholde boomstam zitten, waar een stroompje doorheen was geleid, niet breder dan een arm. Hij dronk eruit, voorovergebogen, als het dorstige dier dat hij was, en besprenkelde zijn stoffige voeten. De dag was heet, hij had er geen hap in te eten gekregen, nu was ook deze nederzetting weer leeg. De heilige Cassianus strafte niet met halve maatregelen. Hij zou in een van de schuren rondom moeten overnachten.

Vóór hij zijn keus gemaakt had, vloog er een deur open en vijf of zes boeren stortten zich met open armen naar buiten.

'Oh, Lapo Mosca, God zelf heeft je hierheen gestuurd! Oh, Lapo Mosca, jij bent onze aanvoerder!'

De ruimte waar ze hem in triomf binnensleepten, zat vol zwetende kerels, die hem allemaal tegelijk de situatie begonnen uit te leggen. Hij sloeg op een voerbak en ze zwegen; tot hun eigen verrassing, zodat ze de stilte onmiddellijk weer verbraken om haar toe te juichen.

'Zie je wel dat we broeder Lapo nodig hebben! Hij is de enige die ons de baas kan.'

'Dan probeer jij tenminste geen baas te spelen!'

'Of jij! Kon je ons aan Landau uitleveren!'

Hij bewerkte de voerbak opnieuw en gaf het woord aan een oudere man die hij van gezicht meende te kennen; stond hij niet met kaas op de Oude Markt? Toen kreeg hij gaandeweg te horen wat zich afspeelde. In een krijgsraad was hij beland. Alle mannen uit de streek waren samengestroomd. Ze gingen afrekenen met de Grote Compagnie! De duivel had de schurken deze kant uitgestuurd, maar nu was de beurt aan God. God zou de Grote Compagnie overleveren aan de knuisten van de boeren uit het Lamone-dal.

'Jongens, wat bezielt jullie? Dertigduizend man. Hun aanvoerder is de slimste vos van de eeuw.'

'Maar hij kent de streek niet en wij wel,' zei de kaasboer. 'Als hij de streek kende, had hij geweigerd om dit zijdal door te trekken. Ken je de weg hier beneden, Lapo Mosca? Ken je de Scalelle?'

Lapo zou de Scalelle niet kennen! De 'Trappetjes', het steilste pad door de nauwste kloof van heel Midden-Italië. Hij was er diezelfde middag nog doorheen gekomen, op weg naar vader abt, en als steeds had hij er een gevoel van beklemming aan overgehouden.

Dit zijdal is bedrieglijk. Ver weg, waar de beek zich in de Lamone stort, lijkt het vriendelijk en ruim. De eerste mijlen doet het zich voor als een glooiend weiland. Dan, opeens, komen de bergwanden met vaart naar elkaar toe. Aan weerskanten van de beek rijzen ze omhoog, zo steil dat er geen boom meer kan groeien. Voor het pad, dat tot dan naast de beek heeft gelopen, is geen plaats meer. Het stijgt bijna rechtstandig, als een trap, en wringt zich dan de kloof door, een twintig el boven de beek. Mensenhanden hebben deze doorgang gebaand. De afstand tussen Faenza en Florence wordt er met ruim een dagreis door verkort, maar wie vrij is in zijn keuze en ook maar even de tijd heeft, volgt wijselijk de weg door de Mugello. De doorgang met 'de Trappetjes' is donker, vochtig, glibberig. De beek beneden, ijskoud, vol rotsblokken, valt ook 's zomers niet droog. Ze dreunt door de kloof met honderd echo's. Het pad ligt altijd open voor vallend gesteente, het is de helft van het jaar versperd; maar ook als de weg vrij is, kan een wagen er maar met de grootste moeite doorheen. De meeste paarden zijn er angstig, zodat de ruiters af moeten stijgen en de dieren bij de teugel voeren. Dit alles ging Lapo Mosca door het hoofd terwijl hij naar de boeren luisterde. Hij had er nooit bij stilgestaan dat de wereld boven de kloof niet onbegaanbaar hoefde te zijn, al zou men die wereld vanuit het Lamone-dal niet kunnen bereiken. Steile wanden hoeven zich niet overal voort te zetten in nieuwe wanden en pieken. Hier en daar kunnen er graslandjes liggen tussen de kammen, weideplaatsen voor kleinvee, soms tot de rand van de snee die de beek in de aarde gemaakt heeft. Deze stallen, hoorde hij nu – toevlucht voor herders van de graven Guidi –, lagen bijna loodrecht boven de Scalelle. Het werd hem duidelijk wat de boeren in hun wanhoop van plan waren. Storm en regen zijn niet de enige die gesteente omlaag kunnen smijten. Geoefende mensenhanden kunnen passanten beneden nauwelijks missen met hun projectielen. Een paar stevige blokken sluiten bovendien de kloof doeltreffend af.

Keien bij duizenden hadden de boeren verzameld: stapels munitie langs beide bovenranden van de kloof. Bij het eerste daglicht zouden ze hun posten betrekken met vrouwen en kinderen die de stenen aan moesten dragen. Ze zouden wachten tot de kloof vol krijgsvolk was, en dan: welterusten, Landau!

Voor dertigduizend man in ganzenpas is de kloof bij lange na niet groot genoeg. Daar lag de reden tot hun ruzie. Moesten ze de voorhoede aanvallen, de hoofdmacht, de legertros? Twee boeren waren in hun jeugd onder de wapenen geweest, die hadden de leiding moeten nemen; maar ze konden het onderling niet eens worden, zodat niemand nog geloofde dat ze verstand van vechten hadden. Nu hadden ze Lapo Mosca. Lapo Mosca had verstand van alles.

Lapo heeft de plannen met stijgende bewondering aangehoord. Nood leert bidden, nood leert vechten, nood maakt veehouders vindingrijk! Hij heeft geknikt en gelachen: als alles goed gaat, zitten de boeven morgen als ratten in de val! Maar die gedachte zelf haalde een streep door zijn genoegen. Ze herinnerde hem aan de echte rat die hij een keer in een val had gevonden, de doodsangst in die kraalogen; hij had het beest laten lopen. In de Scalelle-val zouden mensen zitten. Schurken. Rovers. Moordenaars. Erger dan ratten. Maar mensen.

'Jongens, daar kunnen jullie mij niet voor nemen. Dat wordt een slachtpartij. Ik ben geen slager. Ik ben minderbroeder.'

Huichelaar, zouden de boeren nu zeggen, hang je de heilige weer uit? Zijn die kerels beter dan de misdadigers waar jij het anders mee aan de stok hebt? Moeten wij ons laten vermoorden omdat jij niet vermoorden wilt? Kom je morgen een deuntje bidden terwijl ze onze vrouwen verkrachten? Een deuntje huilen terwijl ze je relikwie stuk trappen...? Maar de boeren zwegen. Tenslotte zei de kaasverkoper: 'En de kardinalen dan? In de stad zeggen ze: de legers van meneer de paus worden aangevallen door kardinalen.'

Lapo keek ongelukkig van de een naar de ander, en mompelde een rijmpje dat meester Bamboglia in de mond placht te nemen, in dat verre verleden dat hij heeft lopen uitboeten:

> 'Wat vrijstaat aan goden
> is runderen verboden.'

'We hebben hier toch geen runderen,' zeiden de boeren, pleitend, 'enkel geiten.'

'Van mij zou Sint-Franciscus het niet willen hebben,' verduidelijkte Lapo lamlendig. Franciscus, dacht hij, zou Landau tegemoet zijn gegaan. Franciscus had niet staan bluffen, daarstraks, tegen vader abt. Hij had de soldaten tegengehouden, hij was ze gaan bekeren; het zou hem nog gelukt zijn ook. Kortverbandbekeringen misschien, maar lang genoeg om deze boeren te redden.

Jawel, maar hij was geen Franciscus. Hij was Lapo en hij had geen keus. Zelfs als zijn relikwie niet op het spel stond, zou hij deze boeren moeten helpen op de enige manier waartoe hij in staat was, een laag-bij-de-grondse, zondige manier. Hij zou de leiding op zich moeten nemen, zonder welke de operatie-Scalelle in het honderd liep. Hij zou moeten doden, met de handen van deze boeren, en de rest van zijn leven onder dat besef gebukt moeten gaan. Wat placht hij in zulke gevallen ook altijd weer zo vlot te beweren? Dat het leven tot kwaad dwingt om goed te doen? Dat een zuiver geweten daar geen vlekken van oploopt? Alsof er zuivere gewetens bestaan! Die flauwekul zou hij nu zichzelf moeten aanpraten.

Lapo tilde zijn zware hoofd op. Hij schraapte het brok in zijn keel. Op dat moment hinnikte buiten een paard. Verspieders? De boeren grepen hun mestvorken en stormden naar buiten.

'Ezelsveulens! Dat is een vriend van me!'

Of de hemel Lapo Mosca naar deze boeren gestuurd heeft, mag de vraag zijn; maar dat Filippo de' Figlipetri naar Lapo Mosca gestuurd is, staat vast. Lapo begrijpt onmiddellijk wat Sismonda's broer in deze gebieden komt doen: precies datgene waar hij zelf voor terugdeinst. Sismonda's broer is een beetje gek. Voor de bevelhebber van de gekste veldslag die ooit geleverd zal worden, is dat een voordeel. Sismonda's broer heeft bovendien het overwicht dat bij een voorname komaf is ingebouwd: de boeren kennen hem niet, maar staan nu al met de petten in de hand op tien pas afstand. Lapo stuurt ze naar binnen.

'Hier staat jullie aanvoerder!' roept hij opgewekt. 'Ik moet het hem alleen even uitleggen.'

Een Figlipetri iets uitleggen. Makkelijker gezegd dan gedaan. De avondschemer is zo diep niet, of Lapo kan zien wat er op het jonge gezicht te lezen staat: afweer na het pijnlijk contact van een aristocraat met een plebejer. Hij begint, met Filippo te condoleren. Vervolgens feliciteert hij hem: wie op aarde geleden heeft wat zijn vader leed, kan zeker zijn van hemels smartegeld.

'Hoe weet je dat hij dood is?'

'Was u anders weggegaan?'

'Wat dacht je dan? Ik moet terug naar mijn werk. Als de eerste de beste pennenlikker. Om de kost te verdienen.'

'Kom, messer Filippo. Dit is de weg naar Londen niet. Hier verdient u geen kost. Hier verdient u hoogstens de dood.'

'Dat is mijn zaak.'

'Niets ervan. Dat is de zaak van God, en ik ben zijn deurwaarder. Zelfmoord, daar moet God niets van hebben. En zelfmoord pleegt u, als u op Burkhardt afgaat met blote handen. De man schudt u af als een horzel.'

'Eerst zal ik hem steken!'

'Er valt niets te steken. U komt zijn lijfwacht niet door.'

'Al moest ik over hun hoofden heen vliegen...'

'Nu praat u verstandig. Vliegen, dat is het. Maar niet door u zelf. Door de rotsblokken van de boeren hier, als u met ze samen wilt werken.'

'Ik? Samenwerken met boeren? Waar zie je me voor aan?'

'Voor een aanvoerder. Een aanvoerder die tachtig gewillige boeren wijst hoe ze de Compagnie moeten treffen.'

Lapo zet de jongeman uiteen hoe de situatie is en wat de plannen zijn. Filippo herhaalt nog een paar keer dat hij als man van eer niets anders leveren kan dan een openlijk tweegevecht met graaf Burkhardt; waarop Lapo, bot: vandaar dat er nog maar zo weinig mannen van eer over zijn op deze wereld. In het donker glimlacht hij eens om de onvolwassen noblesse. Hij voelt al lang dat de lust tot soldaatje spelen het winnen gaat.

En werkelijk: geen kwartier later zit Filippo de' Figlipetri bij een rokend talklicht gebogen over de plattegrond van de Scalelle, zoals die met een beitel in de lemen vloer van de stal wordt getekend. De kaasboer is zijn tolk, de oud-soldaten vormen zijn staf. Hij vraagt gegevens, hij aanvaardt soms zelfs een advies. Als de maan opkomt, gaat de legerleiding het toekomstig strijdtoneel verkennen: op geen vijftig pas afstand van de hutten opent zich de kloof als een zwarte schacht. De aalmoezenier van het bevrijdingsleger kan zich bij de holle boomstamdrinkbak terugtrekken voor een hoogst noodzakelijk gewetensonderzoek. Hij schrikt eruit wakker als Filippo naast hem komt zitten. Die lijkt bijna vrolijk als hij vraagt: 'Heb jij ze dat verhaal van Leonidas verteld?'

'Van wie?'

'Die Griek uit de slag bij de pas van Thermopylae.'

'Heette die Leonidas? Ik ken maar één pas die op de Scalelle lijkt. In Griekenland. Toen ik erdoorheen kwam, vertelden ze me dat daar laatst een heidenkoning in de pan gehakt is, met honderdduizenden barbaren. Dat vond ik een toepasselijk verhaal. Het gaf de jongens moed.'

'Moed? Een verrader wees die heidenkoning een omweg en alle Grieken sneuvelden. Dat heb je er dan zeker niet bij verteld.'

'Waarom zou ik? Dat gebeurt hier immers niet.'

'Verraders zijn overal.'

'Verraders wel,' zegt Lapo vriendelijk, 'maar omwegen niet. Landau móét door de Scalelle.'

14

De rat knaagt aan zijn mouw. Rukt en rukt met felle tandjes. Dat heb je er nu van als je die krengen laat lopen. Ruk! Knauw! De rat wordt een kinderhandje. 'O, Frate Lapo! Vader laat zeggen: ze komen eraan!'

De plaats waar Figlipetri lag is leeg, en al lang, want koel. Lapo loopt de stal uit terwijl hij de slaap uit zijn ogen veegt. De zon is nog achter de bergen, het gras hangt vol dauw, en Biforco, waar gisteravond de wachtvuren brandden, ligt ver weg in de nevel. Maar aan de bovenrand van de kloof is leven, en ook aan de overkant, waar het terrein veel ruiger is, zijn telkens bewegingen en steken spiedende koppen uit spleten en achter rotsen vandaan. In de diepte leggen enkele behendigaards de laatste hand aan de verglibbering van het pad met stront en water. Ze maken zich uit de voeten als er een waarschuwingssein komt, en op hetzelfde ogenblik schiet er een eerste zonnestraal over de berg en schittert op lansen en kurassen die zich door de nevel bewegen. Lapo ziet Filippo dichtbij, en wenst hem haastig succes.

'Wat je daar ziet, is de voorhoede,' wijst de nieuwbakken commandant. 'Weet je nog wat we zeiden, gisteren, over verraders? Ik durf te zweren dat Landau onraad vermoedt. Ik ben ze zo dicht mogelijk genaderd, daar bij die vooruitspringende piek. Landau stuurt zijn best bewapende ruiters voorop, en ik heb vier Florentijnen geteld met lelievaandels. Gezanten in de voorste gelederen. We laten ze netjes passeren. Landau zelf is er niet bij en zijn broer ook niet.'

De eerste ruiters zijn de kloof binnen gereden. Hun tempo verlangzaamt onmiddellijk. Lapo, als de anderen plat op de buik door het gras glurend, ziet zelfs vanboven de onwil van de paarden en hoort de sussende geluiden van hun berijders. De Florentijnen voeren behalve de lelie van de stad ook het blazoen van hun families. Lapo herkent een Medici, een Cavalcanti: louter leidende figuren. Laat Filippo daarom de voorhoede ongemoeid? Voert hij méér in zijn schild dan de ondergang van graaf Burkhardt? Dit bravourestuk kan de poorten van Florence voor hem openen...

Het duurt lang eer de voorhoede de kloof door is, zeker een uur. Vanuit hun hinderlaag volgen de boeren gespannen de bewegingen van de aanvoerder aan de kop. Ruikt hij onraad en blijft hij wachten? Zijn boze boeren de moeite niet waard en rijdt hij door? Hij rijdt door. Zigzaggend klimt de voorhoede omhoog en verdwijnt over de Belforte-pas. De laatsten zijn nog niet uit het gezicht of de aarde aan de paskant van de kloof komt in beweging. Bomen verplaatsen zich. Rotsblokken wandelen. De grond lijkt te beven, wordt drempel, borstwering, muur... tot de Scalelle-kloof enkel, en amper, nog doorgang biedt aan de woeste, gevaarlijke beek. Generaal Figlipetri heeft zijn eenheden feilloos geïnstrueerd. Drie bochten verderop nadert de kern van de Grote Compagnie.

Ligt Lapo Mosca op zijn buik in het gras? Zit hij op een tribune van het plein Santa Croce? Ademloos kijkt hij naar het beste toernooi van het jaar. Daar gaat de beroemde Wolvenridder! Wie klautert nu de 'trappetjes' op? Is het wezenlijk de legendarische mof die een halve beer op zijn helm draagt, opgezet, met klauwen en al? Daar komen de Hongaren, kleine duivels, vastgegroeid aan hun paarden als de paardmensen in de Oudheid, en natuurlijk, die stappen niet af en hoeven hun beesten niet te kalmeren: Hongarenpaarden deinzen nergens voor terug. Een reus, blootshoofds, blond, zijn helm bengelend aan zijn zadelknop: jawel, dat is hem, graaf Conrad von Landau. Hij heeft iets wits in zijn hand, aha, een brood; hij rukt er happen uit terwijl hij rijdt en praat met zijn begeleiders, rauwe keelklanken uit een volle mond; ze stijgen omhoog met de hoefslagen en het nerveuze gehinnik van paarden. Wat een toernooi wordt dat, de kopstukken van de hele wereld doen eraan mee...

Een signaal snerpt door de lucht en op dat moment donderen de steenlawines. Kreten van beneden: waarschuwing, pijn, woede. Op het steile pad willen de ruiters keren, daar is geen plaats voor, ze stappen af, nieuwe stenen rollen aan, daar storten de eerste mannen en paarden al omlaag in de beek. Geschreeuw van de voorste ruiters: de kloof zit dicht. De beweging golft terug, maar wie achteruit wil, botst op de man die hem volgde, er ontstaan kluwens van paarden en mensen, alles is gepantserd en weinig wendbaar; weer steigeren paarden, springen de beek in, breken hun poten... En de rotsblokken dreunen met een dodelijke vaart in dodelijke hoeveelheid langs de steile wanden.

Graaf Landau heeft haastig zijn stormhoed opgezet. Hij snauwt bevelen naar zijn Hongaren, en wijst omhoog, waar nu overal gestalten tevoorschijn zijn gekomen. De Hongaren staan op de zadels, zoals zij alleen dat kunnen, en beginnen pijlen af te schieten. Omhoogklimmen, beduidt Landau woedend, en dat doen ze... met hun ijzeren schoenen, hun maliënkolders, hun zware wapens: ze verliezen hun evenwicht al door een keisteen, niet groter dan een vuist... Ondertussen is ook de achterhoede de kloof genaderd, en ziet haar formatie verstoord door de eersten die gillend en armzwaaiend de Scalelle weer uitkomen. De verwarring stijgt ten top. Wat Landaus Hongaren niet lukt, lukt omgekeerd de boeren wel: met pieken en hooivorken komen ze naar omlaag, ze kennen iedere oneffenheid in de rotswand, ieder steunpunt voor hun met lappen omwikkelde voeten... en ze schreeuwen erbij zoals Lapo niet wist dat mensenkelen schreeuwen konden.

Lapo is overeind gekomen met de anderen mee, en buiten zichzelf van opwinding. Zijn gewetensbezwaren zijn weggeblazen; hij staat te brullen, hij staat te dansen, vuurt zijn makkers aan – Geef ze op hun lazer! Raak! Die zit! Daar gaat er weer een! – tot, als hij even op adem moet komen, het gekerm van gewonde mensen en dieren tot hem opstijgt. Op hetzelfde ogenblik ontdekt hij de vijfde Florentijnse gezant, waar Landau zich mee had willen dekken. Tegen de wand gedrukt houdt hij het lelieschild boven zijn hoofd en verschuilt zich achter zijn paard... maar zijn familiewapen is op zijn vaandel te zien, en Lapo's hart mist een slag: dat blazoen kent hij beter dan enig ander. Het is van de Machiavelli. Die man in doodsgevaar is de echtgenoot van 'Maria-Beneden'.

Lapo Mosca beseft pas wat hij gedaan heeft als hij al in de kloof is, met een gescheurde pij en ontvelde handen, en op geschaafde voeten van steen op steen de beek oversteekt. Verwarring en lawaai zijn ten top gestegen. Hongaren scharmaaien met lansen om zich heen, boeren brullen naar Lapo, keien rollen links en rechts van hem het water in, dat opspat en hem doorweekt terwijl hij omhoog naar het pad krabbelt en rakelings een geharnaste drenkeling ontwijkt die stroomafwaarts gesleurd wordt. Maar hij bereikt de Florentijn juist bijtijds om hem tegen twee boeren te beschermen, die in blinde razernij iedereen afmaken die ze tegenkomen. Met uitgespreide armen blijft hij voor Machiavelli staan, en ziet toe hoe op geen tien pas afstand de grote Landau van zijn paard gesleurd wordt. Overal liggen doden en gewonden. Ze worden door vluchtende soldaten en paarden vertrapt. De bendeleider geeft zich over. Hij levert zijn zwaard in met de punt naar voren, een belediging die ook de boerste boer niet ontgaat: iemand verkoopt hem een klap waar hij van in elkaar zakt. Het heetst van het gevecht verplaatst zich naar de ingang van de kloof. Daar moet Filippo zijn, daar beveelt immers Burkhardt. Voor het eerst denkt Lapo aan Pandolfo Arrighi die zijn ondergang gezworen heeft. Zijn hoofd zal er op dit moment niet naar staan, maar al vluchtend of oprukkend zou hij Lapo met gemak een dolk in de borst kunnen stoten. Veiligheidshalve grijpt Lapo het eerste het beste schild dat bij zijn voeten ligt. Dan waagt hij een blik naar de man van Maria, en lacht, omdat ze allebei moed nodig hebben.

'Zo'n moffencarnaval is ook niet alles!' Hij brult om boven het rumoer uit te komen.

Machiavelli slaat zijn vizier op. 'Zei je iets?'

'Dat u hiervandaan moet!' Maar daar is geen kijk op. De enige uitweg voert recht omhoog. Machiavelli's voeten hebben van hun leven nog niet geklauterd, en er is er bovendien een van verstuikt. Hij moet blijven staan waar hij is, tegen de rots gedrukt. Maar er vallen nu geen stenen meer, en al waren er nog vluchtelingen die de kloof uit wilden, dan kwamen ze niet voorbij de oploop van joelende boeren die de bewusteloze Landau in de boeien trachten te slaan. Als Machiavelli het gevaar ziet wijken, vindt hij zijn zwier terug.

'Bij de Evangeliën, dat was op het nippertje, zeg! Wat een toestanden op de vroege morgen. Verrekte knap bedacht trouwens. Heb jij dat zootje gedrild?'

Lapo haast zich de lof van Figlipetri te zingen, een vurig patriot, ten onrechte verbannen! Machiavelli is de topgezant, als laatste en met de grootste volmachten op Landau afgestuurd: hij kan meer dan wie ook voor Filippo bereiken in de stad. Maar dit zijn de eerste woorden die Lapo ooit van Maria's echtgenoot heeft vernomen en ze vallen hem niet mee. De kloof van de Scalelle, zal hij later denken, was een spleetje, vergeleken bij de kloof tussen hem en mij. Tussen haar en mij. Machiavelli blijft zijn doorstane angst bedekken met wapperende woorden, als struisveren. Lapo is bijna dankbaar voor het gekreun van gewonden, dat hem aan zijn plichten als minderbroeder herinnert. Hij grijpt naar helmen die over het pad verspreid liggen, en beduidt een paar nieuwsgierige kinderen dat ze water uit de beek moeten halen. Hier is een kuras los te gespen, daar een wond te betten of een gekneusd been te bevrijden van onder een dood paard. Maar hij vergeet de Samaritaan in zichzelf als graaf Landau bij zijn positieven komt.

De grote bendeleider heeft een gapende hoofdwond. Hij bromt iets dat de boeren niet verstaan, en ze halen Lapo erbij. Landau mag hun om de drommel niet onder de handen vandaan de dood in glippen: daarvoor is hij veel te veel waard. De Duitser, vaal tussen zijn baardstoppels, houdt zijn ogen nauwelijks open, en herhaalt met moeite: 'Mijn broer halen. Heeft verbandstof. Zalf. Mijn broer.'

Bruder. Fratello. Lapo vertaalt en de boeren hoonlachen. Landau zijn broer zit een beetje te ver weg om eerste hulp te verlenen. Middenin de vlammen van de hel zit Landau zijn broer. Kreeg een rotsblok op zijn bast zo groot als een bakoven. Met de complimenten van de aanvoerder persoonlijk.

'Die aanvoerder,' voegt Lapo toe aan zijn vertaling, 'is de broer van Sismonda de' Figlipetri. Graaf Burkhardt heeft haar ontvoerd. Verkracht. In een bordeel gestopt. Dat heeft hem zijn leven gekost. Vandaag.'

Landau kijkt hem aan. Er druipt bloed langs zijn slaap en hij houdt zich met moeite overeind, maar hij is bij vol bewustzijn. 'Je bent gek. Die meid uit Florence? Mijn broer had haar nooit gezien. Voor hij in die kast kwam. Nooit.'

'Dat kan niet. Dan had hij haar niet tot spionage kunnen dwingen.'

'Dwingen? Ze bood het aan. Als mijn broer haar verleider wou afmaken. Heeft-ie gedaan. Paar weken terug.'

Grote God, wie kan dat geweest zijn? Landau mompelt: een Sienees.

'Rigo. Righi. Arrighi. Hij is dood.'

'Bind die lap om zijn kop, broeder,' zeggen de boeren. 'Meneer moet hier geen wortel schieten.'

Lapo bindt de lap om de kop, en veegt er het bloed vanaf, dat zich waarachtig met tranen vermengd heeft. Hij waagt een laatste vraag. 'Graaf Conrad, waarom hebt u haar laten vermoorden? Had ze u verraden?'

Het antwoord komt als hij de hoop al bijna heeft opgegeven.

'Vermoorden? Hij had haar zullen trouwen. Mijn broertje. Gek was-ie op die meid. En gek van verdriet toen ze dood was.'

De boeren tillen Landau op een paard. Ze binden hem vast en voeren hem weg. Machiavelli gaat het escorte achterna. Het been van Bartolo! Lapo Mosca ziet een ander been op het pad liggen, een vers moffenbeen, de voet er nog aan. Dat herinnert hem aan zijn opdracht en wist de woorden van Landau tijdelijk uit. Wat heeft die rotabt gezegd? Houd de Compagnie tegen, dan kun je krijgen wat je hebben wilt. De relikwie is zo goed als verdiend. Lapo begint op handen en voeten de helling te beklimmen. De bovenuitgang van de kloof schijnt nog dicht te zitten, en bij de ingang joelt het vechtrumoer. Het wordt een klauterpartij waar hij al zijn aandacht bij nodig heeft, maar als hij boven is, krijgt ook het been van Bartolo niet aanstonds weer de kans hem bezig te houden. Er valt te veel te kijken.

Het krioelt in de kloof. Niet langer van strijders: van rovers, van roofsters vooral. Als gieren zijn de vrouwen uit de omgeving neergestreken op de honderden doden. Kinderen verzamelen de wapens en andere ballast die de vluchtelingen hebben afgeworpen om maar sneller uit de voeten te komen. Bij de bovenuitgang wachten bewakers met tientallen gevangenen tot de versperringen uit de weg zijn geruimd; ze hebben zich gesierd met krijgstrofeeën en meer dan een is in de weer met een drankfles die hij uit een zadeltas gelicht heeft. Maar hun aanblik is niets, vergeleken bij het schouwspel dalafwaarts. Daar vluchten, over de hele breedte, de resten van de Grote Compagnie in paniek. Naar Biforco, naar Marradi, naar Faenza, Toscane uit! De zon verlicht het gebied. Waar Lapo kijkt, naar de weiden, de rotsen, de beboste hellingen, overal beweegt het van vluchters en achtervolgers. Veel vrouwen ook daar, wapperende rokken en hoofddoeken, de rieken en bezems als degens voor zich uit: eindelijk geven ze de plunderaars hun trekken thuis, de rovers, de verkrachters, de brandstichters! Brengt het geboefte het er levend af, met wat het achter moet laten komt de bevolking van het Lamone-dal in één klap tot welstand.

Lapo Mosca staart tot het hem duidelijk wordt dat zijn ogen eigenlijk Filippo de' Figlipetri zoeken. Dan pas dringen de woorden van graaf Landau tot hem door, met zoveel kracht dat hij zich op het gras laat vallen.

Pandolfo Arrighi! Van alle kanten stormen conclusies op hem in en struikelen over elkaar in hun haast. Hij is dood, hij kan Lapo geen kwaad meer doen. Maar al het kwaad dat hij verder gedaan heeft! Natuurlijk was hij het, die Sismonda schaakte... en Lapo, de erkende boevenspeurder, heeft hem zelfs niet verdacht. Heeft hem niet verdacht, terwijl hij het slechte karakter van de man had leren kennen! De gedachte is zo vernederend, dat Lapo zijn gezicht diep in het gras duwt. Hij wordt oud, hij heeft afgedaan, hij moet thuisblijven in het vervolg, en onkruid wieden. Pandolfo!

Moet hij het Filippo vertellen? Waarom? Waarom de verkrampte jongeman de illusie ontnemen dat hij de ware vijand gedood heeft, en een ware vriend moet betreuren?

Lapo Mosca gaat weer op pad. Hij loopt het gehucht langs, waar de eerste uitgeputte helden zich neerlaten in de schaduw van de hutten. Hij zoekt het kloostertje op, dat laag en grauw tussen de rotsen van een hoger plateau ligt. Op de maat van zijn moede stappen vindt hij zijn oude regels terug:

Wie gooide Sismonda de Arno in?
Door wie is Sismonda vermoord?

Het antwoord lijkt verder weg dan ooit. Binnen de Compagnie is de dader nauwelijks meer te zoeken. Pandolfo lag dagreizen ver aan het front, toen Sismonda stierf, en toen Joosken de Wever vermoord werd, zat hij gevangen. Guelfse partijleiders en Florentijnse stadsbestuurders hadden niets te zoeken in het Siena waar Joosken de moordenaar herkende. Een beroepsmoordenaar, dat lijkt de enige oplossing. Maar de wond die hij in Sismonda's keel gezien heeft, was niet het werk van een vakman...

Het kloostertje is nagenoeg leeg. Vader abt en zijn naaste medewerkers hebben de hoogste toppen opgezocht die ze vinden konden. De huifkarren staan ongedeerd achter slot en grendel. Het handjevol stokoude monniken dat is achtergebleven, heeft te veel ontzag voor de abt om Lapo zonder toestemming aan zijn relikwie te helpen.

'De afpraak was dat ik hem zou krijgen als ik de Compagnie tegenhield,' zegt Lapo, als een verongelijkt kind. 'Dat heb ik gedaan!'

'Dat zul je moeten bewijzen,' zegt een grijsaard.

'En als je het bewezen hebt,' zegt een ander, 'dan laat hij je in de boeien slaan. Als religieus mag je niet vechten.'

'Vader abt is heel strikt in die dingen,' zegt een derde eerbiedig, en dan – het kan niet verzwegen worden – dan vloekt Lapo Mosca een bedrag van honderden dagen vagevuur bij elkaar. De hele Compagnie had het hem niet verbeterd. Achter de deur die hij dichtslaat, is de afkeuring te snijden.

Maar buiten staat de oude broeder-tuinman met een verkwikkend glaasje kruidensap. Hij heeft een grote mand met heilzaam spul aan de arm en glimlacht onverstoorbaar.

'Je hebt zelf gehoord wat die abt van jullie tegen me zei,' snauwt Lapo woedend.

'Ik heb het gehoord,' glimlacht broeder-tuinman. Lapo kalmeert.

'Kun jij me niet even in die vervloekte huifkarren laten kijken...?'

'Beste jongen, waarom zou je dat nu doen?'

'Dat weet je toch, ik moet die relikwie hebben; zonder die poot kan ik niet naar huis.'

'Daar hoef je de huifkarren toch niet voor overhoop te halen? Ik heb hem vast tevoorschijn gehaald. Hij zit hier in mijn mand.'

Achter de stallen, waar niemand ze ziet, grabbelt de oude man onder zijn kruiden. Er komt een koker tevoorschijn, precies zo een als Lapo bij de dominicanen van Siena gezien heeft. Het etiket hangt eraan, met een certificaat en een zegel. Rechterbeen van de H. Cassianus van Imola, staat erop.

'Vader abt geeft niets om relieken,' zegt de tuinman vertrouwelijk. 'Dit rare been heeft hij zelfs nooit bekeken. Hij zal het van zijn leven niet missen, maar hij geeft niet graag iets weg.'

'Hij heeft het me beloofd!'

'Dat heb ik gehoord. Ik wil hem behoeden voor de zonde van een gebroken woord. Onder je pij ermee!'

Eindelijk.

15

De voorhoede van de Grote Compagnie mag dan ongedeerd de pas zijn overgetrokken, veel schade aanrichten kan ze niet. Tegen een duizend man is het stadsleger van Florence ruimschoots opgewassen; het eind zal dan ook zijn dat ze met hun duizenden in een ijltempo langs een andere pas naar het noorden trekken.

Op de rest van het leger is de overwinning van de Lamoneboeren compleet. Meer dan driehonderd ruiters zijn gedood en meer dan dertienhonderd paarden; de gesneuvelde voetknechten zijn niet eens te tellen. In de stevigste stal van het gehucht liggen, als beleggingsobjecten, talrijke gevangenen op de betaling van hun losprijs te wachten. De zon gaat onder en nog steeds worden pakezels vol buit de kloof door geleid naar veilige opslagplaatsen. De sterren komen op, en nog steeds wordt er op vluchtelingen gejaagd. Hijgende soldaten en uitgeputte venters, potsenmakers, barbiers, koks, speelwijven en wat niet meer: nog altijd draven ze wat ze kunnen, de Romagna weer in.

Filippo de' Figlipetri kan zich nauwelijks meer in het zadel houden, terwijl hij van de pas naar de nederzetting rijdt. Hij heeft de gezant Machiavelli begeleid, tot deze de weg naar de stad niet meer kon missen, en Machiavelli heeft hem verzekerd: ook Filippo zelf kan die weg niet meer missen, daar zet hij zich persoonlijk voor in. Ze kennen elkaar van vroeger, ze hadden dezelfde schermleraar. Over het gat van de verbanning heen is het contact spoedig hersteld. Maar nu Filippo weer alleen is, weet hij niet meer of hij naar Florence terug wil. Is hij enkel te moe, of is er werkelijk te veel gebeurd? Ze hebben zijn stadshuis verwoest, zijn buitenhuis aan proleten verkocht. En kan hij ooit de Arno zien zonder aan zijn zuster te denken?

Het is juist een etmaal geleden sinds hij op de nederzetting af reed. Zijn het werkelijk dezelfde hutten? De omgeving is onherkenbaar. De hele hoogvlakte lijkt één dansvloer. Overal branden vreugdevuren, draaien geiten aan spitten, worden buitgemaakte wijnvaten opengeslagen. Herdersjongens lopen in zilveren kurassen, vrouwen hebben zich flodderige hoerenjurken en opzichtige versiersels aan de lijven gehangen; tot uit Biforco en zelfs Marradi zijn kijkers en feestvierders omhooggekomen.

Zolang het licht was, is Filippo onophoudelijk toegejuicht en gehuldigd. Zijn handen zijn zwart en kleverig van de dankbare kussen die hij niet heeft kunnen ontwijken. Nu het donker is, herkennen ze hem niet meer: de feestroes heeft de heldenverering omneveld. Filippo krijgt het gevoel dat hij de kap-die-onzichtbaar-maakt heeft opgekregen – onzichtbaar maakt en eenzaam maakt. Hij stijgt af bij de uitgeholde boomstam om het paard te laten drinken en zijn handen te reinigen. Hij sjort aan zijn rijlaarzen, en verbaast er zich vaag over dat de dood van Burkhardt von Landau hem niet met grotere voldoening vervult. Sinds hij vastgesteld heeft dat zijn rotsblok de Duitser met paard en al de beek heeft ingeslingerd en verpletterd, is hij op zoek geweest naar Pandolfo Arrighi. Laat in de middag pas had hij vernomen: Pandolfo is dood. Het verlies van zijn vriend gaat hem meer ter harte dan de vervulling van een jarenlang gekoesterde taak. Het gehucht is vol hossende voeten, dronken stemmen, snerpende doedelzakken, vol houtrook en geur van geroosterd vlees. Het maakt Filippo misselijk, en hij denkt erover om het kloostertje te zoeken dat hier toch ergens liggen moet... als de doedelzakken plaatsmaken voor pittige tikken op een tamboerijn en een welbekende stem begint te zingen in een lijst van refreinzangers:

> 'God schiep het edele druivennat,
> de duivelschiep de kater
> met jou als muis!
> God schiep het edele druivennat...'

herhalen de feestgangers geestdriftig.

En de solist:

> 'Hij wekt je dorst, hij voert je zat
> en lacht een poosje later.
>
> God schiep het edele druivennat,
> de duivel schiep de kater,'

bevestigen de feestgangers.

De solist:

> 'Houd op! Je hebt genoeg gehad,
> drink nu maar liever water,
> of ga naar huis.'

En de boeren:

'God schiep het edele druivennat,
de duivel schiep de kater
met jou als muis!'

Het klinkt zo vrolijk, het klinkt onweerstaanbaar, het klinkt zelfs
mooi, al zijn de refreinstemmen wat rauw. Filippo de' Figlipetri
heeft juist besloten het aanbod van de Florentijnse gezant af te
slaan en naar Londen terug te keren. Daar zal hij dit soort liedjes
niet vaak meer horen. Hij houdt zijn laarzen aan en zoekt de feestvreugde op.

Veel later zitten ze samen bij een kwijnend vuur. Een goed maal
en een nog betere dronk hebben Filippo zijn krachten teruggegeven en zijn zwartgalligheid getemperd. De koelte die de bergen
zelfs aan een julinacht weten te verschaffen, heeft broeder Lapo
een eindweegs van zijn alcoholdampen bevrijd. Niet zo ver, of hij
is voor de verleiding bezweken en heeft de reliekhouder heel even
geopend. Heel even moest hij het heilig gebeente in zijn onheilige
handen nemen, om er bij het schijnsel van het vuur een dankbare
blik op te werpen. Wat heeft hij daar niet allemaal voor gedaan!
Nu nog een wandeling van twee dagen naar huis, en hij zal zijn
gardiaan onder de ogen komen als een triomfator, als nu-ja-een-
buitenbeentje-maar-hij-lapt-het-hem-toch-maar. Zijn taak zit erop. Hij kan zijn aandacht wijden aan Filippo de' Figlipetri, en dat
is wel nodig ook. Hij heeft al zijn overredingskracht nodig om de
jongen zijn terugkeer naar Londen uit het hoofd te praten. Eerherstel voor 'de held van de Scalelle' kan niet lang op zich laten
wachten, en de buit die hem toekomt, maakt hem tot een rijk
man. Wil hij dan zijn vader niet bijzetten in het familiegraf...?
Natuurlijk wil hij dat. Natuurlijk wil hij de naam Figlipetri van
blaam gezuiverd zien. Maar zelf in Florence wonen...?
'Ik zou in de hele stad geen man kunnen zien zonder me af te
vragen of hij met mijn zuster geslapen had,' zegt hij.
'En of hij uw zuster gedood had?' vult Lapo na enige aarzeling
aan.

Filippo haalt de schouders op. 'Was die dood geen bevrijding? Hij maakte een eind aan een ondraaglijke toestand. Een Figlipetri die zich moest laten schofferen door iedere proleet die er de stuivers voor neertelde. Wat was er ooit nog van haar terechtgekomen?'

Eindelijk breekt een grimmige voldoening zich baan.

'Je had haar moeten kennen voor die smeerlap haar wegsleepte. Fier, ongenaakbaar, een koningin. En als hij haar nog voor zichzelf gehouden had. Als hij haar voor mijn part koeien had laten melken of vloeren schrobben. Maar haar versjacheren aan een bordeel! Weet je wat het ergste is van die vrouwen daar? Allicht niet, je bent een broeder, en nog een goeie ook, hoe zou je het weten. Het ergste is niet wat ze doen, het ergste is wat ze worden. Als beesten worden ze, als loopse teven, eerloos, kruiperig; hoe harder je ze aanpakt, hoe geiler ze worden. Elke opdonder die je ze geeft, maakt hun stemmen slijmeriger, hun beschilderde smoelen hitsiger. Hoeren! Ik kots van ze. Wat moet ik in een stad die mijn zuster tot hoer heeft gemaakt?'

Het portret dat Filippo ophangt, lijkt op wat Lapo lang, lang geleden is voorgehouden in het prieel van Marignolle. Het lijkt zo sprekend – ondanks de donkerder tinten – dat hij er zich haastig van afwendt: 'Toch had Barna de schilder haar zó willen trouwen.'

'Dacht je dat?' hoont Filippo. 'Zolang hij meende dat hij een boerenjongen was, dat kan zijn, maar zólang had hij haar van mij niet gekregen. Als zoon van een rijke notaris had hij er niet meer over gepeinsd, neem dat van mij aan.'

'Ik dank God,' zegt Lapo Mosca plotseling en heftig, 'dat ik arm ben en dat mijn vader een mandvlechter was. Ik dank God dat mijn gevoelens niet bepaald worden door geld en aanzien. Ik dank God dat Hij me de oogkleppen van jullie samenleving bespaard heeft.'

'Dacht jij dan,' vraagt Filippo na enig stilzwijgen, 'dat jij het zónder oogkleppen stelde? Dat de Voorzienigheid bij jou níét had berekend waar je geboren moest worden en wie je tegen moest komen, om je zo te laten worden als je nu bent? Was er bijvoorbeeld geen andere Lapo Mosca geweest, als hij de vrouw had kunnen krijgen waar hij nú alleen maar over zingt?'

'Had ik die vrouw willen krijgen?' vraagt Lapo terug, aan Filippo en aan zichzelf. 'Nee. Niet werkelijk. Ik wil toch ook niet met de Moeder Gods naar bed?'

Had hij 'Maria-Beneden' nooit willen krijgen? Hij zou het niet weten. Maar hij laat Filippo tenminste even lachen.

'Waarom ben je dan bij de papen gegaan, Lapo Mosca? Een avonturier als jij. Een liedjeszanger. Je wilt me toch niet wijsmaken dat je visioenen had? Dat je God hoorde roepen?'

Het is geen vraag waar Lapo graag iets anders op antwoordt dan een stichtelijke gemeenplaats. Niet eens aan zichzelf, laat staan aan deze man in zijn pantser van vooroordelen. Maar hij wordt in stijgende mate verontrust door Filippo de' Figlipetri. Hij kijkt tersluiks naar het hoekige, verstarde gezicht. Het lijkt, in het flakkerlicht van de vlammen, op de kop van een verdoemde, die hij in Frankrijk boven een kerkdeur gezien heeft in steen. Deze jongen zit in zwaardere belemmeringen dan vooroordelen vast. Hij kan hem zo niet laten vertrekken, maar hij weet niet hoe hij hem bereiken moet. Misschien dat biechten biechten uitlokt?

'Een avonturier,' bevestigt hij tenslotte. 'Misschien juist daarom. Omdat ik veel gezien heb, en bijna voor alles moest ik me schamen. Ik wist tenslotte maar één verweer tegen al die armoede. Zelf arm zijn. Ze zeggen dat Onze-Lieve-Heer dat graag ziet, dat we arm zijn. Daar heb ik geen verstand van. Ik weet alleen dat het voor mij de enige manier was om die stakkers in hun gezicht te durven kijken. Arm. Niet omdat je niet rijk kúnt zijn, maar omdat je het niet wilt. Ik zal je wat zeggen. Ik ben bij de franciscanen gegaan. Ik had bijna even goed rover kunnen worden. Ik weet maar twee dingen die je met rijkdom kunt doen. Afpakken... of afzwéren.'

Filippo staart in het vuur en antwoordt tenslotte koel: 'Voor ons geslacht lag er geen armoede in Gods bestemmingsplan. De maatschappij vraagt ook om groeperingen met enig vermogen. Het zijn de Guelfen die ons hebben uitgeschud. Moet ik hun daar soms dankbaar voor zijn, omdat we op die manier toch door dat beroemde oog van die naald heen kunnen?'

'Voor het oog van de naald,' zegt Lapo Mosca medelijdend, 'moet een mens ook zijn hoofd kunnen buigen.'

Het vuur brandt lager en lager, het is nu werkelijk koud. Filippo staat op, om zijn mantel uit zijn zadeltas te halen.

'Een zeldzaam mooie stof,' merkt Lapo bewonderend op, en hij voelt even de soepele wol tussen zijn vingers.

'In Vlaanderen gekocht toen ik uit Engeland kwam,' bericht Filippo argeloos. 'Echt Mechels laken.'

En dan weet Lapo zeker wat hij sinds een uur vermoedde. Een uur waarin hij tersluiks heel wat heiligen heeft aangeroepen om hun te vragen wat hij moet doen. Filippo overlaten aan een levenslang tweegevecht tussen schuldgevoel en eergevoel, is onwaardig. Maar de man die naast hem zit, heeft drie moorden gepleegd; waarom zou hij een vierde uit de weg gaan als hij merkte dat iemand hem doorzag? Pas als hij merkt dat Filippo wil gaan slapen, dwingt hij zich tot een besluit.

'Er is iets dat ik u vertellen moet,' zegt hij. 'U treurt om Pandolfo Arrighi. U deed er beter aan, te treuren om Burkhardt von Landau.' En dan bericht hij wat hij aanvankelijk had willen verzwijgen, mét alle waarschuwingsseinen waar hij doorheen is gelopen. Dat Pandolfo's karakter niet deugde, was door de erfenis al aan het licht gebracht. Pandolfo was het, die Filippo in de Dom aan de praat had gehouden, zodat huurlingen Sismonda konden schaken, de mooie Sismonda die zonder bruidsschat als huwelijkspartij niet in aanmerking kwam. Pandolfo was het, die de verdenking in de richting van de Compagnie leidde, en met een verzonnen waarschuwing van een verzonnen adjudant aankwam toen de naam Burkhardt gevallen was... Maar intussen had Sismonda de' Figlipetri verbeten haar web van wraak zitten weven...

Het zou makkelijk geweest zijn als Filippo de' Figlipetri op dit moment door de knieën ging, maar Lapo verwacht het nauwelijks, en het gebeurt ook niet. De jongeman blijft roerloos zitten staren. Het is te donker om zijn gezichtsuitdrukking te zien. Lapo blijft zijn woorden wikken en wegen.

'Door deze toedracht wordt uw leven niet eenvoudiger. Wanneer u soldaat was geweest, en u had Burkhardt gedood zoals al die anderen gedood zijn vandaag, als een vijand van de stad, dan lag de zaak anders. Dan had u zich niets te verwijten. Maar u doodde hem niet als soldaat. U doodde hem als broer van Sismonda, terwijl hij de enige was die Sismonda heeft bijgestaan. Een dood bij vergissing is misschien de enige vergissing die onherstelbaar is.

Ik begrijp het: een dood bij vergissing weegt zwaar. Zwaarder dan een dood uit wraak, of een dood als straf. Ook al zal niemand er ooit iets van horen: zo'n dood bij vergissing moet gebiecht worden. Men moet er boete voor doen. Anders laten de wraakgeesten van het eigen geweten de moordenaar niet meer los.

Barna de schilder,' zegt Lapo terloops, 'is in het Heilige Land. Uw vriend Machiavelli heeft tijd nodig om uw terugkeer naar Florence voor te bereiden. Het zou geen kwaad idee zijn, als u Barna op ging zoeken. Na deze veldslag hebt u geld genoeg. Een pelgrimstocht naar het Heilige Land, daar zou ik veel heil van verwachten.'

Filippo staat zwijgend op en verwijdert zich. Om te gaan slapen, om te gaan boeten, wie zal het zeggen.

Lapo Mosca blijft zitten met de relikwiekoker in zijn handen. Boven de bergkam in het oosten wordt de lucht al licht. De eerste roofvogels kringelen schreeuwend boven het dal van de Scalelle. Lapo ziet ze gaan. Zachtjes beantwoordt hij hun roep met het rondeel dat zijn slotregels gevonden heeft.

'Wie gooide Nennetta de Arno in?
Door wie is Nennetta vermoord?
    Haar lijk werd ontdekt door de hoerenwaardin,
die gooide Nennetta de Arno in,
        maar hij die om de eer van zijn naam en gezin
        haar keel met zijn dolk heeft doorboord:
zijn zielenrust dreef hij de Arno in,
zijn zuster heeft hij vermoord...'

16

'Wel, wel,' zegt de gardiaan van de franciscanen in Fiesole, en hij kijkt Lapo eens aan over het brilletje dat hij tegenwoordig draagt. Hij heeft de relikwiekoker in zijn handen, en iets in zijn glimlach stemt Lapo Mosca onzeker.

Hij is de avond tevoren thuisgekomen, laat, en niet uitzonderlijk nuchter. De kostbare koker heeft hij aan broeder-secretaris afgegeven, en daarna is hij van een welverdiende nachtrust gaan genieten op zijn eigen stromatras. Vanmorgen heeft hij de gardiaan verslag uitgebracht. Natuurlijk: wie jaagt op aardse complimenten heeft in de hemel niets meer te verwachten; maar enige waardering had er toch op over kunnen schieten voor al zijn geploeter. In plaats daarvan lijkt het bijna – het kan aan die brillenglazen liggen – of zijn overste hem uitlacht.

'Zo'n Cassianus toch,' zegt de gardiaan. 'Drie rechterbenen heb je van hem gezien, zeg je? Heiligen staan toch maar voor niets. Onze Bartolo kan er ook mee overweg. Geef me dat kistje eens, dat daar op die kast staat.'

Het kistje was het eerste voorwerp dat Lapo opviel, toen hij de cel binnen kwam die de gardiaan overdag tot werkkamer dient. Het vervulde hem ogenblikkelijk met onbehagen. Nu weet hij, nog voor de gardiaan het deksel geopend heeft, wat hij op het fluweel zal zien liggen: een kennelijk leprozenbeen met afgevreten tenen.

'Die eigen vondst van je, heb je die goed bekeken, broeder?'

'Met de ogen des geloofs,' verzekert Lapo... en ziet zich dan weer bij het kwijnende vuur boven de Scalelle zitten, met een hoofd vol wijn, en een koker vol bot op zijn knieën.

De gardiaan opent Lapo's koker, en vertrouwt Lapo's moeizaam verworven reliek aan het volle daglicht toe.

'Kan het zijn dat je dit gaatje over het hoofd hebt gezien? En dat daar? Doen ze jou ook niet sterk aan houtwurm denken?'

'Ik heb dikwijls over een reliekenkevertje horen praten...' begint Lapo. Zijn gardiaan lacht medelijdend, en breekt het been van Bartolo doormidden.

'Vurenhout. Je kunt het zelfs ruiken.'

Lapo Mosca kijkt verslagen naar de oogst van zes weken vuur-uit-de-sloffen. Brandhout.

'Hadden we niet iets afgesproken indertijd, broeder, voor het geval het mis zou lopen bij de onderhandelingen in Siena?'

'U bedoelt dat ik dan naar San Gimignano moest gaan? Daar was ik op weg naartoe. Maar toen ik van die verwisselde relieken hoorde, had het geen nut meer.'

'De heilige gehoorzaamheid, broeder Lapo, is een nut in zichzelf. Ik denk dat vader Franciscus je dat duidelijk heeft willen maken. Al die tijd lag het been van Bartolo namelijk in het Hospitaal van Santa Fina. Als je gedaan had wat ik je opdroeg, had je het zó mee kunnen nemen.'

De hospitaalbroeders van Santa Fina, zo blijkt, hadden een rekening te vereffenen met de reliekengrossier, die hen bij een vorige gelegenheid had beetgenomen. Maar het was niet hun bedoeling dat de gardiaan van Fiesole het kind van die rekening zou worden. Ze hadden verplichtingen aan de gardiaan van Fiesole, die in het verleden een aantal uiterst vruchtbare bedelpreken voor hen heeft gehouden. Toen ze een week of wat terug vernamen wat er gebeurd was, lieten ze de relikwie per speciale koerier bij hem bezorgen.

'Ik heb het kistje hier gehouden tot je terug was,' zegt de gardiaan. 'Straks zal ik het laten wegbrengen. Moeder Clara vraagt ernaar zo vaak ze me ziet. De zalige Bartolo was een achteroudoom van haar.'

Moeder Clara is de abdis van de nonnen op de berg, waar de gardiaan biecht hoort. Lapo Mosca voelt zich tegelijk opgelucht en verongelijkt.

'Dus u houdt die spullen niet zelf? De roos uit Thüringen en de engelveer uit Loreto en de tand van de heilige Monica en de spaak uit het wiel van Catharina, allemaal voor die nonnen? Dat vrouwvolk speelt het toch maar klaar om ons te laten draven.'

'Er is iets anders waar vrouwvolk niet zo goed in slaagt. Kijk eens uit het raam, broeder Lapo. Wat zie je?'

'Niets,' zegt Lapo, nadat hij buiten aandachtig heeft rondgekeken. 'Niets, behalve het bos op de bergtop boven Fiesole, natuurlijk.'

'Je hebt de kluisjes en het kapelletje van die zusters daarboven toch wel eens gezien? Totaal onbeschermd. Ze zijn helemaal niet bang, maar ik wel. Ik voel me verantwoordelijk voor ze. Het is daarboven gevaarlijk eenzaam voor een handjevol vrouwen. Tja... nu wil het geval dat ze uitmunten in devotie voor relikwieën. En dat je relikwieën niet open en bloot in een boskapel kunt laten liggen, dat inzicht begint bij hen te dagen.'

Ook bij Lapo Mosca begint iets te dagen. Van de top boven Fiesole kan men half Toscane zien liggen. Er zijn grotten en kluizen genoeg voor al zijn medebroeders. Er is ruimte voor een echte kruisgang. Een paradijs. Een straatarm paradijs.

'U bedoelt: in onze kapel hier zijn hun relieken veilig. U zoudt in uw bezorgdheid zelfs bereid zijn om die zusters ons klooster aan te bieden?'

'De provinciaal zou geen bezwaar hebben tegen een ruil. Het zoeken van eenzaamheid hoort tot de beste tradities van onze orde. Onze zielzorg kunnen we van daaruit even goed uitoefenen. Maar op de eerste plaats moeten de nonnetjes ermee akkoord gaan.'

'Zeg maar wat ik nog meer moet halen! Kolen van het vuur van Sint-Laurentius? Klokkengalm van Jeruzalem, in een flesje?' Lapo is alle zorgen en teleurstelling vergeten. Hij kijkt eens terug op de afgelopen weken, en zegt: 'Toch was die reis naar Imola niet alleen een vergissing. Ik weet zeker dat de heilige Cassianus me dat persoonlijk heeft geleverd. Dat had ik verdiend.'

Hij biecht de wandaden op, die hij als schooljongen heeft bedreven. Hij laat er zelfs zijn Cassianus-rondeel bij horen. Maar als hij is uitgepraat en zijn gardiaan aankijkt, leest hij op dat gezicht een peinzende verbazing, die niet in overeenstemming is met de lichte trant van zijn verhaal.

'Die schoolmeester van jou, was dat misschien Bamboglia?'

'Hebt u hem gekend?'

'Hij was mijn buurjongen. Weet je wat er van hem geworden is?'

'Hij is dood, pater gardiaan. Hij is omgekomen tijdens de pest.'

'Hij is niet dood. Hij is weggetrokken, de bergen in, om aan de pest te ontkomen. Daar leeft hij nog steeds, met tien of twintig getrouwen.'

De gardiaan zwijgt, kennelijk in tweestrijd over wat hij los mag laten.

'Die strafexpeditie van jou naar Imola,' zegt hij tenslotte, 'dat was misschien heel heilzaam voor je ziel, en heel slim van Cassianus. Maar de schoolmeester die jij kwaad hebt gedaan, schiet er niets mee op... en hij verkeert in gevaar. Voor wat ik nu ga zeggen, leg ik je de zwijgplicht op. Heb je ooit gehoord van de Broeder-schap van het Open Boek?'

'Dat zijn ketters.'

'Het zijn geen ketters. Ze gelden als ketters. Ze gaan vervolgd worden als ketters. Ze zijn het niet. Ik heb hun leider een paar jaar terug de biecht afgenomen en lang met hem gepraat. Een vreemde vogel, maar geen ketter.'

'Bamboglia?'

'Bamboglia. Hij leeft met zijn broederschapje in grotten, hoog op de berg die door de herders daar het Open Boek genoemd wordt.'

'Die ken ik. Een heel eind ten noorden van Lucca. Waarom is hij niet teruggekeerd toen de pest voorbij was?'

'Hij zegt: de pest gaat nooit voorbij. De pest duurt, tot de dood van het Laatste Oordeel erop volgt. De pest breekt in stinkende builen uit in de samenleving. Hij wil er niet langer mee besmet worden. In reinheid en gezondheid wil hij de Heer aanbidden. Boven. Ver weg. Maar ondertussen schijnen de toestanden in zijn broederschap wat wonderlijk geworden te zijn, en dat is tenslotte de Inquisiteur ter ore gekomen. Hij wil ze allemaal laten halen, en dan geef ik voor hun toekomst geen duit meer. Dat heb ik giste-ren in de stad gehoord, bij onze broeders van Santa Croce. In een diep vertrouwen, dat ik bij dezen beschaam. Begrijp je waarom?'

'Allicht. Is het vroeg genoeg als ik morgen vertrek?'

'Ik stond op het punt om zelf te gaan, maar dat had de aandacht kunnen trekken... en nu ja, wat ik me van het Open Boek herin-ner, is steil en onherbergzaam. Ik word een jaartje ouder. Goed, vertrek morgenochtend. Laten ze niet proberen zich te verdedi-gen. Laten ze wegtrekken. Laten ze scheep gaan naar Corsica. Corsica schijnt vol te staan met Open Boek-bergen. Daar zijn ze veilig.'

'Is het weer zover,' vraagt de koster van de Apostelkerk, als hij het haveloze broedertje bij de sacristie ziet staan. 'Wat moet je nou weer opknappen?'

'Ik moet... naar Pisa.'

'Gefeliciteerd. Een dame hier uit de parochie kreeg de keus tussen trouwen in Pisa en het klooster. Ze koos het klooster.'

'Ik heb het klooster al. Pisa krijg ik op de koop toe.'

'Maar we hebben ruzie met Pisa.'

'Eendracht vind je alleen in de hemel, zegt mijn baas.'

'Het is je zeker weer om de offerschaal te doen? Ze is net binnengekomen. De Compagnie bezorgt me volle kerken deze zomer.'

De koster gluurt door de halfopen deur de kerk in.

'Je hebt haar man ontmoet, is het niet? Haar kamenier vertelde dat messer Machiavelli je het leven gered heeft in de veldslag met de Compagnie. Een heilige man, messer Machiavelli,' de koster giechelt. 'De eerste echtgenoot die zijn rivaal het leven redt.'

Lapo lacht beleefd, maar zijn gedachten lachen nauwelijks, terwijl hij met de offerschaal langs de misgangers gaat. Hij heeft een brief voor meneer Machiavelli in zijn binnenzak. Filippo de' Figlipetri heeft hem achtergelaten voor hij vertrok... naar Londen of naar het Heilige Land, dat heeft hij niet gezegd, en het is de vraag welke boete zwaarder zou vallen. Hij had natuurlijk geen zegel bij de hand, maar ook als de brief gesloten was geweest, had Lapo geweten wat erin stond: een lange lijst met voorwaarden, die Filippo aan zijn terugkeer naar Florence wenst te verbinden. Geen Figlipetri als smekeling voor de poort! Hij eist een smartengeld, en teruggave van al zijn bezit, het huis in Marignolle inbegrepen. Bovenal verlangt hij een proces wegens smaad en meineed tegen de Guelfen die zijn vader hebben verbannen. Het is uitgesloten dat de stad daarop ingaat, maar dat heeft Filippo natuurlijk evengoed geweten als Lapo Mosca. Wat hij in werkelijkheid geschreven heeft, is een afscheidsbrief aan Florence. De furiën zelf, de 'wraakgeesten van het geweten', hebben hem gedicteerd.

Sinds Lapo de brief op zak had, heeft hij geweten wat hij ermee doen zou. Hij zou zijn Madonna laten vragen in de sacristie te komen, en hem daar persoonlijk overhandigen. Na twintig jaar of meer zou hij een paar woorden met haar wisselen. Die beloning kwam hem toe, na wat hij voor haar man gedaan had.

Maar terwijl hij haar de schaal voorhoudt, en de smalle hand ziet die een muntje offert, en de vage glimlach in de schaduw van haar kap... ontzinkt hem de moed. Wat weet hij van Maria-Beneden? Ze heeft een man die in de Scalelle stond te zwetsen, en zich thuis beroemde op een daad die hij niet heeft begaan. Is dat de taal van de kringen waarin zij thuishoort? Hoeveel heeft zij daar zelf van leren spreken? Voor zijn ogen wordt de knielende blauwe gestalte omhuld door een wolk van onbekendheid. Veilige onbekendheid. Gezegende onbekendheid. Terug in de sacristie stuurt hij de koster met Filippo's brief naar haar toe.

Hij heeft het gevoel aan dreigend gevaar ontsnapt te zijn, terwijl hij de kerk uitloopt, op weg naar de rivier om een schuit te zoeken die de kant van Lucca uitgaat. Blijf mij vreemd tot uw dood, Madonna, opdat ik tot mijn dood u liefheb... De woorden deugen niet, maar de gedachte is goed. Hij gaat er een rondeel van maken.

De zaak-Figlipetri wordt beschreven door de chronist Marchionne di Coppo Stefani in zijn *Istoria fiorentina* (uitgegeven in *Delizie degli eruditi toscani*, Florence 1780 e.v., deel xvii, blz. 17).

De zaak-Arrighi gaat uit van een passage in een preek van Bernardinus van Siena (uitgave Siena 1935, blz. 144).

De slag bij 'le Scalelle' wordt beschreven door de chronist Matteo Villani in zijn *Istoria di Firenze* (verschillende uitgaven), boek viii, hoofdstuk 74. Ook de conflicten tussen Siena en Perugia worden in boek viii vermeld, verspreid tussen de hoofdstukken 27 en 48.

De geschiedenis speelt zich af in het voorjaar van 1358.

Als de wolf de wolf vreet...

Lapo Mosca, een minderbroeder, oud-speelman
Angelo Moronti, bijgenaamd de Gifengel, een speelman
Pazzino Donati, een Florentijnse burger
Andrea Corsini, de bisschop van Fiesole
De pastoor van Vertine
Benedetto degli Strozzi, een oud-militair, rentmeester
Pieraccio, zijn dienaar
Naddo, een speelman met een aap
Arrighetto di San Paolo, een dief
Ornella, zijn vriendin
Joachim, een spiritual

I

Waar de trommels spreken, zwijgen de wetten

Vanmorgen hing er een dichte mist in het Arno-dal, maar hierboven is het in de middag nog heet. Lapo Mosca heeft beneden lopen rillen in de pij die nu aan zijn lijf plakt. Hij wordt aan alle kanten gestoken: op de open rots door de zon en onder de bomen door de vliegen waar het bos van gonst. Hij zit vol bulten, het zweet druipt in zijn ogen, en nog altijd is de pas niet bereikt die een eind aan zijn kwellingen moet maken. Dat hoopt hij tenminste en het zal tijd worden. Zijn humeur zakt naarmate zijn voeten stijgen.

Het is een oude doorgangsweg waar hij op loopt; nog uit de tijd van de Romeinen, zeggen ze. Maar jarenlang is er geen mens of rijdier overheen gegaan en nu is het pad bijna dichtgegroeid en vaak moeilijk te vinden. Lapo heeft een lange tak gezocht waarmee hij voortdurend tussen struiken en sprieten port om adders te verjagen; zeker een stuk of zes zijn er weg geritseld.

Hij had dit pad nooit moeten nemen natuurlijk. Er leidt een snellere en betere weg naar het dorp waar ze hem heen sturen. Maar hij moest weer zo nodig een omweg maken tegen de voorschriften in. Dat heeft hij geweten.

Een omweg over Figline waar hij een achterneef heeft wonen. Figline is een week geleden geplunderd door een bende van de aartsbisschop van Milaan waar Florence mee in oorlog is. Een monnik kan zo onthecht niet zijn, of hij wil weten wat er geworden is van zijn eigen vlees en bloed, ja of nee?

'Nee,' heeft Lapo's overste nuchter gezegd. 'Die banden des bloeds van jou, daar heb je in jaren geen last van gehad. Het is pure nieuwsgierigheid die je naar Figline drijft, broeder Lapo. Geen omwegen. Je gaat rechtstreeks.'

Wat hij dus niet gedaan heeft. Kreeg zijn overste gelijk? Lapo Mosca heeft vandaag steeds opnieuw aan Figline moeten denken, en nauwelijks meer aan de achterneef.

Hij had hem heelhuids aangetroffen, dat wel. De man deed juist een boodschap op het versterkte kasteel toen de benden binnenvielen, en om dat kasteel was het hun niet te doen. Ze kwamen roven, niet vechten. Het eigenlijke oorlogsfront ligt op het ogenblik heel ergens anders; als het nog ergens ligt, want de geruchten over naderende vrede worden steeds luider. Het stadje was dan ook niet op een overval bedacht. Maar de republiek Florence kan niet in moeilijkheden raken, of overal langs haar grenzen steken ontevreden grootgrondbezitters de koppen omhoog. In de tweedracht die Italië sinds een eeuw verscheurt steunt Florence de Guelfse partij: dat maakt haar tegenstanders automatisch tot Ghibellijnen. De strooptocht naar Figline was het werk van Pier Saccone, Piet Plunderzak, uit de Ghibellijnse familie Tarlati van Arezzo. Een stokoude vechtjas, die Florence het grootste deel van zijn leven heeft dwarsgezeten met een onuitputtelijke voorraad streken. Ook nu weer. Gedekt door een herfstnevel, even dicht als die van vanmorgen, voerde hij de troepen 's nachts aan de overkant van de Arno het stadje langs, zodat hij het van de onverdedigde noordzijde kon overrompelen.

Twee dagen en twee nachten gingen de soldaten tekeer, twee dagen en twee nachten waarin voor de zoveelste maal 'het geweld kakte op de rug van het recht'. Toen de achterneef naar huis kon, stond daar nog maar een deel van overeind. Zijn vrouw was verdwenen. De buren konden niet precies vertellen onder hoeveel lansknechten ze was doorgegaan voor ze werd meegenomen, naar het legerkamp of de Arno in, dat zal wel niemand ooit horen. Een knap wijf, maar een helleveeg. De achterneef was zich ijverig aan het troosten met een jonge deern. Die bezigheid remde zijn vreugde over het onverwachte familiebezoek een beetje af, zodat Lapo al spoedig zijn heil – of onheil – op straat zocht.

Verminkte huizen, verminkte gezinnen, verminkte lichamen. Lege magazijnen, huilende kinderen, overal stank van bloed en brand.

'Kan God niet meer tellen?' vroeg een opstandige medebroeder in de gehavende Franciscuskerk. 'Om tien rechtvaardigen had hij Sodom gespaard. Hier waren er minstens honderd.'

'O, God kan tellen,' heeft Lapo Mosca verzekerd. 'Hij houdt er alleen een andere boekhouding op na dan wij. Een die vooruit telt misschien,' liet hij erop volgen, want de getroffen burgers ontzagen zich niet om elkaar op alle manieren te beroven van wat de soldaten over het hoofd hadden gezien. Waar velen zondigen heeft niemand berouw. Berouw hoort bij vrede en een geordende samenleving. Berouw is luxe. Het is maar goed dat er kloosterlingen zijn om het tekort aan boete wat aan te vullen met een schepje toe hier en daar. Lapo Mosca, hijgend, zwetend, vol dorst en vol jeuk, probeert van tijd tot tijd de Heer zijn ongemak aan te bieden als plaatsvervangende boete. Zijn keer van de eenzaamheid die hij door moet telt hij er ook maar bij op, want het is een ongezonde eenzaamheid.

Een jaar of vijf geleden liep hij hier voor het laatst. Hij heeft een herinnering bewaard aan een vruchtbare streek met veel verkeer. Heldere dorpen vol stemmen, klokkengalm, smidshamers. Mooie meiden met tobbes druiven op het hoofd, boeren die hun spa lieten rusten voor een gemoedelijk praatje. Vandaag is het pad overwoekerd en al wat hij tegenkomt zijn een paar verwilderde varkens – adders en vliegen niet meegerekend. Lapo heeft geen bezwaar tegen stilte als ze ongerept is; maar deze stilte stinkt.

Om haar wat af te schermen heeft hij tenslotte naar zijn gewone reisvertier gegrepen. Hij is rondelen gaan rijmen; maar zelfs daarmee wou het niet vlotten. Een rondeel is nu eenmaal een danslied, rampen komen er niet zo goed in uit. Aan een ervaring van een paar uur geleden heeft hij tot nu toe lopen passen en meten:

> Het dorp ligt in stevige wallen,
> maar klimop dekt gleuven en nissen
> en onkruid groeit over de goot.
> Rondom zijn de akkers vervallen.
> Treed binnen die stevige wallen:
> verlaten zijn huizen en stallen.
> Hier wonen alleen hagedissen,
> de mensen zijn allemaal dood.

173

De pest klom over de wallen,
de dood gleed langs gleuven en nissen,
het leven liep leeg door de goot.

Nog leger dan elders. Toen de pest grondig had huisgehouden op de hellingen van het Arno-dal waren de verzwakte dorpen een makkelijke prooi voor soldaten en bandieten. Ze lagen te dichtbij de bewoonde wereld waar het volksrijmpje voor waarschuwt:

Wegen, rivieren en grote heren
zijn kwade buren om mee te verkeren...

De pas. Wind. De kluizenarij is een ruïne, maar haar put heeft nog een aker aan een ketting en water in de diepte. Lapo steekt zijn hele hoofd in de aker om te baden en te drinken tegelijk. Dan zoekt hij de schaduw van de boom waarop hij zich al uren heeft lopen verheugen, een kolossale steeneik midden op de pas. De zon daalt naar het westen en krijgt wat meer van de milde lamp die een mens in oktober mag verwachten. Lapo is nog uren van zijn bestemming verwijderd en had zichzelf een slaapje beloofd als hij boven zou zijn; maar nú is hij boven en hij blijft wakker. Misschien door de geluiden die van over de pas komen: tegen de muur van de bergketen heeft de 'stinkende stilte' het afgelegd. Een boer roept naar zijn ossen, een vrouw naar haar kind. De welving van het dal brengt de stemmen verstaanbaar dichtbij en er zijn nu en dan hoefslagen, het gepiep van een ploeg, het gekets van een slijpsteen. Akkers en wijngaarden, als lappendekens uitgespreid over de heuvels ver weg, zijn weer bewerkt. Er wonen weer mensen in de dorpen waar cipressenlanen heen leiden. Lapo heeft Chianti bereikt en in Chianti is blijkbaar nog te leven.

Maar het broedertje zit daar op zijn pas als een ruiter te paard... of eigenlijk meer als een vlo op een olifant. Onder zijn linkerbeen mag dan het land van belofte liggen, maar onder zijn rechterbeen weet hij altijd nog de gemartelde Arnovallei.

Daar weer achter steken, steilen ongenaakbaar, de Apennijnen van de Pratomagno omhoog. Hij heeft ze de hele dag niet hoeven zien, hij had ze in de rug terwijl hij klom en bovendien waren er meestal bomen; maar hij ziet ze nu. De schuine namiddagzon brengt reliëf in de schijnbaar rechte, neveligblauwe wand, laat kloven zien, uitlopers, grillige zandsteenformaties... maar zonder glimlach. Ook daarginds heerst stilte, maar ander geluid dan het krijsen van adelaars en het huilen van wolven is er nooit geweest. Geen huizen: spelonken. Geen boeren en burgers: heremieten. Bij die naakte toppen begint het gebied dat Lapo Mosca sinds jaren uit de weg gaat, zoals een mens bepaalde vraagstukken uit de weg gaat en bepaalde berghokken van zijn ziel. Het is het gebied waar de échte broeders wonen, de bidders en zieners die ernst maken met hun monniksgeloften. Een gebied dat hem roept, maar hij antwoordt niet, hij kijkt wel uit. Vandaag ligt zijn taak gelukkig aan de andere kant van de pas. Vastbesloten wendt hij zich naar de heuvels van Chianti. Hij denkt er net over zijn weg te vervolgen, als een geluid zijn blik toch weer naar de andere kant trekt. Over het pad dat hij zelf zojuist heeft beklommen, nadert een ruiter.

Het is oorlog. Je weet nooit vandaag de dag wat zich zoal op een rijdier voortbeweegt. Lapo zoekt dekking achter de stam van de steeneik. Maar de man die uit het bos tevoorschijn komt heeft niets krijgshaftigs. Zijn kleding is armelijk, zijn knol is geen drie florijnen waard en hinkt bovendien. Net als Lapo zet de vreemdeling onmiddellijk koers naar de put, maar de eerste die drinken mag is het paard; daar zal Lapo nog vaak aan denken. Terwijl het beest slobbert loopt zijn berijder om de benen te strekken een rondje om het klooster... en dan komt Lapo tevoorschijn. Al springend en rekkend duikelt de man eensklaps een keer of drie over de kop: dat kan alleen een speelman zijn. Tegelijk ziet Lapo nu ook de vedel die in een foedraal aan de zadelknop hangt; onwillekeurig tast hij naar de tamboerijn in zijn eigen achterzak. Lapo Mosca is al jaren geen speelman meer, maar met die duikelaar verbinden hem nauwere banden dan met de achterneef uit Figline. Denkt hij.

'Je paard heeft z'n poot zeker ook bij het kopjeduikelen verzwikt?' vraagt hij leuk, als zijn collega weer bij de put is aangeland. De ander neemt hem op van onder tot boven, snel, vijandig.

'Hij heeft van jullie te veel moeten knielen,' zegt hij dan.

Lapo lacht goedmoedig en tilt de manke achterpoot op.

'Kijk uit!' roept de vreemdeling, en dan, weer giftig: 'Een paardenpoot is geen wijvenrok...'

Maar Lapo spreekt zijn voorraad kalmerende geluiden aan en mag van het paard tot vlakbij het abces tasten dat onder het eelt van de hoef zit. Hij vraagt om een mes, maar de speelman heeft geen mes, waar zou hij een mes voor nodig hebben, hij is geen paap, voor hém zijn er geen vette kapoenen om aan te snijden...

'Dat is dan jammer,' zegt Lapo en zet de poot voorzichtig weer neer.

'Ik eet natuurlijk elke dag kapoenen, maar daar heb ik mijn vingers voor, dus...' Hij stokt. Hij heeft wél een mes. Hij heeft het daarnet nog gevoeld toen hij naar zijn tamboerijn tastte. Zijn achterneef heeft het hem vanmorgen opgedrongen vanwege de gevaarlijke tijden: waar mensen verdwijnen schieten wilde dieren de grond uit als paddestoelen. Het mes is een ouderwets klein soort hartsvanger met een scherpe punt, dat nog aan hun gemeenschappelijke overgrootvader heeft toebehoord; wie van aalmoezen leeft slaat nu eenmaal niets af. En wie alle denkbare klusjes heeft opgeknapt tot mestruimen in stallen toe, weet ook hoe hij met een paard moet omspringen zonder dat het gaat trappen of steigeren; wat maar goed is, want de speelman is als assistent niets waard. Amper het hoofd van het beest durft hij vast te houden. Een en ander heeft tot gevolg dat de verhouding wat verschoven is als het paard weer op vier benen kan staan. De speelman biedt Lapo een appel aan. Hij stelt zich zelfs voor. Angelo Moronti heet hij. Lapo heeft over hem horen praten. Zijn bijnaam luidt de Gifengel.

'Lapo Mosca,' zegt hij op zijn beurt.

'Jezus, de goeddoener. De rijmelaar. De dievenvanger. Ik had het kunnen raden. Zit je in dít klooster tegenwoordig?'

'Welnee, man, dit is een ruïne. Hier woont al lang niemand meer.'

'Waarachtig wel. Ik heb stemmen gehoord toen ik er omheen liep. Uit een raam aan de achterkant.'

Ze kijken elkaar aan. In zo'n verlaten bouwval kan het raarste volk zich teruggetrokken hebben, van leprozen af tot bannelingen en rovers toe. Lapo heeft opeens zijn hand weer om het heft van zijn mes en de speelman grijpt naar zijn wapen; tot Lapo's vluchtige verbazing is het een steenslinger. Weg wezen! besluiten ze tegelijk, maar eer ze de daad bij het woord kunnen voegen wordt er iemand zichtbaar in het verbrokkelde gat van de poort. Blijkbaar zijn er niet enkel stemmen van binnen naar buiten gedrongen, maar ook van buiten naar binnen. Het is een vrouw die naar buiten komt en op hen toe treedt.

'Goddank, een priester!' roept ze. 'Heilige vader, haast u, mijn man ligt op sterven.'

Als iemand Lapo Mosca – klein, stoffig, armoedige pij, tanig boerenkoppie – met heilige vader aanspreekt, moet hij erg omhoogzitten. Lapo kan zich moeilijk storen aan Angelo's gemompel over hinderlagen: sterfbedden horen nu eenmaal tot zijn arbeidsterrein. Maar terwijl hij achter de vrouw aanloopt, vraagt hij zich wel af of haar wederhelft misschien de pest heeft, of iets anders onplezierigs waar heiliger vaders dan hij liever vandaan blijven.

'Ik ben geen priester,' zegt hij tegen de rug – een elegante blauwfluwelen rug – van de vrouw. 'Uw man kan niet bij me biechten.'

'Dat hoeft ook niet,' zegt ze zonder zich om te draaien, 'mijn man heeft geen kwaad gedaan. Bid maar voor hem, dat geeft hem rust.' Haar houding en haar accent stempelen haar tot een Florentijnse van goeden huize. Ze verwaardigt zich een nadere toelichting te geven: 'We zijn vanmorgen uit ons buitenhuis vertrokken op bedevaart naar Rome. De ongewone hitte is te veel geweest voor mijn arme man.'

En inderdaad. Als Lapo zich binnen over een stervende buigt, krijgt hij geen pestlijder te zien. Ofschoon het noodbed in de donkerste hoek van het vertrek is opgeslagen, herkent hij het scheefgetrokken gezicht van wie een beroerte gehad heeft. Eén open oog lijkt naar Lapo te staren, maar volgt zijn bewegingen niet noch reageert het op troostende woorden. Een jonge man die aan het voeteneind knielde komt overeind. Hij blijft besluiteloos staan tot de vrouw fluistert: 'Mijn zoon Pazzino Donati en dat is mijn echtgenoot Apardo. Alsjeblieft broeder, bid voor de arme ziel van messer Apardo Donati.'

Messer Donati reutelt onregelmatig door een wijdopen mond. Het is duidelijk dat het eindpunt van zijn aardse weg niet ver meer

is. Lapo dringt een aantal vragen terug die zich aan hem opgedrongen hebben en knielt naast het hoofd van de zieke. Als altijd,
terwijl de gebeden die het sterven begeleiden op eigen kracht uit
zijn mond glijden – 'Vertrek, christenziel, uit deze wereld...' – moet
hij aan de jonge vogel denken die onzeker zit te klapwieken op de
rand van het nest. Hij moet leren vliegen, en bij gebrek aan beter
is het Lapo de nietsnut die hem moed inspreekt en zorgt dat hij
niet valt. Sla maar uit die vleugels, christenziel, maak je vrij, tui-
mel omhoog en wees niet bang. Mijn handen beschermen je, en
het zijn mijn handen niet maar die van je Schepper...

Niet lang, dan sluit hij behoedzaam het ene starende oog en
staat op. Hij drukt de hand van de jonge Donati, die ontredderd
naar het gezicht van zijn dode vader kijkt. De open mond schijnt
hem uit te lachen in een afschuwelijke grimas en Lapo vraagt een
band om de onderkaak vast te binden. De jongen hoort hem niet,
of heeft geen band; dan snijdt Lapo een reep van de paardendeken
die over het stro ligt – waar de hartsvanger al niet goed voor is – en
geeft het gezicht een vrediger uitdrukking. Hij vouwt de slappe
handen en constateert terloops dat ze ruw aanvoelen, eeltig, de
nagels zijn afgebroken en voorzover hij zien kan zwart. Geen rijke
burgerhanden. Wijlen Donati zal een amateur-tuinier geweest zijn
in het park van zijn buitenhuis. Hij is ongeschoren ter bedevaart
gegaan ook: Lapo heeft lange baardstoppels gevoeld toen hij de
onderkaak dichtdrukte.

'Ik zal uw bedienden gaan waarschuwen,' zegt hij behulpzaam.
'Die wachten zeker bij de paarden?' Hij heeft geen spoor van bedienden gezien en moet daar het zijne van hebben. Het is volstrekt ondenkbaar dat leden van de familie Donati zonder gevolg
op bedevaart zouden gaan – in een oorlog nog wel. Maar de vrouw
zegt: die heeft ze teruggestuurd naar de villa om hulp en een
draagstoel, ze kunnen met een uur hier zijn. Reden voor Lapo om
nieuwe vragen-langs-de-neus-weg voor te bereiden. Hij zou erg
graag weten wat de familie op deze verlaten pas doet, in plaats van
op de normale pelgrimsroute die dicht langs de kust loopt. En
waarom juist nu die bedevaart, na de sluiting van het Heilige Jaar
waaraan zo veel voordelen verbonden waren? Maar de jonge Donati komt op hem af met een stuk perkament waarop hij kennelijk

buiten heeft staan schrijven. Zijn moeder grist het hem uit de handen.

'Hier, broeder, tekenen. Jij bent onze getuige. Apardo Donati is gestorven op Florentijns gebied. Dat is van groot belang in deze oorlogstijd.'

Ach, zó zit dat? Dan is het jammer, maar broeder Lapo verstaat de schrijfkunst niet. Hij kan hoogstens een kruisje zetten. En hij komt uit het klooster Pallisperna in de Marken van Ancona, achter de Apennijnen. Daar kan Madonna naar hem informeren, al is het helaas wat ver weg...

Vroeger opstaan, Madonna. Dat er een man gestorven is op deze pas, kan Lapo Mosca verklaren. Dat die man messer Apardo Donati zou zijn, lijkt hem steeds minder waarschijnlijk. Bij wijze van steekproef oppert hij: 'Ik kan een Florentijn voor u waarschuwen, die rentmeester is hier in de buurt. Daar hebt u meer aan: die kan uw vader stellig identificeren. Het is een Strozzi, messer Benedetto, zoon van Giovanni.' Hij houdt de zoon in de gaten, niet de moeder die in alle wateren gewassen schijnt te zijn. De uitwerking van zijn voorstel overtreft al zijn verwachtingen. De jongen maakt een heftige beweging en stamelt: 'Sinds wanneer is die hier... die zat toch in San Gimignano...'

'Een florijn voor je klooster, broeder, en blijf bidden voor de ziel van messer Donati,' zegt de moeder stijf. 'Identificatie heeft plaats in onze villa in Impruneta. We houden je niet verder op.'

Lapo Mosca staat al buiten wanneer hij zich zijn mes herinnert, dat naast het doodsbed is blijven liggen. Hij keert terug en ziet moeder en zoon koortsachtig bezig de dode af te leggen bij het licht van een ijlings aangestoken kaars. Het is geen dagelijks werk voor hen, ze sjorren aan het lijk, dat er minder dan ooit uitziet als een welgestelde stedeling. De kop en de gestalte die het kaarslicht laat zien, horen onmiskenbaar toe aan een stukgewerkte Toscaanse boer. Het kostbare hemd sloddert om de leden en is vele maten te groot. Lapo ziet af van het mes, dat hij trouwens toch liever kwijt dan rijk is: minderbroeders dragen geen wapens.

Buiten zijn zowel de zon als de speelman verdwenen. Als Lapo zijn weg vervolgt ziet hij, wat lager, twee afgeleefde paarden aan bomen gebonden. Twee, geen drie. Het paard van wijlen Donati is blijkbaar vast door de bedienden meegenomen. Als er bedienden geweest zijn, tenminste.

Ze zijn er niet geweest. Lapo is geen kwartier onderweg, of hoefgetrappel drijft hem de struiken in. Daar draven ze door de schemering, moeder en zoon, en het betreurde gezinshoofd ligt in de paardendeken gewikkeld dwars voor zoonliefs zadel. Het kan natuurlijk zijn dat ze de terugkeer van hun personeel niet af wilden wachten, wie weet vanwege Benedetto degli Strozzi, die blijkbaar niet tot hun huisvrienden behoort. Maar het kan nog beter zijn dat de bedienden thuishoren in het mooie, onmetelijke rijk waar ook het klooster Pallisperna in ligt: het rijk der verbeelding. Een wolkje opgewaaid stof: dat is, neemt Lapo aan, het laatste wat hij gezien heeft van moeder en zoon Donati. Zijn het zelfs wel Donati, die twee avonturiers? De dode was in elk geval messer Apardo niet. Geen lijk of er gaan vliegen op zitten, besluit Lapo Mosca, dankbaar dat het onfrisse voorval hem verder niet aangaat. Zijn karwei draait ditmaal zelfs in het geheel niet om lijken. Het draait om spoken.

Een dag of tien geleden werd Lapo Mosca bij zijn baas geroepen, de gardiaan van het minderbroedersklooster in Fiesole. Hij was juist de moestuin aan het wieden, een bezigheid die hij als straf voor zijn zonden beschouwt, en niet alleen omdat hij onrustig wordt als hij lang in zijn klooster moet blijven. Onkruid is een verzamelnaam, vergelijkbaar bijvoorbeeld met gespuis. Lapo kent tientallen aardige deugnieten, zowel onder de mensen als onder de gewassen. Onkruid kreeg geen andere taak mee dan: onkruid zijn. Het mag dan brave bonen en pompoenen in de weg staan, maar evengoed zijn onkruiden met al hun stengels en bladen en halmen en pluizen op hun manier bezig hun Schepper te loven, zo luid dat iemand als Lapo Mosca dat horen kan. Zo vaak hij welvarende, levensblije planten krijgt uit te rukken, moet hij even aan de moord op de Onnozele Kinderen denken; zo onnozel als dat op zichzelf ook weer is.

Hoe het zij, hij stapte gretig de moestuin uit toen zijn overste hem liet roepen. Zijn stemming zakte aanzienlijk toen de overste niet veel anders deed dan hem doorsturen naar de bisschop.

Kort tevoren had Lapo's klooster het feest van de heilige orde-stichter Franciscus gevierd en op het laatste ogenblik was er bericht gekomen dat de bisschop van Fiesole het feest met de broeders dacht mee te vieren. Een onderscheiding, even eervol als onwelkom. Met de wensen van een gast dient rekening gehouden te worden en voor een hoge gast wordt dat in de regel een hoge rekening. Toen de vorige bisschop nog leefde was dat niet erg. Die placht zijn komst ruim van tevoren aan te kondigen, zodat broeder kok steeds de gelegenheid had, goedgeefse buren te wijzen op zijn gebrek aan snoeken, kwartels en kapoenen. Maar de nieuwe bisschop is een heilige, tot ieders verlegenheid, en nog wel een heilige van het vast-en-boetesoort. De rekening die met hem gehouden moet worden valt niet te hoog uit, maar te laag, ook voor een arme gemeenschap. De gardiaan durfde zijn gast zelfs het bescheiden feestmaal niet voor te zetten dat voor deze dag bij elkaar gespaard was; zo kwam het dat naburige armen zich aan de gerechten te goed deden waar simpele broeders zich weken op hadden verheugd. In de refter deelde de bisschop het maal van koude bonen en zure wijn. Hij prees de trouw van zijn disgenoten aan die mevrouw Armoede, die Sint-Franciscus als zijn bruid beschouwde. Pas bij het dessert – noten uit de tuin, en nog niet eens helemaal rijp – drong het tot hem door dat er iets ontbrak aan de algehele feestvreugde. Op zijn verzoek liet de gardiaan een paar liedjes zingen door een voormalige speelman. Dat was Lapo Mosca, de erkende kloosterpias.

Bloed heeft Lapo gezweet. Zingen voor een bisschop die nog heilig is ook! Hij was toch al als de dood voor bisschop Corsini. Hij bewondert hem oprecht, maar weet volstrekt geen raad met hem. De bisschop heeft een graad van verstorvenheid bereikt die de meeste medegelovigen als een steen van schuldgevoelens op de maag ligt. Lapo heeft wel eens gedacht: goed dat heiligen gewoonlijk dood zijn. Als Sint-Franciscus me geen 125 jaar vóór was, zou ik nooit zo goed met hem kunnen opschieten. En hij zou van míj al helemaal niets willen weten.

Het vreemde is, dat bisschop Corsini wél iets van Lapo schijnt te willen weten. Als geboren Florentijn kende hij hem van horen zeggen voor hij bisschop werd. Misschien heeft hij zelfs wel eens onder de toeschouwers gestaan als Lapo zijn habijt te schande maakte en speelkunstjes vertoonde ten bate van een of ander doel dat hij aan de stadsarmenzorg had dienen over te laten. Ergerlijke aandachttrekkerij, hebben zijn medebroeders gezegd... maar bisschop Corsini, dat heb je nu weer met heiligen, bisschop Corsini heeft er blijkbaar geen aanstoot aan genomen. En toen hij zich tijdens het feestloze feestmaal realiseerde dat hij Lapo Mosca de speelman-speurder, om zo te zeggen als buurman had heeft hij dat goed in zijn oren geknoopt.

Zo kreeg Lapo te horen toen hij met lood in de sandalen voor de kerkvorst stond, dat de bisschop hem aan de gardiaan te leen had gevraagd. Hem hadden klachten en vreemde berichten bereikt uit een dorp in Chianti, op de zuidgrens van zijn bisdom. Het dorp had moeilijke maanden achter de rug. Het was door roofridders bezet die er door de stadstroepen van Florence pas na een lange belegering weer uit waren gejaagd. Nog was die ramp niet voorbij of een nieuwe deed zich voor: het begon er te spoken.

Het spookte er al eerder natuurlijk: er is geen gehucht in Chianti of het spookt er van tijd tot tijd. Waar de geschiedenis van een streek met bloed wordt geschreven dwalen altijd wel doden die geen rust kunnen vinden; en bestaat er wel ergens een samenleving zonder de spleten waarin de kwade geesten zich nestelen? Heksen en duivels loeren dag en nacht op hun kans, ze moeten met spreuken en amuletten in bedwang gehouden worden. De pastoor van het Chianti-dorp die zich tot de bisschop gewend had was altijd erg goed geweest in het bezweren, maar tegenover wat zich nu voordeed stond hij machteloos. Dat had hem bang gemaakt en wie bang is kan natuurlijk geen boze geesten meer aan, nog met geen boek vol spreuken en geen vat vol wijwater. Hij denkt aan duivels van een nog onbekende soort, heeft hij de bisschop geschreven. Duivels die geen deel uitmaken van de legioenen der achtenzestigtrappige duivelhiërarchie en die immuun zijn voor wijwater. Sinds ze zich in het dorp hebben neergelaten, beheersen ze de gelovigen en is de kudde niet meer te regeren.

'We krijgen de indruk dat de pastoor wat ontdaan is,' had de bisschop tegen Lapo Mosca verklaard. 'Je moet er maar eens een kijkje gaan nemen.'

'Maar ik heb geen verstand van spoken!' had Lapo geprotesteerd.

'Daarom juist,' had de bisschop geantwoord, met het trekje bij zijn mond dat zijn secretarissen uitleggen als glimlach.

Zo is Lapo dan nu op weg naar onheilzaaiende duivels en bezemrijdende heksen en dat is nog niet eens alles. Hij is op weg naar een wijnoogst waar het Boze Oog op is geworpen en naar dorpelingen die niet alleen ten prooi vielen aan duivels, maar bovendien aan een katerse hagenpreker, die hen in de afgelopen zomer tegen hun zielenherder heeft opgehitst. Naar ontucht en uitspatting schijnt hij op weg te zijn en naar heidendom en afgoderij, want er zouden weer offers gebracht worden aan oude natuurgeesten, en buiten het dorp waren sporen van verboden erediensten waargenomen. Een poel van verderf, zo heeft de pastoor zijn dorp beschreven. Feitelijk zou bisschop Corsini er gelijk de inquisitie op af moeten sturen. Maar hij is een heilige. Hij stuurt eerst Lapo Mosca.

Een hele eer dus, waar Lapo mee is opgezadeld; wat hem betreft wijdt hij zich liever aan het ordinaire opsporen van ordinaire misdadigers. Met duivels en heksen heeft hij zich nooit erg beziggehouden... waarmee natuurlijk niet is gezegd dat duivels en heksen zich nooit bezighielden met hém: die laten nu eenmaal geen sterveling met rust. Hij weet dat en neemt zijn voorzorgen als ieder ander. Meer dan eens heeft hij zich vrij laten bidden als vijanden een doem op hem wierpen. Hij beheerst de noodzakelijke formules en gebaren, en zal ze bij wegkruisingen en galgenvelden niet licht vergeten. Ergens in zijn achterzak moet nog altijd het rode bandje zitten dat zijn moeder hem bij zijn geboorte om de pols heeft gebonden: rood schrikt boze geesten af. Maar het meer verfijnde bezweringswerk laat hij graag aan specialisten over en echte spoken – van het soort waar je doorheen loopt en dat het bij voorkeur stelt zonder hoofd – is hij bij zijn weten nooit tegengekomen. Tot vanavond dan, want na de ontreddering in Figline, de verpeste stilte onderweg, de ongure sterfscène in de kloosterruine... vermoedt hij duivels en doden achter iedere struik.

Hij haalt het vandaag nooit meer tot het dorp waar hij heen moet en kijkt steeds verlangender uit naar een huis met een licht.

Een paar maal zou hij zweren dat hij in de schemering een onvervalste Witte Fee zijn pad ziet kruisen. Hij staat stil om zijn rode bandje te grijpen. En laat het dan in zijn zak, want wie kan in donker zien dat het rood is?

2

Ook wijn met schimmel leer je drinken

Geen kwaad woord over een Toscaanse schouw. Machtig als een hemelbed, trekt hij een scherm van vuur uit de houtblokken. De grootste keuken verwarmt hij, de dikste bouten roostert hij gaar. Roken doet hij als de beste, en dat moet ook vanwege de hammen die aan haken hangen. Geen kwaad woord dus over de Toscaanse schouw... maar als het vuur aan is, staan de deuren in Chianti wél dikwijls open...

Zodat Lapo Mosca, als hij eindelijk het bos uit komt, van verre de vuurgloed al ziet en de stemmen hoort; en even later de etensgeuren ruikt en het water in de mond voelt.

Het is geen dorp dat hij bereikt, maar een niet versterkt gehucht van een handvol hoeven, nog uit de tijd dat er horigen huisden. Vensterloze woningen; kelders en stallen beneden, keuken en slaapruimte boven, bereikbaar langs een buitentrap. Ze zijn zelden van hout, zoals in de stad. Ruwe stenen liggen hier voor het oprapen en bieden betere bescherming, zowel tegen kwaad volk als tegen pest. Pest maakt meer slachtoffers binnen houten wanden, zeggen ze. Wie al die lege dorpen gezien heeft, vraagt het zich af.

In dit gehucht is in elk geval leven. Er is zelfs feest, wat Lapo na deze sombere dagen hoogst gelegen komt. Er kan maar één aanleiding voor bestaan: de wijnoogst is binnen. Reden voor Lapo om zich eveneens naar binnen te haasten. Mocht hij onwelkom zijn, wat niet waarschijnlijk is, dan heeft hij altijd zijn liedjes en zijn tamboerijn nog om zich een doorgang naar de harten en de ketels te banen.

Hij is welkom noch onwelkom: de feestvierders zien hem amper. Al hun aandacht is bij een zatlap die op een tafel staat te lallen. Enkel de oude wijfjes die met trotse rimpelgezichtjes bij de schouw zitten hebben hem prompt in de gaten. Op drukke dagen valt hun het koken toe en ze hebben er hun best op gedaan. Ze wenken hun aanstaande bewonderaar met grote houten lepels. Veel hebben die vreetzakken hier niet overgelaten, maar nog genoeg voor een bodempje in Lapo's maag. Wil hij soep? Lapo snuift eens, en o ja, hij wil soep! De fameuze krachtsoep ginestrata, waar jonggehuwden na de bruidsnacht mee worden opgekweekt. Eieren gaan er door de sterke bouillon, en droge malvezij als het goed is, en pure room, en soms een lik honing. Maar dit jaar moet de broeder er niet te veel van verwachten, waarschuwen de wijfjes. Ze deden hun best en het hele dorp heeft gespaard, maar weet hij wel hoe slecht de zomer geweest is in Chianti? Onder het water groeit de honger, en tot half juni heeft de regen gestroomd. Daarna hebben stormen wekenlang het graan gebeukt en voortijdig 'gedorst'. Olijfbomen, honderd jaar oud, zijn ontworteld. Hagelbuien hebben de rijpende druiven geplet en 'getreden'.

Ook in de stad heeft Lapo de slechte kwaliteit van de zomer vastgesteld. Invloed van Saturnus, wisten de geleerden daar te vertellen. Dan is die Saturnus geen beste ginestratakoker, en de verdere gerechten lijken ook niet helemaal op wat andere planeten ervan maken. Wat de wijn betreft, mocht er ergens toevallig een planeet bestaan die Bacchus heet, dan heeft die de laatste jaren niet over Toscane geschenen.

Goed, wie weinig stof heeft naait korte kleren. Lapo Mosca is geen lastige eter, daar heeft hij te veel honger voor. Minderbroeders geven trouwens niet om de fijne keuken. Ze zouden het verschil met de niet-fijne keuken niet eens proeven. Ze zijn pas in hun element als ze overal water en as op mogen strooien – wat alweer bewijst dat Lapo Mosca er als minderbroeder eigenlijk niet mee door kan. Uitvoerig overweegt hij de keuze van het volgende gerecht. Restjes haas-met-de-drie-wijnen? Restjes kip-dronkenvrijster? Kreeg de dronken vrijster alles mee waarop ze aanspraak mag maken: varkensvlees, zure zult, druiven, pijnboomzaden? Hij hoort er de wijfjes over uit tot een gast vóór hem om stilte snauwt. Dan kiest hij haastig kip: hazen vindt hij aardiger beesten. Hij krijgt pas weer aandacht voor zijn omgeving als zijn schotel leeg is

– verdwenen is, liever gezegd, want als schotel diende een enorme snee brood.

De leefruimte van een Toscaanse boerderij is de keuken, die dan ook korteweg 'huis' genoemd wordt, alsof de rest niet meetelt. In het 'huis' wordt gekookt en gegeten, gesponnen en gegokt, gekift, gevreeën en gebeden. Aan de dakbalken hammen en andere rookwaar van slacht tot slacht. Langs de wanden haken voor de roodkoperen pannen en rekken voor de groene aardewerkschotels, die nu in gebruik zijn; in een hoek de kolossale broodtrog. Oudere aanwezigen hebben stellig rijkere wijnfeesten meegemaakt. Het belet hun niet om vanavond met hart en ziel te genieten van de simpelste bestaansvoorwaarden: dat ze geen honger lijden, dat er geen soldaten in de buurt zijn en geen pest, dat ze leven. De boeren van Chianti krijgen kromme ruggen van het zware werk en de vele tegenslag – maar ze ontvingen de gave een goed ogenblik dan ook tot de bodem leeg te drinken als een beker. Wáár Lapo kijkt ziet hij vergenoegde rode koppen boven handen met kluiven en ellebogen op tafels. Kroezen gaan rond en rond en worden onophoudelijk bijgevuld, nu met rood, dan met wit, want wat in de kruik blijft lest geen dorst! Het is eivol in het 'huis'. Honden wringen zich kwispelend tussen benen door op zoek naar botten, katten loeren gespannen naar een vergeten brok, wikkelkinderen kraaien, hier en daar slapen oude mannen, halfopen tandeloze monden in gegroefde stoppelgezichten. Lapo acht juist de tijd gekomen voor een aanslag op een berg oogstbroodjes – van blank meel gebakken met verse druiven – als de zatlap op de tafel van toon verandert.

Hij richt zich tot zijn publiek en begint vragen te stellen, een hachelijke onderneming, weet Lapo als oud-speelman. Zelfs in Toscane, waar de mensen nog liever om geld verlegen zitten dan om een antwoord, kan men niet verwachten dat vermoeide halfdronken boeren snedig uit de hoek komen. Lapo begint te luisteren met enige bezorgdheid en die wordt er in de loop van het 'vraaggesprek' niet geringer op.

'Wat betalen júllie nou aan een knecht, als hij zo'n twaalf of veertien uur in je wijngaard geploeterd heeft? Dit zou ik graag es willen weten. Nou?'

De boeren lachen hier en daar en schuifelen, en tenslotte roept er een: 'Wij hebben geen geld voor dagloners. We doen het zelf.'

'Ook goed. Maar stel dat je nou zelf es uit daglonen ging. Heeft niemand zich ooit ergens als druivenplukker verhuurd? Ah, jij daar. Zeg es op, wat betaalden ze je per dag?'

Na enige aarzeling bericht een stem in zwaar dialect dat hij daar zeven kleine soldi voor gekregen heeft.

'Zeven! Niet gek. Ik kreeg er zes, voor twaalf uur. Is dat redelijk?'

Gemompel.

'Goed. Moet je horen. Als iemand nou geen twaalf uur werkte maar bijvoorbeeld tien, wat moest-ie dan hebben? Vijf kleine soldi, precies, meneer is een rekenwonder. En als iemand pas het laatste uur kwam aankakken, als het al donker werd en je niet hard meer kon opschieten? Een halve soldo, natuurlijk, zes kleine denaartjes, dat is ruim betaald. Wat denk je dat die baas aan ons uitkeerde, of we nou twaalf uur gezwoegd hadden of één uur gelummeld? Allemaal hetzelfde. Allemaal zes kleine soldi.'

Een paar boeren laten zich op sleeptouw nemen, brommen dat die baas dan niet wijs is en vragen of de man op de tafel dat nám?

'Wat moest ik doen? Ik was voor zes kleine soldi aangenomen en wat de baas aan anderen gaf was zíjn zaak, zei-d-ie. Daar kon ik mee ophoepelen. Maar wie denk je dat ik in de kroeg op het plein zag? Daar zat die luiwammes van het laatste uur mooi weer te spelen met meiden op z'n schoot. Hij was nergens moe van. Ik zei: dat heb je mooi bekeken, vader, morgen ga ik ook tegen zonsondergang.

(Gemaakte stem) "Jesses kerel, donder op, je stinkt naar zweet. En jij hoeft dat niet te proberen, hoor, jou lukt dat niet."

"Zo? Waarom mij niet en jou wel?" Jongens, en als ik hier nou strontzat voor jullie sta, als ik al die zes kleine soldi achter mekaar verzopen heb, dan komt het door het antwoord dat die schoft gaf. Wat denken jullie dat hij zei?'

'Dat-ie de zoon van de baas was,' oppert een toehoorder.

'Dat-ie een pater was,' veronderstelt een ander.

De zatlap op de tafel lacht. Hij is volstrekt niet zat natuurlijk. Hij heeft zijn muts over zijn voorhoofd getrokken en een rode fopneus opgezet, maar Lapo heeft al lang door dat het Angelo Moronti is, de speelman die ze de Gifengel noemen.

'Hij zei (gemaakte stem): "God maakt een half ons bazen op tien kilo slaven. Ik hoor bij het halve ons en jij niet. Ik heb daarnet even met die eigenaar van de wijngaard gebabbeld en als ik morgenavond weer langskom, krijg ik geen 6 soldi maar 6 florijnen. Weet je waarom? Omdat ik ze nodig heb, daarom. Als m'n ouwe heer straks de pijp uitgaat heb ik m'n eigen wijngaarden. Maar denk niet dat ik jóú dan voor de pluk aanneem. Je smoel bevalt me niet. En als je nou niet maakt dat je wegkomt, laat m'n vriend de schout je poot hakken, en je hand erbij, en een oog steekt-ie je ook uit. Oproerkraaier dat je bent!"'

En daarmee slaat de werker van het laatste uur ongetwijfeld de spijker op de kop. Angelo Moronti kraait oproer. Heeft hij er succes mee? De boeren zullen het niet met hem oneens zijn – maar ze zijn in de eerste plaats voorzichtig en in de tweede plaats gelaten. De wereld wemelt van rijkeluisjongens die in één uur meer opstrijken dan zij in een dag bij elkaar ploeteren. Dat hun speelman niets anders gedaan heeft dan een bijbelse gelijkenis verkondigen op zijn manier, begrijpt, te oordelen naar zijn zuinige gezicht, alleen een Vallombrosianer monnik die hier wel als pastoor en verspieder zal zetelen. De Gifengel kon beter een beetje uitkijken met dit soort toneelstukjes. Lapo begint zich een weg naar de podiumtafel te benen en de speelman, die misschien juist niet weet hoe hij een punt aan zijn verhaal zal draaien, krijgt hem prompt in de gaten.

'Kijk eens wie we daar hebben! Als ik het niet dacht!' roept hij en rolt meteen in het gangbare rijmpje:

> 'God laat de papen weten
> waar iets valt te eten,
> maar valt er iets te werken,
> dan kruipen ze in hun kerken!'

Daar kunnen de boeren harder om lachen dan om de arbeiders in de wijngaard, maar de speelman zelf lacht het hardst. Dan brengt zijn droge keel hem op een idee. Hij rukt zijn fopneus af.

'Maar deze paap gaan we es aan het werk zetten. Schenk mij maar een neut in en dan geven we het woord aan de concurrentie. Lapo Mosca, paardendokter en godzalige rijmelaar. Veel te vertellen heeft-ie niet en daarom zingt-ie rondelen. Die zeggen aldoor hetzelfde, da's gemakkelijk.'

Lapo kan zich herinneren dat hij wel eens op hoofsere wijze aan zijn publiek is voorgesteld. Maar het gevaarlijke sollen met de bijbel is van de baan en hij is altijd bereid met een paar liedjes bij te dragen tot de feestvreugde en voor zijn maaltijd te betalen. De kans bestaat dat ook de pastoor de wijngaardpersiflage weer vergeet na een onschuldig rondeeltje of wat. Welgemoed kondigt hij zich aan, tamboerijn in de hand:

> 'Voelt hij zich warm en weldoorvoed,
> dan slaat een plant aan 't bloeien.
>   Dat is wat Lapo Mosca doet:
> voelt hij zich warm en weldoorvoed,
>   dan loopt het vol in zijn gemoed
>   met versjes, slechte en goeie.
> Houdt hem dus warm en weldoorvoed,
> dan zal hij dikwijls bloeien.'

De volgnummers zijn van de simpele soort waarin bij voorkeur winden en boeren gelaten worden en domoren in beerputten belanden. Binnen de kortste keren zit het gezelschap de maat te stampen en de refreinen mee te brullen: dit is nu precies wat ze van een speelman verwachten. Beker na beker gaat rond en op een gegeven moment ziet Lapo de Vallombrosianer naast zich.

'Dat zijn tenminste aardige liedjes,' hoort hij zich toevoegen. Hoe komt het toch dat bloemen, ons toegeworpen door de verkeerde hand, een beetje naar rotte eieren ruiken?

'Ik ben alleen nog maar amateur,' weert hij haastig af. 'Angelo hier is veel gevatter en moderner.'

'Die zou ik anders maar links laten liggen,' waarschuwt de pater. 'Wie naar bed gaat met honden staat op met vlooien. Voor je komst heeft hij het volk in de war gebracht met de meest aanstotelijke liedjes. Maar nu jij er bent kan ik gerust mijn brevier gaan bidden.' Minzaam knikkend naar links en rechts begeeft hij zich naar de deur. Lapo zingt hem nog gauw een liedje na over Broeder Zon, die het toch ook klaarspeelt modder te strelen zonder zich vuil te maken.

'Modder, hè?' vraagt de Gifengel strijdlustig. Hij geeft Lapo de beker en wendt zich opnieuw tot het publiek met een lang wijdverbreid lied over het harde lot van de 'mezzadri', de halfom-boeren, die leven volgens een pachtsysteem waarbij ze de helft van de oogst met de grondeigenaar moeten delen:

> 'Wij boeren zwoegen met ploegen en zeisen,
> zij houden hun middagslaap in hun paleizen,
> en komen de helft van de inkomsten eisen
> waar wij alle moeite voor hebben gedaan...'

Angelo mocht aannemen dat zijn toehoorders het lied kenden en had vermoedelijk meezingers verwacht, maar die blijven uit. Er lijkt iets als verlegenheid te vallen en een oude boer, die dichtbij de podiumtafel zit, buigt zich naar voren en zegt: 'Dat lied moet je verderop zingen, broer. We wouen dat we halfommers wáren hier! Maar al onze grond is van de abdij Coltibuono – de abdij van onze pastoor dus – en wij zijn enkel de huurders...'

'Of je nu door de kat of de kater gebeten wordt!'

'Als je dat zegt, weet je niet waar je over zingt!'

Lapo roffelt op zijn tamboerijn. Dat is mijn roeping, denkt hij vaag. Niet speelman zijn, of broeder zijn, maar flauwe liedjes zingen als er rotzooi dreigt. De beker is juist weer bij hem aangeland en zodra hij de aandacht heeft, heft hij hem even omhoog en begint zijn zoveelste drinklied.

Ook dit nummer blijkt bekend te zijn – Lapo komt zijn eigen liedjes tegen tot in de verste uithoeken van Toscane – maar deze keer worden de refreinen meegebruld, en de feestgenoten klappen in de handen op de maat. Angelo Moronti kan het niet uitstaan. Zijn collega is nog niet uitgezongen, of hij duwt hem weg en zet een ander rebellenlied in. Zingend haalt hij uit naar Lapo, noemt hem kerkrat, hielenlikker, bazenknecht... wat de ander dan ook weer niet op zich laat zitten. Een tijdlang heeft het oogstfeest in het armelijke gehucht iets weg van een wezenlijk zangersduel, zoals dat op kasteelfestijnen in de smaak valt. Tenslotte lijkt de Gifengel aan de winnende hand te zijn, vooral bij de jonge boeren.

Van dat ogenblik af is hij niet meer te houden. Hij zingt een lied over honderd ganzen die samen een wolf doodden; over de hond die maling krijgt aan de stok, als hij maar genoeg honger heeft; over de afgebeulde ezel die balkt en balkt, maar de hemel houdt zich doof. Een hele menagerie bij elkaar. Tenslotte begint hij een lied dat ook iedereen kent, maar nu heeft hij ze zo ver dat hier en daar jonge stemmen beginnen mee te zingen. Het is eigenlijk een lied dat tot bloedwraak oproept, maar de laatste jaren maakt het ook als protestlied opgang. Het refrein luidt:

'Ga naar de oever, blijf zitten wachten,
eens drijft het lijk van je vijand voorbij.'

Waarmee het feest tot een manifestatie wordt. De oude boer trekt Lapo aan zijn mouw.

'Doe d'r wat an. Wie vandaag zingt, zit morgen in het blok. Klikkers zijn overal.'

Lapo Mosca dacht ook die kant al uit, hij heeft maar al te veel ervaring op dat gebied. Hij maakt zich meester van Angelo's vedel en begint het instrument te stemmen. De oude boer begrijpt zijn bedoeling en laat de schraagtafels opheffen. Er komt dansruimte en wie niet te zat is laat zich noden door de stampdans die Lapo uit de snaren haalt; zo goed en zo kwaad als het gaat. Hij had al jaren zin om weer eens te vedelen, maar het resultaat valt hem niet mee. Een ander resultaat beantwoordt beter aan de verwachtingen: de Gifengel gaat het verliezen en hij beseft het. Nors kijkt hij voor zich uit en hij drinkt de ene beker na de andere. Tenslotte hoort Lapo hem duidelijk zeggen: 'Brood en spelen. Walgelijk,' waarna hij van zijn stoel in slaap glijdt. Lapo houdt onmiddellijk op met zijn spel. Hij is al zijn techniek kwijt en dat bederft zijn plezier. Bovendien heeft een ander in een hoek een draailier gevonden. Daar zendt hij van tijd tot tijd een onbehouwen snerpende kreet mee de ruimte in, ongeveer zoals een hond jankt om aandacht. Blijkbaar popelt iemand van verlangen om zijn liefje te laten horen wat hij kan en Lapo laat de vedel nog niet zakken of de ander slaat aan het draaien. Met hulp van de oude boer sjort Lapo de laveloze Moronti de slaapruimte in; ze leggen hem op het stro – bedstellen zijn er niet – met vedel en al. Dan werken ze zich naar de steeds nog open deur toe en slenteren de herfstnacht in. Er waait wat wind, er schijnt wat maan, in de verte blaft een vos.

'Ik had me niet uitgesloofd voor een vlerk die me "bazenknecht" noemde,' merkt de oude boer op, en dan pas beseft Lapo dat hij ook kwaad is op de Gifengel. Hij houdt zich solidair.

'Och, collega's onder mekaar. En had hij geen gelijk? Ik bén een bazenknecht. Ik zou het tenminste moeten zijn. Mijn baas troont in de wolken.'

'Alsof hij dat bedoelde! Dat jonge volk beschouwt het als zijn plicht om iedereen uit te schelden. Dat vinden ze vooruitstrevend.'

'Oompje, wie jong is gooit zijn kop in de wind.'

'Op het schavot, dáár gooit-ie zijn kop als hij niet uitkijkt. Wat denk je dat die pastoor zat te doen, ons zielenheil bewaken? Die is hier neergezet om méér te horen dan biechtgeheimen. Wat hij opvangt brieft hij door. Huren innen en klachten uiten, dat is zíjn taak. Goed,' zegt de oude boer, 'jij bent zelf een paap, maar jullie franciscanen horen bij de gewone mensen. Een paar jongens binnen hadden wel es van je gehoord. Jij bent te vertrouwen, zeggen ze.'

Hij neemt Lapo mee naar het huis van zijn zoon, bij wie hij inwoont en waar Lapo in de stal kan slapen. Er is niemand, alle huisgenoten zijn nog op het feest. Maar een paar andere oudjes komen hen achterna, en bij een talglicht laten ze de enige beker van het huis nog eens rondgaan. In het zwakke, rokerige schijnsel maakt deze woonkeuken een armetierige indruk. De schouw is gedoofd, en behalve twee banken en een broodtrog bevat zij geen meubels. Het keukengerei lijkt zich te beperken tot een oliekruik, een paar schotels en een rasp.

De mannen wisselen een paar opmerkingen over de oogst, het feest, de speelman met zijn misplaatste 'halfommers'-klacht. Van slechte oogsten, zoals in de laatste tien jaar, bedraagt de verplichte helft maar een schijntje en de eigenaars, die belang hebben bij een hoog rendement, komen in de regel op voor zaad en ploegossen. Zo meegaand zijn ze niet op de abdij. Oogst of geen oogst, wat ze daar aan vaste huur verlangen heeft met christelijke naastenliefde niets te maken. Wat je niet op kunt brengen, boeken ze op je rekening voor het volgend jaar en het eind van het lied is dat ze je boel verkopen en jou nog in het gevang gooien ook, als de schuld niet voldaan is.

'Het gevang? Van de abdij?'

'Welnee, broeder. Het gevang van Florence. We hebben burgerrechten hier, boffers dat we zijn. We mogen stadsbelasting betalen en voor de stadsrechtbank komen. En daar verliezen we natuurlijk. We hebben immers niks.'

Daar kan Lapo niet veel op zeggen. De rechtbanken van Florence werken redelijk zolang het gaat om geschillen tussen arm en arm, of tussen rijk en rijk. Hij kan zich niet herinneren dat een klager of gedaagde zonder relaties en geld het ooit heeft gewonnen van een gefortuneerde machthebber. De Coltibuono-abdij is onmetelijk rijk.

'Vlak na de Zwarte Dood,' zegt een ander. 'Wie toen nog leefde dacht dat hij op rozen kon zitten. Er was zoveel land dat geen eigenaar meer had. Vruchtbaar land voor allemaal. Het dorp liep leeg. De slechte grond lieten we liggen. Dacht je dat het ons lukte? Alle heren liepen te hoop, of ze nu verhuurden of halfom-verpachtten of met dagloners werkten. Ze bekogelden de gemeente met dikke woorden, we werden van stakingen en samenzweringen beschuldigd, omdat we hun rotgrond niet meer bewerkten en ons graan niet meer naar hun dure rotmolens brachten. En dus kwamen er soldaten om ons naar onze oude akkers te jagen. Zo ziet vrijheid eruit in Florence.'

Een opmerking waar Lapo later meer dan eens aan zal terugdenken, maar waar hij zich nu over ergert: 'Zonder Florence waren jullie altijd nog horigen. De stad heeft jullie vrij gemaakt. Dat was edelmoedig, dat moet je toegeven.'

'Heel edelmoedig. De adel kan ons nu niet langer onder de wapenen roepen als ze met de stad wil vechten. En de grond waar we als horigen voor niets op werkten, moeten we nu huren.'

De oude boer begint een omstandig verhaal over zijn vader, die horige was van het kasteel verderop, tot een gravin het hele dorp aan de abdij cadeau deed met alles erop en eraan, vanwege haar zielenheil. De ene dag herendiensten voor de gravin, de volgende dag herendiensten voor de abt. Je mocht je land niet af – dat mag je nou nog niet – maar te eten had je altijd en dat is nou nog maar de vraag. Toen werden ze vrij en ze leefden zuinig en de oogsten waren goed: zo konden hij en zijn broers tenslotte hun akkers zelf kopen. En daarna werden de oogsten slecht en zijn zoon kreeg de tering en de abt van Coltibuono liet het jaar in jaar uit stormen en regenen, daar kende hij toverspreuken voor, zodat ze bij hem moesten lenen om rond te komen, en toen ging ook de pest er nog eens overheen en tenslotte zaten ze zo in de schuld dat ze hun landen weer af moesten staan, en nu huren ze dus weer.

Om hem af te leiden, en omdat gedeeld leed halve vreugde is, vertelt Lapo wat hij in Figline heeft meegemaakt. Het kan altijd nog erger! De boeren halen hun schouders op. Morgen kan hier hetzelfde gebeuren en reken maar dat de monniken dan juist zitten te bidden.

'In een dorp verderop is het minstens zo erg toegegaan,' zegt er een. 'Ik weet niet of je ervan gehoord hebt. Vertine.'

Voor Lapo op die mededeling kan inhaken vraagt een ander: 'Als je van Figline komt ben je pas van de Badiaccia overgetrokken. Heb je oom Baldo soms ergens gezien, een oud mager mannetje? Hij is niet naar het feest gekomen, zijn dochter is bang dat er iets aan de hand is.'

Oom Baldo is levenslang schaapherder geweest op de hellingen van de Monte Domini. Toen er jaarlijks méér schapen begonnen te verdwijnen – wolven, dieven, afgronden – werd het tijd om hem door een jongere kracht te vervangen. Oom Baldo weigerde in te trekken bij zijn kinderen op het dorp.

Hardnekkig hield hij vast aan zijn hut in een zomernederzeting dicht onder de pas. Lapo moet erdoorheen zijn gekomen. Na eind september woont daar geen mens meer. De oude stijfkop heeft al eens een beroerte gehad...

'Bij die hutten heb ik hem niet gezien,' verklaarde Lapo naar waarheid. Waarom vertellen waar hij oom Baldo vermoedelijk wél gezien heeft en waar die zich op dit ogenblik zal bevinden: in een deken dwars over een paardenrug; of misschien al in een kuil van een villatuin, waar hij zo lang moet rotten tot niemand meer kan zien dat hij Apardo Donati niet is?

Lapo denkt vluchtig aan de oorspronkelijke Apardo. Wat daarmee gebeurd is laat zich al wat beter gissen. Hij zal het leven gelaten hebben tijdens landverraderlijke contacten met Piet Plunderzak en consorten. De erfgenamen hebben er alle belang bij de droeve gebeurtenis te verplaatsen naar Florentijns grondgebied. Waar ze de dode gelaten hebben, hoe lang ze naar een vervanger moesten zoeken, en of ze oom Baldo een handje geholpen hebben met zijn beroerte: het zijn onappetijtelijke vragen die Lapo met grote dankbaarheid vervullen. Omdat hij ze niet hoeft te beantwoorden; en omdat hij daarstraks op de pas niet kon schrijven.

De hoofdbewoners komen luid en dronken naar huis en Lapo laat zich stalwaarts leiden; bij de ossen is het warmer dan bij de mensen. De oude boer wil hem juist alleen laten als Lapo zich een opmerking herinnert waar hij daareven niet op door kon gaan.

'Jullie hadden het over Vertine. Waarom is het daar slechter dan hier?'

'Omdat er gevochten is. En omdat ze een rentmeester hebben die het bloed onder hun nagels vandaan haalt. Een Strozzi. Hoezo?'

'Ik moet er morgen heen.'

'Jij liever dan ik. Hebben de Ricásoli je ontboden?'

'Is Vertine van de familie Ricásoli?'

'Alles hier is van de familie Ricásoli. Voorzover het niet van de abdij is.'

'En zijn de baronnen slechter dan de abten?'

'Nee. Onze abten zijn zelf Ricásoli trouwens, vette banen blijven in de familie. Maar een klooster, dat is iets onveranderlijks. Of het nou goed is of slecht, het blijft en dan weet je als boer tenminste waar je aan toe bent Wereldlijke heren zijn eeuwig aan het knokken. Zelfs binnen hun eigen familie liggen ze met elkaar overhoop. Dat is het ergste wat een boer kan overkomen. Dan dient hij als stootkussen en wordt beurs geslagen aan twee kanten tegelijk.'

'Kom nou. Met stootkussens kunnen de heren hun schuren en

hun buidels niet vullen. Ze zullen hun eigen pachters toch wel beschermen. Dat is hun belang.'

De oude boer, hand op de deurklink, haalt zijn schouders op.

'Waar de wolf de wolf vreet,' zegt hij, 'daar liggen de landen braak.'

3

Waar heren vechten creperen knechten

Waarom kan hij nu toch niet slapen? De wijn, de oude dag, het gestamp en gesnuif van de ossen? Het is de Gifengel die Lapo wakker houdt, die onuitstaanbare drijver, die geen manieren heeft en geen tact en geen wijsheid... en die niettemin uit het donker van de stal opdoemt als de verwijtende schim van Lapo's verleden. Lapo Mosca kreeg een ander karakter mee dan deze Angelo, maar ook zíjn repertoire heeft zich niet altijd beperkt tot de goedmoedige liedjes waar hij vandaag mee aankomt. Ook hij heeft, toen hij nog als speelman de wereld doortrok, menigmaal dienders en verklikkers uit zijn ooghoeken in de gaten moeten houden terwijl hij zijn luisteraars stond aan te sporen tot allesbehalve geduldige onderworpenheid. Oproerig gegoochel met gelijkenissen uit het evangelie lag nooit zo in zijn lijn, maar zijn verontwaardiging van toen over de rechteloosheid van het zogenaamde 'gespuis' stond niet ver af van Angelo's verbittering van vandaag. Hij is er een keer voor gegrepen en gebrandmerkt – in Verona, waar hij nooit meer een voet heeft gezet sindsdien. Het gloeiende ijzer van de beul heeft meer geschroeid dan zijn schouder: het heeft de illusie verbrand dat speelmanskunstjes iets kunnen verbeteren aan wat er is misgegaan in deze wereld. Zelf mag hij er dan het leven afgebracht hebben in Verona – de stadstiran, daags tevoren vermaakt door Lapo's liedjes, verleende hem gratie – maar de twee stumperds die zijn oproerige adviezen in praktijk brachten, zijn voor zijn ogen opgehangen.

Hij heeft niet één protestlied meer gezongen sindsdien, en het drama van Verona is er niet vreemd aan geweest dat hij een jaar later als postulant voor een minderbroederspoort stond. Franciscanen gaan armoede te lijf – of horen dat te doen – door zelf arm te zijn. Bedelen met de bedelaars, hongeren met wie honger lijden. Als broeder heeft speelman Lapo zijn gaven niet langer als strijdbijl gehanteerd; maar hij heeft er soms zijn 'gespuis' mee laten lachen en dat is ook wat waard. Hij heeft hen – soms, en kort – hun zorgen laten vergeten en samen met hen gezocht hoe ze er het beste van kunnen maken. 'Bazenknecht!' sist de Gifengel. Die schijnt zich in het minst niet om gevaren te bekommeren, niet voor zichzelf en niet voor zijn publiek. De weg die ík gegaan ben, denkt Lapo terwijl de ossenkak op de grond kletst, zou voor hém de weg van de minste weerstand zijn. Wie een kruistocht onderneemt, kan geen offers uit de weg gaan, ook niet de offers die hij anderen laat brengen. Honderd ganzen doden een wolf, hoort hij Angelo zingen. Terwijl hij eindelijk wegdoezelt telt hij de ganzen die daarbij sneuvelen, zoals anderen schaapjes tellen om in slaap te komen.

De volgende ochtend is hij op weg naar Vertine, als hij aan een onregelmatige hoefslag achter zich het altijd nog wat hinkende paard van Angelo Moronti herkent. Hij stapt achter een braambos, alsof hij de wijn van gisteren nog kwijt moet. Tot zijn verbazing staat Angelo hem naast zijn paard op te wachten als hij weer tevoorschijn komt.

'Bedankt voor je nachtzoentje gisteravond,' zegt de speelman stug. 'Ze beweren dat je me beschermd hebt. Tegen de pastoor, en tegen mezelf...'

Dankbaarheid schijnt hem moeilijk te vallen, net als gisteren toen Lapo zijn paard behandelde. Het werkt aanstekelijk, ook Lapo voelt zich schutterig als hij de speelman terugbedankt omdat die hem aan het denken heeft gezet.

'Ik zou niet weten wat er te denken valt aan zo'n mislukte avond.'

'Hoezo mislukt? Ze hadden toch best lol? Bedoel je dat ze je niets gegeven hebben?'

'Ik bedoel dat ik hún niets gegeven heb. Van zulke kale neten neem ik niks aan dan een hap en een slok. Daar gaat het niet om.'

De Gifengel loopt naast Lapo voort, zijn paard aan de toom; als

Lapo zich daarover verbaast, bromt hij dat hij altijd afstapt berg-opwaarts (ze gaan bergafwaarts). Hij verkondigt een volksrijmpje, waarvan hij beroepshalve een onuitputtelijke voorraad achter de hand schijnt te hebben:

> Heb je geen paard om je reis te versnellen,
> zorg dan voor vrolijke reisgezellen.

En vrolijk zijn, daar heb jij verstand van!' Het klinkt als een aan-klacht, en er volgt dan ook op: 'Jij bezorgt de mensen veel meer plezier dan ik. Jij krijgt ze mee, terwijl ik... ik kan net zo goed mie-ren de tafels leren opzeggen. Ik weet niet hoe jij hem dat lapt.'

'Ik wel. Ik ben gewoon precies als zij. Mijn familie is als hun familie. Ik kan alleen toevallig een beetje zingen.' Lapo grijpt zijn niet-vrolijke reisgezel bij de arm en verzekert hem: 'Maar jij zingt beter. Je kunt goed vedelen. Je trekt prachtige smoelen en zoals jij een scène brengt, daar kan ik niet aan tippen. Alleen maak je het de mensen te moeilijk.'

'Ik wil dat ze er wat van meenemen.'

'Och man, van een oogstfeest toch niet! Dan hebben ze dagen in de brandende zon gestaan en zich rot gewerkt. Ze willen niks anders dan vreten, zuipen en lachen. De wijn stijgt ze prompt naar de kop en als ze niet kunnen lachen vallen ze in slaap.'

De Gifengel loopt mokkerig te zwijgen. Lapo vervolgt: 'In een van je nummers had je het over: wij boeren. Dat zou ik nou nooit gedacht hebben, dat jij van boerenafkomst was. Je maakt veel meer de indruk van een gestudeerde burger.'

De Gifengel haalt de schouders op: 'Ik weet niet beter of Biagio Moronti was mijn vader, een keuterboer uit Castel San Niccolò in de Casentino...'

'Castel San Niccolò achter de Pratomagno! Kom je daar van-daan? Is Florence daar niet een tijdje de baas geweest, nadat ze de Ghibellijnse graaf eruit gejaagd hadden?'

'Eruit gejaagd hadden wij boeren hem. Galeotto, een van de graven Guidi. Overigens, wij boeren... zelf was ik er niet bij. Ik zat op dat moment in Bologna.'

'Aan de universiteit toch niet? De zoon van een keuterboer?'

Angelo verklaart onwillig: 'Mijn moeder werkte op het kasteel voor ze trouwde. Ze moet toen erg mooi geweest zijn. Voor het geld dat die fielt haar gaf liet ze mij studeren. Ik had twee linkerhanden voor het boerenwerk.'

'Dan had ik het goed. Je bent geen boer en je hebt wel gestudeerd.'

'Niet lang. Binnen een jaar had ik het er bekeken. Al die decreten en glossen brengen de wereld niet verder. De rest van het smartengeld ging naar een speelman-leermeester bij Pavia.'

'Matazone van Caligano zeker? Als ik het niet dacht. Een groot talent en een nog grotere oproerkraaier.'

Angelo Moronti blijft staan en kijkt naar Lapo met brandende ogen.

'Juist, daar hebben we het. Oproerkraaien. Daar zijn we voor. Wat ben je toch voor een vent, Lapo Mosca? Je kan wat. De mensen zijn gek op je. Waarom doe je niks voor ze? Waarom zing je alleen flauwekul? Waarom trek je die pij niet uit, dat livrei van de machtaanbidders en geldjagers? Zie je niet hoe ze verrekken om je heen? Zie je niet hoe ze zich als slachtvee laten schofferen door een handjevol slagers? Ze lopen gedwee te slapen met open ogen. Waarom schud je ze niet wakker? Waarom laat je dat mij doen, terwijl jij het beter zou kunnen? Want het is waar, ik ben niet een van hen, en dat word ik ook nooit. Maar jij krijgt ze waar je ze hebben wilt...'

'Dat is het juist. En ik wil ze niet aan de galg hebben.' Lapo spreekt met enige moeite. Het is duidelijk dat Angelo Moronti voor dit pleidooi van zijn paard gekomen is. Lapo slaat een arm om de dunne schouders en begint te vertellen wat hem in Verona is overkomen.

'Maar wat je ook mag zeggen tegen deze pij,' besluit hij, 'de man die hem het eerste aantrok, had minstens zo'n hekel aan geld en macht als jij. Het was alleen geen hekel die leidde tot geweld. God zei hem dat hij de Kerk moest gaan herstellen. Daar verzamelde hij stenen voor, maar die gooide hij geen slechte priesters naar het hoofd: hij ging er gewoon kapotte kapellen mee opmetselen. Je kunt van Franciscus in elk geval leren dat klein beginnen een goeie methode is, als je groot wilt eindigen.'

'Ik begrijp het. En die liedjes over pies en poep, dat zijn jouw stenen.'

'Beter dan helemaal geen stenen. Maar goed, je vroeg wat er te denken viel aan gisteravond. Dit viel eraan te denken.'

Ze zijn aan de voet gekomen van de rots waarop Radda ligt. Radda is door Florence tot hoofdstad van de oostelijke Chianti-bond verheven. Het kreeg zware muren en er zetelt een podestà om de republiek te vertegenwoordigen.

Angelo houdt stil en snuift in de lucht.

'Ik ruik overheid. Atjuus. Hier scheiden onze wegen. Ik ga een beetje op wijnfeesten zingen in de heuvels verderop.'

'Als je maar uitkijkt. Dat is het land van de Ricásoli.'

'En wat dan nog? Alle bazen zijn beulsvoer.'

'Angelo, ik meen het. Hun rentmeester is een bloedhond. Aan een dooie zendeling heeft niemand iets.'

'Dat moet jij zeggen! Ooit van martelaren gehoord?' De speel-man heeft zijn paard bestegen en is weer helemaal Gifengel. 'Wat gaat jou trouwens mijn zending aan? Je doet immers niet mee?'

'Misschien ga jij me aan...'

De Gifengel lacht woedend en trekt aan de teugels.

'Komediant! Je meent geen barst van wat je zegt! Ik groet je!'

Wie bij Chianti alleen denkt aan wijn, is als iemand die bij Floren-ce alleen aan florijnen denkt. Er worden wel druiven verbouwd natuurlijk – minder dan graan, meer dan olijven – maar in de eerste plaats dienen deze ruige heuvels als bufferstrook tussen Florence en Siena. Ze zeggen dat 'Chianti' van 'Clangor' komt, wat Latijn is voor Geschal. Als het waar is draagt Chianti zijn naam niet voor zijn genoegen. Het geschal van krijgstrompetten is alleen van de lucht als de beurt aan de jachthorens is; geen van beide begeleiden ze verrichtingen die goed zijn voor rustige landbouw.

Sinds Florence de dienst uitmaakt in oostelijk Chiantiland, heeft het zo lang burchten gevorderd of gebouwd tot er een com-plete vestinggordel langs het riviertje de Arbia lag; aan de over-kant van het dal liggen de vestingen van Siena. Op dit moment voeren de twee steden geen oorlog, maar dat wil nog niet zeggen dat ze vrede hebben! Voor werkelijke vrede is de rivaliteit te groot en kleinere concurrenten als Pisa en Arezzo staan altijd met blaasbalgen klaar om onnozele geschillen aan te wakkeren. Bovendien doet zich ook hier het probleem voor van de oude feodale families die de groeiende macht van de burgersteden met lede ogen aanzien. Indertijd ontvingen ze hun landerijen als leen van een Duitse keizer, maar Duitse keizers hebben hier al in geen eeuw meer iets in te brengen: zo beschouwen de Guidi, de Firidolfi, de Ricásoli en hoe ze verder heten, zich als eigenaars van gebieden die in omvang voor de gebieden van de stadstaten nauwelijks onderdoen en herhaaldelijk over de grenzen van die stadstaten heen lopen; in oorlogstijd maakt dat de feodalen bijzonder onbetrouwbaar. De podestà's die naar het stadje Radda gestuurd worden zijn dan ook in de eerste plaats militairen; rechtszaken van enige betekenis sturen ze door naar de stad.

Lapo Mosca heeft door het gemeentehuisje van Radda lopen dwalen, tot hij onder het gevolg van de podestà een secretaris aantrof die hij kende. Hij heeft hem uitgehoord over de lotgevallen van het dorp Vertine. Vervolgens is hij op de stadswal geklommen om zijn arbeidsterrein in ogenschouw te nemen: een goede oriëntatie is het halve werk.

Golvende heuvels met bossen en akkers stuwen zich links van hem omhoog tot de bergketen die Chianti van het Arnodal scheidt. Vandaar is hij gekomen, en daar ergens, meer naar het zuiden, moet de machtige Coltibuono-abdij liggen waarvan de landerijen in uitgestrektheid wedijveren met het Ricásoli-bezit. Kastanjebossen, eenzame eiken en kreupelhout wisselen af met wijn- en olijfgaarden. De dorpen en hoeven liggen hoog op de hellingen, en ook de verbindingswegen lopen hoog, liefst over de kammen. De dalen, waar Lapo hoogstens hier en daar een molen in ziet, lopen 's winters onder water en worden zomers moerassig. Zijn blik volgt een pad dat oostwaarts kronkelt tussen laurier en jeneverbes, en dan afbuigt naar een zandstenen puinhoop op een top.

'Dat is Vertine,' zegt de schildwacht, die zijn blik heeft gevolgd.

Lapo was er al bang voor.

'Met deze eigen handen heb ik de torens helpen neerhalen,'

vertelt de schildwacht voldaan. 'Krengen, dat volk daar. Vier volle maanden hebben ze ons zitten uitlachen. Ons. De stadstroepen van Florence. Tweeduizend man, je houdt het niet voor mogelijk. Drie bekakte baronnen, een handjevol huurlingen en het zootje boerenhufters dat er al zat. De hele omgeving hadden ze leegge-haald, zelfs hier in Radda konden we nauwelijks meer foerageren. Zij stikten van het vreten. En van de warmte, terwijl wij bevroren. Sneeuw als in de alpen en daarna weken lang regen, dan ben je door die paar wijnstokken rondom de wallen gauw heen gestookt. Zo'n rotbelegering heb ik nooit meegemaakt. Toverij natuurlijk, het krioelt er van de heksen. Ze hebben hun trekken thuisgekre-gen toen ze zich eindelijk overgaven.'

'Werkelijk? Ik hoorde daarnet dat ze vrij mochten aftrekken.'

'De baronnen bedoel je. Ja, die natuurlijk wel, met hun legertje en hun voorraden. Maar het ontuig dat achterbleef, dat er woon-de, dat hebben we een lesje gegeven. Ontmanteld hebben we ze en denk niet dat dat alleen op hun wallen sloeg.'

'Zei jullie kapitein daar niks van?'

'Allicht niet. Ze hadden toch verloren.' De schildwacht kijkt Lapo aan van opzij. 'Verliezen doe je als je slecht bent,' licht hij toe. 'Dan laad je de toorn des hemels op je en daardoor verlies je. Dat zei die medebroeder van je tenminste die van de zomer in Vertine preekte.'

'Een medebroeder van mij? Een franciscaan?'

'Dat zal dan wel. Hij droeg net zo'n pij als jij tenminste. Ene Joachim. Nogal een zure, maar preken kon hij goed. Ik ben er één keer bij geweest. Wie hem gehoord had zou zweren dat morgen de wereld vergaat en dat de paus de antichrist is en wat-ie verder alle-maal te beweren had. De nieuwe rentmeester heeft hem weg laten jagen.'

Wel, wel. De bisschop van Fiesole heeft over een hagenpredi-ker gesproken, maar er niet bij gezegd dat de man tot de extremis-tische vleugel van de minderbroedersorde hoorde. Uit de be-schrijving van de schildwacht lijkt een 'fraticello' naar voren te komen, een armoe-troef-broer. De fraticelli hebben de mond vol over Franciscus en wat Franciscus wilde, maar het zijn gevaarlijke ketters, heeft Lapo altijd gehoord. Hij was nog een kleine jongen toen een paus ze te vuur en te zwaard liet uitroeien en sindsdien zijn ze verdwenen, of zo goed als. Lapo is zelf wel eens voor fraticello uitgescholden, wanneer hij er bijliep als een schooier of kritiek had op prachtlievende medebroeders. Vreemd genoeg had hij een zwak voor die scheldnaam. Hij gaat niet op, natuurlijk. Lapo heeft erg weinig verstand van theologie, het is al mooi dat hij lezen en schrijven kan. Daarom heeft hij eens en voorgoed besloten om blind te varen op wat zijn overste zegt dat juist is. Een ketter zal hij daarom wel niet zijn. Maar hij ontkomt niet aan een heimelijke genegenheid voor het radicalisme van de armoe-troef-broers, en het spijt hem dat hij Joachim niet meer in Vertine zal aantreffen. In gedachten is hij druk met hem bezig als hij Radda achter zich laat; maar als hij tussen de wijngaarden komt schort hij die gedachten op.

De wijngaarden van Chianti, kan men er ooit genoeg naar kijken? Slagorden van groene soldaten met eretekens van bedauwd donkerblauw en goudgeel. Hier en daar plukken de boeren nog, mannen met ronde zonnehoeden, vrouwen met kleurige hoofddoeken. De kromme snijmessen glinsteren, de witte lijven van de ossenkoppels blinken als resten sneeuw door het groen. De druivenkarren zijn hoornen des overvloeds, Lapo zou zijn handen willen begraven tussen de paarse Aleatico, de bijna zwarte Sangiovese, de gevlekte lynxdruif, de groene Trebbiano, de gele Malvasia... Hij zou er wat voor geven als hij nu tussen de plukkers stond, of tussen de treders blootsvoets in de kuip, zingend, plagend, roddelend, tot ze van de hoeve kwamen met koele kannen en dampende ketels. Gelukkig roepen ze hem ergens een erf op waar de laatste vracht juist binnengereden wordt, terwijl de most van de eerste pluk al uit de gistvaten druipt. Dit is het juiste moment om de oudste bewoner zijn erebeker aan te bieden, zoals de zede dat voorschrijft. Is er toevallig een geestelijk persoon in de buurt om die offerande te verrichten, dan is het effect des te groter. Zodat Lapo een volle beker in de handen gedrukt krijgt waaruit hij niet mag drinken – een situatie die zich gelukkig zelden voordoet – en een oud gebed moet zingen dat hij maar nauwelijks kent:

'Eufrosino, patroon van Chianti,
en Helena, keizerin van Rome,
Antonius Abt en Berta Abdis,
en Vitus die goed voor de druiven is,
laat ze allemaal uit de hemel komen
om u tot heil van gewassen en mensen
nog honderd jaar gezondheid te wensen.'

Waarna hij met een zwaai de jongste wijn uitgiet over de oudste bewoner: een reusachtige olijf met een gedraaide, gespleten stam. Nu zal de boom voortgaan andere gewassen tot voorbeeld te strekken en de bewoners van de hoeve tot bescherming. Ze staan er in een kring omheen en bidden een onzevader toe om het ritueel te bekrachtigen. Waar offeren ze in Vertine ook weer aan, heeft Lapo niet iets over een bron gehoord? Is een bron heidens en een olijf niet? Maar de boeren schudden meewarig het hoofd als ze horen waar hij heen moet. In Vertine is het helemaal mis.

'Broodkorf leeg en wijnkruik droog,
nood stijgt hoog,' prevelen ze.

Wijn is er vanzelf niet, dit jaar, maar niet omdat het Boze Oog op de stokken geworpen is: de belegeraars stookten ze op. Het Boze Oog wierpen ze op Vertine zelf, zodat de bewoners als verlamd tussen de puinhopen blijven zitten. Wie daar een Tegenoog op kan werpen is een knappe jongen. 'Zelfs de pastoor daar kan het niet, en die heeft toch verstand van zulke dingen,' zeggen de boeren en kijken Lapo Mosca twijfelend aan.

De laatste mijlen die hem van zijn reisdoel scheiden gebruikt Lapo om de gegevens die hij in Radda vernomen heeft op een rijtje te zetten.

Het dorp Vertine hoort tot de republiek Florence, maar is eigendom van baronnen uit het geslacht Ricásoli, die huizen en terreinen aan de bewoners verhuren of verpachten. In het verleden is dat altijd goed gegaan, Vertine was een betrekkelijk welvarend dorp. De ellende van nu is niet zozeer het gevolg van misoogst en pest, als van een familievete. De Ricásoli zijn, in de loop van verschillende eeuwen, te wijd vertakt geraakt om nog een eenheid te vormen. Ze doen naar buiten wel alsof. De verschillende takken gaan samen door voor een 'consortería' van tientallen leden, maar binnen die consortería is de eendracht ver te zoeken. De belangen lopen te zeer uiteen. Er zijn rijke en minder rijke, slimme en minder slimme, en vooral: Guelfse en Ghibellijnse Ricásoli. Zijn de tijden slecht, zoals de laatste jaren, dan hoeft er niet veel te gebeuren of de leden van een consortería raken slaags met elkaar.

Wolven die wolven vreten: dat werd het noodlot van Vertine. Drie broers uit een arme tak in het Arno-dal hebben hun rijke neven een loer willen draaien. Een welgedane heeroom lag op sterven, de plebaan van San Polo in Rosso. Een vette kluif, San Polo. De drie jongens wierpen zich hardhandig op als erfgenamen en bezetten kerk en bijgebouwen. Een kerk als een vesting, pal boven de grensrivier Arbia: daar kon Florence geen verkapte Ghibellijnen dulden. Zo stelden de rijke verwanten het tenminste voor, die zich Guelfser voordeden, en bovendien het erfrecht aan hun zijde hadden. Ze kregen de stad zonder moeite zo ver, dat ze de drie bengels in de ban deed en ze de kerk uitjoeg. De bengels sloegen terug. Ze verschansten zich in de 'korenschuur' van de rijke familie, het versterkte dorp Vertine. Uit wraaklust en woede, maar ook als gijzeling: ze eisten bevrijding uit de ban in ruil voor het dorp.

Het was een slimme zet van de jongens. Er lag in Vertine geen bezetting, de ligging op een heuveltop maakte het makkelijk te verdedigen. Siena beloofde heimelijk steun, Florence had de handen vol aan de oorlog met de aartsbisschop van Milaan, en de rijke neven keken op hun deftige neuzen: zonder steun van de stad kregen ze de rebellen nooit uit hun korenschuur. Maar rebellen die de stad Florence naar hun hand zetten, moeten nog geboren worden en na verloop van tijd kwam een bezettingsleger opdagen. De jongens waren erop voorbereid. Ze hadden de muren van Vertine versterkt, krijgsvolk aangeworven en de hele omgeving gebrandschat en afgestroopt. Het dorp was een complete roofridderburcht geworden. Dat de stadstroepen het niet zonder slag of stoot zouden veroveren, was duidelijk – maar dat de belegering zo lang zou duren: van februari tot mei – had niemand verwacht. Een ongewoon strenge winter speelde de rebellen in de kaart; maar de gemeentesecretaris van Radda had bovendien over toverij gesproken, en zo heeft zelfs de nuchtere stadschronist het in zijn geschiedboek geschreven: 'quasi per arte magica'. Als er heksen in Vertine zitten, verstaan ze hun vak goed, maar waren ze niet bepaald op het voordeel van hun dorp bedacht. Of stonden ze misschien in dienst van de rebellen en zijn ze met hen meegetrokken toen het dorp eindelijk werd ontruimd? Want ook dat lijkt toverij – voor wie althans niet gelooft aan Florences heilig respect voor de machtige consortería –: dat ze de jongens vrije aftocht verleende zodat ze regelrecht naar hun Ghibellijnse vrienden konden stappen, in plaats van naar de scherprechter zoals ze verdienden. In de ban zijn ze gebleven, dat wel, maar als straks de vrede komt zullen ze zeker gratie krijgen. Wat krijgt het dorp Vertine als de vrede komt? Het dorp Vertine krijgt niets.

Een leeggeroofde puinhoop hebben de bengels en de stadstroepen achtergelaten. Het zal de eigenaren niet meevallen er dit jaar de inkomsten van te plukken waar ze volgens de contracten recht op hebben. Ze doen wat ze kunnen. Toen ze voor hun uitgestrekte landerijen een nieuwe rentmeester nodig hadden, kozen ze een oud-militair, eentje die niet aan smoesjes doet en de naam heeft dat hij uit de leegste pot nog een koek kan schrapen. Dat is Benedetto, zoon van Giovanni degli Strozzi. Het is maar goed dat Lapo Mosca nog een paar oogstfeesten afliep onderweg. In Vertine valt weinig te drinken. Om van lachen maar te zwijgen.

4

Wie bedreigd werd door slangen, is bang voor hagedissen

'Je komt van pas als kaas op de macaroni, Lapo Mosca,' zegt de pastoor van Vertine, 'en dat zegt wat, want ik heb in maanden geen kaas meer gezien.'

Niet veel anders ook, te oordelen naar het avondmaal dat uit kastanjepuree bestond, met wat hard oud brood dat in water gedoopt moet worden en naar schimmel smaakt. Lapo kreeg een stevige hap opgedist na zijn olijvengebed vanmiddag, en bekijkt het avondmaal gelaten.

'De os eet hooi omdat hij zich de smaak van gras herinnert,' verkondigt hij wijsgerig, maar de pastoor lijkt ook de smaak van gras te zijn vergeten. Een bejaarde man met dun grijs haar rond een flets gezicht dat betere maaltijden gekend heeft, of misschien vooral betere nachtrust. De autoritaire toon waarin hij van tijd tot tijd vervalt, zal vroeger wel bij hem gehoord hebben, maar heeft nu iets kunstmatigs gekregen – zo spreekt een tweederangs toneelspeler – omdat hij gelogenstraft wordt door de schichtige ogen. Meneer pastoor houdt ze half dichtgeknepen, alsof hij tegen een zon in kijkt die er niet meer is.

Lapo heeft de zielenherder aangetroffen in een van de weinige huizen die betrekkelijk ongeschonden zijn gebleven: niet de pastorie, die is platgebrand, maar het voormalige verblijf van de drie Ricásoli, zo versterkt dat de stadstroepen het niet kapot kregen in de toegestane plundertijd.

'Lapo,' herhaalt de pastoor. 'Zo heette een van de drie jongeheren ook. Messer Lapo was de jongste, en dan had je messer Arrigo en messer Cola. Alleraardigste jongeheren. Altijd klaar voor een grap. Ik heb het ook wel eens moeten ontgelden! Maar och, ze kwamen uit een goed nest, en dat is iets wat zich nooit verloochent!'

Franciscus, denkt Lapo, kuste de handen van priesters die hij eigenlijk niet mocht. Hij kijkt naar de handen van de pastoor.

Luie, witte handen. Hij zegt: 'Het lijkt wel of je bedroefd bent dat ze weg zijn.'

'Ik had geen klagen toen ze er waren. Er was te eten. Er was vuur. 's Nachts was het rustig. Overdag trouwens ook. Ik wil niets tegen Florence zeggen, maar dat de oude meesters weer ter plaatse het gezag uitoefenden en rechtspraken, dat gaf me een veilig gevoel.

Hun huurlingen waren wel eens wat vrijpostig met het vrouwvolk,' vervolgt de pastoor met een lachje, 'maar ja, aan wie lag dat? Je weet hoe boerinnetjes zijn als ze een knappe soldaat zien. Mij behandelden ze met respect, en met Pasen zijn ze allemaal komen biechten. Voorbeeldige biechten, ik kan niet anders zeggen.'

'Waar klaagde je dan over tegen de bisschop?'

'Over de ellende die begon toen het dorp was overgedragen.' De pastoor staart naar zijn schotel, een symbolische blik want de schotel is leeg. 'Wat er aan etenswaren over was, namen de jonge-heren mee, en daarna gingen de stadstroepen te keer als een kudde buffels uit de Maremmen.'

'Dat heb ik gezien.'

'Dat heb je helemaal niet gezien. Het was veel erger. Het aller-nodigste hebben de heren Ricásoli laten herstellen. De Ricásoli van Cacchiano, dat zijn de eigenlijke landsheren hier. Natuurlijk moet er nog veel meer gebeuren, maar daar beginnen ze niet aan. Ze zijn van oordeel dat de boeren zelf aansprakelijk zijn voor de schade, omdat ze met de bezetter geheuld hebben. Maar het is lui volk hier. Flink aanpakken en opruimen is er niet bij.'

Wat zouden de Ricásoli van Cacchiano het allernodigste noe-men? En hoe zou de speelman Moronti de Ricásoli van Cacchiano noemen? De Gifengel loopt nog ononderbroken heen en weer achter Lapo's gedachten. Zijn eigen eerste rondgang door het dorp heeft hem niet opgevrolijkt. De puinhopen leken nog triester dan die van Figline. Misschien omdat ze al belegen waren, er groeide weer gras tussen, ze hadden zich bij de verwoesting neer-gelegd. Of misschien omdat Vertine zo klein was, niet veel meer dan een burcht met huisjes van binnen, een burcht waaraan nu ook de torens en buitenmuren nog ontbraken.

'In een lege graanschuur vind je geen mieren, zeggen ze,' ver-volgt de pastoor. 'Nou, maar dat klopt niet. Een stroom van mie-ren hebben we hier deze zomer gehad. Waar geen graan is, is el-lende en naar andermans ellende is het prettig kijken. Marskra-mers, woekeraars, ronselaars, wonderdokters. Valse messiassen, net als in de Schrift voorspeld is. Eén ketter kan meer kwaad aan-richten dan tien heiligen goed kunnen maken. Het ergste was de onheilsprofeet die hier de jongste dag kwam aankondigen. Zo'n voorspelling gaat erin als koek bij een volk dat zonder eten tussen de puinhopen zit...'

De pastoor praat zich warm, er komt vuur in zijn ogen. Even passen ze bij de toneelstem.

'En omdat het toch bijna afgelopen was met het geweld, konden de rijken net zo goed meteen hun bezittingen afgeven, goedschiks of kwaadschiks. En wie bestemd was voor het nieuwe Jeruzalem kon gerust kerken verwoesten en priesters doodslaan en optrekken naar Avignon om de paus te vermoorden. Een mooi heer, vriend Joachim. Duivels kon hij ook zogenaamd uitbannen. Puur bedrog, hij heeft ze juist opgeroepen. Hij liet niets achterwege om mij te bekladden en dwars te zitten. Ik weet niet wat er gebeurd zou zijn als de rentmeester hem niet had laten wegjagen.'

'Bedoel je messer Strozzi? Waar kan ik die vinden?' Lapo stelt de eerste vraag die hem voor de mond komt. Fraticelli zullen wel niet deugen, maar evengoed zijn het afgedwaalde broeders, en kan hij de kritiek van een doodgewone dorpspaap niet goed velen.

'Ik zou het niet weten. Messer Strozzi heeft een uitgestrekt gebied onder zijn beheer, tot de grens met Siena toe. Soms zien we hem in weken niet. Een bekwame rentmeester, messer Strozzi, maar wat kortaf, zoals militairen kunnen zijn. Niet de beschaving en de fijne manieren van de oude adel. Zolang hij geen huis voor zichzelf had laten opknappen woonde hij hier, als hij in Vertine was. Hij beneden en ik boven. Tja. Hij was nog niet verhuisd, of...'

Weg toneelstem, ogen dichtgeknepen: een andere man, die onrustig om zich heen kijkt.

'...of het begon te spoken,' raadt Lapo. 'Sinds wanneer is dat?'

De oude man legt zijn vingers op zijn mond. 'Ssst, ze kunnen best hier in de kamer zijn. Ze komen dikwijls zonder dat ik ze zie. Sinds wanneer? Op de vigilie van Onze-Lieve-Vrouw-Geboorte heb ik ze voor het eerst gehoord...'

Hij prevelt een bezwering, en Lapo krijgt een vervelend gevoel in zijn maag. Hij bekijkt het schemerige vertrek met andere ogen. Maar omdat hij graag overal het fijne van weet, ook als hij bang is, vraagt hij na een poosje: 'Maar wat zijn het nou, heksen, duivels of spoken?'

'Ssst! Waar heksen zijn, zijn duivels. Waar duivels zijn, kun je verdoemde zielen verwachten...'

'Maar iedereen zegt dat jij zo goed raad weet met al dat spul. Je wast ze weg met wijwater als vlekken met zeepsop...'

'Praat toch niet aldoor zo hard! Als ze zulke taal horen worden ze nog boosaardiger. Dit zijn geen gewone boze geesten. Ik heb een dik boek met spreuken, broeder. Ik kan de duivels niet tellen die ik in mijn leven bezworen en verjaagd en ontmaskerd heb. Op deze heb ik geen vat.'

Hij kijkt Lapo aan.

'Je ziet er niet uit of je veel verstand hebt van helse machten.'

'Klopt.'

'Wat doe je hier dan?'

'Dat moet je de bisschop vragen. Misschien verwacht hij dat jij me inwijdt.'

'Dat zou te veel tijd kosten. Laat ik dit zeggen: op het ogenblik zijn het er volgens mij twéé die tegen me samenspannen. Een duivel en de verdoemde geest van een heks.'

'De verdoemde geest van een heks... Is er een dooie heks die daarvoor in aanmerking komt?' De pastoor kijkt weer om zich heen, voor hij verbeten antwoordt: 'Ja. Een verdorven wijf dat van de winter gestorven is. Terecht gestorven. Verdiende loon. Maar de duivels waarmee ze het hield zijn machtig. Ik denk dat daarom mijn spreuken niet werken. Ze wordt steeds brutaler. Vannacht of morgennacht... vermoordt ze me.'

'Maar pastoor, waarom juist jou? Ze spookt toch niet bij jou alleen?'

'Dat kan ik niet nagaan. De mensen komen niet meer bij me met zulke dingen, maar bij mij spookt ze het ergste, dat is zeker.'

De pastoor zit nu te beven... en Lapo voelt zich ook niet zo prettig.

'Verwacht je haar vannacht?'

'Ik verwacht haar iedere nacht, maar ze komt onregelmatig. Ik weet alleen wanneer ze níét komt. Als het volle maan is. Dan kan ik rustig slapen. Dan is ze naar haar sabbat.'

'Waar is die, weet je dat?'

'Ik denk in de molen beneden. De laatste molenaar stierf aan de pest, en soms zie je er vreemde groene fakkels, als dwaallichten...'

Wat verklaarbaar is in een moeras, denkt Lapo, om zich gerust te stellen. Hij vraagt: 'Wat doet ze nou bij jou precies?'

'Eerst ging ze vooral op zolder tekeer. Ik hoor haar stampen en dreunen en pannen van het dak smijten. De laatste tijd hoor ik haar ook overdag, en in andere delen van het huis. En vannacht of morgennacht...'

'De bisschop had de indruk dat het om méér dan één heks ging.'

'O, er zijn er hier ook meer. De vrouwen van het dorp zijn stuk voor stuk toverkollen. Ik heb ze in de afgelopen weken allemaal streng verhoord. Hekserij kan uitbreken als een ziekte, weet je dat, een besmettelijke ziekte, pest, of nog erger dan pest. Zevenentwintig vrouwen heb ik verhoord. Vier zijn er beslist schuldig. Die heb ik gevangen laten zetten en ik heb er voor gezorgd dat ze 's nachts wakker bleven. Heksen doen het meeste kwaad als ze vanbuiten slapen, dat zul zelfs jij toch wel weten. Ze liggen in hun bedden, koud en stijf als ijzeren lansen, maar hun zielen gaan er met de duivel vandoor. Die vier wijven hield ik dus wakker. Maar het spoken op mijn zolder ging door. Dat waren zij dus niet. De mijne is dood, ik ben er bijna zeker van.'

'Maar de bisschop wil ook van die levenden meer weten,' houdt Lapo geduldig vol. Een beetje overstuur, heeft Corsini dit wrak genoemd! Er valt helemaal niet mee te praten! 'Die vier die je wakker hield... en die drieëntwintig anderen, houden die zich tenminste koest?'

'Wat je koest noemt...'

'Rijden ze op bezems dan? Op vurige karren...?'

'Dat is bijgeloof, broeder Lapo. Heksen hebben bezems natuurlijk, en daar kunnen ze ook wel meer mee doen dan vegen, maar ik heb ze er nooit op zien vliegen. En vurige karren gebruiken ze ook nooit, niet in Chianti tenminste. Heksen werken veel geraffineerder. Als hier in Vertine geen mis meer gehoord wordt, en er worden geen gaven meer naar de kerk gebracht, en geen kaarsen meer aangestoken, en de pastoor kan half verhongeren, en bij de bron liggen heidense offers, en op het galgenveld dwalen schimmen met fakkels, en nooit laat iemand zich meer bezweren of zegenen... kijk, dat is niet pluis. Daar zitten heksen en duivels achter.'

De pastoor kijkt zijn bezoeker verongelijkt aan. 'Je zal een beste broeder wezen, maar waar ik de bisschop om gevraagd had was een inquisiteur.'

'De bisschop had zijn reden om mij te sturen,' antwoordt Lapo, eveneens verongelijkt. 'Ook een vlieg werpt schaduw. Ik doe mijn best.'

'Als ik de inquisitie onder mijn dak had zou je zien dat het 's nachts rustig bleef.' De pastoor komt hardnekkig op zijn privé-spook terug. Lapo lacht een beetje kribbig. 'Dat lawaai op je zolder, zoals jij het beschrijft, kan volgens mij net zo goed door een uil gemaakt worden. Een uil die op vogels of ratten onder de dakpannen jaagt.'

'Daar heb ik in 't begin natuurlijk ook aan gedacht,' geeft de pastoor toe, 'behalve dat er in oktober geen vogels onder dakpannen zitten; en de ratten en muizen zijn door mijn parochianen opgegeten. De zaak is ernstiger. Broeder Lapo, ben je wel eens een uil tegengekomen... die kucht?'

Die vraag maakt definitief een einde aan Lapo's bravoure. Hij voelt een rilling over zijn rug lopen.

'Bij ons in Lucca,' zegt hij tenslotte, 'had je een weerwolf toen ik klein was. Die kuchte ook, als hij verkouden was. Hij kuchte net als de apotheker, daar hebben ze hem aan herkend. Hij is verbrand, toen was het uit. Misschien dat dit een weeruil is?'

'Nou praat je verstandiger. Ik heb genoeg heksen gekend die zich in uilen konden veranderen. Niet zoveel als in katten of varkens, maar genoeg. Met een paar uilenveren is dat een klein kunstje voor ze. En het was voor mij een klein kunstje om ze te bezweren. Dat het met deze niet lukt wijst op een dooie...'

Terug bij het middelpunt van alle praat...

'Je bent hier nu eenmaal, Lapo Mosca,' besluit de pastoor. 'Ik hoop elke dag dat ze weg blijft, maar vannacht hoop ik dat ze komt. Maak het nu zelf maar eens mee met je grote bek.'

Beslist, Lapo heeft aardiger uitnodigingen gehad in zijn leven... wat niet wegneemt dat hij bijna dadelijk in slaap valt als hij in bed is gestapt. Hij ligt, zoals dat gebruikelijk is, met zijn hoofd aan het voeteneind van de pastoor en is zo moe van de lange dagtocht dat zelfs de ongewassen tenen van zijn gastheer hem maar enkele minuten wakker houden. Omgekeerd heeft de pastoor Lapo's tenen naast zijn hoofd. Hij dacht dat hij die maar even hoefde aan te raken om zijn bedgenoot te wekken als het spektakel boven hun hoofden begint; zijn slaapkamer ligt direct onder de zolder. Misschien komt het doordat zijn vingers trillen, maar hij heeft heel wat knijpwerk te verrichten eer de afgezant van de bisschop wartaal mompelend ontwaakt. Juist komt er een doffe dreun van boven. Daar wordt Lapo dan toch klaarwakker van... en bang. Samen liggen ze roerloos te luisteren.

Moed hebben is bang zijn. Een oude waarheid, maar Lapo Mosca bedenkt haar vannacht helemaal opnieuw. Moed hebben is bang zijn en niet weglopen. Bang zijn en wel weglopen is lafheid. Standhouden zonder angst is niet moedig maar bot. Het wijst op gevarenblindheid. Zelf ziet hij op dit moment ook wel niets, maar hij hoort des te meer en het angstzweet breekt hem uit. Is hij dus een held? Hij vraagt zich af of hij zou weglopen als hij de kamer uitdurfde. Best mogelijk. Dus is hij geen held. Hij neemt zichzelf streng onder handen en de pastoor erbij. Het lawaai zou nog altijd van een uil kunnen stammen, houdt hij hun beiden fluisterend voor.

Een uil op een dak kan een leven maken dat niemand voor mogelijk houdt die hem niet aan het werk gehoord heeft met Toscaanse dakpannen. Toscaanse dakpannen liggen los over elkaar en hebben een ronding, waaronder graag kleine dieren huizen. Een uil steekt zijn klauw in die holte, grist met zijn snavel weg wat eronder leeft, en laat de pan weer vallen: op zijn oude plaats, of ernaast, of ondersteboven, zodat het ding van het dak glijdt. Met de zolder als klankbodem lijkt zijn nachtelijke smulpartij op alles, behalve op een uil die met dakpannen aan het werk is. Reuzen gaan er rond, ze stampen om het huis heen, ze bonzen op de luiken, ze smijten zware deuren dicht. Maar de deuren waren toch dicht? Dan zijn het deuren van vroeger, deuren van huizen die hier lang geleden hebben gestaan, en wat er achter die deuren gebeurd is, moet gruwelijk zijn. Spreuken erbij! Wijwater erbij! Wie zal de bezweringen tellen die vruchteloos bleven omdat ze een geest onder schot namen waar enkel een uil aan het werk was?

Lapo en de pastoor zijn allebei Toscanen. Ze hebben vaker uilen gehoord. Waar zijn ze dan bang voor, waarom gaan ze niet slapen? Het duurt even voor Lapo het antwoord weet. Ze zijn bang voor wat zich van uilenlawaai onderscheidt, niet omdat het luider is, maar juist omdat het veel zachter is. Wat daarboven

rondgaat streeft naar voorzichtigheid. Het zware gebons en ge-
dreun wordt afgewisseld door geluiden die gesmoord lijken. Licht
gekraak, als van een plank waar een koevoet onder gezet wordt.
Licht geknars, als van een nijptang die met een spijker worstelt.
Geschuifel, als van wie zijn voetstappen tracht te dempen. En dan,
daar, de kuch. Gedempt als door een mouw, maar onmiskenbaar
menselijk. Op dat ogenblik wordt Lapo's angst weggeblazen door
zijn herkenning, als mist door een windvlaag.

'Pastoor, val je je bisschop daarvoor lastig? Daar boven is gewoon een inbreker bezig. Een verkouden inbreker. Op zolder, niet
op het dak. Als je nog es wat weet!'

'Waar zie je me voor aan? Denk je dat ik daar zelf niet aan gedacht heb?' In de fluisterstem wint de woede het van de angst. 'Er
kan geen inbreker zijn. De zolder heeft geen raam, geen schoorsteen, er is niets dan de binnendeur. Die is verzegeld. Dat heb je
zelf gezien. Ik zeg je dat het bovennatuurlijk is wat daar gebeurt...'

Lapo geeft geen antwoord. Hij slaapt. Van inbrekers ligt hij niet
wakker. Als om de pastoor te pesten begint hij vervaarlijk te snur-
ken.

Een gewone inbreker... maar als het daglicht weer over zijn uit-
geslapen verstand schijnt, is de oplossing van het zolderraadsel nu
ook weer niet zo eenvoudig. Want de pastoor heeft gelijk: behalve
de binnendeur heeft de zolder geen enkele toegang. Niet alleen is
het zegel op de klink van die deur onverbroken, maar als Lapo het
zelf verbreekt en de deur opent, valt hem de vracht brandhout op
het lijf, die het 'spook' aan de andere kant heeft opgestapeld: kennelijk om tijd voor ontsnapping te vinden, mocht iemand het in
zijn hoofd halen, hem te willen verrassen. Lapo houdt er een buil
aan over... maar achteraf toch ook de eerste aanzet van een idee.

De zolder is donker, uiteraard: spleten hier en daar in het dak
vormen de enige lichtbronnen. Met een lantaren zoekt Lapo zorgvuldig de wanden af. Natuurstenen muren, afgeschoten met hout
tegen het vocht. Een typische voorraadzolder, waar het zelfs nog
vaag naar de appels ruikt die hier te drogen hebben gelegen. Na
een halfuur moet hij vaststellen dat het beschot geen beweegbaar
paneel met een geheime trap bevat; hij had het ook niet verwacht,
maar het had gekund. Hij zoekt de vloer af, die bezaaid ligt met

dorre blaren en andere rommel die door de spleten gewaaid is. Geen aanknopingspunten. Hij kan niet veel anders doen dan de vloer schoonvegen, met fijn zaagsel bestrooien en de deur weer achter zich sluiten; zonder houtstapel: die gaat de haard van de pastoor in.

Hij loopt eens om het huis heen dat in de ringwal van Vertine was gebouwd, zodat de achtermuur, loodrecht, raamloos, bijna direct aansluit op de steile helling die van het dorp een natuurlijke forteresse maakte. Ook de andere muren zijn recht en zwaar en arm aan ramen. Of de pastoor heeft gelijk met zijn spoken, of... Hij ziet maar één oplossing, en dat is een heel onwaarschijnlijke.

5

Wie spint draagt een hemd, wie niet spint draagt er twee

Lapo loopt door Vertine, zijn gedachten aanvankelijk nog bij het zolderspook en daarom met gespitste oren: als hij de kuch van de indringer eens kon identificeren! Natuurlijk is dat onbegonnen werk, ofschoon er keus genoeg is, als steeds wanneer een warme nazomer van het ene uur op het andere tot een gure herfst wordt. Maar van een kuch op een hogere verdieping, en dan nog gesmoord in een mouw, blijft weinig persoonlijkheid over. Lapo meent desnoods te kunnen vaststellen dat hij uit een mannenkeel afkomstig is en verliest daarmee zijn laatste geloof in de weeruilheks. Ook de apotheker uit zijn jeugd bleef immers mannelijk hoesten als hij zich in een weerwolf veranderd had. Zijn wrevel groeit tegen de pastoor die door al zijn duveljagen zelf gestoord is geraakt. En tegen de bisschop die daar Lapo Mosca voor lastigvalt, in plaats van de man af te zetten en op te sluiten. Maar die laatste wrevel schrapt hij weer. Het was de bisschop niet om zolderspoken te doen, en zelfs door het raaskallen van de pastoor heen liet zich vaststellen dat er ook in het dorp iets aan de hand was.

Intussen mag hij wel oppassen dat hij zelf geen kampioenkucher wordt. Hij is nog geen hoek omgeslagen of een straffe zuidwester

blaast door hem heen. Pardoes kijkt hij op de roestig verkleuren-
de, windgezwiepte bomen van de steile hellingen rondom: de
ringmuur is immers weggehaald. Hooggelegen dorpen beschermen zich met hun wallen niet enkel tegen mens en dier, maar ook
tegen wind en kou. Lapo's pij is versleten, hij zoekt dekking achter
een paar schuren, alleen om vast te stellen dat hij daar de overkant
van Vertine alweer heeft bereikt. Het dorp is werkelijk niet meer
dan een molshoop, als er tachtig mensen wonen is het veel. Op dit
pleintje ziet hij de put die volgens de berichten het voorwerp van
heidense verering zou zijn geworden. Een paar vrouwen met kruiken staan op hun beurt te wachten, en Lapo begint een praatje.
Hij krijgt nauwelijks weerwerk, dat is hij niet gewend. Heeft tegenslag ze zwijgzaam gemaakt, of wantrouwen ze de gast van de
pastoor? Hij doorbreekt de achterdocht min of meer bij toeval,
wanneer hij een slokje van hun water te drinken vraagt en de kwaliteit van zuster Water prijst – niet veel meer dan een trouwhartig
franciscaans cliché.

'Dat heb je gauw geproefd!' zegt een van de vrouwen en in alle
gezichten gaan kleine lichtjes branden. Lapo legt onmiddellijk nog
een schepje bovenop zijn waardering, ofschoon hij zuster Water
eigenlijk alleen bruikbaar vindt voor de was.

'Je hebt er meer verstand van dan de pastoor,' zeggen de vrouwen. 'Die proeft er niets bijzonders aan, maar ze komen er zelfs
voor met kruiken uit het dal.'

Lapo verklaart onoprecht dat hem dat niets verwondert. Wat
een geluk dat de stadstroepen de put met rust gelaten hebben, zegt
hij; want veroveraars gooien putten graag dicht voor ze wegtrekken.

Maar dat hebben ze hier ook gedaan, dat is het nu juist, vertellen de vrouwen. Wekenlang moesten ze voor water naar de beek
beneden, een halfuur heen en een uur terug. Het puin en de verdere rommel werd met veel moeite uit de put gehaald, maar het
hielp niet, het water bleef vuil en ondrinkbaar. Pas toen... iemand... er een dikke krans van gebeden omheen had gelegd, werd
het weer helder. En niet alleen helder: het was geneeskrachtig geworden. De broeder had het zelf geproefd.

Dat was dan een heilig iemand, zegt Lapo bewonderend, en

informeert of de nieuwe geneeskracht al veel successen geboekt heeft.

En of. Zweren zijn genezen, aambeien verdwenen, verstoppingen ontstopt. En twee broers uit Gaiole, beneden, die aan toevallen leden, zijn al in maanden niet meer tegen de grond geslagen. Een van de vrouwen zou in een bevalling gebleven zijn als... iemand... haar niet bijtijds met het water had laten besprenkelen.

'Zeg toch gewoon Joachim. Zie je niet dat hij een medebroeder van me is? Ik ken hem goed. Niemand heeft zoveel invloed op zuster Water als hij. Maar één ding verbaast me. Heeft hij jullie echt gezegd dat jullie haar daarvoor moesten bedanken met kleine cadeautjes?'

Sommige vrouwen knikken ijverig, maar een zegt aarzelend: 'Broeder Joachim moest zo plotseling vertrekken. We kunnen niet altijd precies weten wat hij bedoelde, zegt mijn man. Offers uit dankbaarheid moesten we brengen, dat is zeker.'

'En niet in de kerk!' vult haar buurvrouw vinnig aan. 'Wat je in de kerk offert of bidt, daar merkt God niks van, want de kerk zit dicht van boven. Daar was dat wonder van de put voor, zei de broeder. Om ons te laten zien dat ook de kerk verstopt zit en we het water voor onze ziel ergens anders vandaan moeten halen. Dat blijft zo tot de Heer zelf terugkeert om de kerk weer open te maken.'

'En om iedereen die haar verstopte naar de hel te sturen,' zegt een derde met grimmige voldoening. Lapo is er onthutst van. Het zijn geen kleine fiolen-van-toorn die de fraticello over Vertine heeft uitgegoten! Hij vraagt voorzichtig: 'Maar niet in de kerk betekent toch niet: wel bij de put?'

De vrouwen zouden niet weten waarom niet: om die put ging het tenslotte.

'Ik zal jullie zeggen waarom niet. Kijk eens, offers worden in de hemel natuurlijk allemaal aangetekend. Nou weet ik toevallig dat de engel die de offerboeken moet bijhouden niet een van de slimsten is. Eerlijk gezegd, hij zit wel eens te suffen. Hij zou best kunnen denken dat jullie offers niet voor God bestemd zijn, maar voor een heidense brongeest. Dan boekt hij ze op een zwarte bladzij, en dan ziet het er straks niet best voor jullie uit. Als jullie je offers nu voortaan eens bij je thuis brachten. Dan weet ook de stomste engel van wie ze komen en waar hij ze boeken moet.'

Ketterij met bijgeloof bestrijden. In Toscane noemen ze zoiets: dorstlessen met zoute ham. Maar het argument slaat aan, en Lapo heeft er het vertrouwen van de waterdraagsters mee gewonnen. Ze doen een boekje open over hun pastoor zonder dat hij erom vraagt. Handjeplak met alle baronnen, de pastoor, of het nu om de rijke bezitters of de arme bezetters gaat. Een geldwolf die inpikt wat de rentmeester achterlaat, wie niet betaalt is een duivelsknecht. Heksen en duivels, iets anders bestaat er niet voor hem; dat hij ook gewone parochianen heeft is hij vergeten. Het hellevolk naar Vertine trekken, dat is wat hij doet met zijn gepraat...

'Gelukkig dan maar dat hij het ook weer kan bezweren...'

Dat kan hij al lang niet meer. Broeder Joachim, díe verstond het vak. Daarom moest hij weggejaagd worden. Priesters als de pastoor zijn kenmerkend voor het eind der tijden, heeft Joachim gezegd. En Joachim zei verder... en ook... en hij voorspelde...

Lapo's oren tuiten van Joachim, als hij zijn tocht voortzet. Hij moet even grijnzen, omdat de heren bezweerders elkaar blijkbaar het licht in de ogen niet gunden. Marktschreeuwers zijn allemaal gelijk, of ze nu kiezen uittrekken of duivels. Evengoed is Joachim een heilige, want hij deed een bronwonder. Hoewel. Als een bron ontstopt is geeft hij de eerste dagen gewoonlijk troebel water. Joachim zal best een wonder gedaan hebben, maar hij had ook de wind mee...

Een deel van de huizen is onbewoonbaar, een ander deel is verlaten. Door de belegering is de graanoogst mislukt en zijn alle vruchtbomen, olijven en wijnstokken gesneuveld. Veel volk is naar de stad getrokken om eten en heeft de weg naar huis nog niet weer teruggevonden. Zo zijn er handen te kort, zowel voor de landbouw als de huizenbouw; maar Lapo ontdekt al spoedig dat ook de handen die achterbleven weinig uit de mouwen gestoken worden: in en om Vertine heerst een onnatuurlijke rust.

'Ze hebben het Boze Oog op ons geworpen, zodoende,' licht een oude man toe die lusteloos aan een zadel naait. En een ander, die doelloos het dal in staat te kijken: 'Het is vandaag of morgen toch afgelopen met de wereld. Zaaien terwijl je weet dat er geen oogst meer komt. Bouwen aan een huis waar je niet meer in zult wonen. Jij niet en je kinderen niet, niemand... dat is immers de moeite niet...'

De voorspellingen van Joachim, denkt Lapo Mosca, daar zaten onwetende pechvogels nu net nog op te wachten. Het is eigenaardig: de vrouwen hebben de mond vol over de onheilsprofeet, terwijl de mannen hem nauwelijks noemen; maar het zijn de mannen die het bijltje erbij neergegooid hebben en moedeloos op het einde wachten, terwijl de vrouwen het juk-van-alledag toch maar weer op de schouders geladen hebben. Zolang de wereld overeind staat moeten hun kinderen te eten hebben, en een dak boven hun hoofd als ze slapen, en bescherming tegen de kou. Altijd weer als de mannen de boel stukgegooid hebben zijn het de vrouwen die het leven draaiend houden. Tot elke prijs? Al moeten ze ervoor uit heksen gaan...

In de luwte van een stal zit een oude vrouw te spinnen. Haar man is dood. Haar zoon is bij de soldaten gegaan en alleen God weet of hij nog leeft.

'Hij had beter hier kunnen blijven en de grond bewerken. Wie aan de spa gewend is moet de lans niet grijpen. Maar de jeugd zoekt avontuur. Nu heb ik enkel dat moestuintje daar tussen die hekken nog, voor wat knollen en bonen.'

'Daar kom je niet ver mee.'

'Natuurlijk niet. Leven doen we hiervan, mijn kleindochter en ik,' ze houdt haar spinrokken omhoog. 'Spinnen van het vroegste licht tot het laatste. Zomers komen we daar van rond. Nu worden de dagen al kort, en kaarsen kosten geld. Misschien halen we het net. Maar het eind van de wereld hoeft van mij niet lang meer uit te blijven, want ik zal nooit kans zien om mijn kleindochter uit te huwen. Ze wordt al vijftien.'

'Daar hoef je de jongste dag niet voor af te smeken! In de stad zijn tegenwoordig fondsen voor bruidsschatten. De Zwarte Dood heeft zo huisgehouden, dat er honderden erfenissen waren zonder erfgenaam. Die zijn in hoofdzaak bij vrome broederschappen terechtgekomen, voor de armen. Maar armen zijn er ook niet zoveel meer in de stad: ze stierven evengoed, of ze erfden zich rijk. Daarom zit er geld genoeg voor bruidsschatten bij die broederschappen. Er zijn er een stuk of drie. Ik zal er werk van maken als ik weer in Florence ben.'

Lapo zegt er natuurlijk niet bij dat het gonst in de stad van geruchten over malversaties bij die broederschappen, maar misschien ontneemt die wetenschap aan zijn toon de ware overtuigingskracht. De oude vrouw haalt tenminste haar schouders op.

'Dat zullen we dan maar afwachten. Ik ben de tel kwijtgeraakt, zo vaak als me dat al beloofd is. Wie weg gaat, laat z'n stront en z'n beloften achter. Het is nou dat m'n kleindochter niet mooi is, anders hadden de soldaten haar meegenomen of zat ze in een bordeel. Elke keer dat ze naar de markt gaat om de wol te verkopen vraag ik me af of ik haar nog terugzie.'

Uit de toon van de vrouw is niet op te maken of het verdwijnen van het kind haar zou bedroeven of opluchten. Waarschijnlijk allebei. Lapo kijkt naar het miezerige moestuintje binnen het gebrekkige schuttinkje.

'Dat hek heb jij er zeker zelf omheen gezet? Tegen de konijnen?'

'Tegen de varkens.'

'Zijn die er dan?'

'Nog niet, maar ze komen. "Iemand" heeft voor een kudde wilde zwijnen gewaarschuwd. We hopen dat ze komen, dat betekent vlees. Maar ze moeten niet eerst mijn groente vertrappen.'

Lapo stond op het punt de schutting een beetje op te lappen, maar voor Joachims wilde zwijnen hoeft hij die moeite niet te nemen: die beesten zijn gegarandeerd overdrachtelijk. Hij stelt een laatste vraag: 'Ze zeggen dat het spookt in Vertine. Merk jij daar wel eens wat van?'

'Toen mijn man pas dood was zag ik hem wel eens naast de stookplaats zitten, als dat is wat je bedoelt. Maar dat was niets bijzonders. Na de grote sterfte zat het overal vol doden. Mijn zoon heb ik nooit gezien. Daarom denk ik dat hij nog leeft.'

'Waarom ook niet. Het zijn de soldaten niet, die sneuvelen, tegenwoordig. Het zijn de burgers. Maar wat ik bedoelde zijn meer heksen en duivels.'

'Dan moet je bij de pastoor wezen, broeder. Voor duivels heb ik geen tijd en als ik kon heksen hoefde ik niet te spinnen.'

Daarvoor moet je bij de pastoor wezen... die boodschap krijgt Lapo vaker te horen. Van de zomer heeft het van duivels gewemeld, onthult ergens een vrouw, maar 'iemand' heeft ze weg weten te bidden. Laatst heeft ze er toevallig nog een in een vuur gezien, een kleintje, dat hem dadelijk smeerde toen ze een kruis sloeg. Maar van heksen weet ze niets. Van heksen weet geen enkele vrouw iets, die onschuld is Lapo nu ook weer te blank. Het is een man die hem tenslotte zegt: 'Hier in Chianti zijn geen mannenheksen. Toveren en kinderen krijgen is vrouwenwerk. Wil je geloven dat ik het jammer vind? Als ik het vak verstond, wist ik op welke zolder ik ging spoken...'

De man is bezig een bijl te slijpen. Voor als de varkens komen, bevestigt hij. Daar wordt bij toerbeurt naar uitgekeken, jawel, ook 's nachts, vanaf het galgenveld. Er zijn trouwens ook roedels wilde honden voorspeld. Daarvan hoopt de man er een paar te vangen en te temmen, want alle eigen honden zijn opgegeten.

'Ik had nooit gedacht dat het zo ver met me zou komen,' zegt hij. 'Je had de krengen bezig moeten zien tijdens de pest. Er waren zoveel doden om te begraven, en de levenden lagen zelf ziek. De grond is hier hard, diepe kuilen graven valt niet mee als je zwak op je benen staat. Wie de honden op het kerkhof zag krabben, en aan lijken sjorren, en ze opvreten, die was liever zelf gestorven dan dat hij die vuilakken in zijn mond stopte. Maar honger is honger.'

'Praat niet zoveel,' zegt een spinnende buurvrouw kribbig. 'In een gesloten mond komen geen vliegen binnen. En mij leid je af met je geklets. Als ik niet oplet breekt mijn draad en het kost me een kwartier om hem weer uit de kluwen te vissen. Op kluwens van meer dan één draad staat boete, ze kunnen je er zelfs voor excommuniceren tegenwoordig. Laat ons toch met rust!' roept ze giftig naar Lapo. 'Ga terug naar je pastoor, of naar je bisschop, jullie papen zijn immers allemaal slaven van het wolgilde!'

Of ik de Gifengel hoor, denkt Lapo mismoedig, en verdedigt zich niet. In haar opwinding breekt de vrouw haar spindraad toch en vloekt als een kerel.

Hij is het dorp al door geweest, als een jongere vrouw opkijkt van de takkenbossen waar ze haar broodoven mee vult.

'Ben jij die spokenzoeker van de pastoor? Maak je toch niet verder belachelijk, broeder. Die spoken zitten in zijn eigen hoofd. Het is meneer pastoor zijn geweten dat spookt. Weet je waarom? Omdat hij van de winter mijn zuster als heks heeft laten verbranden, jawel broeder, hier op het plein, daar kijk je van op, hè? Als niemand anders het je durft te vertellen zal ik het wel doen. Ik weet dat mijn zuster onschuldig was. En de pastoor weet dat ook. Vandaar zijn angst voor spoken.'

Lapo begint met de vrouw uit te lachen. Een mens verbranden, zonder de Florentijnse rechtbank, zonder de Florentijnse inquisitie, dat kan helemaal niet. Maar nog terwijl hij lacht bedenkt hij zich: in een belegerde stad is alles mogelijk.

'Vraag hem zelf maar eens naar Betta van Cione,' zegt de zuster van de heks. 'Het was terwijl de jonge heren Ricásoli zelf rechtspraken, net als vroeger, voor Florence de baas was. Behalve dat zij geen verstand van rechtspreken hadden. De heren hebben mijn zuster veroordeeld, maar de pastoor had ze opgehitst en haar aangeklaagd.'

'Dan moet hij toch aanwijzingen voor haar schuld gekregen hebben,' voert Lapo zwakjes aan.

'Ik weet alleen wat hij níét kreeg, en wat de baronnen niet kregen zolang mijn zuster leefde,' antwoordt de vrouw. 'Haar mooie dochter. Mijn nichtje Ornella.'

Als Lapo Mosca alle inlichtingen vergaard heeft die de dorpelingen verstrekken wilden, gaat hij op het bordes van de kerk zitten nadenken tussen de twee stenen leeuwen in, die de plundering hebben doorstaan. Tussen driftig jagende wolken door gooit de zon hem af en toe een klets waterig licht in de ogen, misschien worden ze daar schoner van. Wat hij ziet lijkt op het kluwen van de spinnende vrouw, het kluwen met de gebroken draad, die moeilijk weer op te vatten was door de spanning van de wol op de haspel. Een draad van zijn kluwen houdt hij in handen: Betta di Cione, de vrouw op de brandstapel.

Brandstapels, galgen, schavotten: de wereld rond Lapo Mosca is er te vol mee dan dat ze hem nog iedere keer met ontzetting kunnen vervullen. Hij moet er zich al rechtstreeks bij betrokken voelen, zoals destijds in Verona, om geschokt te zijn. Heksen moeten nu eenmaal verbrand worden, in het belang van de gemeenschap en van hun eigen eeuwig heil. Betta di Cione heeft hij niet gekend, bij haar was hij niet betrokken... maar de pastoor wel en dat is wat Lapo op dit moment het meeste bezighoudt. Hij weet te weinig van kerkelijke verordeningen om te kunnen zeggen onder welke omstandigheden een priester in een belegerd dorp gerechtigd zou kunnen zijn een inquisitietribunaal bijeen te roepen. De bisschop zal er niet van op de hoogte zijn gebracht, anders had hij er Lapo allicht over gesproken. Aan de andere kant moet de pastoor zich kunnen rechtvaardigen, anders had hij zijn bisschop niet om een helper durven vragen. Zijn excuus ligt voor de hand: uiteindelijk is het wereldlijk gezag aansprakelijk voor de terechtstelling; in dit geval is het vertegenwoordigd door de drie baronnen Ricásoli. Zal de bisschop genoegen nemen met die uitvlucht? Het geweten van de pastoor neemt er géén genoegen mee. Het plaagt de zelfgemaakte inquisiteur, het maakt hem onrustig en spiegelt hem de wraak van zijn slachtoffer voor, in allerlei helse combinaties, bij ieder ongewoon geluid. Zonder Betta di Cione had de pastoor eerder en ernstiger aan een inbreker van vlees en bloed gedacht toen het op zijn zolder begon te rommelen. Misschien zou hij er dan in geslaagd zijn die inbreker te betrappen. Lapo Mosca zet de hele verzameling heksen, duivels en weeruilen overboord met een zucht van verlichting. Met de toestanden in Vertine zelf is hij nog niet klaar, maar het probleem op zolder kan hij aan. Hij kan er zelfs een naam aan geven: Arrighetto di San Paolo. En daarmee is het probleem: wie? verschoven naar het probleem: waarom?

Over Arrighetto di San Paolo doen in Florence de sterkste verhalen de ronde. Jaren geleden al heeft hij carrière gemaakt als veedief. Hij was in staat geruisloos een stalmuur open te breken en de vrijgekomen stenen even geruisloos op te metselen voor de huisdeur van de boerderij. Hij dreef de ossen waarop hij het gemunt had naar buiten, wat de ene keer met meer gedruis gepaard ging dan de andere; maar ook als de boeren er wakker van werden, hadden ze zoveel tijd nodig om hun deur open te breken, dat Arrighetto met zijn buit mijlen ver weg was eer ze hem na konden zetten; het bewijs dat hij juist met hún ossen op stap was liet zich dan nauwelijks meer leveren. Nu houdt de pastoor van Vertine geen ossen op zijn zolder, maar Arrighetto is intussen hogerop gegaan en wel in iedere zin. Hij bleek meer te kunnen dan stallen openbreken: hij is in staat de hoogte van een muur – iedere muur – feilloos te schatten en er, met lappen om zijn voeten, tegen op te klimmen als een hagedis, hoe steil en glad die muren ook zijn. Daarmee heeft hij het hart gestolen – hoe kan het anders – van oude vechtjas Piet Plunderzak. Meer dan één kasteel is gevallen doordat Arrighetto 's nachts geruisloos een toren beklom met een touwladder op zijn rug die hij, boven gekomen, afrolde voor minder lenige krijgsmakkers. Een man als Arrighetto kan geen enkele moeite hebben met de buitenmuur van het pastoorshuis, als ook maar de helft waar is van wat er in de stad wordt verteld; en als hij op het dak is aangeland hoeft hij maar enkele pannen te verwijderen om zich als een slangenmens omlaag te kunnen wringen. Het enige vraagteken dient bij het lawaai geplaatst te worden dat Lapo vernomen heeft: dat zou Arrighetto, getrouw aan zijn goede naam, niet moeten maken. Maar hij is al heel wat jaren in het vak en al peinzend meent Lapo zich te herinneren dat hij onlangs bij een van zijn acrobatenstukjes iets verwond of gebroken heeft. Veel interessanter is de vraag wat Arrighetto – lees Piet Plunderzak – te zoeken kan hebben op een pastoorszolder ver achter de frontlinie, zo dringend dat hij daar steeds weer voor terugkomt; het moet iets zijn dat degelijk is verstopt.

Daar breekt Lapo zich het hoofd over als er hoefgetrappel over de keien klinkt, en er drie ruiters de hoek om komen, zo te zien een hoofdman met twee adjudanten. De hoofdman houdt stil voor de kerk en bekijkt Lapo Mosca, die is gaan staan, van hoofd tot voeten.

'Ben jij Lapo Mosca niet? Wat mot je hier?'

De herkenning is niet wederkerig, maar de man spreekt Florentijns en zijn toon is onbeschoft, dus het zal de rentmeester wel wezen. Als hij hoort wat Lapo naar Vertine bracht, barst hij uit in hoongelach. Die bisschop lijkt wel gek. Hij heeft zelf in dat pastoorshuis gewoond. Er is geen bliksem aan de hand.

'Nu onderschat u ervaren spoken toch. Wanneer het hun alleen om de pastoor te doen is, houden ze zich koest als u erbij bent.'

'Ze zijn de enigen niet,' gromt Strozzi, en kijkt Lapo nog eens aan. 'D'r wordt in de stad heel wat over je verteld,' zegt hij dan, met gemelijke bewondering. 'Jij was het immers die die vergiftigingszaak hebt opgelost bij ouwe Buondelmonti. En je zou de juwelen opgespoord hebben van dat opgedirkte Davanzati-mens, hoe heet ze...'

'Monna Fiorita...?'

'Voor mijn part. Maar dan kun je hier waarachtig wel wat beters uitzoeken dan die flauwekul van de pastoor. Meekomen.'

Korte tijd later zit Lapo tegenover messer Benedetto aan tafel. Hij heeft alle gelegenheid de rentmeester rustig te bestuderen, want die zegt geen woord meer: hij eet. Smakkend, boerend, kluivend en vingerlikkend werkt hij een ossenpastei naar binnen en daarna een gebraden kapoen met een heel pondsbrood erbij en twee literkannen wijn. De gedachte zijn gast iets aan te bieden, schijnt niet bij hem op te komen. Niet alleen daarom, en om zijn zware wenkbrauwen en de diepe zakken onder zijn ogen, valt hij Lapo tegen. Hij had zich een lid van de Strozzi-familie bepaald anders voorgesteld en herinnert er zichzelf afkeurend aan dat voorstellingen nooit op sentimentele overwegingen gebouwd mogen worden. Want dat hij zich de rentmeester anders had voorgesteld komt door het kleine meisje aan wie hij jaren geleden zijn hart verloor: zij was een Strozzi. Maria, een van de twee Madonna's die hij lange tijd met honderden liedjes gehuldigd heeft. Ze is groot geworden, ze is getrouwd, hijzelf werd broeder, maar uit de verte is hij zijn aardse Maria naast de hemelse blijven vereren. Die verering wierp haar weerschijn onherroepelijk op de rest van de familie en dat was een heel oppervlak voor één enkele weerschijn. De 'consortería' van de Strozzi telt meer dan vijfentwintig families, Lapo heeft het indertijd haarfijn uitgezocht. Ze vormen geen adellijke consortería van grootgrondbezitters, zoals Ricásoli of Guidi, het zijn Florentijnse burgers van verschillend allooi. De aanzienlijksten zijn bankiers, die door voorzichtig manipuleren overeind bleven in de beruchte crisis van de jaren veertig, toen de ene firma na de andere over de kop ging totdat de stad zelf aan de rand van een bankroet stond. Doordat ze solvent bleven, zijn de Strozzi snel in aanzien gestegen. Regelmatig hebben ze zitting in de gemeenteraad en het bestuur van de Guelfse partij of van te grote gilden; de vader van Maria heeft een beroemd handelshuis in Avignon. Maar zoals dat gaat in grote families: niet alle Strozzi zijn even geslaagd. Er zijn er ook die in de schuld staan bij hun rijke neven, hun belasting niet kunnen betalen, bescheiden betrekkingen moeten aannemen waarvoor vermogende verwanten de neuzen op zouden halen. Toen Giovanni, de vader van deze rentmeester, overleed, bracht zijn nalatenschap niet eens genoeg op om de erven in staat te stellen de weduwe haar bruidsschat terug te betalen. Benedetto zelf bezit dan ook geen stuiver méér dan hij verdient, vandaag als rentmeester, daarvoor als kapitein van de stadswacht. Blijkbaar heeft die armoe hem verbitterd. Misschien keek ik ook wel zo zuur, denkt Lapo, als mijn achterneef bankdirecteur in Avignon was in plaats van touwslager in Figline.

De rentmeester heeft zich zo ver verzadigd dat hij de onderzoekende blik van zijn gast opmerkt. Er daagt iets in hem: 'Had jij ook wat gelust?'

'O, wij minderbroeders vasten graag,' verzekert Lapo hem vriendelijk. 'Maar het is natuurlijk ook bij ons zo, dat een lege maag en een vol verstand zelden samengaan.'

Strozzi lacht en geeft een schreeuw naar zijn kamerdienaar, een kleurloze bonenstaak die Pieraccio heet en zich naar de keuken begeeft op zoek naar een kliek.

'Je kent het gezegde hier: wie andermans zaken beheert gaat nooit zonder eten naar bed. De Ricásoli zijn niet krenterig. Dit huis is niet het enige dat ze voor me hebben laten opknappen, ik heb er nog een in Lecchi en een in Cacchiano zelf.'

De rentmeester veegt zijn vingers af aan een hond die met het karkas van de kapoen bezig is. Als hij opkijkt is de lach van zijn gezicht verdwenen.

'Er bestaat trouwens nog een ander toepasselijk rijmpje. Misschien ken jij het ook.'

Hij wacht tot Pieraccio een schotel restanten voor Lapo heeft neergezet en de kamer uit is. Dan declameert hij:

> 'Als ze me 't baantje van rentmeester gaven,
> was ik in één jaar rijk of begraven.

Rijk worden is er niet bij voor me. Maar binnen een jaar begraven ben ik zeker, als jij er niks aan doet. Het is tuig wat hier woont en ze zijn eropuit om me te vermoorden.'

Lapo eet.

'Ze hebben hier gelazer gehad vorige winter. Komt meer voor. Ik ben vijftien jaar militair geweest en waar de stad me naar toe stuurde, daar was altijd gelazer, want daarvoor stuurden ze me juist. Ik weet raad met gelazer, dat kan je van me aannemen. Maar smeerlappen als hier in Chianti heb ik nog niet eerder meegemaakt. Niet enkel in Vertine. Als Vertine over pacht lag te jammeren, dan was dat min of meer te begrijpen. Maar overal waar ik kom zingen ze hetzelfde liedje. Overal misoogst, overal zieke wijven en koters, overal vee doodgevroren, dat is toch een beetje toevallig, niet? Smoesjes, ze willen de pacht niet betalen. Goed, daar is de rentmeester voor, om z'n kont met smoesjes af te vegen. Ieder zijn vak en God geeft kou naar kleren. Moeten ze me daarom vermoorden?'

Lapo eet.

'Ik méén het,' verzekert de rentmeester geprikkeld. Als hij nog leeft, dan komt dat door zijn schutspatroon en niet door de boeren van Chianti. Tot tweemaal toe heeft hij rakelings een rotsblok langs zich heen gekregen dat lag te wachten op een deur die hij door moest. Als door een mirakel heeft hij een adder kunnen ontwijken die in zijn bed gestopt was. Twee weken terug, toen hij een kwade kou had opgelopen, had hij een alcoholbad besteld, beproefd middel om koorts uit te zweten. Vlak voor hij erin wilde stappen was hij teruggegaan om zijn kroes wijn te halen. Het was zijn redding geweest: vijf tellen later viel een brandende kaars van een richel en herschiep het bad in een vuurzee. De kamer en een deel van het huis werden méé in de as gelegd; niet hier overigens maar in Lecchi.

Lapo eet niet meer; ook al omdat zijn schotel leeg is.

'Ik heb wel eens gehoord dat hoge personen in bad en in bed gaan ten aanschouwe van iedereen. Doet u daar ook aan? Dan kunnen de adder en de kaars in de richting van de Chianti-boeren wijzen. Anders niet natuurlijk.'

'Spaar me je geintjes. Bij al mijn huizen horen knechten en

meiden uit de omgeving. Uitkleden doen ze me dan misschien niet – behalve door de krankzinnige lonen die dat volk tegenwoordig verlangt – maar voor dingen als m'n bed en m'n bad zorgen zij. Die alcohol in Lecchi, daar had het hele dorp over gezanikt. Hun contract verplichtte hen niet om dat spul te leveren. Ik heb ze ervoor betaald. Als ze je in het dorp vertellen dat ik ze besteel, dan liegen ze. Er zijn tien of twaalf wijven met kruiken alcohol bij dat bad geweest, en alle tien kregen ze een soldo.'

'Als ik goed heb begrepen, dat die aanslagen gepleegd werden in verschillende dorpen, moet u me nu maar eens iets vertellen over uw vaste personeel.'

'Best, als je maar weet dat je dan op het verkeerde spoor zit. Twee man lijfwacht en de oppasser die je gezien hebt. Alle drie hebben ze er het grootste belang bij dat ik in leven blijf. De lijfwacht komt zelden in huis. Pieraccio is een familiestuk. Zijn vader werkte al voor de Strozzi, hij heeft me om zo te zeggen geboren zien worden, ik heb zijn zoon ten doop gehouden, ik behandel hem goed, hij hangt aan me als een hond...'

'Goed, goed,' weert Lapo af, maar Strozzi heeft er blijkbaar behoefte aan zijn personeel van de vaagste blaam te zuiveren; misschien wil hij niet enkel zijn gast overtuigen, maar ook zichzelf, want natuurlijk heeft ook hij aan zijn naaste omgeving gedacht. Zijn lijfwachters slapen voor zijn huisdeur en inspecteren elk vertrek, voor ze hem naar binnen laten. Pieraccio kookt niet alleen zijn voedsel, maar proeft ook alle spijs en drank voor, eer hij er zijn meester van voorziet.

'En ik moet je zeggen dat ik daar blij om ben ook. Ze zijn hier waarachtig niet te goed om me te vergiftigen en ik kan me de laatste dagen hondsberoerd voelen. Een maagkoliek waarschijnlijk. Dat ouwe wijf van een pastoor beweert natuurlijk dat ze me beheksen. Ergens prikt een toverkol met spelden in een waspoppetje en dat poppetje ben ik dan. Kletskoek. Het is gewoon een kwestie van wennen. Vandaag ben je kapitein met het blazoen van Florence op je schild en morgen trek je van de ene negorij naar de andere als bloedhond van rijke baronnen. Zoiets slaat op je pens.'

Het oude liedje, denkt Lapo. Niet volgzaam genoeg aangelopen achter de Guelfse partij, en eruit geschopt. Enig medelijden

dient er op over te schieten: de man is een achterneef van Maria...
In gedachten schiet hij met zijn nagel een bolletje over het tafel-
kleed. Dan wordt hij waakzaam en haalt het bolletje weer naar
zich toe.

'Lijdt u aan verstopping?'

'Soms. Hoezo?'

'Dit is geloof ik ricinuszaad. Gebruikt u wel eens wonderolie?
Wie perst dat voor u?'

'Dat moet je Pieraccio vragen. De een of andere apotheker
denk ik. Waarom?'

'Het persen van ricinuszaden moet heel secuur gebeuren. De
olie zelf is een geneesmiddel, maar wat er verder in die zaden zit
is giftig. Als u zich slecht voelt, is misschien die olie niet zuiver
genoeg.'

Van die mogelijkheid klaart Strozzi zichtbaar op. Hij gaat zelfs
zo ver dat hij vaststelt: 'Ik heb je niet voor niets te eten gegeven,
zie ik. Die apotheker moet op zijn donder hebben.'

Hij is opgestaan en boert nog eens grondig. 'Als je echt wat
mans bent, wacht hier de karwei van je leven op je. Iedere pachter
kan op me loeren. Of samenzweren, dan loeren ze allemaal tegelijk.'

'Als kapitein van de wacht zult u toch ook niet de lieveling van
Jan en alleman geweest zijn?'

'Als kapitein van de wacht vertegenwoordigde ik de machtigste
stad van Toscane. Hier ben ik niemand.' Zijn stem is bitter, maar
hij probeert te glimlachen. 'Ik zever als een ouwe hoer voor een
kruisbeeld. Let er niet op. Je hebt gelijk, ik heb voor hetere vuren
gestaan. Kom, we gaan maar eens bij Locciolo van de Tiorcia-
hoeve kijken. Ik wil zweren dat hij me met z'n wijnoogst belazert.
Ga maar bij Pieraccio voorop.'

Wat is dat toch voor hoogmoed in Lapo Mosca, dat hij het niet
hebben kan als vreemde mensen ongevraagd over hem beschikken?

'Messer Benedetto, ik weet niet of ik dat zomaar kan doen. De
bisschop heeft me niet naar Vertine gestuurd om als uw persoonlijke lijfwacht op te treden.'

Iets als een vizier glijdt over Strozzi's gezicht.

'Ik begrijp het. Als de ezel zijn voerbak leeg heeft trapt hij hem om. Barst dan voor mijn part.'

Zodat Lapo Mosca tien minuten later natuurlijk tóch voor Pieraccio op een paard zit.

6

In een omgehakt bos zijn geen moordenaars meer

Locciolo bewoont met zijn uitgebreide familie een omvangrijke hoeve die tegen haar bijgebouwen ligt aangekropen als om bescherming te zoeken tegen de verlatenheid. Rondom de zonnige wijngaarden stijgen en dalen aan alle kanten de dichte loofbossen. De nederzetting Tiorcia is nog afhankelijk van Vertine, maar ligt er uren gaans vandaan, dichtbij de grens waar de landerijen van de Coltibuono-abdij beginnen: afgelegen genoeg om aan de strooptochten van rebellen en soldaten te zijn ontsnapt.

Het is dan ook een betrekkelijk normaal boerenbedrijf, dat Strozzi en zijn mannen aantreffen. De eerste levende wezens zijn varkens die wroeten onder de eiken. Op het erf grazen ganzen en scharrelen kippen op de mesthoop. Langs de muren hangen uien in strengen te drogen, onder het afdak van de hooischuur bengelen gestroopte hazen. Uit de verte waren er mensen te zien, vrouwen bij de oven en de put, kinderen, bezig de schapenwol te wassen; maar als ze de wijngaarden door zijn en het erf op rijden is er niemand meer en zijn de deuren dicht. De lijfwachten moeten roepen en op luiken bonzen eer er een oudere vrouw naar buiten komt, tanig, achterdochtig. Bang. De mannen zijn hout halen in het bos, zegt ze, met een armgebaar heuvelopwaarts. Strozzi bladert in een boek dat hij uit zijn zadeltas heeft gegrepen: hij schijnt waarachtig te kunnen lezen.

'Het hout waar jullie voor betaald hebben is al lang gekapt,' zegt hij.

'Ze sprokkelen. Sprokkelen mag. Sprokkelen kost niets.'

'Sprokkelen doen vrouwen en kinderen. Als jouw mannen niet kappen, zijn ze aan het stropen. Je boft dat ik daar niet voor kom.

De sleutel van de wijnkelder.'

'De deur staat open en u weet de weg.' De vrouw draait zich om en trekt de deur achter zich dicht. Nee, toeschietelijk zijn ze niet in Chianti.

'De deur staat open,' herhaalt Strozzi verachtelijk. 'Waarom ook niet. 't Is de wijn van de patroon immers maar.'

'O, messer Benedetto,' roept Lapo, 'u bent rentmeester van een wijnbaron en weet niet wat de most doet in oktober?'

'Wat dacht je, dat ik me bij het wijnslijtersgilde had laten inschrijven?'

'Het had geen kwaad gekund. Dan wist u dat wijnkelders goed gelucht moeten worden zolang de druiven in de gistvaten liggen. Ieder jaar sterven er mensen aan de bedwelmende dampen die tijdens de gisting vrij komen.'

'Laten ze daar dan tralievensters voor maken, zoals bij ons in Florence.'

'Florentijnen kunnen beter drinken dan verbouwen. Een kelder met een venster wordt 's zomers te warm.'

In Chianti, dat is waar, kunnen de wijnkelders zich geen ramen veroorloven groter dan een gleuf, omdat ze niet, of maar gedeeltelijk, onder de grond liggen. Het zijn hun enorme muren die de temperatuur op peil moeten houden en daarom hebben kelders ook geen tussenverbinding met de aangrenzende stal: hun deur, de enige lichtbron, opent rechtstreeks op het erf en is van het zwaarste eikenhout. Vandaag staat ze vast met haar pin in de grond, en een kei ertegen, zwaar genoeg om weerstand te bieden tegen de straffe wind.

In de schemering liggen manshoge tonnen naast elkaar te wachten op de nieuwe wijn. De druiven, buiten plat getreden, liggen in de 'tini', de gistvaten, vier tot vijf el hoog en vier tot vijf el in doorsnee. Daarbinnen borrelt het en sist het. Ze zijn van boven open, er staan laddertjes tegenaan, en Lapo kan de verleiding niet weerstaan even omhoog te klimmen en over de rand te kijken naar de duizenden halfgeplette druiven, zwart, paars, geel, groen: de keuken waarin mevrouw Natuur haar beste drank aan het brouwen is. In het mengvat waar Lapo tegenaan is geklommen, moet ze al een dag of tien bezig geweest zijn, want het oppervlak is aanzienlijk gezakt. Hij maakt dat hij weer beneden komt, want mevrouw Natuur is kwistig met haar kooldioxyde, en daar wordt hij duizelig van. Bovendien staat de rentmeester aan de ladder te rukken – wil hij leuk zijn of zelf omhoogklimmen? – en zo muurvast staat die ladder nu ook weer niet. Hij laat Strozzi met zijn meetlat en verdere attributen alleen, want hij verlangt naar een verhelderend woordje met de knecht Pieraccio, die bij het escorte gebleven is.

Om de hoek van het huis aan de buitenmuur hangen de kooien van de lokvogels, voornamelijk merels en lijsters. Misère in twee verdiepingen. De gevangenen wippen op en neer in hun veel te kleine cellen, of zitten suf voor zich uit te staren. Het is geen concertseizoen voor ze, maar mochten ze de winter overleven, dan zullen ze ook in het voorjaar nauwelijks in de stemming zijn voor het kwinkeleren dat van ze verwacht wordt. Lapo blijft staan om eens tegen ze te fluiten en ze troostend toe te spreken, maar ze worden er niet zichtbaar vrolijker van. Hij is nu eenmaal geen Franciscus, die niet alleen preekte tegen vogels, maar ze ook bevrijdde, als dat zo uitkwam. Wat te doen, het heilige voorbeeld volgen of Locciolo's eigendom respecteren? Eigendom! Diefstal is het, waar die boer zich aan schuldig gemaakt heeft! Ontvoering, wederrechtelijke vrijheidsberoving...

Mevrouw Natuur zet Lapo op de gulden middenweg: de onderste kooien kan hij openmaken, maar voor de bovenste is hij te klein. De bevrijde vogels weten niet wat hun overkomt. De meeste blijven besluiteloos voor het open deurtje zitten. Lapo heeft al zijn overredingskracht nodig om ze de wijde wereld in te lokken... en maakt zich dan uit de voeten, bang om betrapt te worden bij zijn kattenkwaad.

Pieraccio heeft de paarden gedrenkt en een paar kippen de nek omgedraaid en staat zich nu bij de lijfwachten te vervelen. Hij laat zich, buiten gehoorsafstand van de soldaten, gretig ondervragen, vooral over de zorgen die hij zich maakt en die hij met niemand anders kan delen. Zijn meester is streng en lijkt hard – wat wil je van een oud-kapitein, van een arend maak je geen duif – maar hij is onverbiddelijk rechtvaardig. Wat hij in Chianti doet is niet meer dan zijn plicht en de vijandigheid van de boeren heeft hij niet verdiend. Hij weet niet hoe lang hij hem nog beschermen kan, ook al omdat zijn meester niet meewerkt. Soms denkt Pieraccio dat het leven geen waarde meer heeft voor messer Benedetto, sinds ze hem zijn kapiteinsrang hebben afgenomen. Hij heeft niet eens de moeite genomen om te hertrouwen en naar zijn zoontjes kijkt hij niet om; hij laat ze opvoeden door zijn ongetrouwde zuster.

'Maar hoe kan een soldaat in hart en nieren zijn kapiteinsrang verliezen?'

'Door zijn rechtvaardigheid. Hij was niet partijdig genoeg voor de Guelfen in Florence. Op zijn laatste standplaats heeft hij twee misdadigers terecht laten stellen, in San Gimignano was dat. Ze verdienden het, ze hadden inbraken gepleegd en vrouwen verkracht; maar toevallig waren het zoons uit de leidende Guelfse familie daar.'

'En die familie klaagde hem aan als Ghibellijn?'

'Natuurlijk, en de stad wou ze tevreden stellen. Daarbij weet iedereen wat voor goede Guelf hij is. Iedereen weet, bijvoorbeeld, dat hij de jeugdverloving van zijn zuster verbroken heeft op de dag dat de "consortería" van de bruidegom naar de vijand overliep. Niet eens de bruidegom zelf, of zijn vader, maar een zijtak. Hij wou nog niet de schaduw van een smet op het Strozzi-blazoen hebben. En zo iemand ontslaan ze dan. Begrijp je hoe verbitterd hij is?'

Lapo knikt meewarig, zijn gedachten al bij een volgende vraag, die hij niet zou moeten stellen, die niet ter zake is en die hij toch niet voor zich kan houden: 'Ken jij overigens de dochter van Pallo Strozzi, Maria, die met een Machiavelli getrouwd is?'

Pieraccio lacht.

'Jouw vlam, hè? Dat zeggen ze tenminste in Florence. Natuurlijk ken ik haar, van dat ze zó hoog was. Voor ik bij messer Benedetto in dienst kwam werkte ik voor messer Giannozzo, Palla's broer. Ik heb haar dikwijls gezien. Ik ken trouwens de hele consortería Strozzi.'

De lijfwachten zijn op Pieraccio's gelach dichterbij gekomen. Ze plagen Lapo goedmoedig met zijn verre liefde, en een zingt er zelfs een liedje dat Lapo op zijn Maria gemaakt heeft, jaren terug.

Hij wordt onderbroken door een schreeuw. De vrouw van Locciolo staat bij de hoek van de wijnkelder en gilt om hulp. Als ze aan komen lopen staat ze te beuken op de deur, de zware eiken deur, die in het slot is gevallen.

'De sleutel!' roept ze – waarschijnlijk heeft ze dat daareven ook al geroepen. Als de mannen de sleutel niet hebben – natuurlijk hebben ze de sleutel niet – valt ze op haar knieën en begint vertwijfeld tussen stof en drek te zoeken. Ze begreep niet waar de rentmeester bleef, zegt ze hijgend, ze was gaan kijken of ze hem helpen moest en had de deur gesloten gevonden. Dichtgewaaid, in het slot gevallen, maar waar is de sleutel dan toch?

Er is geen sleutel. De wind die het rotsblok wegwentelde en de pin uit de grond trok heeft ook de sleutel in zijn zak gestoken, denkt Lapo, dravend naar een schuur om een bijl, maar hoe zou er een bijl zijn als de mannen 'sprokkelen'? Al wat hij vindt is een hak, waarmee de boeren hier de harde grond bewerken. Ook een harde deur is ermee te bewerken, en als de lijfwachten er hun volle gewicht tegenaan gooien splijt ze tenslotte uit haar hengsels.

Geen Strozzi te zien in de kelder, maar een van de ladders – die waar Lapo op gestaan heeft – ligt op de grond. Hem oprichten, beklimmen, en de rentmeester in het gistvat zien – bewusteloos of dood – is het werk van een ogenblik. Meer tijd kost het de zware man uit de borrelende massa te hijsen en naar buiten te slepen. De vrouw krijst als ze hem ziet en zet het op een huilen en roept de mannen tot getuigen: dat het een ongeluk was, dat het de wind was, dat ze er niets aan kon doen...

Hij is niet dood. Als er een kom water over zijn hoofd is uitgegoten opent hij zijn ogen. Alle vier slaan de mannen een kruis: een mirakel; maar zonder zijn ijzeren constitutie was er aan de rentmeester weinig te mirakelen geweest.

Na zijn ogen opent hij zijn mond – voor een vloek, als ze goed horen – en een kwartier later is hij voldoende bij kennis voor samenhangende volzinnen. Hij maakt er een spaarzaam gebruik van.

'Alles platbranden. Iedereen vastnemen. Naar huis.'

Lapo Mosca bezweert de soldaten, te wachten tot Strozzi zijn volle verstand terug heeft. De kwade opzet is niet bewezen, de schuld van de boeren is niet bewezen: welke gek vermoordt een tegenstander bij zich thuis? Maar nog terwijl hij praat mengt

Strozzi zich ertussen: iemand heeft de ladder omgekiept en de deur dichtgesmeten en voor hij, worstelend met de druiven, buiten kennis raakte heeft hij een sleutel in het slot horen omdraaien.

'Platbranden zei ik. Komt er nog wat van?'

Een bevel dat voorzien is. Er wordt geen mens meer aangetroffen op Tiorcia, behalve een oude man die zijn bed niet uit kan en op het gras wordt gelegd. Er zit veel hout aan deze boshoeve. Ze brandt als een fakkel. Op de terugweg moet Lapo aan de bovenste rij vogelkooien denken, waar hij niet bij kon.

De tocht duurt lang, omdat de rentmeester zich niet in het zadel kan houden. Een paar maal valt hij flauw en in afleveringen kotst hij zijn hele omvangrijke middagmaal uit. Een van de lijfwachten gaat tenslotte achter hem zitten en houdt hem vast; de andere is bij het brandende huis gebleven.

Als Lapo, met Pieraccio, de patiënt in bed geholpen heeft, blijft hij ontmoedigd staan kijken naar de rook die ver weg boven de beboste heuvels stijgt. Strozzi nam hem mee als bescherming en hij is niet verdacht geweest op een moordenaar in die stille omgeving. Hij heeft gefaald: dat de aanslag net nog mislukte is zijn verdienste niet. Als hij beter had opgelet, stond bovendien nu de hoeve niet in brand en waren er geen boeren vogelvrij, van wie hij nog steeds niet goed kan geloven dat ze schuldig zijn. Een vijand die wist van Strozzi's komst heeft hen opgewacht in een hinderlaag; of een vijand die hen zag gaan, is hen gevolgd. Hij ziet het gezicht van de vrouw, groen van angst. Hij voelt zich bedonderd.

7

Wie verdrinkt, die schreeuwt, al hoort hem geen mens

Als Lapo zich die nacht in zijn tenen geknepen voelt is hij voornamelijk woedend en beseft dan dat het zolderspook volledig was schuilgegaan achter het drama van Tiorcia. Hij heeft tot laat in de avond met de pastoor zitten praten, die geen ogenblik twijfelde aan de schuld van de boer. Locciolo had geknoeid met de wijn – 'dat doen ze hier allemaal' – en wilde voorkomen dat de rentmeester hem ontmaskerde. De logica van een theorie die hij niet wil aanvaarden maakte Lapo giftig op de man die haar verkondigde en misschien is het daarom dat hij, wakker geknepen, aan de brandstapel denkt waar zijn bedgenoot een parochiaan zou hebben opgedreven. Dus fluistert hij: 'Dat is waar ook. In het dorp weten ze wie het is, daarboven. Een zekere Betta di Cione.'

Hij smaakt de voldoening, de pastoor te horen kreunen, zodat hij kan snauwen: 'Als je wilt dat ik luister, hou je dan stil.'

De wind is gaan liggen, de geluiden boven hun hoofd zijn duidelijker dan ooit; misschien omdat Lapo nu weet wat hij verwachten kan. Geluiden als van een uil, inderdaad: er worden werkelijk dakpannen opgelicht. Maar daarna geschuifel, gemorrel, gekraak, de indringer zoekt iets, dat is nu wel zeker. Lapo breekt zich het hoofd over de befaamde Arrighetto di San Paolo en – als het inderdaad Arrighetto is – over de vreemde belangstelling van Piet Plunderzak voor een pastoorszolder in Chianti; tot opeens de eenvoudige verklaring tot hem doordringt. Dit huis is de pastorie helemaal niet. De drie bengels Ricásoli hebben er gewoond tijdens hun bezetting. Hebben ze daarboven iets achtergelaten, om welke reden dan ook, dat ze later terug hoopten te halen? Vertrouwden ze op de belofte van de stad die hen, bij ontruiming van het dorp, uit de ban zou bevrijden? De stad heeft die belofte niet gehouden en hen daarmee in de armen van de Ghibellijnen gedreven. Hun stamslot ligt in het Arno-dal, Piet Plunderzak is zo goed als hun buurman. Nu ze als bannelingen zelf niet terug kunnen naar Vertine, hebben ze de geveltoerist Arrighetto van hun gastheer geleend en die brengt sinds een maand de pastoor tot vertwijfeling. De gedachte opent mogelijkheden, al zijn niet alle vraagstukken ermee opgelost. De zolder is groot en als het gezochte voorwerp klein is kan het bijna overal zitten. Kloppend langs de wanden, die morgen, heeft Lapo al vastgesteld: de grote holte van een geheime trap zou hij horen, maar de gleuf van een geheime bergplaats hoort hij niet. Behalve de wanden zijn er de dakbalken nog en de vloeren. Evengoed: na zeven of acht nachtelijke expedities had de zolder zijn geheim prijs moeten geven. Arrighetto heeft zijn hersens in zijn benen zitten. Of de bengels weten niet precies meer waar hun bergplaats was... of het gezochte is zelf zoek. Het zou een juweel kunnen zijn, of een beurs, maar Lapo denkt allereerst aan een document dat voor hen van belang is. Alleen: waarom hebben ze het dan bij hun aftocht niet in hun laars gestopt?

Zodra het licht is haast Lapo Mosca zich met een lantaren naar boven. Hij hoopt voetsporen te vinden op het zaagsel dat hij gisteren over de vloer gestrooid heeft, maar de storm heeft een nieuwe voorraad blaren en strootjes door de spleten geblazen, die het spoorzoeken niet vergemakkelijken. Bepaalde vegen kunnen van de indringer afkomstig zijn, maar dan had hij zijn voeten met lappen omwikkeld. Net als Arrighetto, dat is waar... maar ook net als tienduizenden anderen die voor leren schoenen geen geld hebben. Een en ander belet Lapo intussen niet om, beneden gekomen, tegen zijn gastheer te zeggen: 'Je had het goed, hoor. Uilenpoten. En wat voor uilenpoten. Klauwen van een halve el. En dan dat kuchen. Ze wisten het wel, in het dorp. De geest van Betta di Cione als weeruil. Vast en zeker.'

Uitscheiden! vermaant hij zichzelf, je legt het er weer veel te dik op, daar vliegt zelfs hij niet in... Maar de pastoor zit daar op zijn kistbank te rillen en zijn mond open en dicht te doen zonder geluid te geven, de man is werkelijk zenuwziek. Lapo moet met kracht aan de brandstapel denken om zich niet te schamen en geen medelijden te voelen. Als waar is wat Betta's zuster vertelde, denkt hij streng, dan verdient die man geen troost. Hij verdient een hartverlamming. En onbarmhartig gaat hij door op de weeruil: wie weet wat het monster uitspookte, als er meubels of voorraden op de zolder lagen opgeslagen! Was die eigenlijk ook al leeg toen de pastoor hier in trok, of hadden de baronnen er spullen laten staan?

'Leeg,' mompelt de pastoor afwezig; maar even later: 'zo goed als leeg. Er stonden stellingen om appels te drogen. Die heb ik opgestookt. De appels zelf waren me liever geweest. Een paar wormstekige meubels heb ik er ook vandaan gehaald. Deze bank hier, en een paar tafelschragen. Ook goed als brandhout, maar ik had zelf niets meer...'

Tien minuten nadat de pastoor is gaan mislezen staat Lapo bij het open venster om het perkament te ontcijferen dat hij in het deksel van de gammele bankkist gevonden heeft, verpakt in wasdoek. Een vodje, zoals geheime koeriers op hun lijf dragen, maar de inhoud liegt er niet om:

'Messer Arrigo Arrighi de' Ricásoli verklaart zich, mede namens zijn broeders, akkoord met de voorstellen van messer Pier Saccone de' Tarlati, en zal hem de vesting Vertine overdragen tijdens de godsvrede van de paasnacht na het afgesproken vuursignaal.'

Nadat Lapo Mosca het wasdoekpakje zorgvuldig diep in zijn zak heeft laten verdwijnen, blijft hij peinzend naar buiten staren. Het document is goed voor een enkele rit schavot voor alle drie de landverraders. Het is begrijpelijk dat ze het tot elke prijs terug willen hebben en volstrekt onbegrijpelijk dat ze het op de zolder achterlieten; misschien hebben ze pas achteraf gehoord dat het daar ergens terecht was gekomen? Maar dat is van later zorg: Lapo's eerste vraag is wat hij met zijn vondst zal doen. Natuurlijk, hij kan het zakje zonder commentaar op de zolder leggen en dan is het eerstvolgende weeruilbezoek stellig het laatste. Maar Lapo Mosca draagt de republiek Firenze, wat er ook aan haar mag ontbreken, een bijzonder goed hart toe. Hij heeft er weinig behoefte aan bengels die met de vijand heulen een dienst te bewijzen. Bovendien zou hij het zolderspook niet graag uit de wereld helpen zonder de pastoor het inquisitie spelen af te leren. En één ding is zeker: hij voelt er niets voor wéér een nacht door te brengen met zijn neus naast de zweetvoeten van de bibberende heksenjager. Na de mis zegt hij tegen zijn gastheer: 'Eigenlijk zou ik eens met de dochter van die Betta di Cione moeten gaan praten.'

Als hij goed begrepen heeft dat het meisje door de bengels is misbruikt, zou ze op de hoogte kunnen zijn van wat er hier in hun huishouden is omgegaan. Bovendien is zij de eerste aan wie de pastoor iets heeft goed te maken en Lapo is van plan hem dat te laten doen ook. Wordt hij uit haar berichten niet wijzer, dan kan hij altijd nog zijn nachten op zolder of naast de buitenmuur doorbrengen, net zolang tot hij de inbreker op heterdaad betrapt heeft. Waar kan hij het meisje vinden?

'Meegetrokken met de jongeheren,' mompelt de pastoor, meteen weer van streek. 'Een hoer. Een hoer en een heks.'

'Dat treft dan,' meent Lapo opgewekt. 'Als heks moet ze weten hoe ze de geest van haar heksenmoeder tot kalmte kan brengen. Wie de dief zoekt, verhoort allereerst de diefjesmaat. Bij de jongeheren dus. Die zitten zeker weer op hun stamslot?'

'Helaas niet...' de toon van de priester is waarachtig meewarig. De jongeheren zijn nog in de stadsban gesloten, hun huizen in het vestingdorp Ricásoli zijn verzegeld. Maar Lapo's reddingsplan werkt verfrissend op zijn geheugen: nu hij er goed over nadenkt, meent hij gehoord te hebben dat de heren de zondares aan de kant gezet hebben...

'Weggegooid hebben ze haar als een afgekloven bot,' verklaart de tante in het dorp. De bengels hebben zich maanden lang met haar nicht geamuseerd en haar weggestuurd toen haar buik te dik werd. Wie van het stel de vader van haar kind is, weet ze niet eens, maar gelukkig is het te vroeg geboren, en dood. Ornella zelf heeft een rijke baby als zoogkind aangenomen en is ingetrokken bij een oom die dagloner van de abdij is. Niet getrouwd natuurlijk: haar moeders bezit werd geconfisqueerd en de grijpstuiver die de baronnen haar meegaven kwam terecht bij de vroedvrouw.

'Daar moet iets aan te doen zijn,' meent Lapo, net als gisteren tegen de spinnende grootmoeder, maar voor Ornella heeft hij geen barmhartige broederschap op het oog. Ga uit als spokenbanner en je komt terug met huwbare dochters op je nek, denkt hij, en grijnst. Hij voelt zich voor het eerst weer plezierig en plezierig zou hij op pad gegaan zijn, als Ornella's tante niet op het laatste ogenblik gezegd had: 'Het is nog mooi dat ze het kind hebben laten gaan. Ze hadden haar ook kunnen afslachten, als Locciolo van de Tiorcia-hoeve.'

Want Locciolo is gisteravond uit het bos gekomen om zijn oude vader te zoeken en Strozzi's schildwacht in de armen gelopen die hem zonder vorm van proces heeft opgehangen: die opdracht had zijn meester bij hem achtergelaten. Lapo begrijpt nu waarom hij vanmorgen in de blikken van de dorpsbewoners geen spoor terugvond van de genegenheid die hij gisteren dacht te hebben gewekt. Hij was erbij in Tiorcia. Hij ligt over de vloer bij pastoor en rentmeester, hij is tegenpartij, hij is het been dat doet wat de knie beveelt. Als Pieraccio hem even later staande houdt omdat de rentmeester hem mee wil hebben op een inspectiereis, weigert hij kortaf: 'Je baas hoort in bed en ik heb andere dingen te doen. Ik bescherm trouwens geen tirannen die links en rechts mensen vermoorden.'

'Dan kan ik maar beter zeggen dat ik je niet meer getroffen heb,' lispelt Pieraccio zorgelijk, een sippe slaaf.

Lapo meent wat hij zegt. Maria's neef is Maria's neef niet meer, maar een tiran en Lapo zou alleen al de ware schuldige van Tiorcia willen ontmaskeren om Strozzi met een proces op te schepen. Zonder bewijs had hij geen brand mogen stichten, laat staan een verdachte ophangen. Als hij zulke streken ook in zijn vorige beroep heeft uitgehaald is het geen wonder dat de stad hem ontsloeg.

De Tiorcia-hoeve ligt in de richting van de abdij Cultibuono waar de oom van het meisje Ornella moet wonen. Lapo loopt dan ook grotendeels de weg die hij gisteren met Pieraccio gereden heeft. Hij heeft niet het gevoel alleen te lopen: het is of Angelo Moronti naast hem gaat en verwijten fluistert, niet enkel tegen de Strozzi's, ook tegen de Lapo's dezer aarde. Hoe lang laat je de hulpelozen nog tobben? Hoe lang laat je mij nog in mijn eentje vechten? Hoe lang stop je je eigen oren nog vol met je godzalige smoesjes?

Ieder huis waar hij langskomt gaat Lapo binnen om te informeren of iemand gisteren het escorte van de rentmeester heeft zien langskomen en misschien een voorbijganger ervóór, of erachteraan? Hij heeft geen succes. De binnenweg naar Tiorcia is eenzaam, de paar huizen die hij ziet zijn vervallen of verlaten op een na, waar een oude dove man woont die nergens van weet. Waar het bos ophoudt en de wijngaarden beginnen blijft hij een poos staan kijken naar de puinhopen die nog roken en stinken. Het erf is overdekt met as en halfverbrande rommel die het zoeken naar sporen onmogelijk maken.

Sporen? Welke sporen zou hij achtergelaten kunnen hebben, de moordenaar van Lapo's dromen? Hij moet een schuilplaats gehad hebben van waaruit hij nauwkeurig kon vaststellen wanneer de rentmeester alleen in de wijnkelder was. Zo'n schuilplaats is er niet. Lapo had aan het bos met het dichte hakhout gedacht, maar het bos is veel te ver weg, nu hij het terugziet. Met liefde zou hij de lijfwachten en zelfs Pieraccio verdenken, als hij ze niet voortdurend onder ogen had gehad. Toch de boeren, zegt hij zuchtend tegen de schim van de Gifengel. De veronderstelling dat geen moordenaar zich in zijn eigen huis aan een slachtoffer vergrijpt ligt zo voor de hand dat ze ook, op haar kop gezet, als een soort alibi dienst kan doen. Het is vaker vertoond: pokeren met de logica.

De bewoners zijn teruggekeerd. Uit een stenen schuur die overeind bleef komt het eentonige gejammer van dodenklachten. Daar zit, in een kring van verwanten, de vrouw van gisteren met haar dode man op schoot, zijn paarse kop met de uitgestoken tong tussen haar handen. Ze wiegt heen en weer terwijl ze, half sprekend, een oeroud lied zingt op een wijs van drie of vier tonen; Lapo vangt er een brokstuk van op:

'Donker maak je me, donker maak je me!
  Jij bent dood en ik moet leven,
  jij bent in het licht gekomen,
  donker is bij mij gebleven,
donker maak je me, donker maak je me!
  zeg me hoe ik nu moet wonen
  en je zoons te eten geven?
  Had ons ook maar meegenomen.
Donker maak je me, donker maak je me!'

De omstanders willen plaatsmaken voor Lapo, de geestelijke. Hij schudt sprakeloos het hoofd en loopt weg als een geslagen hond. Achter hem begint een andere vrouwenstem het lied van de bloedwraak, dat ook Angelo Moronti gezongen heeft:

'Ga naar de oever, blijf zitten wachten,
  eens drijft het lijk van je vijand voorbij...'

Even over de pas, hoog boven de Arno-vallei, rijst de vierkante grauwe toren van de abdij Coltibuono uit het dichte geboomte omhoog. Coltibuono beheerst het hele gebied, samen met de oude vesting Montegrossoli aan de andere kant van de pas, waar tegenwoordig een Florentijns garnizoen ligt. De pas zelf vormt de voornaamste verbinding tussen Arno-dal en Chianti, en dat maakt het gastenkwartier van de abdij tot een heel wat levendiger pleisterplaats dan de kloosterruïne op het verlaten bergpasje meer naar het noorden, waar Lapo de stervende namaak-Donati heeft aangetroffen. De gastenbroeder heeft dan ook geen gebrek aan conversatie – gelukkig evenmin aan consumptie – al is het burgerverkeer de laatste tijd wat teruggelopen. Oorlog is nooit goed voor gezelligheid. Niet alleen vanwege de vechtpartijen zelf: in de chaos die ze scheppen neemt ook de struikroverij dadelijk weer toe. Wat in de Toscaanse bergen opereert is bepaald niet zachtzinnig. Nikshebbers als Lapo Mosca lopen in de regel weinig gevaar, maar heeft hij gehoord van de Picardische gravin die tijdens het Heilige Jaar op haar pelgrimstocht werd overvallen? Haar man ontkwam en ging hulp halen, maar zelf werd ze meegevoerd naar de rand van de afgrond waar de roverhoofdman al zijn slachtoffers in smeet. Trek eerst je mooie kleren uit! had hij gezegd, want ze zat vol zij en fluweel en opgestikte parels en gouddraad. Draai je dan tenminste om, smeekte de gravin huilend toen ze ook haar hemd van het fijnste batist nog moest uitdoen; en toen de schurk aan dat verzoek voldeed, gaf ze hem een por in de rug zodat hij zelf de afgrond inviel. Op de terugreis heeft het echtpaar in de abdij overnacht, dus de gastenbroeder heeft het verhaal uit de eerste hand. Wat hem steeds nog bezighoudt is het eeuwig lot van de hoofdman. Door zich om te draaien bewees hij op 99 delen boosheid 1 deel fatsoen te hebben overgehouden en dat ene deel werd zijn dood, zoals dat vaker gaat bij inconsequent gedrag. Zou dat ene deel hem nu mogelijk toch voor de 'tweede dood' in de hel bewaren? Maar Lapo Mosca is meer geïnteresseerd in het eeuwig lot van pelgrims die zich met juwelen behangen ter bedevaart meenden te moeten begeven. Kunnen kamelen de ogen van naalden door, als ze zich met een aflaat gewapend hebben? De gastenbroeder kijkt hem geschandaliseerd aan en Lapo beseft dat alweer de tong van de Gifengel zich in zijn mond geroerd heeft. Maar zijn overpeinzingen worden doorbroken door het volgende verhaal dat de broeder op zijn roversrepertoire heeft en dat zich nog geen week geleden heeft afgespeeld, vlakbij: op het plein pal voor het klooster. Daar hadden twee Florentijnen hun karos laten staan, terwijl ze zich binnen wat opfristen, een moeder met haar zoon, welgestelde burgers, altijd goed voor een gift. Maar toen ze weer buiten kwamen: weg karos, plus paarden, plus bagage...

'Plus koetsier?'

'Hadden ze niet. Die jongeheer mende zelf. Behalve de reistassen die ze mee naar binnen genomen hadden waren ze alles kwijt. Maar ondertussen hebben de dieven ook op hun neuzen gekeken, want de voornaamste bagage bestond uit een lijk.'

Lapo gaat rechtop zitten.

'Een lijk. De echtgenoot van de dame. Ze waren op weg naar Rome – dat zeien ze tenminste – maar de oude baas liet het afweten en ze gingen als de bliksem terug voor hij uit elkaar viel. Wat hij ondertussen toch wel gedaan zal hebben. Ik zie die dieven hem niet in een praalgraf stoppen. Aan afgronden en wolven is hier geen gebrek, of je je nou van een dode wilt ontdoen of van een levende, zoals de gravin van Picardië.'

'En waar zeien ze dat die man gestorven was?'

'Onderweg. Zogenaamd wisten ze niet hoe het daar heette. Maar ik heb de wielen van de karos gezien. Die zaten onder het leem van de Arno. Het is mijn zaak niet, maar als ík Florence was zocht ik linkere spionnen uit.'

'Een Cultibuoner gastenbroeder bijvoorbeeld,' plaagt Lapo afwezig. Zijn gedachten zijn bij het geroofde lijk: bij Apardo Donati, die niet in vijandelijke aarde mocht rusten van zijn hebberige erfgenamen en daardoor in een vaderlands ravijn belandde. Want de broeder heeft gelijk: in deze gebieden wijzen wielen met Arnoleem tamelijk zeker op een rit over het terrein van de Ghibellijnse rebel Piet Plunderzak.

'Hoe zijn jullie van ze afgekomen? Hebben jullie hun paarden geleend?'

'Twee oude knollen, we hadden niets anders. Die zoon is ze trouwens gisteren netjes terug komen brengen en daarbij zat hij zelf op een heel wat beter beestje. Een aardige jongen, en niet gierig.'

Om bij de daglonende oom van Ornella te komen blijkt Lapo

een mijl dalwaarts naar een gehucht te moeten dat Monterotondo heet vanwege de kale ronde heuvelkop waarop het gebouwd is. De bossen hier hebben sinds lang voor wijngaarden plaatsgemaakt, zodat Lapo onvermijdelijk de strenge bergketen van de Pratomagno terugziet, die hij veel liever ontwijkt; het koude weer van gisteren heeft een eerste sneeuwlaag over de toppen gelegd. Een gebied van heiligen en heremieten, jawel, maar ook van drijvers en doordouwers. Niet alleen de Gifengel is uit die contreien afkomstig: Lapo heeft zojuist van de gastenbroeder gehoord dat ook de weggejaagde Fraticello die ze Joachim noemen daar ergens zijn ketterse klooster moet hebben.

Op het erf van Monterotondo ziet hij eerst een lelijke vrouw, dat zal Ornella dus wel niet zijn, en daarna een mooie en dat is ze wel. Mooie jonge vrouwen behandelen een onaanzienlijk broertje bij voorkeur uit de hoogte, maar Ornella is enkel zwijgzaam en wantrouwig. Over de drie Ricásoli-bengels wil ze niet praten en als ze hoort dat Lapo bij de pastoor logeert laat ze hem staan en gaat zonder een woord een huis in. Lapo staat haar onthutst na te kijken, als iets merkwaardigs zijn aandacht treft: een boer, die ergens een dakgoot gerepareerd heeft, daalt zonder ladder de ruwstenen wand af of het een staatsietrap is. Beneden gekomen krijgt hij een hoestbui. En als hij naar een schuur loopt blijkt hij te hinken.

'Arrighetto!' roept Lapo halfluid, ofschoon hij de legendarische veedief nooit gezien heeft. Wat hij wel ziet is de schok die door de man gaat als hij hoort roepen, ofschoon hij zonder om te zien in de schuur verdwijnt. Lapo loopt hem na en pakt, zoniet de koe, dan toch de koedief bij de horens: 'Ik kom je waarschuwen dat het uit moet zijn met dat gedonder op die zolder in Vertine. Er ligt niks en je krijgt er last mee.'

Een halfuur later zitten ze gedrieën onder een afdak waar de karren staan – Ornella met haar zoogkind op schoot. Ze wordt allengs spraakzamer, zodat Lapo de theorieën die hij eerst heeft ontvouwen vervolgens herzien kan. Arrighetto werkt niet voor de bengels. Hij werkt tegen ze. Van dat wat hij zoekt weten de drie Ricásoli zelfs het bestaan niet af, want niet zij hebben het verstopt, maar de jongen die het bericht naar Piet Plunderzak had moeten brengen. De Ricásoli hadden hem uitgekozen omdat hij goed paard kon rijden en veilige binnenwegen kende; dat hij behalve paardrijden ook lezen kon was hun ontgaan. Het drong snel tot de koerier door dat hij zijn brief overal beter kon afleveren dan op het bestemde adres – de Florentijnen bijvoorbeeld zouden hem er goed voor belonen – maar er zou een tijd komen waarin de drie Ricásoli zelf er nog aanzienlijk meer voor over zouden hebben. Zo verborg hij het stuk daar waar het niet licht gevonden zou worden – in het huis van de bengels zelf –, verliet Vertine... en verdween. De troepen van Piet Plunderzak, verstoken van het bericht, kwamen niet opdagen in de paasnacht. Om toch wat vertier te hebben overvielen ze een ander dorp – uitgerekend het dorp waar de koerier zich schuilhield. Het was Arrighetto die hem vond nadat hij als gewoonlijk de muur beklommen en de soldaten binnengehaald had. Tegen beloning was hij bereid de verstekeling, ook weer via de muur, naar buiten te helpen; maar dat liep slecht af. De koerier raakte dodelijk gewond en sleurde zijn redder mee omlaag, waarbij Arrighetto zijn voet brak. Meer dan 'Vertine' en 'op zolder' had de jongen niet meer kunnen mompelen... en daar was niet veel mee te beginnen. Arrighetto had trouwens andere zorgen. Hij werd door zijn baas aan de kant gezet. De voet genas slecht. Voor militair klimwerk was hij niet bruikbaar meer; voor het snel en geruisloos stelen van vee, waar hij vroeger in uitblonk, evenmin. Terug in het Ghibellijnse legerkamp aan de Arno hield hij zich in leven met klusjes hier en daar, maar de toekomst zag er somber uit... tot hij een mooi zwanger meisje uit Vertine ontmoette. Vertine... die naam zei hem iets. Ornella had de koerier goed gekend, en in de paasnacht begrepen dat er iets misgelopen moest zijn. In lange gesprekken wist het tweetal de vermoedelijke gang van zaken te reconstrueren, en ze besloten er munt uit te slaan. Samen waren ze naar de oom bij de abdij Coltibuono getrokken – een reis die de voortijdige geboorte van Ornella's kind ten gevolge had. Vanuit Monterotondo reed en rijdt Arrighetto op donkere nachten naar het dal onder Vertine: ook als hinkepoot komt hij de muren nog wel op, zij het niet zo virtuoos meer als vroeger. Alleen was, na acht vergeefse expedities, de roze zonsopgang van een chantagetoekomst allengs weer door wolken afgedekt. Misschien had de koerier helemaal geen 'zolder' gezegd, of er iets heel anders mee bedoeld... en daar zat Arrighetto nu en was straatarme dagloners tot last. Hij was, in het kamp, bij Ornella terechtgekomen omdat ze de naam had manke koeien en paarden te kunnen genezen. Aan hem had ze niets kunnen doen, het geklauter in Vertine had hem geschaad en hij wist werkelijk niet meer waar hij op die vervloekte zolder nog zoeken moest.

'Dat zou ik dan verder ook maar laten,' meent Lapo, 'en ik zou bovendien maar blij zijn dat het niets opleverde. Dachten jullie werkelijk dat die drie schooiers zich als melkkoeien lieten gebruiken en jullie niet binnen de kortste keren tot zwijgen hadden gebracht?'

Ze hadden maar een keer geld willen vragen en daar een koe voor kopen en heel ver weg trekken, zegt Ornella, steeds met dezelfde toonloze stem. Arrighetto is erg goed met koeien, voegt ze er aandoenlijk aan toe en wanneer Lapo hoort voor welk erbarmelijk bedrag ze hun leven op het spel hadden willen zetten, krijgt hij de tranen om zo te zeggen in zijn ogen. In zijn achterzak voelt hij het perkament. Hij laat het er veilig zitten, leunt gemakkelijk achterover en kietelt het zoogkind eens onder de kin – een 'neefje' van de abt, zeggen ze. Dan begint hij uiteen te zetten hoe hij aan een hoger bedrag denkt te komen en daarmee neemt het gesprek een minder sombere wending; zij het dan dat Ornella de pastoor van Vertine zo verafschuwt dat ze het 'bloedgeld' dat Lapo hem denkt af te zetten, maar nauwelijks wil aannemen.

'Je moet me toch eens vertellen,' zegt Lapo, als de avond al gaat vallen, 'was je moeder nu een heks of niet?'

Ornella kijkt hem verwonderd aan.

'Natuurlijk was ze een heks. Waar dacht je dat we van leefden? Alle vrouwen toveren bij ons op het dorp. De dochters leren het van hun moeders. Mijn moeder was er erg goed in, maar het vak gaat achteruit...'

Haar grootmoeder, weet Ornella, dat was nog een échte: die kon door de lucht vliegen en met de duivel praten. Zelf heeft ze haar niet gekend, maar het is haar vaak verteld. Haar grootmoeder op de brandstapel, dat had ze desnoods kunnen begrijpen. Maar haar moeder was een goede heks, verzekert ze, terwijl de tranen over haar gezicht stromen. Er moest al wezenlijk geen kruimel eten meer in huis zijn, wilde ze mensen helpen die een doodsdrank verlangden of met waspoppetjes aankwamen. Als haar liefdesdranken en haar amuletten niet werkten, was dat een hoge uitzondering. Zij had Arrighetto's voet wel beter gekregen, het was een voet waar het Boze Oog op geworpen was en voor het Tegenoog draaide ze haar hand niet om. Alles wist ze van kruiden en spreuken en wat een mens met maandbloed kon doen en met het zaad van gehangenen: geen vrouw in Vertine wist zoveel als zij. Ze kon veel meer voor de dorpelingen doen en had veel meer gezag dan de pastoor, die slechte kerel. Dat moest haar op een dag het leven kosten.

Arrighetto zit er ontroerd bij. Hij is niet gezegend met de gave des woords maar heeft een rijk gemoed. Een oud, lelijk, mank slangenmensje, maar Ornella vereert hem en hij vereert Ornella. Lapo ziet de idylle aan en krijgt bijna weer plezier in het leven.

Maar die avond, op de hooizolder, maakt hij een balans op en die valt niet zo best uit. Aan de weeruil van de pastoor heeft hij een eind kunnen maken. Zonder weeruil had de pastoor zijn bisschop niet te hulp geroepen. Desondanks heeft bisschop Corsini zijn waarnemer niet op dat privé-spook afgestuurd, maar op de algemene heks-en-ketter-verschijnselen in het dorp Vertine. Het valt niet te ontkennen: die verschijnselen zijn er. Hij kan het vertrouwen van Corsini niet beschamen door te doen of er niets aan de hand is; maar hangt zijn rapport het ware beeld op – al is het maar het beeld dat uit Ornella's woorden naar voren kwam – dan marcheert de inquisitie op Vertine aan. Hij zou Corsini duidelijk willen maken, dat het nuttiger was om voedsel naar het dorp te sturen en kleren en stookhout: ook planten raken hun schimmel en spint weer kwijt met nieuwe aarde en wat mest. En als er dan nog een nieuwe pastoor afkon, een die zijn kudde het verschil tussen geloof en dwaalgeloof uitlegde, in plaats van op heksen te jagen... Die inquisitie, die konden ze dan loslaten op Joachim met zijn onzin over brongeesten en wilde varkens. Joachim in de Pratomagno. Lapo gooit zich woedend op zijn zij. Hij weet al lang dat hij, om wijs te worden uit het verwarde gepraat van de dorpelingen, persoonlijk naar Joachim in de Pratomagno zal moeten gaan.

8

De armen gaan het eerst aan de galg en het laatst aan tafel

Over eenzaamheid heeft Lapo Mosca op de terugweg niet te klagen. Hij is de pas nog niet over of boeren en boerinnen trekken hem tegemoet, op ezels, naast ezels, met manden op het hoofd en manden op de rug. Er is markt in het dorp onder Vertine en Lapo zet er de pas in, want hij is dol op markten. Hij heeft nooit geld en als hij geld had zou hij waarschijnlijk nog niets kopen. Maar hij krijgt er nooit genoeg van langs de kramen te slenteren waar de kleurigste en meest uiteenlopende dingen liggen uitgestald, van eieren en fruit tot potten en kannen, van biggetjes tot heilzame kruiden, van naalden en spoelen tot wol en oud roest. Hij houdt van de luchtjes, hier van de worstjesbrader, daar van de kaasboer. Van de marktroepen houdt hij en van de grappen die heen en weer flitsen tussen venters en kopers. Hij houdt zelfs een beetje van de nooit ontbrekende buidelsnijders en kruimeldieven, ongeveer zoals een huisvrouw van kakkerlakken houdt: om er haar jachtinstinct op uit te leven. Hier is de koppelaarster aan het werk, daar de toekomstvoorspelster en voor de goktenten staat de jeugd zich te verdringen, want zoals men weet is gokken minder zondig als er een kaartje voor gekocht wordt. Midden tussen het gewoel laten potsenmakers een beer dansen, of staan speellui op een wagen met een liedje of een klucht. Eigenlijk haast Lapo zich vooral daarom. Het zou kunnen dat Angelo Moronti, na de wijnfeesten, zijn fortuin is komen zoeken op de markt van Gaiole en Lapo wil Angelo Moronti graag terugzien.

Gaiole ligt op een kruispunt van wegen en dalen. Het is niet ommuurd, dat zijn marktplaatsen zelden. Ze bestaan uit niet veel meer dan een plein met een haag van huisjes. Er valt weinig te halen, behalve op marktdagen, en juist dan zouden de poorten natuurlijk open moeten zijn. De laatste tijd valt er trouwens ook weinig te halen als er wél markt is, zodat Lapo een tegenvaller beleeft als hij buiten adem het plein opmarcheert. Het beetje dat werd aangevoerd is al uitverkocht, de kooplui zijn hun kramen aan het afbreken. Enkel ketellappers en scharrelaars in tweedehands spullen komen in deze jaren van slechte oogst aan hun trekken. Tweede tegenvaller: van de Gifengel geen spoor. Het vermaak schijnt deze morgen verzorgd te zijn door schele Naddo met zijn aap, een onbetrouwbaar kereltje, dat Lapo van vroeger kent: Naddo heeft meer dan eens liedjes en lolletjes van hem gestolen. Hij ziet hem in de verte staan zwetsen met drukke armgebaren en maakt zich uit de voeten, want hij stelt geen enkele prijs op een ontmoeting. Bovendien staat de marktpachter op het punt zijn zeug los te laten die de stadsreiniging vertegenwoordigt: met haar stoet biggen vreet ze het plein, dat met afval bezaaid ligt, schoon leeg. Lapo wil het weggetje naar Vertine al inslaan, als hij aangeroepen wordt van een terrasje dat een kroegbaas aan de beek gebouwd heeft. Daar zit een Florentijn zijn heimwee weg te drinken. Het is de keurder van het wolgilde; zijn weegschaal staat nog op tafel, met de twee haspels waarop hij de knotten gecontroleerd heeft die spinnende thuiswerksters hem zijn komen verkopen. Het is geen vrolijk leven dat hij leidt: eeuwig onderweg van de ene marktnegorij naar de andere, terwijl het toch alleen in Florence is uit te houden. Boeren zijn stom en ze stinken. Ze zijn eropuit hem te bedriegen en ze haten hem, omdat het hun niet lukt en hij streng is en vlug met boetes. Hier in Gaiole valt tenminste nog een behoorlijke slok te drinken, maar drinken in eenzaamheid, daar is geen aardigheid aan. Vandaar zijn roep om Lapo. En omdat Lapo op dit ogenblik ook veel liever op de gezellige markt in de stad zou zitten in plaats van in deze uitdragerij van gesjochten landvolk, hebben ze elkaar gauw gevonden.

'Je had ook troost kunnen zoeken bij de nieuwe rentmeester hier,' zegt Lapo na de tweede beker. 'Die mist Florence in zijn eentje meer dan wij met z'n tweeën.'

'Mij niet gezien. Die Strozzi is een pechvogel, alleen daarom kun je al beter uit zijn buurt blijven, want pech besmet. Van al die pech heeft hij zo'n rothumeur gekregen dat ik dan nog maar liever alleen drink. En na wat ik van de zomer in San Gimignano heb meegemaakt, hoef ik hem zelfs nooit meer te zíén.'

Een verhaal dat hij best kwijt wil en Lapo geeft hem graag een duwtje, want Pieraccio's informatie was aan de beknopte kant: 'Je bedoelt de terechtstelling van die twee boeven?'

249

'Boeven! Het waren zoons uit de rijkste Guelfen-familie van de stad, de Ardinghelli. Een beetje lichtzinnig misschien, een beetje fuifnummers, wat wil je, ze waren jong en ze hadden geld, daar stuur je ze toch het schavot niet voor op. Ik heb horen zeggen dat ze Strozzi ertussen genomen hebben in een dronken bui, hem belachelijk gemaakt in een optocht of uitgeschilderd in zijn blote kont, weet ik veel. In elk geval was hij gebeten op ze en daar hebben de vijanden van de Ardinghelli munt uit geslagen, Ghibellijnen natuurlijk, die het met Siena hielden. En Strozzi liet zich oren aannaaien, dat schijnt hij ook op vroegere standplaatsen al gedaan te hebben: zich mengen in stedelijke ruzies en zich voor de verkeerde kar laten spannen.'

'Noem je dat pech? Ik noem het stommiteit.'

'Het wás stommiteit. De pech waar hij zijn baan door verloor zit hem in de regen. Herinner je je die wolkbreuken eind juli niet meer? Ik kan ervan meepraten, want ik zat me te verbijten in San Gimignano, een rotgat kan ik je zeggen, ik kom er elke maand. Ik kon niet meer terug. Alle bruggen over de Elsa waren weggeslagen. Strozzi heeft het voorgeschreven aantal dagen gewacht tussen vonnis en voltrekking, zodat de stad de executie tegen had kunnen houden als ze gewild had. Er kwamen geen boden opdagen, dus de jongens gingen voor de bijl. Maar de boden waren wel degelijk gestuurd. Ze konden de rivier niet over.'

'Jij bleef wachten omdat je wist van die overstroming. Maar dan wist Strozzi het toch ook.'

'Dat zal wel. Maar dat er boden stonden te wachten aan de overkant wist hij niet, of hij dacht dat hij het niet hoefde te weten. Aan het voorschrift was voldaan, dus het bevel kon gegeven worden. Star. Stom en star, daar hoef ik niet mee te drinken. De stad gaf hem zijn verdiende loon. Hij heeft zich een paar jaar terug ook in de Casentino al eens op die manier vergaloppeerd. Nu was de maat vol.'

Zodat de mensen eerst gekoeioneerd werden door Strozzi-soldaat, en nu door Strozzi-rentmeester. Lapo zucht ervan. Wat maakt het uit voor het schaap, of hij door de wolf wordt verslonden of door de slager gevild?

'En al had ik met hem willen drinken,' zegt de wolkeurder, die

hem langzamerhand aardig om krijgt, 'dan had ik het nog niet gekund. Hij is nog niet terug van zijn inspectiereis in het zuiden. En
als hij straks terug is zit er ander bezoek op hem te wachten. Ik
heb hem vanmorgen gesproken. De jonge Donati, ik weet niet of
je hem kent? Pazzino Donati, die vorige week zijn vader heeft verloren.'
    'Wat je zegt! De oude messer Apardo? Hij ruste in vrede, waar
is hij gestorven?'
    'In de buurt van zijn buitenhuis in Impruneta, heb ik horen zeg-
gen. Ze waren net op weg naar Rome. Ik heb altijd te doen met
pelgrims die bezwijken op de heenweg. Met hun volle aflaat waren
ze zo door het vagevuur gezweefd, en wie weet hoe lang ze er nu
moeten zitten.'
    Of ik met hem te doen heb, de gore landverrader, denkt Lapo
grimmig. En de truc met de dooie schaapherder is dus nog gelukt
ook. Hij vraagt: 'En wat komt die jongen nu bij Strozzi doen, vertelde hij dat?'
    'Dat hoefde hij toch niet te vertellen! Van wat er in de betere
kringen omgaat weet jij dan ook wel helemaal niets, hè, Lapo
Mosca? Pazzino was met Strozzi z'n zuster verloofd, als kind al, en
die nijdas van een broer heeft de verloving verbroken toen een
paar leden van de Donati-consortería naar de vijand overliepen.
Maar ze is niet met een ander getrouwd ondertussen en nu de oorlog op zijn eind loopt is Pazzino prompt teruggekomen uit Venetië waar hij op een filiaal was gaan werken, gebroken hart en al.
Het zou me niets verbazen als hij het nog eens opnieuw probeer-
de. Niet dat ik hem veel kans geef, want Strozzi heeft zijn zuster
nodig om zijn kinderen te verzorgen. Je snapt zo'n Donati niet,
hè,' de tong van de wolkeurder begint nu dubbel te slaan. 'Voor
een knappe jongen met geld zijn er toch vrouwen genoeg in Florence, en die Bianca is heus de mooiste niet. Hoe vaak zullen ze
mekaar trouwens gezien hebben. Maar ze moeten mekaar zo nodig "beminnen". Dat is mode tegenwoordig, wist je dat? Wist je
niet. Heb jij als paap niks mee te maken. Maar ik heb een zoon die
me vorige maand opeens kwam vertellen dat-ie zijn bruid niet wou
trouwen. Hij... eh... "beminde" d'r niet. Zoiets moet je meteen de
kop indrukken. Dat kind is niet mismaakt en niet achterlijk. Fami-

lie goed, bruidsschat goed: trouwen zal-ie. Wie zo nodig beminnen moet hoeft daar toch zijn vrouw niet voor uit te zoeken. Zeg nou zelf.'

Maar Lapo zegt niets. Zijn gedachten zijn met Pazzino Donati bezig. Hij herinnert zich de schrikreactie van de jongen, aan het sterfbed van de boer, bij het horen van Strozzi's naam. Terwijl hij omhoogklimt naar Vertine, ziet hij een nieuwe beweegreden voor de haast waarmee wijlen Apardo naar huis teruggebracht moest worden: wie op vrijersvoeten gaat is met een spion als vader slecht gediend. Ook zonder dat obstakel geeft hij de jongen intussen weinig kans: de rentmeester is er nauwelijks de man naar op een eens genomen besluit terug te komen uit ontroering over een kalverliefde die zijn belangen schaadt.

Maar Lapo is het verwoeste dorp nog niet binnen of hij vergeet Donati's hartsgeheimen. Van het pleintje bij de bron komt een stem die hij kent, een luide schampere stem die meer roept dan zingt en af en toe van onstuimigheid overslaat. Angelo Moronti, bijgenaamd de Gifengel, heeft de markt in Gaiole laten liggen, maar naar Vertine kwam hij wel. Waarom, als het niet is om het bekvechten voort te zetten met een oud-collega die hij toch als een vriend beschouwt? Lapo Mosca is er ontroerd van. Hij heeft intussen Angelo's nummer al herkend nog voor hij het pleintje bereikt waar de speelman op een kar is geklommen. Het stamt van Angelo's leermeester Matazone en vertelt hoe God om Adams landbouwtaak te verlichten de Boer schiep uit de scheet van een ezel: stinkend, zonder ziel, alleen goed voor het smerigste werk:

'December: stront moet-ie harken.
Met Kerstmis slacht je zijn varken,
en hem geef je hoogstens een deel
van de bloedworst, vooral niet te veel.
Houthakken in januari,
Stalruimen in februari,
met Carnaval eis je 'n kapoen,
in maart, met het regenseizoen,
moet hij aan het spitten en snoeien;

hij zorgt in april voor je koeien,
en levert je daaglijks de wrongel...'

En zo de kalender door: als weiderecht eis je in mei zijn geslachte
hamelvlees, in juni giet je hem vol azijn, want anders vreet hij de
kersen op die hij voor je plukken moet. Juli, augustus: maaien,
dorsen, en op het stoppelveld tussen de muggen slapen zolang het
graan niet binnen is. September, oktober: druiven plukken, treden,
persen, en enkel de schillen en stelen zijn voor hem. November:
sprokkelen, vuur maken en opdonderen, de regen in.

'En wie zich verzet, die hak je voor straf
rechterhanden en -voeten af
en steek je de rechterogen uit,
waarmee ik mijn boerenkalender besluit.'

Lapo heeft nooit veel waardering opgebracht voor Matazone van
Caligano, hij vindt hem een gebrekkige rijmelaar. Voorzover hij
zich herinnert horen Angelo's slotregels niet bij het origineel en
zijn ook niet zinrijk: wat moet een patroon met hand-voet-en-
oog-loze landbouwers? Maar het volk van Vertine toont zich voldaan. Precies, zo is het, zeggen ze. Ezelscheten, jawel, zo behandelen ze ons. Lapo wil zich naar voren werken voor een praatje
met Angelo, als hij achter de podiumkar twee ogen ziet die niet de
speelman aankijken, maar hemzelf; in het gezicht eromheen herkent hij na enige aarzeling de jonge Donati. Dat brengt wijziging
in zijn plannen. Hij heeft Pazzino een vals adres opgegeven toen
de doodsverklaring getekend moest worden, daar zou hij moeilijkheden mee kunnen krijgen. Bovendien wil hij tot geen enkele prijs
opnieuw in de zaak Donati worden gemengd.

De pastoor scharrelt in zijn keuken met forellen die hij op de
kop heeft getikt. Lapo komt niet erg gelegen, want hij had ze veel
liever alleen opgegeten. Maar tegelijk komt Lapo ook weer van
pas, want hij heeft veel meer ervaring in het schoonmaken en
kruiden van vis en vooral in het leggen van een mooi houtskool-
vuur met een minimum aan takken. Eén hout is geen hout, twee
hout is een vlammetje, drie hout is een vuurtje, zeggen ze in Toscane.

'Eigenlijk moet je mij alles alleen laten opeten,' vindt hij, voorzichtig blaasbalgend. 'Uit dankbaarheid. Geen weeruil vannacht, hè?'

'Die kwam ook niet alle nachten,' weerlegt de pastoor zuinig.

'Hij komt nooit meer. Als jij doet wat hij je opdraagt tenminste. We hebben geluk gehad, pastoor. Ik heb gisteren een toptovenaar te pakken kunnen krijgen, de beste necromant van Italië, Ornella van Betta wist waar hij woonde. Binnen tien minuten had hij haar moeder in zijn glazen bol. Net bijtijds. Ze stond op het punt om hierheen te komen.'

Hij draait de forellen – hun buiken vol salie en rozemarijn – om en om; ze ruiken heerlijk. Ondertussen geeft hij een verhaal weg over Betta di Cione, die geen rust kan vinden zolang ze haar dochter niet bezorgd weet: als de pastoor met acht ons zilver over de brug komt, staat niets haar zielenrust in de weg; de Eeuwige Rechter schijnt haar niet schuldig bevonden te hebben aan hekserij. Zijn honger groeit en groeit, alsof hij de honger van de pastoor erbij heeft gekregen; en inderdaad schijnt de aanslag op zijn buidel bij de pastoor appetijtremmend te werken. Hij probeert de bruidsschat om te zetten in een aantal missen die hij kosteloos voor Betta zou kunnen lezen; maar over missen heeft de geest in de glazen bol nu eenmaal niet gesproken; wel over krachtiger maatregelen die ze zou nemen als aan haar verzoek niet werd voldaan. Zelfs over de bisschop had ze het gehad en hoe ze zou kunnen aandringen op herziening van haar proces...

'Dan krijgen de drie jongeheren de schuld, niet ik!' barst de pastoor dadelijk los. 'En waarom spookt ze niet bij die jongeheren, in plaats van bij mij? Zij hebben veroordeeld. Ik was enkel getuige. Er was geen woord gelogen van wat ik verklaard heb. Ze was de gevaarlijkste heks van het hele zootje. Meer dan tien jaar heeft ze me gepest en tegengewerkt en duivels opgeroepen en zich door duivels laten naaien. Iedere dag! Iedere nacht! Als mijn getuigenis hout op haar brandstapel gooide, deed ik goed werk. Goed werk! zeg ik je. Goed werk! En moet ik daar nu haar kuren voor verdragen, en nog betalen ook?'

'Nee, nee. Of het één of het ander. En ik zou maar betalen, pastoor. Wat kun je voor een handvol zilver beter kopen dan een rustige levensavond? Je laatste jas maken ze toch zonder zakken, dat weet je.'

Lapo laat de pastoor met de keus alleen en gaat op zoek naar Angelo Moronti. Het schemert al als hij hem tenslotte aantreft in de rentmeesterswoning. Pieraccio staat aan de deur en is maar nauwelijks te bewegen Lapo binnen te laten. Zijn meester is terug van inspectie en houdt zijn spreekuur. Dan mogen er enkel cliënten naar binnen, en stuk voor stuk. Maar Lapo hoort Angelo, die in een zijvertrek bezig is zich in te zingen, en daar mag hij dan tenslotte naar toe. Benedetto degli Strozzi heeft vernomen dat er een speelman in het dorp is gekomen en wil hem voor zich laten optreden als het spreekuur gedaan is. Angelo had al eerder zijn opwachting bij hem willen maken in een van de Ricásoli-dorpen die hij afgereisd is, vertelt hij. Toevallig was hij hem steeds misgelopen.

'Niet dat je daar véél aan misliep,' spot Lapo – een tikje teleurgesteld: de Gifengel kwam dus niet voor hém naar Vertine! – 'De rentmeester trof me niet bepaald als een minnaar van de schone kunsten.'

'Daar vergis je je dan in. De rentmeester stikt van het chagrijn. Hij roept om me als Saul om David.'

'Wacht even! David hielp Saul met godsdienst, niet met kunst. Hij zong psalmen.'

'Ik ook. Klaagpsalmen. Strijdpsalmen. David in zijn tijd en ik in de mijne.'

'Psalmen eindigen met een Gloria. Jij eindigt met afgehakte ledematen en uitgestoken ogen. Waarom toch?'

'Noem het mijn handtekening.'

'Je wát?'

'Jouw deuntjes komen nooit verder dan één couplet. Wie meer te vertellen heeft zingt langere liederen, en daar noemt-ie z'n naam in, aan het begin of het slot. Dat weet je trouwens even goed als ik. Míjn naam, dat zijn de rechterhanden en -voeten en -ogen van Castel San Niccolò.'

'Van Castel San Niccolò...! Waar jij vandaan komt? Daar hadden de boeren de eigenaar toch uitgejaagd en Florence binnengehaald?'

'Dat hadden ze. En toen de oorlog uitbrak was hij zo weer terug, want hij is een Ghibellijn en hij kreeg steun van Arezzo. De Florentijnen werden verjaagd.'

'Maar die ogen en handen...?'

'Het oude liedje. Florence nam de zaak hoog op en stuurde een regiment onder aanvoering van... nou ja, van de smerigste kapitein die ze ooit in dienst genomen hebben. De Ghibellijnen vluchtten de bergen in. De eigenaar liet zijn boeren de rekening betalen... precies zoals hij mijn moeder indertijd had laten opdraaien... voor mij, jawel. De rest kun je raden. De kapitein ging ervan uit dat de bevolking achter de landheer gestaan had. Ze hadden hem nota bene zelf weggejaagd! Maar nee, ze waren opgestaan tegen Florence en er moest een voorbeeld gesteld worden. Hij gijzelde alle mannen, en bij de helft liet hij hand... en voet... precies wat ik gezegd heb.'

In Lapo's maag roert zich een wee gevoel van herkenning. Guelfse en Ghibellijnse wolven bevechten elkaar, maar opgevreten worden de schapen. En die kapitein van Florence...

'Zelf was ik er niet bij,' hoort hij Angelo zeggen. 'Een speelman is zelden thuis. Maar toen ik terugkwam was mijn vader bezweken en mijn broer kon gaan bedelen voor de rest van zijn leven en ons land was geconfisqueerd. Begrijp je mijn handtekening, Lapo Mosca? Met bloed zou ik haar schrijven, als mijn teksten op schrift stonden.'

Met bloed schrijft zijn naam wie zich tot bloedwraak verplicht heeft... en Lapo weet nu bijna zeker op welke aanvoerder de Gifengel het gemunt heeft. Hij kijkt naar het witte gespannen gezicht van de speelman, naar zijn nerveuze gebaren: ze verraden meer dan plankenkoorts. Angelo loopt heen en weer door het vertrek, blijft staan voor Lapo, haalt iets uit zijn zak. Zijn steenslinger.

'Hier was ik al kampioen in toen ik als jongen op de schapen moest passen. We hadden het over David. Als je ooit hoort van een aanvoerder – of een oud-aanvoerder – die stierf door een steen, dan weet je wie Goliath was.'

Lapo voelt zijn vermoeden bevestigd. Angelo Moronti is niet naar Vertine gekomen om Strozzi te vermaken, maar om Strozzi te vermoorden.

'Angelo, doe het niet. Laat de wraak aan God over. Ik zeg het waarachtig niet om te preken. Jij hebt je met een andere zending belast. Geen drie dagen geleden heb je me uit lopen leggen dat je armen en verdrukten te hulp wou komen. Laat je dan niet afleiden door een persoonlijke vijandschap.'

'Ik doe niet aan vijandschappen in soorten, Lapo Mosca. Ik ken er maar een: ik ben de vijand van tirannen. Wie tirannen afmaakt helpt de wereld vooruit. Om welke reden hij het ook doet. Ik ben tot bloedwraak verplicht, jawel. Maar dat is een bijkomstigheid, begrijp je dat niet? Wil je dat ik opstand preek en zelf buiten schot blijf? Dat kan ik niet, net zomin als jij in Verona. Jij schrapte de opstand. Ik schrap het buiten schot blijven. Jij bent de laatste die me dat verwijten mag.'

'Ik verwijt je niets. Ik ben bang om je. Jij bent geen moordenaar, Angelo. Jouw wapen is het woord.'

De speelman maakt een ongeduldig gebaar: 'Laat me mijn eigen wapens kiezen, wil je? En ga nou naar je pastoor terug alsjeblieft. Dat spreekuur zal nu toch eindelijk wel zowat afgelopen zijn.' Hij lacht vluchtig. 'Weet je wie ik geloof dat er bij Strozzi zit? Die bleekscheet die we in de kloosterruïne ontmoet hebben, met dat kreng van een moeder. Ik heb hem maar even gezien daar, terwijl hij iets stond op te schrijven, maar hij had dat soort bakkes van buffelkaas waar ik speciaal de pest aan heb.'

'De jonge Donati. Ook dat nog. Die had ik willen ontwijken.'

'Ga dan ook weg. Waar wacht je op? Zie je niet dat ik alleen wil zijn?'

Lapo draait zich om bij de deur. De angst klopt in zijn keel.

'Angelo, doe het niet. Het kwaad heeft zichzelf al lang gestraft. De man is doodongelukkig. Zing nou alleen een paar liedjes en kom naar mij toe. Ik zal zien dat ik wat wijn loskrijg in Strozzi's keuken...'

Het gezicht van de speelman is een masker van afweer en wantrouwen. Hij deinst terug voor ieder gebaar van medeleven, precies als drie dagen geleden.

'Waar heb je het over? Wie zegt dat ik iets anders ga doen dan liedjes zingen? Daar kom ik immers voor? Bemoei je toch met je eigen zaken.'

'Denk eraan dat ik op je wacht met een kan wijn.'

'Je doet maar. En als ik niet kom kun je altijd nog voor me bidden. Ieder zijn vak.'

Hij komt niet, weet Lapo, en hoont zichzelf: onnozele hals die een verbeten dweper van zijn pad wil lokken met een scheut wijn! Niettemin zoekt hij Strozzi's keuken op. Ze is leeg: Pieraccio speelt nog steeds schildwacht bij de deur; maar zijn oog valt op een paar gevulde flessen van het soort dat hij op Strozzi's tafel heeft zien staan. Hij steekt er zonder veel gewetensbezwaren een van in zijn mouw, luistert of hij Donati niet hoort op de trap en glipt dan met een groet aan Pieraccio de deur uit.

Het wordt een nare avond. De Gifengel blijft weg en het gestolen goed gedijt niet: de wijn die ze Strozzi hebben durven aansmeren is van erbarmelijke kwaliteit en wordt door Lapo na enkele slokken het raam uit gegoten. Hij is er meer en meer van overtuigd dat de 'beul van San Niccolò' geen ander is dan Benedetto degli Strozzi. Angelo's zwijgen was welsprekender dan woorden hadden kunnen zijn en wat daarginds gebeurde sluit aan bij Strozzi's optreden in San Gimignano. Vertelde de wolkeurder vanmiddag niet dat de rentmeester zich indertijd ook te buiten was gegaan in de Casentino? De Casentino: zo heet de streek rond de bovenloop van de Arno, en Castel San Niccolò ligt er middenin. Moronti heeft zijn vijand in verschillende Ricásoli-dorpen gezocht en hem pas in Vertine gevonden.

Wat had ik moeten doen, vraagt Lapo Mosca zich steeds weer af. Wat doet een monnik als hij weet dat er een moord dreigt op honderd pas afstand? Had hij Angelo moeten verraden door Pieraccio te waarschuwen, of Strozzi zelf? Had hij Angelo moeten tegenhouden? Hem naar Strozzi vergezellen, goedschiks of kwaadschiks? Aan al die mogelijkheden heeft hij gedacht en ze verworpen. Hij had er Angelo's leven mee opgeofferd, dat hem meer waard is dan het leven van Strozzi; hij hoeft maar aan het drama van Tiorcia te denken om te beseffen dat de man zijn dood niet gestolen heeft. Of anders had hij Angelo tot uitstel gedwongen en in Vertine lijkt zijn kans om te ontkomen groter dan in beter bewaakte dorpen. Maar voor Lapo is dat de hoofdzaak niet. Het beletsel dat hem lamlegt en een slot op zijn mond hangt, is de bloedwraak. Wie de verplichting tot bloedwraak op zich geladen heeft, staat voor een heilige taak. Heidens misschien, maar heilig, met een barbaarse heiligheid. Zelfs Lapo, geweldloos, monnik, is van die plicht, dat noodlot, te zeer doordrongen om Angelo metterdaad te kunnen dwarsbomen. Handen af van wie zijn verwanten moet wreken... maar vrede heeft hij er niet mee en hij zal deze avond onthouden als een van de moeilijkste in zijn leven. Tenslotte voldoet hij maar aan het spottende verzoek van Moronti en bidt – terloops ook voor Strozzi – alle klaag- en boetpsalmen die hij uit zijn hoofd kent. Met gespitste oren... en niet zonder zich ondertussen af te vragen of Moronti geweten kan hebben van Strozzi's inspectierit naar Tiorcia. Is hij in staat geweest zijn vijand in het gistvat te gooien en de kelderdeur te sluiten? Ja. Is hij in staat geweest een daad te begaan waarvan hij kon weten dat onschuldige boeren het slachtoffer zouden worden? Nee. Lapo peinst erover en peinst tegelijk over een regel uit het *De Profundis* die hem niet te binnen wil schieten... als zijn gespitste oren vernemen wat ze vreesden. Haastige voetstappen. Bonzen op de deur. Waar is de pastoor, de pastoor moet komen met het Heilig Oliesel, ook al is het misschien te laat. De rentmeester is zojuist door zijn knecht aangetroffen, badend in zijn bloed, met gebroken ogen, al bijna koud; de dodelijke dolk lag naast hem op de grond. Zijn laatste bezoeker is spoorloos: speelman Angelo Moronti, bijgenaamd de Gifengel.

Een dolk, maar waarom een dolk en geen steenslinger? De vraag boort en boort in Lapo's hersens terwijl hij doodziek op het gemak boven de mesthoop hangt en kotst en poept tot hij bang wordt dat zijn maag en zijn darmen mee naar buiten zullen komen. Waarom een dolk en geen steenslinger en waarom slaan de schrik en de schok me zó op m'n lijf, dat is me nog nooit gebeurd, het zijn die forellen, het was die wijn, waarom een dolk en geen steenslinger, ik ben het, mij heeft hij erbij willen lappen... Later ligt hij half buiten westen te rillen in de keuken van de pastoor, hij heeft koorts en tussen het klappertanden door blijft hij malen over die dolk en bidden, niet voor Strozzi, maar voor Moronti: dat Moronti ontkomen mag.

Hij wordt niet verhoord. Als hij in de loop van de morgen weer bij zijn positieven komt, vertelt de pastoor hem dat de lijfwachten van de rentmeester de vluchteling hebben nagezet. Ze hebben hem te pakken gekregen bij de abdij Coltibuono, waar hij asiel zocht in de kerk, maar de monniken hielden de kerk gesloten. Een van de ruiters heeft hem aan zijn paard gebonden en hem over rotsen en stronken en spleten naar Vertine teruggesleept. Hij was stervend toen hij aankwam en nu is hij dood.

'Heeft hij tenminste kunnen biechten?' vraagt Lapo uitgeput.

'Ja. En zelfs vlak voor Gods aangezicht hield hij vol dat hij onschuldig was.'

'Goddank.'

'Hij hield vol dat Strozzi dood was toen hij bij hem binnenkwam. Een ander had hem erbij gelapt.'

Lapo richt zich half op.

'Noemde hij een naam? Donati misschien?'

'Biechtgeheim,' begint de pastoor, maar hij kan het nieuws toch niet voor zich houden: 'Hij heeft het trouwens ook tegen de lijfwachten gezegd, het gaat het hele dorp door.'

'Maar wie noemde hij dan? Hij moet Donati verdacht hebben.'

'Hij noemde jou,' zegt de pastoor, 'en hij heeft je vervloekt en vervloekt en vervloekt en zo is hij gestorven.'

De podestà is uit Radda gekomen, en de notaris van de Ricásoli is uit Cacchiano gekomen en als Lapo weer op zijn benen kan staan wordt hem een verhoor afgenomen dat weinig om het lijf heeft: geen mens neemt de beschuldiging van de stervende speelman ernstig. Er is een moord gepleegd, de verdachte heeft de vlucht genomen, hij stond als oproerkraaier bekend en is al terechtgesteld. Als de baljuw ook nog verneemt waar Moronti vandaan kwam en welke gevoelens hem ten aanzien van Strozzi bezielden, is voor hem de zaak rond. Kleinigheden als een dolk in plaats van een steenslinger acht hij onbelangrijk. Des te belangrijker zijn ze voor Lapo Mosca als hij, na afloop van de ondervraging, op zijn verzoek het moordwapen te zien krijgt. Het is een kleine, ouderwetse hartsvanger met een vlijmscherpe punt. Geen week geleden is er een abces mee opengesneden dat zich onder de hoef van een paard had ontwikkeld. Vandaag snijdt hij het raadsel van Angelo's beschuldiging open. Angelo's vervloeking doorsnijden kan hij nooit meer. En daarmee is op Lapo's schouders een last geladen waaronder hij wekenlang gebukt zal gaan.

Hij loopt door het dorp heen en weer, gaat nu eens de kerk in en probeert te bidden en staat dan weer bij het graf waar ze de speelman in gegooid hebben, een gat in ongewijde aarde buiten het dorp.

'Je moet hier nog in de buurt zijn, je moet me nog kunnen horen, je móét weten dat ik het niet was. Luister nou toch, Angelo, die hartsvanger was bij Donati terechtgekomen, bij die bleekscheet op de pas, die heeft míj erbij willen lappen, ik wist te veel van zijn geknoei. Donati is de moordenaar, niet ik. Mij wou hij treffen, niet jou. Luister toch! Ik steek toch geen mensen dood, Angelo, en als ik iets uithaal laat ik daar mijn vrienden niet voor opdraaien, dat niet, je moet hier nog in de buurt zijn, je moet het weten... Waarom ben je niet naar me toe gekomen en waarom sloeg je in godsnaam op de vlucht?'

'Omdat-ie wist dat-ie verdacht zou worden en geen alibi had,' zeggen de lijfwachten later. 'Zoiets riep hij tenminste, en daarna begon-ie te janken, de dweil, en hij beschuldigde jou.'

Janken doet ook Pieraccio, uitgedroogde kleurloze bonenstaak, in een hoek van de keuken.

'Nooit ga ik naar de kroeg, nooit, behalve nou net gisteravond. Ga d'r maar eentje pakken, zei de baas. Als Donati weg is ga jij d'r maar eentje pakken. We hadden zware dagen gehad en in de kroeg hadden ze net een goed vat binnengekregen. En dat heb ik met m'n stomme kop zelf tegen de speelman gezegd...'

Hoe vaak heeft Lapo Mosca geen mensen moeten troosten terwijl hij zelf troost nodig had? Hoe vaak heeft hij ze niet moeten troosten... en ze ondertussen uithoren? Hij gaat op de grond naast de knecht zitten en slaat een arm om hem heen.

'Jij hoeft je niets te verwijten. Je zag toch dat er niets aan de hand was met je baas, toen hij je riep om Donati uit te laten?'

'Jawel... wat zeg je? Nee natuurlijk. Hij riep niet. Hij roept... riep... nooit om mensen uit te laten als hij spreekuur heeft. Hij stuurt ze de trap af en als ze bij mij de deur uitgaan, kan de volgende naar boven. Je hebt me bij de deur gezien. Dat is mijn plaats onder het spreekuur, dan kan ik het volk in de gaten houden en opvangen wat ze zeggen. Pas als de laatste weg is gaat de deur dicht en kan ik zelf ook weg.'

'Dan is het toch in orde, Pieraccio. Dus je liet Donati uit...?'

'Ik hielp hem op zijn paard en riep tegen die speelman dat hij naar boven kon gaan...' En afwezig, terwijl dikke tranen langs zijn dunne wangen rollen, beantwoordt hij Lapo's voorzichtige vragen. Inderdaad, hij had messer Benedetto het laatst in leven gezien toen hij de tafel afruimde eer het spreekuur begon. Nee, er was niemand anders in huis, wie had er moeten zijn, hij stond aan de enige deur en de schildwachten zaten op hem te wachten in de kroeg. Nee, Donati was niet nijdig of zenuwachtig toen hij wegging, hij had Pieraccio zelfs op de schouder geklopt en hem een fooi gegeven. Zonder die fooi was Pieraccio misschien thuisgebleven...

'Jou treft geen enkele schuld! Maar het is een slag voor je. Laat je baas je tenminste iets na?'

'Wat zou hij na moeten laten? Hij had geen rooie duit. Soms kon-ie m'n loon niet eens betalen. Een paar maal heeft-ie gezegd – met al die aanslagen de laatste tijd – een paar maal zei-ie: als mij wat overkomt ga jij naar m'n zuster en zorgt voor m'n zoons. Maar ik weet niet of Monna Bianca me hebben wil. Ik ben niet jong meer. Zeker over de veertig. Misschien wel vijftig...'

Lapo Mosca is zelf zo beroerd niet, of hij heeft met de stumper te doen. En hij is ook zo beroerd niet of hij voelt, zo vaak hij buiten komt, dat er in het dorp iets veranderd is. Het lijkt of de mensen wakker zijn geworden. Ze bewegen meer, praten luider, hij ziet er zelfs een paar lachen. Hemzelf behandelen ze met een soort knipogende eerbied. Het duurt even voor het tot hem doordringt dat hij hun sympathie te danken moet hebben aan Angelo's beschuldiging: misschien is hij het wel, die hen van de rentmeester bevrijd heeft! Te veel eer voor een minderbroeder, hij wijst de veronderstelling haastig van de hand. Ofschoon hij er niet aan twijfelt dat Pazzino Donati de moordenaar is, leidt hij de stroom van de volksgunst in de richting van Angelo Moronti. Die hulde mag hij de speelman niet onthouden. Angelo heeft er recht op, zo niet door zijn daad, dan toch door zijn streven...

Dat wordt dan tegelijk de richting waarin Lapo Mosca zijn eigen troost zal moeten zoeken, de komende dagen. De Gifengel was gekomen omdat Strozzi gedood moest worden. Dat is gebeurd. Hij wist dat hij er het leven bij kon laten. Dat is ook gebeurd. Zijn doel is bereikt en toch staat hij niet voor zijn Schepper met een moord op zijn geweten. Naast dat voordeel zinkt zijn verbittering tegenover Lapo in het niet. Hij weet nu trouwens beter.

Lapo staat tussen de dorpelingen als de volgende morgen de lijkkist van Strozzi op een kar naar Florence vertrekt. Naast hem zegt een man: 'Slang dood, gif weg. Goed gedaan.'

9

Als je de wolf ziet, moet je zijn spoor dan nog zoeken?

> Edelman bedelman dokter pastoor
> volgen de Dood met zijn vedel,
>   dansen in reien de poort onderdoor.
> Koning, keizer, schutter, majoor:
>   achter die poort gaat hun aanzien teloor,
>   liggen zij schedel aan schedel:
> edelman bedelman keizer majoor.
> Klinken blijft enkel de vedel.

Lapo Mosca loopt het Arno-dal in op de maat van zijn dodendans. In Vertine heeft hij niets meer te zoeken. De pastoor heeft hem acht ons zilver ter hand gesteld, mokkend, maar zonder langdurig gesjacher. De heksenjager wou de pottenkijker weg hebben eer de eigenaar van het dorp kwam opdagen; vermoedelijk om zich ongestoord zoveel mogelijk restanten uit de rentmeesterswoning te kunnen toe-eigenen. Helemaal geslaagd met het wegkijken is hij niet: de dorpelingen hielden Lapo vast en eisten hem op als woordvoerder. Hij moest de landheer om uitstel van de pacht verzoeken. Dat lukte, want de landheer is een mensenvriend!

'Wie zijn schaapjes vandaag niet in leven houdt kan ze morgen niet scheren!' zei hij welgemoed tegen Lapo Mosca. 'We hadden die Strozzi nooit moeten nemen. Een vechtjas die meteen overal op slaat is een verkeerde keus. Mijn neef hier zal het beter aanpakken.'

De neef-hier gaat als nieuwe rentmeester optreden. Het is een berooide neef, een bastaard waarschijnlijk, maar een notaris en geen soldaat. Lapo heeft de gelegenheid te baat genomen de hulp van baron Ricásoli in te roepen voor de weduwe van de Tiorciahoeve. Strozzi's dood bewijst Locciolo's onschuld, heeft hij aangevoerd. Een bewijs uit het ongerijmde, maar de baron werd er zo grif door overtuigd dat Lapo hem meteen nog iets anders aan het verstand trachtte te brengen. In een geschonden dorp, zei hij, is een heksenjager als pastoor geen betere keus dan een vechtjas als rentmeester.

Lapo's laatste gang gold het graf van Angelo Moronti. Hij had er een kaars willen aansteken, maar er brandden zeker al zes lichtjes in een waar perk van bloemen en vruchten. Zelfs brood lag ertussen, brood in noodlijdend Vertine. Angelo Moronti hoeft niet in donker en hongerig op te staan, straks in de nacht van Allerzielen als de doden uit hun graven komen. Hij is de kleine geschiedenis van een klein dorp ingegaan zoals hij gewild zou hebben: als vrijheidsheld, ook al hebben God en het Lot beschikt dat hij meer woorden zou slingeren dan stenen. Lapo stond er dan ook niet alléén zijn onzevaders te prevelen, het was een komen en gaan van meelevende dorpelingen, zelfs van buiten Vertine waren ze gekomen. Lapo herkende gezichten van het gehucht waar hij wijn aan de olijf moest plengen en gezichten van de markt in Gaiole. Zelfs Naddo, de schele speelman met de aap, nam de moeite om naar boven te komen en zijn kunstbroeder de laatste eer te bewijzen.

De troost die hartelijkheid schenkt is vluchtig: Lapo was het dorp nog niet uit, of hij voelde een ongewone, zware woede boven zich hangen als een onweer in de bergen, dat nu hier losbreekt en dan daar en niet wegtrekt. Hij heeft de lijfwachten uitgevloekt, die een gevangene doodsleepten zonder dat zijn schuld bewezen was. Hij heeft de gastenbroeder van Coltibuono uitgevloekt, die de kerkdeur niet voor de vluchteling had willen openen. 'Maar het was een oproerkraaier,' zei de gastenbroeder onthutst, 'we waren voor hem gewaarschuwd.' Lapo had het kunnen weten, maar in zijn onweer heeft hij geschreeuwd: 'Zeg toch gewoon dat Moronti geen geld had. Wie vlucht heeft gouden bruggen nodig. Judassen!'

Dat is niet lang geleden en terwijl hij dalinwaarts loopt weet hij dat hij, over al die kleine hoofden heen, Pazzino Donati uitscheldt. Pazzino Donati, heeft hij vernomen, is vluchtig ondervraagd op weg naar huis. Hij kon zijn reis voortzetten zodra hij verklaard had dat hij zijn aanstaande zwager in goede gezondheid had achtergelaten. Zijn aanstaande zwager! Lapo Mosca is ervan overtuigd dat Strozzi juist zijn weigering om Pazzino's zwager te worden met de dood heeft moeten bekopen. Maar sinds wanneer twijfelen beschaafde heren uit de betere kringen aan het woord van een dito heer uit dito kringen, wanneer een luizige speelman kant-en-klaar – en dood – voor het grijpen ligt om schuldig verklaard te worden? Ik ben geen heer, zegt Lapo hardop. Ik ben een bedelmonnik. Maar jou zal ik weten te vinden. *Edelman bedelman jij gaat eran, Donati lap ik erbij.* Ik weet niet hoeveel kleine boeven en kruimeldieven ik buiten de rechtszaal gehouden heb in mijn leven. Donati breng ik erin. Dat zou ik zweren als ik zweren mocht. En bij Franciscus – als ik die in zo'n vunzige zaak kon mengen...

In het gehucht Monterotondo overhandigt hij Ornella van Betta haar bruidsschat. Ze telt het geld na met hulp van tien vingers en een tongpuntje tussen haar tanden.

'Het is te veel,' zegt ze als ze klaar is. 'Je zou me maar zes ons bezorgen. Of moet jouw aandeel er nog af?'

Lapo had acht ons gevraagd, en gedacht dat hij dan op zes ons zou eindigen, maar in zijn angst en zijn haat had de pastoor gegeven wat hij vroeg. Hij vertelt het Ornella een beetje anders: meneer pastoor heeft veel verdriet van het gebeurde en hoopt dat ze extra mooie koeien zullen kopen. En zijn aandeel? 'Wij minderbroeders vragen toch geen aandeel in geld,' begint hij zalvend en heeft iets over een deugdzame levenswandel op de lippen; maar Ornella legt zijn woorden minder stichtelijk uit.

'Jij ook al?' zegt ze. 'In de schuur dan maar. Daar is op het ogenblik niemand.'

Misschien is het Lapo's beschermengel die het zo regelt dat verleidingen hem af en toe op het verkeerde – of het juiste? –

moment bereiken: namelijk wanneer zijn kop er niet naar staat. Ornella weet wat er in de wereld te koop is en haalt haar schouders op over zijn kuise excuses; maar als hij uitlegt dat hij juist zijn beste vriend verloren heeft, klaart ze op. Wat haar betreft hoeft ze nooit meer na wat de drie jonge heren haar hebben geleverd, en sinds Arrighetto van zijn muur gevallen is hoeft hij ook niet meer en daarom houdt ze van hem. Ze kijkt weer naar het geld en slaat dan haar armen om Lapo's hals en zoent hem op beide wangen – wat ook voor een kop die er niet naar staat een prettige gewaarwording is. Even maar: de Gifengel laat zich niet uit zijn gedachten verdringen. Als Ornella vraagt hoe ze haar dankbaarheid verder kan tonen, zegt hij weemoedig: 'Ik heb die pastoor wijsgemaakt dat jij een necromant kende die doden kon oproepen. Ik wou dat je er echt een wist.'

'O, maar ik weet er een. Een goeie. Hij is hier van de zomer langsgekomen, het zal in september geweest zijn. Mijn zoontje... ik heb hem zelfs nooit gezien... hij heeft hem me laten kijken, zo'n mooi kindje, en zo gelukkig, daar waar hij nou is...'

De necromant woont dáár ergens, zegt ze. Waar zou ze anders heen wijzen dan naar de Pratomagno en hoe zou hij anders heten dan: Joachim?

'Ik zal hem je groeten doen,' belooft hij bij het afscheid, want hij is op weg naar Joachim en Ornella's mededeling maakt dat reisdoel wat minder onaantrekkelijk. Hij is trouwens tegelijk op weg naar de moeder van Angelo Moronti, die achter de Pratomagno woont en toch van iemand het doodsbericht zal moeten vernemen. Maar vóór de Pratomagno stroomt de Arno, die Donati's karos met leem heeft besmeurd, en daar moet Lapo allereerst het zijne van hebben. *Edelman, bedelman, jíj gaat eran...* al is dat gauwer gezongen dan gedaan.

Bij iedere stap realiseert Lapo Mosca zich duidelijker hoe nauw zijn eigen lot verbonden is met dat van Donati. Of hij de man nu aanklaagt wegens moord op Strozzi of wegens landverraad en het gesjoemel met zijn vaders lijk: in beide gevallen komt onvermijdelijk Lapo's hartsvanger ter sprake; en lever het bewijs maar eens dat het wapen van eigenaar wisselde. Daarachter staat nog een veel groter probleem. Donati had zich van iedere willekeurige dolk kunnen bedienen. Waarom wierp hij, mét de hartsvanger, de verdenking uitgerekend op Lapo? Niet alleen heeft Lapo hem niets gedaan. Donati kan hem onmogelijk beschuldigen zonder de episode op de Badiaccia-pas te vermelden, die hij tot iedere prijs zal willen verzwijgen. Van een onwelkome getuige plegen misdadigers zich graag te ontdoen. Maar dan via een sluipmoord, niet via een openbaar proces.

'De schoft bij de keel grijpen,' zegt de geweldloze minderbroeder hardop. 'Hem net zolang schudden tot ik weet hoe het zit...'

Twee dagen lang trekt Lapo Mosca zuidwaarts door het Arno-dal. Zijn eerste reisdoel is Quarata, waar het grote legerkamp van de Tarlati ligt. Rond Quarata staat de Arno bijna permanent buiten zijn oevers: voor karossen die zich door rood leem willen wentelen is een betere badplaats niet denkbaar. Tegenliggers met besmeurde wielen blijken er dan ook zonder mankeren vandaan te komen.

Niet dat het er veel zijn. Het Arno-dal is maandenlang gevechtsterrein geweest. De verhalen die Lapo, waar hij ook komt, worden opgedist laten geen twijfel bestaan over de gevaren die het scharrelen tussen de frontlinies oplevert, ook voor monniken en andere neutralen; ja, misschien juist voor hen. Nu eens blijkt een bloedeigen medebroeder naar een Florentijns cachot te zijn afgevoerd op verdenking van Ghibellijnse spionage. Dan weer komt hij door een dorp dat in de gepantserde armen van Arezzo gedreven is omdat de Guelfse Florentijnen het wel wensten te belasten, maar niet te beschermen. Nergens ontmoet hij iemand die een van beide partijen verdedigt of zelfs maar weet waarin ze van elkaar verschillen. Ruiters met het embleem van de Tarlati op hun wapenrok hoort hij watertanden over de keukens en bordelen van Florence. Rond een kampvuur van onmiskenbaar Guelfs allooi blijkt niemand populairder te zijn dan de Ghibellijnse schurk Piet Plunderzak. De oude vos! zeggen de mensen vertederd. Ver over de negentig, had al lang dood moeten zijn, maar hel noch hemel willen hem hebben. Laatst nog lag hij op sterven, was bediend, trok een godzalig gezicht, zodat iedereen dacht: eindelijk. Wenkte hij zijn zoon en mompelde: 'Dat moeten we uitbuiten. Iedereen denkt dat jij wenend aan mijn doodsbed kleeft. Ga dus als de bliksem de vesting Gressa overvallen, die heb ik altijd al willen hebben...' De zoon kon niet zo goed overvallen als de vader, de coup mislukte. Van ergernis werd de Plunderzak weer beter...

Met dat al krijgt Lapo toch de indruk dat de meeste jachtverhalen in het verleden thuishoren. De geruchten over een naderende vrede kunnen niet loos zijn. Veel burgerverkeer is er niet op de weg, maar veel militairen ziet hij evenmin. Een marskramer, met wie hij een tijdje oploopt, bevestigt dat er ook aan het noordfront boven Lucca niet meer gevochten wordt, en dat Florence al geestelijken naar Milaan gestuurd heeft, de gewone wegbereiders voor vredesonderhandelingen. Wat de Tarlati betreft, en de verdere rebellen die het zuidfront instandhielden, die schijnen dezer dagen aan hun uiterste oostgrens te opereren. Lapo wordt al bang dat er in het kamp van Quarata niet veel meer te beleven zal zijn, tot hem een koets vol vrolijke jongedames voorbijrijdt: zulke koetsen trekken naar soldaten als zwaluwen naar het zuiden.

Hij weet zelf niet precies wat hij in het kamp hoopt aan te treffen, behalve leem. Het mooist zouden aanwijzingen voor landverraad zijn, zo duidelijk dat de louche scène op de Badiaccia-pas niet eens ter sprake behoefde te komen om Pazzino aan de galg te brengen. Hoofdzaak is dat hij hangt, is het niet als moordenaar dan maar als verrader... Er zijn, in deze dagen, momenten waarin Lapo zich van top tot teen voelt trillen, bezeten van een wraakzucht die hij nooit eerder heeft gevoeld. Als het kamp bereikt is besluit hij te beginnen met zijn licht op te steken bij Florentijnse 'weggetrokkenen' – overlopers en bannelingen – waarvan hij er allicht een paar zal kennen.

Hij hoeft niet lang te zoeken: nauwelijks is hij het kamp binnen of een schrille stem roept zijn naam.

'Als je soms gestuurd bent om me terug te halen, stap je gelijk maar weer op! Ik heb het hier dik naar mijn zin!'

Lapo ziet allereerst het laag uitgesneden keurs van de vrouw die hem de weg verspert en dan de kantjes en strikjes van de zijden japon daaromheen en tot slot pas haar gezicht. Hij brengt haar een ogenblik thuis in een van de stadsbordelen die hij wel eens met de bedelzak is langs geweest, maar dan herkent hij haar: de vrouw van de achterneef in Pigline. Hij begroet haar hartelijk en stelt haar gerust: haar man wil haar helemaal niet terug hebben. Wereldvreemde monnik die hij geworden is: die verzekering valt natuurlijk ook niet goed! De achternicht informeert onmiddellijk naar de sletten waarmee haar nietsnut van een kerel zich dan wel amuseert. Lapo herstelt zijn blunder zo goed mogelijk en siert de wangen van de neef met enige tranen. Boetepreken tegen mensen die hij nodig had, hebben nooit zo in zijn lijn gelegen. Ze waren trouwens overbodig geweest: terwijl de vrouw hem voorgaat door het kamp, produceert ze zelf alle excuses waar een slecht geweten vindingrijk in is. Had ze de dochter van de overburen misschien tot voorbeeld moeten nemen? Die had ze de straat zien opslepen terwijl ze Maria en alle heiligen aanriep om haar kuisheid te mogen bewaren.

'Nou, ze werd verhoord. Die kerels kregen zo zat van haar gejammer dat ze haar dood staken. Toen ik dat zag hield ik maar op met bidden. Liever verkracht dan geslacht, zeg nou zelf...'

Ze brengt Lapo door een wirwar van barakken en tenten naar een paar huizen die ontruimd zijn voor Florentijnse bondgenoten. Uit een van de deuren komt een man die hem om de hals valt van puur heimwee. Lapo kent hem van gezicht, hij was hulpstoker bij een stadsoven vóór de ongeluksdag waarin hij koksmaat werd bij een toekomstige overloper. Lapo krijgt de kans niet om het doel van zijn bezoek uiteen te zetten voor hij – in de keuken achter een bord pasternaken – de laatste nieuwtjes verhaald heeft van de Enige Stad die de moeite van het leven waard is. Zijn berichten zijn niet al te best, Lapo hoeft maar een greep te doen uit wat er zoal verteld wordt. De hele zomer door zijn vrouwen gestorven na het baren van mismaakte kinderen. En het gipsen schild met de stadslelie is van het podestà-paleis in gruzels gevallen. En midden op de dag draafde er opeens een grote wilde wolf door de stad. En er is een zwarte komeet in de lucht gezien en een vuurnevel waar alle stadsklokken storm voor luidden. Geen wonder dus dat er gebrek komt aan alles, vooral aan geld, zodat soldaten van de burgerwacht niet langer kunnen vechten: paarden en wapens hebben ze naar de lommerd gebracht bij gebrek aan soldij. Sombere taal, de ovenknecht vrolijkt er helemaal van op, zoals de bedoeling was. Wanneer het de stad zo slecht gaat, kan ze geen grote eisen stellen in het vredesverdrag en dat kan voor de 'weggetrokkenen' alleen maar voordelig zijn. De ovenknecht wil dolgraag naar huis en is bang dat hij verbannen zal worden, in één moeite door met zijn Ghibellijnse meesters, al weet hij van Ghibellijnen alleen dat hij ertegen is. Maar zo been, zo kous, zeggen de heren van het stadsbestuur...

'Wie zijn je meesters eigenlijk?'

Het blijken twee broers te zijn, buitenbeentjes van een goed-Guelfse consortería, messer Sinibaldo en messer Tassino, de zoons van de betreurde Amerigo... de' Donati. Pazzino heeft zijn Arnoleem opgelopen tijdens een familiebezoek.

De ovenknecht heeft weinig overreding nodig om te vertellen over de verwanten uit de stad die vorige week in deze zelfde keuken gezeten hebben, met groot vertoon van geheimzinnigheid.

'Om gemene zaak met je bazen te maken zeker?' vraagt Lapo, hoopvol als een hengelaar die zijn dobber omlaag ziet gaan. Maar het wordt een slechte vangst: volgens zijn zegsman ligt de zaak juist andersom. Dat had hij tenminste opgemaakt uit de dronkemanslol van zijn bazen toen de familie weer was afgedropen. Een lol waar al het personeel schande van sprak, want de oude oom van de jongens had zich zo opgewonden dat hij meer dood dan levend in een karos getild moest worden.

'Bedoel je dat die oom je bazen tot de orde kwam roepen?'

'Hij was hun voogd geweest. Dat zegt de kok tenminste, die werkt al langer voor de jonge heren. En het was ook niet de eerste keer. Ik heb in deze keuken al driemaal een bode te eten gegeven die door de consortería op ons werd afgestuurd. Deze keer kwam hijzelf, messer Apardo...

Volgens ons was dat het drijven van die zoon van 'm,' geeft de ovenknecht als de mening van het personeel te kennen. 'Een flapdrol die elk ogenblik begon te huilen en over de schade jammerde die zijn neven hem toebrachten. Als ík zo'n neef had schaadde ik hem ook. En ik lachte hem uit. Maar voor hun oom hadden ze respect moeten hebben. Een keurige man en hij gaf grote fooien.'

Een flapdrol die elk ogenblik zat te huilen! Lapo loopt het nog grimmig te herhalen als hij Quarata al lang weer achter zich heeft gelaten. Zijn zaak-Donati is er niet beter voor komen te staan, integegendeel: landverraad valt slecht te bewijzen. Juist omdat het niet gelukt is de Ghibellijnse vlek van zijn blazoen te vegen, moest de jongen met een hartsvanger gaan gooien... als bij Strozzi's weigering de politiek werkelijk zo nauw betrokken is als men beweerd heeft. Twee baldadige neven die bij de vijand avonturieren, brengen een familie niet ernstig in diskrediet: er zal nauwelijks een consortería in de stad zijn die niet een paar zwarte schapen te betreuren heeft. En hoe zat het met Strozzi zelf, die in San Gimignano twee vooraanstaande Guelfen heeft laten vermoorden, en door het Guelfse stadsbestuur gedesavoueerd werd en in dienst trad bij grensfeodalen die ook zo zuiver op de graat niet zijn? De politiek kan een voorwendsel wezen. Afgezien daarvan tobt Lapo met de aanslagen op Strozzi die aan de moord voorafgingen. Aan het drama in Tiorcia zou Pazzino desnoods schuldig kunnen zijn, want hij was in de buurt; maar daarvoor zat hij in Venetië. Ook anderen moeten de rentmeester naar het leven hebben gestaan. De boeren uit Chianti, of desnoods Strozzi's ondergeschikten. Hinderlijk. Een misdaad met meer dan één verdachte levert aardig hersenwerk. Een misdaad met meer dan één schuldige wordt een warboel.

Lapo heeft zich over de Arno laten zetten en weet rechts van zich de stad Arezzo. Een boerse, onbetrouwbare stad, Arezzo, altijd op de schommel tussen Guelfen en Ghibellijnen. Geen jaar geleden heeft ze zichzelf nog, letterlijk, aan Milaan proberen te verkopen. Lapo heeft meer dan genoeg gehad aan de troebele sfeer in het legerkamp; hij laat Arezzo liggen. Dat betekent dat hij nu, om in Angelo's geboortestreek te komen, lijnrecht op de Pratomagno-keten moet aankoersen; of althans op de uitlopers ervan.

Lapo Mosca is de enige niet die een bocht om de bergen had willen maken: de eerste die ze ontweek was de rivier de Arno. Hoog in de Apennijnen ontsprongen, is hij hardnekkig naar het zuiden blijven stromen, langs de hielen van het gebergte, om pas ter hoogte van Quarata een scherpe bocht te maken en–nu langs hun tenen–noordwaarts op Florence af te stevenen. In het dal van zijn bovenloop, de Casentino, is hij een smalle driftige stroom die zich schuimend tussen bossen en rotsen door wringt en beroemd is om zijn forellen; boomstammen, daarboven gekapt, draagt hij kosteloos mee naar de stad, waar hij ondertussen een volwassen, bezadigde rivier geworden is. De Casentino zelf dankt zijn roem voornamelijk aan heiligdommen en roofridders. Zowel boeren als pelgrims en verdere reizigers kunnen op ieder moment ruiters met gesloten vizier op zich af zien stormen. Een van de redenen waarom Florence geen afzonderlijke vrede wil sluiten met de rebellen daar, is ongetwijfeld dat ze het gebied nu eindelijk en grondig wil saneren.

Lapo klimt de paar honderd meter naar het uitloperpasje la Crocina. Hij is gemelijk en heeft veel om over na te denken, maar toch ontgaat hem niet dat, als zo vaak, wat uit de verte afschrikt, meevalt van dichtbij; hij zou deze hellingen zelfs liefelijk kunnen noemen. Uitgestrekte bossen loopt hij door. Soms komt hij houthakkers tegen en soms kinderen die kastanjes en bessen zoeken. Er stromen veel beken in kragen van kruiden en meer naar boven begint het loof te verkleuren en gloeit goud en roodkoper in de herfstige zon. De Pratomagno-hellingen zijn van oudsher veel dunner bevolkt dan de Chianti-hellingen aan de overkant van het Arno-dal. Ze vormen hout- en weidegebieden en daarom heeft de pest hier minder verwoestingen aan kunnen richten. Een paar maal moet Lapo van het pad af voor schapenkudden die naar het westen trekken; ze zullen overwinteren in de Maremmen achter Siena, waar zeewind het klimaat gematigd houdt. Het zijn de laatste. We hopen het nog te halen voor de sneeuw, zeggen de herders. De oorlog heeft de trek vertraagd. Ook zij hebben het over de vrede die in de lucht zou hangen; wat hun niet belet een gewapend escorte mee te voeren.

De pas over en weer omlaag: nu is hij dan werkelijk in de eenzame bergwereld van de Casentino. De avond valt en hij begint juist naar onderdak uit te kijken als een vrouw hem aanroept: 'Niet daarheen, vreemdeling! Die weg is gevaarlijk!'

'Hoezo gevaarlijk? Afgronden? Rovers?'

De vrouw tilt de lamp op die ze in haar hand heeft.

'Een minderbroeder! Je komt zeker van ver?'

Pas als ze Lapo achter haar gesloten deur heeft, licht ze toe: 'Daar verderop is het na zonsondergang niet pluis. Er staat een kapel die ze de Madonna van de heksen noemen, dus je snapt wat daar gebeurt. En linksaf moet je in donker ook niet gaan. Daar is de bron die ze de Bron van de monniken noemen...'

'Daar ben ik dan mooi op mijn plaats!'

'Ssst, niet zo hard, je weet niet wat je zegt. Jaren geleden hebben de rovers daar drie monniken van Camaldoli vermoord. Die lopen nu 's nachts altijd nog rond...'

'Dan waren het geen beste monniken. Anders zaten ze in de hemel.'

'We spotten niet met zulke dingen hier, broeder. Er ligt daar een schat begraven. Die moeten ze bewaken...'

Dat gesprek wordt Lapo's eigenlijke introductie in het dal van tovenaars en heksen dat Casentino heet. Het maakt zijn tocht niet behaaglijker: je zal ze maar tegenkomen, de zwarte ridders zonder hoofd, de zwarte honden groot als buffels, de zwarte paarden die vuur blazen uit hun neusgaten! Als je links het dorp vermijdt waar tovenaars in vlammenkarren door de lucht plegen te vliegen, beland je rechts bij schone feeën die zich voor je ogen in slangen veranderen; en overal, overal loeren de heksen. Maar die hele betoverde wereld heeft ook een voordeel voor Lapo Mosca. Eigenlijk ziet hij de eerste avond al, bij de vrouw die hem in haar keuken laat slapen, welk rapport hij aan zijn bisschop zal uitbrengen over de hekserij in Vertine, waarmee hij niet goed raad wist. Kinderkamergetover is het, griezelpraatjes voor bij het vuur, vergeleken bij de kollen van Casentino. Hij heeft zich trouwens de laatste dagen ook de toverpraktijken uit zijn eigen jeugd in Lucca lopen herinneren. Heeft hij zijn mooiste zangstem bijvoorbeeld niet te danken aan de buurvrouw die zijn navelstreng onder de haardsteen begroef? Zou zijn moeder ooit vergeten pook en tang in een kruis op diezelfde haardsteen te leggen zodat heksen de schoorsteen niet door zouden durven? Hing ook bij hen de distel niet aan de deur, zodat heksen hun tijd zouden verdoen met het tellen van de pluizen? In grote steden hebben ze makkelijk praten: daar zijn tussen geloof en bijgeloof muren opgetrokken, even stevig als de stadswallen. Erbuiten is de wereld één grote heksenketel en diep in zijn hart is Lapo Mosca er volstrekt niet zeker van dat de stedelingen het beter weten dan de buitenlui. Hij is de enige geestelijke niet die bange vrouwen op hun tijd gerustgesteld heeft met een amulet of een toverspreuk en alweer is hij er volstrekt niet zeker van dat ze krachteloos waren. Hij is, de andere morgen, geen tien minuten op pad of diep uit zijn zak grabbelt hij het rode afweerbandje dat zijn moeder hem bij zijn geboorte om de pols bond. Nu zullen plaatselijke heksen zich wel tweemaal bedenken eer ze hem, vreemdeling, kwaaddoen. Of zijn het de heksen zelf niet, die denken en doen? Wordt de wet hun door de duivels voorgeschreven, de wet van de hel? Wat Vertine in Lapo Mosca aan duivelsgeloof heeft losgeschroefd, wordt in de Casentino terdege weer vastgemaakt.

Het is zondag en bovendien Allerheiligen. Om Piet Plunderzak en kornuiten uit de voeten te blijven volgt Lapo kleine paden door de heuvels, op veilige afstand van de verbindingsweg langs de rivier. Zo bereikt hij in de middag een dorpskerk waar de gebruikelijke vesperpreek gehouden wordt. Hij heeft de hele dag al uitgekeken naar voer voor zijn geest, want Allerheiligen moet gevierd worden! Het is de nationale feestdag van alle hemelburgers, Lapo ziet ze duidelijk op de wolken zitten met vlaggetjes en guirlandes in gloednieuwe mantels van zon, hij heeft zelfs naar ze gewuifd, want zijn moeder is erbij. Hij ziet haar schaterlachen zoals ze dat doen kon, het hoofd achterover, ofschoon ze er weinig reden voor had zolang ze leefde: nu haalt ze haar schade in. Zijn vader, dat driftige vloekbeest, ziet hij niet zo duidelijk, die zal nog wat vagevuur op te knappen hebben zodat hij morgen pas aan de beurt komt, op Allerzielen. Maar de dag van vandaag is een lievelingsfeest van Lapo, het vrolijkt hem op – wat hij goed gebruiken kan – en een hele poos heeft hij het openingsgezang van de Allerheiligenmis lopen zingen dat begint met: *Gaudeamus!* laten we blij zijn!

'Siddert!' is het eerste woord dat hij verneemt in de kerk. 'Doet boete! Verbergt u van schaamte! Er is hier geen hoofd, of ik zie er zondige gedachten in krioelen als maden in een lijk! Geen mond, of ik zie er duivels in en uit gaan als zuipers in een kroeg! Ik zie beschilderde vrouwenhoofden! Op zwartgeverfde wenkbrauwen en roodgeverfde lippen zitten de duivels als vliegen op poep! Schande over jullie, vrouwen! Is Gods eigen beeldhouwwerk jullie niet genoeg? Ik zeg niet, dat jullie naar Zijn beeld en gelijkenis gemaakt zijn. Dat zijn alleen de mannen. Jullie zijn niets dan bewerkte ribben. Zo bewerken de mannen 's winters een stuk hout, omdat ze nu eenmaal niet zonder lepels kunnen. Maar jullie zijn dan altijd nog de lepels van Onze-Lieve-Heer. Hoe durven jullie zijn werk te verbeteren met jullie smerige zalfjes en stiftjes? De slang gaf niet enkel een appel aan Eva. Schmink gaf hij haar! Al jullie smeersels komen van Satan!'

Lapo's mond is opengevallen. Hij doet hem dicht, want het is duidelijk dat er anders duivels in kruipen. Hij is de kerk binnen gekomen door een zijportaal, waardoor een pilaar hem het gezicht op de preekstoel belemmert, maar de gelovigen ziet hij wel. Het zijn vooral vrouwen, zoals gewoonlijk bij vesperpreken, maar boerenvrouwen. Als ze beschilderd zijn, dan door de zon en de buitenlucht. De pastoor doet hem denken aan een vastenpredikant die een uur lang tegen woeker tekeerging in de armste parochie van Florence.

'Met eigen ogen heb ik een vrouw op de baar zien liggen,' galmt de sombere stem. 'Pikzwart, haar wangen weggevreten tot op het bot. Haar zalfpot was door de duivel behekst, zodat het vuur uit haar gezicht sloeg en hij haar ziel lijnrecht naar de hel kon slepen!'

Lapo Mosca bekruisigt zich met de anderen mee, maar kan niet laten te denken dat hij best eens even aan die zalfpot had willen snuffelen. Het zou de eerste keer niet zijn dat de duivel zich bediende van een jaloers buurmeisje met een flesje vitriool. Overigens bewondert hij de welsprekendheid van de pastoor oprecht. De preekstoel is een blijde die de ene schep duivels na de andere tegen de gelovigen aan slingert als stenen tegen een belegerde stad. Nu eens heeft een opgetakeld vrouwmens in de spiegel gekeken en er zichzelf met een duivelskop zien staan; dan weer heeft een duivel met een punthoed een stervende zondares gewurgd; ergens anders is een hele cohorte duivels te paard een kwaad wijf komen halen. En wie weet niet hoe het de rijke weduwnaar hier dichtbij is vergaan, die met een jonge meid hertrouwde?

'Ik walg ervan om over jullie wellust te spreken,' dondert de stem. 'Ik steek er mijn kop mee in een mesthoop, ik voel me als de vrek die in een strontbak graait op zoek naar een goudstuk. Maar is het niet beter, in mest te handelen met winst dan in reukwerk met verlies? Wie acht slaat op mijn woorden kan misschien zijn ziel nog redden. Hij zal kuisheid en onthouding betrachten en niet handelen als de weduwnaar en zijn geparfumeerde slet, die hun dierlijke lusten botvierden niet enkel bij nacht maar ook bij dag, niet enkel door de week maar ook op hoogtijdagen en zelfs in de vasten! Wie herinnert zich niet de nacht waarin luid geschreeuw de bedienden naar het slaapvertrek dreef? Daar lagen ze, twee verwrongen opgeblazen lijven met zwartgeblakerde koppen, en hun zielen waren weggerukt naar het midden van de hel. Zo gaat het met echtgenoten die hun weerzinwekkende driften anders gebruiken dan om de kinderen voort te brengen die de hemel hun geven wil. Ik zeg u: voor dezulken hoeven we niet te bidden op de Dodengedenkdag die we heden inluiden. Geen mis en geen gebed kan de verdoemden meer helpen en de hel zit tot barstens toe vol. Alleen al daaruit kunnen we afleiden dat het eind der tijden nabij is: er zijn meer zondaars dan de hel kan bevatten. Zorgt daarom allereerst voor uzelf. Bekeert u en bidt dat u niet met uw verdoemden verenigd hoeft te worden als het uur slaat, vandaag al of morgen. In de naam van de Vader en de Zoon...'

De Dodengedenkdag die we heden inluiden... Hel en duivel waren de laatste thema's die Lapo in een Allerheiligenpreek verwacht had, maar het is nu duidelijk dat in de Casentino de heiligen voornamelijk dienstdoen als een soort prinsencarnaval aan de vooravond van Allerzielen. Hij voelt zich terneergeslagen. Misschien heeft die pastoor wel gelijk, misschien is de hemel wel hartstikke leeg... De preek heeft de klokwijzers van zijn geestelijk leven een etmaal vooruitgedraaid. Er zit al niemand meer met vlaggetjes op wolken, hij doet er beter aan zich met zijn doden bezig te houden en kruipt er een donkere zijkapel voor in... Maar het is of de doden zijn gebeden van zich afschudden als waterdruppels en dat ligt aan de kerk hier, de kerk staat het niet toe. De gelovigen hebben de ruimte bijna allemaal verlaten, maar er daalt geen gewijde rust neer, integendeel. Iets onheilspellends begint tot het kerkschip door te dringen, hij weet er geen raad mee en besluit ervandoor te gaan, als er buiten luid wordt gekrijst. Boeren sleuren een jonge vrouw naar binnen, een kind nog dat zich hevig verzet, schoppend en tierend; als ze dichterbij komt ziet hij schuim op haar mond. Achter haar worden de deuren ijlings gesloten. De pastoor is uit de sacristie teruggekeerd, Lapo ziet hem nu pas duidelijk, een magere strenge man met een baard: precies zoals hij hem zich had voorgesteld. Hij heeft een bak in de handen en begint zout te strooien rondom het krijsende kind dat kennelijk van de duivel is bezeten. Ze begint de bezweerder uit te vloeken met een ketting van de gemeenste scheldwoorden, zodat Lapo de woorden van de pastoor niet kan verstaan. Het zullen de formele bezweringen zijn, die hij prevelt, maar het is minder zijn taal dan zijn gestalte zelf waar een dwingende kracht van uit lijkt te gaan en het kind wordt stil. Dan richt de pastoor zich tot de duivels die zich van haar hebben meester gemaakt. Hij vraagt hun in het Latijn met hoevelen ze zijn, en door de mond van het meisje antwoordt een ruige mannenstem, ook in het Latijn: 'Met zeven zijn we.'

'Ik beveel u: verlaat deze christenziel!'

'Dat zou je wel willen, vunzerik,' zegt de mannenstem.

De pastoor begint een litanie op te zeggen, waar de boeren gehoorzaam 'bidt voor ons' op antwoorden, maar de duivels niet: 'Heilige Maria...'

'Hoer!'

'Heilige Moeder Gods...'

'Vuile slet!'

'Heilige Maagd der Maagden...'

'Ouwe zeug!'

'Breng haar naar de sacristie,' zegt de pastoor onbewogen, 'het geval is ernstiger dan ik dacht.'

Achter de gesloten sacristiedeur breekt na enkele minuten een gebrul los dat door geleerde mensen niet voor niets met 'pandemonium' wordt aangeduid; de spreuken van de pastoor hameren er metalig doorheen. Dichtbij Lapo's kapel zitten de ouders van het meisje naast elkaar op een bankje te huilen, twee magere, zongelooide ploeteraars. Ze was thuis niet meer te houden, vertellen ze hem als hij probeert te troosten. Sinds een paar maanden kreeg ze aanvallen waarbij ze scheldend en schuimbekkend op de grond viel en als ze haar maandbloedingen had kwamen de duivels in zwermen op het huis af en smeten met potten en pannen terwijl banken en tafels dansten over de vloer... Ze zwijgen als de deur van de sacristie wordt opengerukt en hun dochter zich naar buiten stort. Ze is spiernaakt en kruipt als een dier over de grond tot ze bescherming vindt onder een koorstoel. Daar hurkt ze in elkaar, kreunend, handen op het hoofd. De pastoor loopt haar na, onverstoorbaar prevelend en legt zijn stola over haar heen. Dan zakt ze in elkaar, als bewusteloos.

'Kleed haar maar aan, ze is genezen. Eenenveertig duivels heb ik uit haar gedreven. Zeven, zei de bedrieger! Denk eraan dat jullie haar beddengoed verbrandt. De heks die ze stuurde is oud en heeft een snor.'

'De buurvrouw! Dat dachten we al!' De ouders buigen zich dankbaar over hun kind en Lapo maakt dat hij wegkomt zodra de deuren geopend worden. Hij is ontdaan – al was het de eerste bezwering niet die hij meemaakte – en wil voor geen geld een herhaling van het tafereel beleven. Want er wachten nog meer bezetenen op de pastoor, sommigen in verzet en anderen wezenloos. Een jongeman zit te huilen, pas getrouwd en niet in staat het huwelijk te voltrekken: dat heeft een meisje hem geleverd dat hij had laten zitten. En een kleine jongen ligt bleek en onbeweeglijk, als schijndood: dat is het ernstigste geval. Het is een herdertje dat niet goed op zijn koeien gepast heeft en zijn ziel aan de duivel beloofde als de beesten maar terechtkwamen. Dat gebeurde, onzichtbare handen leidden de beesten rechtstreeks naar hun stallen... maar melk geven ze niet meer sindsdien en de jongen is voor dood in het bos gevonden.

Het toeval wil dat Lapo een paar uur later door het dorp van het herdertje komt en daar hetzelfde verhaal nog eens hoort. Of het kind verlost is weten ze op dat moment nog niet. Maar ze nemen het aan: de droge koeien stonden een uur geleden weer vol melk.

'De pastoor van Raggiolo is de knapste duivelbanner die ik ooit heb meegemaakt,' zegt hij, weer een paar mijl verderop, tegen zijn gastheer van die avond, een kolenbrander in een hut aan de rand van het bos.

'Er is helemaal geen pastoor in Raggiolo. Al sinds de Zwarte Dood niet meer.'

Lapo's hart geeft een bons extra.

'Maar ik heb hem horen preken,' voert hij angstig aan. 'Ik heb hem duivels zien uitdrijven. Je wilt toch niet zeggen dat ik iets meemaakte... wat er niet was...?'

Die koolzwarte baard, denkt hij ondertussen, en die felle ogen en had hij eigenlijk wel twee voeten en geen bokkenpoot? Maar de kolenbrander lacht.

'D'r zal best iemand op de kansel gestaan hebben, de geestelijken uit de buurt komen er van tijd tot tijd preken en mis lezen. En als je duivels zag uitdrijven en de gekken stonden ervoor in de rij, kan ik wel raden wie je gezien hebt. Een kluizenaar van de Pratomagno. Dáár.' En door de open deur wijst hij Lapo op een van de toppen die zich aftekent tegen de sterrenlucht. 'Daarboven, een eindje voorbij de wonderbronnen van Cetica, zitten er een stuk of vier in een kaduke schaapskooi.'

'Dragen ze net zulke pijen als ik?'

'Zag je dat dan niet?'

'Hij droeg er een wit koorhemd over. Doen ze alle vier aan duivelbannen?'

'Echt succes heeft er maar een. Een lange magere met een zwarte baard.'

Joachim.

10

Weggestroomd water maalt niet meer

Als de molenstenen draaien trilt het hele gebouw. Het diepe ruisen van de beek wordt de onderstem voor het hoge ruisen in de goten en het felle kletteren van het water dat uit de pijpen op de raderen valt. Houten raderen die kreunen bij iedere wenteling als een oude bergbeklimmer bij iedere stap; en de maalstenen knarsen.

Waterwolken buiten, stofwolken binnen. In het hart van het maalhuis de witbestoven molenaar en zijn knecht. Ze legen schepels in de trog, verslepen tobbes, wegen meel, zetten kerven in balken, binden zakken dicht – en snauwen terloops de kinderen af die de vloer moeten vegen en de geijkte maten en gewichten schoonhouden. Buiten helpt een tweede knecht de klanten bij het op- en afladen en drijft de molenaarsvrouw haar handeltje. Haar man wordt door de boeren in graan betaald – twee pond per schepel en zelfs als hij op zijn beurt de achttien schepels pacht heeft afgedragen aan de eigenaar van de molen houdt hij meer over dan hij nodig heeft voor zijn gezin. Zo kunnen de boeren een deel van wat ze binnen morrend hebben afgestaan, buiten weer terugkopen of ruilen voor andere producten van hun bedrijf. Wachttijden van twee, drie uur zijn geen zeldzaamheid en daarom heeft de vrouw ook kleine versnaperingen te koop, plus de bessen en paddestoelen die haar moeder in de bossen zoekt.

Moeder en dochter lijken op elkaar, maar geen van tweeën hebben ze iets van hun zoon en broeder Angelo. Als ze Lapo niet waren aangewezen, had hij ze nooit gevonden.

Het heeft trouwens toch even geduurd. Eerst is hij Allerzielen gaan vieren op een gloednieuwe manier: met ontbloot bovenlijf en handen vol brandblaren. Geld om een zielenmis voor de Gifengel te laten lezen bezat hij immers niet. Met een dag zweten in een van de ijzergieterijtjes die hier langs de bergbeken liggen kreeg hij genoeg bij elkaar. Maar ook daarna vond hij niet dadelijk wat hij zocht, want de Moronti's hadden het dorp van hun ongeluk verlaten. Lapo was de molen al tweemaal voorbijgelopen eer het tot hem doordrong dat Angelo's zuster juist daar was ingetrouwd – en dan nog met een weduwnaar. 'Na wat ons was overkomen,' zou haar moeder later zeggen, 'en met het schijntje dat ze inbracht, kon Ghisola niet veel beters meer verwachten...' Gewoonlijk trouwen molenaars binnen de kaste van hun beroep. Ze horen, na beulen, tot de meest gehate figuren in de samenleving. Lapo Mosca heeft zich daar wel eens over verwonderd: een molenaar is toch ook niet meer dan een zetbaas. Over zijn hoofd heen zou de haat naar de grootgrondbezitter moeten gaan, die de boeren verplicht van zijn dure molen gebruik te maken. Kloosterheren doen in dat opzicht voor kasteelheren volstrekt niet onder en maken even verbeten jacht op clandestiene hand- en ezelmolentjes. Lapo zal niet licht de abt vergeten die zijn hulp had ingeroepen en zijn kruisgang bleek te hebben geplaveid met geconfisqueerde molenstenen; Lapo heeft de moeilijkheden van de abdij dan ook niet op kunnen lossen. Zoveel voor de molenheren; maar vanwaar de kwade reuk waar hun molenaars in staan?

Hij is nog geen etmaal op de molen of hij is geneigd hen in orde van haatbaarheid niet ná de beulen te plaatsen maar nog ervoor. Hij kent een paar beulen die er eigenlijk nog wel mee door kunnen, maar zo'n lompe bedrieger als Angelo's zwager Jachopo is hij zelden tegengekomen. De man begon met zijn hond tegen hem op te hitsen, want:

> 'Duivels horen in de hel,
> broeders horen in hun cel.'

Toevallig kan Lapo erg goed overweg met honden, dus dat was nog tot daaraantoe. Meer aanstoot neemt hij eraan dat Jachopo's handen en voeten los aan zijn lijf zitten, zodat zijn vrouw, kinderen en schoonmoeder zijn bezaaid met builen en blauwe plekken. Op de koop toe is het een oplichter en een dief. In zijn onschuld heeft Lapo hem de eerste avond zijn hulp aangeboden, toen hij de man over zijn boekhouding zag zweten met houtskool en kerfstok. Hij stuitte op een botte weigering. Eer hij de volgende morgen uit het maalhuis werd gekeken, had hij de valse duplicaten van de geijkte gewichten in de gaten gekregen en de bak met zemelen die vrijkwamen bij het malen en daarna tersluiks weer onder het meel gemengd werden. De man houdt meer over dan waar hij, in verhouding tot wat hij vermaalde, recht op heeft. Lapo begreep nu de stuurse gezichten van de mensen die hem de weg naar de molen gewezen hadden. Hij begreep ze nog beter toen hij Jachopo over zijn pachtheer had horen spreken: de molenaar was een onvervalste hielenlikker. Zijn heer en meester is een broer van die Galeotto die verderop, in Castel San Niccolò, door zijn onderhorigen is weggejaagd. Als Lapo de toespelingen die hij in het ijzergieterijtje en langs de weg heeft opgevangen goed begreep, wacht deze broer vandaag of morgen hetzelfde lot. Maar de molenaar vereert hem en is net als zijn baas een ijverige Ghibellijn.

Lapo heeft aanvankelijk alleen meegedeeld dat Angelo de speelman om het leven gekomen is. Hij verwachtte vragen, maar niemand vroeg iets. Hij verwachtte verdriet, maar in de gezichten van moeder en zuster kwam nauwelijks beweging. Enkel de molenaar liet weten – vanachter zijn kruik zelfgebrouwen bier – dat een kaars van slechte was nu eenmaal gauw was opgebrand. Zijn vrouw zei tenslotte: 'Angelo kwam hier nooit meer omdat we hem te min waren. Nu komt hij nooit meer omdat hij dood is. Van mijn jongste broer horen we ook nooit iets. Arme mensen hebben geen familie.'

Ze sloeg een kruis en dat was dat. Weggestroomd water maalt niet meer. Maar de naam Strozzi wekte meer reactie: Strozzi's dood is de dood van een vijand en een beul. Strozzi stond voor Florence en wat het molenaarsgezin betreft kunnen alle Florentijnen doodvallen. Rustverstoorders en dwingelanden zijn het! Daar heeft Lapo tegen geprotesteerd, maar 's nachts bleef hij toch nadenken over de verwijten die hij, in alle grensgebieden, steeds weer aan het adres van zijn stad te horen heeft gekregen. In Vertine waren het vooral de stadstroepen die zich misdragen hadden. De boeren van Chianti klaagden steen en been over de zware belastingen. Aan haar eerste woordbreuk was Florence ook al niet gebarsten. De drie bengels Ricásoli had ze vrijspraak uit de ban beloofd, maar toch... en toen ging Lapo plotseling overeind zitten. De drie bengels! Waar was het briefje gebleven waarmee Ornella en Arrighetto de gebroeders hadden willen chanteren? Sinds de dood van Angelo had hij er geen gedachte meer aan gewijd. Hij tastte de inhoud van zijn achterzak af, twee keer, drie keer. Het briefje was zoek. Verloren? Gestolen? Gelaten ging hij weer liggen. Waar was hij niet allemaal geweest ondertussen: het vod kon overal beland zijn. Weggestroomd water, ook dat. Voor hém tenminste. Dat een kwaadwillige vinder er de bengels nog wel eens lelijk mee te grazen zou kunnen nemen, kon hem niet uit de slaap houden.

En nu zit hij naast Angelo's moeder op een omgevallen boom, een mand paddestoelen en een takkenbos aan zijn voeten. Hij is met haar meegegaan, zowel om over Angelo te praten als omdat hij de molenaar niet goed meer verdragen kan. Hij gaat de manier waarop de speelman om het leven kwam zorgvuldig uit de weg en weidt uit over Angelo's gaven en over de eer die de Vertinezen aan zijn graf bewezen; maar een hele tijd praat hij tegen een muur. Er moeten heel wat gevoelige volzinnen geproduceerd worden eer hij een traan ziet op de rimpelige wangen. Dan pas durft hij over te gaan op wat zijn vriend als zijn levenstaak beschouwde: aanklagen, wakker schudden, wereld hervormen...

'Behekst was hij en anders niet,' zegt de oude vrouw opeens. 'En denk je dat ik niet weet door wie? Door de vrouw van graaf Galeotto, die zelf geen kinderen kon krijgen. Ze heeft Angelo van het kasteel weggehouden waar hij opgevoed had moeten worden. Niet een van de natuurlijke zoons leek zoveel op de graaf en niet een had zulke hersens. Als een bezetene ging ze tekeer, zo vaak de graaf iets voor hem deed. Toen hij hem studiegeld gaf voor Bologna heeft ze de jongen laten beheksen. Duivels had hij in zich, heb je dat soms niet gemerkt? En toch had hij als kind een goed hart.'

'Maar dat heeft hij gehouden. Wat Strozzi jouw man en je andere zoon heeft aangedaan, heeft hem dag en nacht achtervolgd. Hij trok de wereld door om ze te wreken. De plicht van bloedwraak had hij op zich genomen. Wist je dat dan niet?'

De vrouw staart een poos voor zich uit, maar richt zich dan op en vraagt met een heel andere stem: 'Bedoel je dat hij het is, die de kapitein heeft gedood?'

Wat kan Lapo anders doen dan knikken, net als tegen de bewoners van Vertine? Waarom zal hij Angelo de glorie misgunnen van wat hij had willen volbrengen en waar hij zijn leven voor gaf? Meer dan glorie: eerherstel. Hij zegt: 'Jullie waren hem niet te min. Hij hoorde bij jullie. Daarom heeft hij jullie gewroken. Niet omdat hij behekst was.'

De vrouw is niet uitbundig. Lachen en juichen is haar eeuwen geleden vergaan. Maar op haar gezicht komt een glans die Lapo met wroeging vervult. Als hij ooit iemand blij maakte met een dooie mus...

'Mijn man en de kinderen, we hielden van graaf Galeotto. Hij was onze graaf en niet slechter dan anderen. Toen hij vorig jaar terugkwam stonden we dadelijk achter hem. Voor die trouw hebben we moeten boeten. Angelo was er niet bij, maar ik zie nu dat hij ook trouw was. Die kletspraat waar jij het over had, over op-stand, en weg-met-de-adel, die ken ik al jaren van hem, dat kwam allemaal omdat hij dacht dat hij zijn vader moest haten. Maar als hij Strozzi gedood heeft, dan haatte hij zijn vader niet, want Stroz-zi was de doodsvijand van graaf Galeotto. Als Angelo zich tenslot-te toch gedragen heeft als een goede zoon en zijn leven voor zijn vader heeft overgehad... dan is het goed nieuws dat je brengt, broeder.'

Is er iets zo kleinerend als moederliefde? Lapo's eigen moeder heeft tot haar dood volgehouden dat hij het klooster is ingegaan omdat hij niet met een buurmeisje mocht trouwen; zelfs de naam van het schaap weet hij niet meer... De hele terugweg tracht hij de oude vrouw uit te leggen wat idealisme is en dat er heel andere, grotere gedachten schuilgingen achter wat Angelo zei en zong en wilde bestrijden. Ze hoort hem niet eens. Als de molen in zicht komt zegt ze alleen: 'Nu zal ik een beter leven krijgen.'

Want haar schoonzoon verwijt haar de afwezigheid van haar eigen zoons dag en uur. Het zijn de zoons die horen te trouwen en hun moeder in huis te nemen, niet de dochter en haar man. Wat voor liederlijk wijf was ze, dat ze haar ene zoon als potsenmaker en de andere als bedelaar de wereld instuurde? Maar met ingang van heden is ze Heldenmoeder.

Zo gebeurt het inderdaad. Met de moord die hij niet pleegde heeft de Gifengel in ieder geval zijn moeder verzekerd van een vredige oude dag, en Lapo Mosca van een feestelijk avondmaal. Molenaar Jachopo draait om als een windwijzer. Een dergelijke daad had hij nooit – en tien minuten later altijd al – van zijn zwager verwacht. Er wordt een kaars ontstoken voor de gevallene op het veld van eer, en een fles ontkurkt, en 'vrouw een vuur!' en een ka-poen aan het spit! Onder dat alles een herdenkingsrede, die een ernstige aanslag pleegt op Lapo's eetlust. Want de molenaar stelt vast dat het blauwe bloed zich toch maar nooit verloochent, dat ferme kerels als Angelino staan voor de goede oude tradities, dat ze hun leven veil hebben voor de landheren die over hun getrou-wen waken. In Strozzi heeft hij alle brutale nieuwlichters, groot-smoelen en proleten getroffen die in Florence de zogenaamde vooruitgang preken. Bloedwraak? Wat bloedwraak? Moronti was zijn vader niet en deed bovendien niet meer dan zijn plicht. Als hij iets gewroken heeft, dan de eer van het geslacht waar hij, althans voor de helft, toe behoorde. God zegene Angelo en alle rechtgeaarde Ghibellijnen!

De kapoen met salie, olijven en spek, uren rondgedraaid door een stilstralende moeder, luidt een waar familiefeest in. Zelfs de molenaarsvrouw zit er voor het eerst wat uitgedeukt bij. Ze mag uit de kroes van haar man drinken, de wijn stijgt direct naar haar hoofd. Het is volop nacht als ze zich met een kreet herinnert dat ze het wasgoed buiten heeft laten hangen. Een onvergeeflijk verzuim, want zodra het donker is gaan er heksen op zitten. Haar man geeft haar dan ook, uit zijn rol gevallen, een schop als ze zich rillend van angst naar buiten waagt; hij knipoogt vol verstandhouding naar zijn medeman: 'Een trap van de hengst kan geen kwaad voor de merrie, wat jij!'

Lapo gaat naar bed.

> Als een profeet in zijn land wordt geëerd,
> zetten ze al wat hij wou op zijn kop.
>   't Is om de keerzij van wat hij beweert
> dat een profeet in zijn land wordt geëerd.
>   Door zijn pleidooien wordt niemand bekeerd,
>   met zijn gedachten houdt niemand zich op.
> Wist een profeet hoe hij thuis wordt geëerd,
>   beukte hij tegen de muur met zijn kop...

Jachopo lijkt te zijn gegroeid in de nacht. 's Morgens loopt hij rond met hoge borst. Lapo wordt verzocht zich alvast te gaan boenen in de beek, want er is een knecht naar het kasteel gestuurd om het goede nieuws te gaan berichten en het is wel zeker dat Lapo straks bij de heer graaf ontboden zal worden.

Ook de boeren, die in een lange rij op hun maalbeurt staan te wachten, zijn van het gebeuren op de hoogte gebracht. Als ze de vreugde van de molenaar al delen, verbergen ze het goed. Maar wat Lapo in deze streken heeft opgevangen getuigde helemaal niet van de liefde voor de landheer, waar de molenaar van blaakt. Het is best mogelijk dat ook voor de boeren kapitein Strozzi de stad

Florence vertegenwoordigde... maar dan in de rol van bevrijder. Het is best mogelijk dat ze de afstraffing van de onderkruipers-familie Moronti zo erg niet vonden en nu Strozzi's moordenaar beschouwen als knecht van de reactie. Lapo krijgt bepaald niet de indruk dat hij bezig is de harten van de Casentino-boeren te stelen. Als hij de molenaarsknecht van het kasteel ziet terugkomen, wordt het kluwen van misverstanden hem te verward. Hij gaat de beek niet in, maar over, en verdwijnt zonder afscheid in de bossen.

Wat voor dienst heeft hij Angelo bewezen? Van oproerkraaier is de speelman tot paladijn geworden, paladijn van de klasse die hij met 'beulsvoer' heeft aangeduid. Angelo is zo ver afgeraakt van de realiteit, dat hij in de man die hij haatte om familieredenen, het systeem trof dat hij aanhing... Lapo heeft een hele dag van ver-woed klauteren en verdwalen nodig, eer hij zichzelf kan toegeven dat hij het is die zich vergist heeft, niet Angelo. De Gifengel had geen enkele boodschap aan het conflict tussen Florentijnse Guel-fen en feodale Ghibellijnen. Een ruzie tussen rijken, waarvan de armen aan beide kanten het slachtoffer zijn. Waarom zou hij iets over hebben voor de Florentijnse stadsbestuurders, die hun lom-penvolk geen haar beter behandelen dan de feodalen hun daglo-ners – zij het dan met hun monden vol vrijheid en rechtvaardig-heid? Zijn verplichting tot bloedwraak en zijn strijd voor een bete-re samenleving waren vanuit zijn gezichtshoek volstrekt niet in tegenspraak met elkaar. Daar heeft hij Lapo kort voor zijn dood op gewezen, maar begrijpen doet Lapo het pas nu. Hij voelt zich belachelijk: hij is het die Angelo hier in een scheve positie ge-bracht heeft. Zijn vriend zou nooit op dit onzinnige voetstuk ge-plaatst zijn als Lapo gewoon de waarheid verteld had: dat ze de speelman lieten boeten voor een moord die een gewetenloos rijke-luiskind om heel andere redenen beging.

Tegen de avond kruist hij, op zoek naar Joachims schapenstal, de weg die Florence rechtstreeks met de boven-Casentino ver-bindt, langs de moederabdij Vallombrosa en de hoge Consuma-pas. Het is ook in oorlogstijd een vrij veilige, goed bewaakte route en nu de vrede nadert is het er zelfs druk. Voor de sneeuw de Consuma blokkeert willen veel Florentijnen hun belangen nog behartigen, hetzij op aarde, door het kopen van hout, hetzij in de hemel, door het bezoeken van de beroemde kluizenarijen, Camal-doli en de Vernia-berg. De herberg waar Lapo ter liefde Gods in de stal mag slapen, zit vol reizigers op heen- of terugweg. Ze stel-len elkaar – luidruchtig achter hun wijn – op de hoogte, ofwel van wat een mens in dit achterland zoal kan beleven, ofwel van wat er ondertussen in de stad is gebeurd. Lapo, in zijn hoek bij de haard, voelt een tweesnijdend zwaard in zijn hart, want hij verlangt én naar de stad én naar Monte della Vernia. Het is de Graalburcht van zijn orde. Franciscus ontving er de kruiswonden van Christus, iedere steen en iedere grasspriet is er heilig... en hij is er nooit ge-weest. Zijn overste vindt hem niet vergeestelijkt genoeg, en Lapo gaf hem tot dusver gelijk. Alleen kan hij moeilijk naar de zuipende pelgrims luisteren zonder te denken dat wereldlingen het toch maar gemakkelijk hebben en dat Gods genade getapt wordt uit verschillende vaten.

Het is een gedachte die uitgroeit tot monsterlijke afmetingen, als laat op de avond nog twee nieuwe pelgrims met hun gevolg van de Serafijnse berg terugkeren en hij in een van beiden de man her-kent met wie zijn gedachten zich zo verbitterd hebben beziggge-houden: Pazzino Donati. Met zijn broer is hij voor de zielenrust van zijn vader gaan bidden, hoort Lapo hem aan vrienden vertel-len; het eerste wat hem zelf, dwaas genoeg, invalt is: dan zullen ze de hele berg opnieuw moeten wijden... Zijn verontwaardiging is zo groot dat hij het gevoel heeft dat hij stikken zal en als verlamd zit. Het duurt niet lang of Pazzino krijgt hem in de gaten en waar-achtig, hij presteert het om vrolijk naar Lapo toe te komen en iets onnozels te zeggen over drinkplicht bij een derde ontmoeting.

Lapo Mosca staart sprakeloos naar het gezicht dat zijn gedach-ten vervormd hebben tot een arglistige tronie. Een goedig, dom gezicht met bolle blauwe ogen en een wijkende kin. Een 'bleek-scheet'. De slappe zoon van een bazige moeder... en dan valt de hele wereld slap omdat Pazzino vraagt: 'Heb je je mes tenminste teruggekregen? Je had zo'n ouderwets dolkmes op de pas verge-ten, weet je niet meer? Ik liet het bij Benedetto achter, omdat ik jou opeens niet meer vinden kon. Hij beloofde... maar ik weet niet of... hij nog...'

'Ga mee naar buiten, messer Pazzino,' zegt de kleine minderbroeder en opeens is hij groot, massief, angstwekkend, zodat de bleekscheet meteen in zijn schulp kruipt en het niet in zijn hoofd haalt om zich te verzetten. 'Hierheen,' wordt hem toegebeten. 'Ik moet u alleen spreken.'

'Over... mijn vader...?' stamelt de jongen zodra ze buiten staan, en het is niet alleen de novembernacht waar hij van huivert.

'Wat u met uw vader hebt uitgehaald is mijn zaak niet. Dat mes is mijn zaak. Weet u werkelijk niet waar het terecht is gekomen? In het hart van Benedetto degli Strozzi.'

'In... het hart...? Jouw mes in het hart van... Heeft de schoft daar jouw mes voor gebruikt...?' De jonge stem klinkt verbaasd, maar ook opgelucht: Pazzino praat veel liever over de dode Strozzi dan over de dode Donati. Lapo merkt het en het bevalt hem niet. Zijn stem heeft geen spoor meer van zijn gewone bescheiden gemoedelijkheid als hij er de jongen op wijst dat hij de laatste is geweest die Strozzi in leven heeft gezien. Zo spreken rechters of inquisiteurs, Donati stottert van de zenuwen als hij weerlegt: die speelman was de laatste, de speelman moet het mes gegrepen hebben en als hij ontkende, dan loog hij...

'Hij loog niet. Hij was stervend. En hij zou nooit mijn mes gebruikt hebben.' Een scherper verstand dan dat van Donati zou nu de conclusie trekken: als hij het niet was moet jij het geweest zijn. Maar Pazzino zegt iets heel anders: 'Lapo, ik wéét dat hij het deed. Ik weet het van zijn opdrachtgever, of althans van een gemeenschappelijke vriend. Een oude man in San Gimignano die de executie van zijn zoons niet kon verkroppen...'

'Ardinghelli...?' Lapo heeft plotseling moeite om zijn pose van rechter vol te houden.

'Precies. Het schijnt dat Benedetto niet alleen die jongens veroordeeld had op onvoldoende gronden. Hij heeft hun vonnis ook te vroeg voltrokken. Het regende, maar de bode uit de stad had op tijd kunnen komen als Benedetto de brug over de Elsa niet had laten weghalen. Hij was mijn zwager geworden, ik wil hem niet veroordelen, maar oude Gualtieri moest zich natuurlijk wreken.'

'Toch niet door Angelo!'

'Wel degelijk door Angelo, als je daar tenminste die speelman mee bedoelt. Dat soort volk laat zich vaker voor moorden huren en deze had een goeie naam op dat gebied. Als je dat goed wilt noemen...' Pazzino kijkt de broeder aan, die sprakeloos staat, en in zijn hoofd wordt een nieuwe gedachte afgestoten. 'Zeg, je verdacht mij toch hoop ik niet? Het idee alleen al maakt me ziek. Waarom zou ik mijn eigen zwager vermoorden?'

'Omdat hij weigerde uw zwager te worden, dat is duidelijk.'

'Maar hij weigerde helemaal niet! Toen de moeilijkheden uit de weg geruimd waren gaf hij me zijn toestemming.'

'Daar heb ik alleen uw woord voor. En u hebt de moeilijkheden volstrekt niet uit de weg geruimd in Quarata.'

'Je bent goed op de hoogte, broeder. Als je zoveel weet, zou je ook moeten weten... of nee, dat kon je niet weten. Ik hoorde het ook pas daar in Vertine. Die aanstoot die Strozzi aan mijn Ghibellijnse neven nam, dat was niets anders dan een voorwendsel. Hij heeft onze verloving verbroken omdat Bianca geen bruidsschat meer had. Dat beschouwde hij als zijn schuld en dat was het ook, al deed hij het niet expres. Hij had de landerijen die bij haar geboorte op haar naam gezet waren verkocht. Daar dacht hij goed aan te doen. Maar bij het grote bankroet van de firma Bardi ging al het kapitaal verloren en hij slaagde er niet in het weer bij elkaar te verdienen. Ook al omdat hij goudeerlijk was, dat moet je van hem zeggen. Een harde soldaat, maar goudeerlijk. Dat hij zijn verlies niet aan de grote klok hing is te begrijpen. Maar toen hij het mij eindelijk vertelde – misschien omdat hij zich zo ziek als een hond voelde die avond, hij leed aan een maagkoliek – toen was de zaak gauw opgelost. Ik trouw Bianca ook zonder bruidsschat. Rijkdom kan ons niets schelen, als we mekaar maar hebben.'

'En zijn zuster geloofde uw verhaal?'

'Ze gelooft het omdat ze me kent. En omdat haar broer een brief voor haar meegaf. Het laatste wat hij geschreven heeft.'

'Als hij eerder open kaart gespeeld had, was de tocht naar Quarata u bespaard gebleven. Dan was uw vader nog in leven...'

'Ik mis hem dagelijks...' verzekert de jongen. Het klinkt niet geheel overtuigend. Zonder vaderlijke toestemming had hij niet kunnen trouwen, en een vader van stand geeft geen toestemming zonder bruidsschat. Waarschijnlijk kan rijkdom Pazzino alleen maar 'niets schelen', omdat hij nu zijn erfdeel krijgt. In elk geval stelt hij geen enkele prijs op een gesprek over de dood van zijn vader en vraagt hij of ze weer naar binnen kunnen gaan.

De broeder die de gelagkamer als inquisiteur verliet, komt er als drenkeling weer binnen. Hij kruipt kleintjes bij de haard en weet niet waarom hij aldoor een beeld van de Grote Overstroming voor zich ziet: hoe de Arno een gat in de stadsmuur sloeg en donderend de straten in kolkte. Na verloop van tijd buigt hij zich toch weer over Donati's schouder, al is het maar om bevestigd te horen: dat er niemand anders door het rentmeestershuis rondliep die avond en dat Pieraccio hem wezenlijk opwachtte bij de huisdeur. En over Strozzi's gezondheid: als hij er werkelijk slecht aan toe was, kan hij dan misschien zelf dat mes niet gepakt hebben...? Maar nu is het Donati die de boventoon kan voeren! Strozzi was geen engel, maar ook geen ketterse zelfmoordenaar. Hij had grapjes gemaakt over Pazzino's bruiloft, alle gasten zou hij onder tafel drinken, is dat taal voor wie levensmoe is? En, ja wacht eens: 'Over zijn gezondheid: hij zei, hij wist nu hoe het kwam, iets met ricinuszaad dat hij gevonden had, hij zou er grondig een eind aan maken...'

Ook al niets nieuws, beseft Lapo moedeloos, en hij kan niet veel anders dan knikken, als Donati vol overwicht vraagt: 'Waar pieker je nog over, broeder? Die opdracht aan de speelman neemt toch alle twijfel weg? Ga het voor mijn part navragen in San Gimignano.'

Het is een hoopje misère, dat de nacht in de paardenstal doorbrengt. Een vriend. Hij heeft Angelo Moronti als een vriend beschouwd. Niet omdat het zo'n aardig mens was, maar omdat Lapo respect had voor Angelo's idealisme en er hoe dan ook verwantschap mee voelde. Idealisme! Een ervaren sluipmoordenaar die een verhaal over wandaden ophing om een goedgelovige monnik een rad voor de ogen te draaien... en die hem tenslotte nog verdacht maakte ook, door zich welbewust te bedienen van de ander z'n mes en hem tot op zijn sterfbed te beschuldigen.

'Ik kan het niet geloven,' zegt Lapo hardop tegen de warme paardenkonten. Hij zal Pazzino's raad opvolgen en naar San Gimignano gaan. Hij zal Angelo's geest op laten roepen door de Fraticello Joachim. En weet ondertussen dat Angelo bij alle aanslagen op Strozzi betrokken kan zijn, waarom niet, hij zwierf rond, hij had een paard. Ook bij het gistvat van Tiorcia, want de veronderstelling dat hij onschuldige boeren zou ontzien gaat niet langer op. 'Nooit wil ik meer vriendschap voelen voor iemand,' zegt Lapo tegen de paardenkonten. 'Nooit wil ik meer iets met idealisten te maken hebben. En nooit wil ik meer op karwei. Uit. Afgelopen. Onkruid zal ik wieden.'

Een vermoeid en verkreukeld mannetje vervolgt de andere morgen zijn weg. Hij ziet de gebroeders Donati vertrekken met hun knechten. Ze wuiven naar hem, ze hadden hem met plezier mee naar de stad willen nemen, dan was hij vanavond thuis geweest. Zelfs als hij geen karwei had af te ronden, zou hij weigeren. Hij is te veel van streek. Zijn enige remedie ligt in klauteren, klauteren en zwijgen. Zo loopt hij dan recht op de Pratomagno af en als hij zich zijn oude afkeer herinnert, haalt hij enkel zijn schouders op. Aanstellerij. Een gebergte als een ander. Vergeleken bij de berg van bedrog die Moronti heet is de Pratomagno niet meer dan een heuvelland.

Het gebied hier is stenig en betrekkelijk eenzaam, maar ergens in een armoedig dorp wordt markt gehouden. Het is er koud. Van de besneeuwde toppen komt een wind die golven jaagt over het meertje, of eerder een poel, waaraan het marktplaatsje zijn naam ontleent: Stagno. Niemand schijnt er last van te hebben. Er wordt gejoeld, gesjacherd, gebakken en gebraden en schapenhuiden gooien ze je bijna achterna. Lapo warmt zich een poosje bij het vuur van een kastanjepoffer, maar de stank en het rommelige lawaai hinderen hem. Een zekere Lapo Mosca heeft ooit plezier gehad in markten. Wat een onbenul.

> Boven cipressen en vijgen
> rijzen de kale toppen
> van Pratomagno
>   in ondoorgrondelijk zwijgen.
> Onder cipressen en vijgen
>   is het een zwoegen en hijgen,
>   stinken en schreeuwen en schoppen:
>   marktdag in Stagno.

Groeien cipressen en vijgen
daarom zo stil naar de toppen
van Pratomagno?

11

Wie het kruis draagt kan niet ook nog zingen

Nee, schudt de broeder vóór de stal, een broodmagere man met het oogkleppengezicht van de gedrevene.

'Nee, je kunt Joachim niet spreken. Hij is op retraite.'

'Waar?'

'Hier. Hij is Maria Magdalena geworden en ik en een medebroeder zijn de Martha's.'

'Hoe lang duurt dat nog?'

'Lang. Zijn retraite is pas ingegaan op Allerzielen. Over drieënhalve week begint de Advent en dan wordt er gewisseld. Dan is het zíjn Martha-beurt. Maar in de Advent houden we het Groot Silentium. Dan spreken tot Kerstmis ook de Martha's niet meer.'

'Mag ik tenminste even binnenkomen?' vraagt Lapo Mosca nederig. 'Mijn voeten zijn helemaal gevoelloos, ik wou niet graag dat ze bevroren.'

'Wekelingen zijn jullie,' zegt de broeder Martha hoofdschuddend, maar hij gaat opzij en Lapo betreedt het fraticelliklooster.

Een schapenstal, zeiden ze beneden. Het is niet eens een schapenstal. Een zomerhut, waar herders en zelfs vee al jaren de neuzen voor ophalen. De deur is gespleten en hangt uit haar hengsels. Er zitten gaten in het dak, gaten in de muur. In de holten van de oneven aarden vloer staat water. Lapo zit bij de resten van een morsdood kookvuur. Hij kijkt naar het slaapstro dat ritselt van de ratten, naar twee takken aan de wand die een kruis moeten vormen. Het is dus waar, denkt hij, terwijl hij zijn voeten wrijft. De fraticelli zijn écht als Franciscus. Zijn eigen klooster in Fiesole is al niet veel zaaks. Vergeleken bij dit hok is het een paleis.

Broeder Martha komt met een kroes melk: gasten zijn nu eenmaal gasten, al verraadt zijn gezicht dat het op de eerste plaats lasten zijn. Lapo doet zijn best om niet met zijn gezicht te verraden wat hij vindt van melk: hem is geleerd dat je er lepra van krijgt. Om zijn aandacht af te leiden van de laffe smaak tracht hij broeder-portier uit te horen. Hij weet natuurlijk hoe de retraitekluizen in zijn orde georganiseerd zijn, al is er om de een of andere reden van eigen retraites nooit veel gekomen. Twee Martha-broeders behoren de verzorging op zich te nemen van een of twee Magdalena's die zich aan meditatie wijden; na verloop van tijd wordt er gewisseld. Vier broeders is het toegestane maximum: Lapo moet dus vóór alles weten of er behalve twee Martha's ook twee Magdalena's zijn in de kluis.

Die zijn er niet. De portier bekent onwillig dat ze vorige week broeder Corrado hebben begraven. Hij voelt precies aan waar het de bezoeker om te doen is. Haastig begint hij de gevaren van de omgeving op te sommen. In donker zijn de afgronden verraderlijk. Het wemelt van wolven en lynxen, en te oordelen naar de sporen zijn er ook nog beren wakker.

'Je kunt maar beter zo gauw mogelijk vertrekken.'

'Broedertjelief, waar moet ik naar toe? Ik heb opdracht om met Joachim te praten. De bisschop van Fiesole stuurt me.'

De ander geeft niet dadelijk antwoord. Hij staat met zijn rug naar de deur en het is te donker om zijn gezicht te zien; maar als hij spreekt slaat zijn stem over van angst en boosheid: 'Dus je bent een spion van de inquisitie. Een wolf in schaapsvacht. Een zoon van de duivel.' Hij maakt afweertekens met zijn duimen. Lapo is te moe om nederig te doen.

'Jullie gaan met de duivel om of het je buurman is, dus je zult het wel weten. Maar een spion van de inquisitie heeft geen mens me nog genoemd.'

Hij heeft zelf te vaak op de drempel van de inquisiteur gestaan, te vaak de Openbaring als wetboek van strafrecht zien hanteren om broeder Martha die verdachtmaking ooit nog te vergeven. Kortaf omschrijft hij het doel van zijn bezoek: het dorp in Chianti, het volk dat zich op Joachim beroept als het wartaal uitslaat.

'Ik moet weten wat hij werkelijk gezegd heeft. Eerder kan ik niet naar huis. Als ik tot de Advent moet wachten, wacht ik tot de Advent. Als ik tot Kerstmis moet wachten, wacht ik tot Kerstmis.

Ik haal mijn eigen kost wel op bij de boeren beneden. En ik kan hout voor jullie hakken of sneeuwruimen of wat je verder nodig hebt.'

Broeder Martha komt op hem af met een bezem. 'Eruit! Hoe durf je de rust in een kluis te verstoren, jij afgedwaalde, jij meeloper van de vettebroers-orde! Maak dat je weg komt.'

'Ook goed,' zegt Lapo, en begint zijn sandalen weer aan te trekken. 'Ik zal het de bisschop uitleggen. Als het moet kom ik na Kerstmis weer terug. Maar jij kan rekenen op een uitbrander van Franciscus, jongen, als je straks voor hem staat.'

Hij loopt de deur uit – het gat van de deur uit – en blijft een ogenblik mismoedig naar de woeste pieken kijken. Eenzaamheid. Gek, hij is er jaren bang voor geweest. Na de gebeurtenissen van de laatste week lijkt niets hem welkomer dan wegkruipen, zwijgen, de wereld vergeten...

Hij heeft nog maar enkele passen gedaan als achter hem een nieuwe stem zegt: 'Maar is dat Lapo Mosca niet?'

In de deuropening staat een oude broeder: de tweede Martha, afgekomen op het lawaai. Witte manen kroezen om en over een hoekig gezicht. In de diepte smeulen twee ogen als kolen onder de as. Het is Umiliato, zal Lapo later horen, een voorman van de fraticelli en een groot mysticus.

'Als u weet wie ik ben, leg hem-daar dan uit dat ik niet kom spioneren.'

'Broeder Ruffino is geen Florentijn, Lapo Mosca, waar moet hij je van kennen? Laat eens zien wat ík van je weet. Je rijmt, je zingt, je vangt dieven. Geen zonden, maar of het nu deugden zijn...'

'Ik ben niet erg goed in deugden...'

'Wie wél? Maar op dit ogenblik heb ik met je ondeugden te maken. Vrouwen...?'

'Addergebroed,' sist Ruffino. Het wordt Lapo te veel.

'Adders broeden niet. Ze baren levend. Als je van vrouwen net zoveel afweet als van adders, waar praat je dan over?'

'Ik vroeg je iets, Lapo Mosca. Heb je met vrouwen gezondigd?'

'Wat denkt u? Ik ben twaalf jaar speelman geweest.'

'En daarna?'

'Nee. Tenminste... nee. Niet echt.'

'Tweede punt. Jullie vettebroers willen machtig en geleerd zijn. Ben je op de universiteit geweest?'

'Daar heb ik de hersens toch niet voor.'

'Jullie zwaarste zonde is tegen de heilige armoede.'

'Laat me de gaten in mijn pij eens tellen.'

'Maar je bent dik!' beschuldigt Ruffino. 'Je ziet eruit als een smulpaap.'

'Wat ze me voorzetten eet ik op. Als het lekker is, zoveel te beter.'

'Het varken droomt van eikels,' hoont Ruffino. Maar Umiliato heeft Lapo's kleding geïnspecteerd. 'Als dat werkelijk je enige bezit is...'

'...een tamboerijn...'

'Die moet je afgeven. Het is hier geen muziektent.'

Hij staat hier niet als gast, beseft Lapo, maar als postulant. Voelt Umiliato dat hij blijven wil? Gelaten overhandigt hij zijn trouwe tamboerijntje. Maar het onderzoek is nog niet afgerond.

'Wat maakt je arm, Lapo Mosca: gebrek aan bezit of afkeer van bezit?'

'Bezit is lastig!' Lapo spreekt uit lange ervaring. 'Je kunt geen vijf stuiver op zak hebben of je moet ze bewaken. En overleggen wat je ermee moet doen. Bezit belemmert je vrijheid.'

'Fout!' roept Ruffino triomfantelijk. 'Armoede is geen middel. Armoede is een doel. Net zo arm zijn als Christus...' Hij komt dreigend vlak voor zijn bezoeker staan.

'Je gelooft toch wel dat Hij arm was? Straat-straat-arm, en zijn moeder ook, en de apostelen? Dat ze bedelden als ze honger hadden...?'

Lapo's voeten zijn opnieuw erg koud geworden.

'Waarom niet. Ik ben er niet bij geweest. Alleen Maria... Je zou toch zeggen: als vrouw van een goed beklante timmerman...'

'Ook Maria! Ook Maria! Zie je nu dat hij hier niet hoort?' Ruffino draait zich om en loopt woedend de stal in. Umiliato kijkt hem na.

'Broeder Ruffino is een grote heilige.'

'Als u het zegt...'

'Hij had tweede Maria zullen zijn, als broeder Corrado niet was gestorven. Het was zijn beurt, hij verheugde er zich op. Hij ziet heel goed dat jij zijn kans bent: jij Martha, dan hij Maria. Maar hij is bang om de duivel ook maar het kleinste spleetje te geven waardoor hij naar binnen kan.'

'Dat moeten we bepaald voorkomen,' zegt Lapo droog. 'Mag ik m'n tamboerijn terug?' Umiliato heeft indruk op hem gemaakt, maar het is begrijpelijk dat Umiliato in de eerste plaats rekening houdt met het zielenheil van zijn medebroeder. Ook al goed. Hij strekt zijn hand uit naar zijn instrumentje, maar Umiliato, die hem onderzoekend is blijven aankijken, maakt een gebaar naar de stal.

'Vanavond is het in elk geval te laat geworden. En ik zie wat Ruffino misschien ontgaat: die wolk van verwarring om je hoofd. Je hoort niet bij ons, maar je zou een keer bij ons kúnnen horen. Kom er maar in.'

Voor één nacht... maar een lange. De nacht van Lapo's loopbaan als fraticello.

Er wordt altijd van Franciscus verteld dat hij zo aardig kon zingen en tegen vogeltjes preken... maar aan treurige uren heeft het hem niet ontbroken. Zijn orde liep uit de hand, zijn volgelingen deden niet wat hij zei, nog bij zijn leven heeft hij zijn kleine keurbende zien afglijden naar een duizendkoppige middelmaat. Honderdvijfentwintig jaar geleden is hij gestorven en er is geen franciscaan meer die zijn voorschriften naar de letter neemt... behalve de vuurvreters die zich zelf spiritualen noemen, 'vergeestelijkten'. Bij het volk staan ze als 'fraticelli' bekend, 'armoe-troef-broedertjes'. De armoede van Franciscus hebben ze inderdaad in pacht, maar van zijn wijsheid is niet altijd veel te bekennen, en van zijn liefde al helemaal niet. Wie is in staat een hele Messias na te volgen, of zelfs maar een hele heilige? Door hun afkeer van studie zijn veel fraticelli in ketterijen beland, en omdat ze geen blad voor hun mond namen kregen ze overal verbitterde vijanden. Ze zijn vervolgd en vervloekt en vrijwel uitgeroeid. De laatsten leven in schuilhoeken, ook onderling verdeeld; er moeten er in Zuid-Frankrijk nog zijn, en in Umbrië, en dus hier, in Toscane. Ver van steden en kloosters zoeken ze de bescherming van een handvol boeren of een Ghibellijnse baron. De grauwe franciscanerpij die ook hen nog bedekt is tot een vermomming geworden. Misschien dat er grote mystieken voorkomen tussen die verbeten bidders. Niettemin zijn ze vogelvrij, en jachtwild voor de inquisitie.

De sneeuw blijft nog niet liggen. Plotseling slaat de wind om en klettert de regen op en door het dak van de schaapskooi. Als broeder hulp-Martha met de bedelzak naar omlaag moet, glijdt hij tot driemaal toe uit in de bruine leemgeulen. Hij verschijnt onooglijk in Stagno, wat de opbrengst van zijn huis-aan-huisactie ten goede komt. Bij de dorpsoverste schrijft hij een brief aan zijn gardiaan om uit te leggen dat hij op een gesprek met Joachim moet wachten... en om te verzwijgen dat hij daarna nog niet komt. Hij is gefascineerd door het heremietenleven op de Pratomagno. Hij laat de brief achter bij de dorpsoverste, die hem aan een Florentijnse stoffenkoopman zal meegeven als er weer markt is. Geen postdienst die veel garantie biedt, maar Lapo maakt zich daar niet druk over. Op het ogenblik dat Umiliato hem de kluis binnenwenkte zijn niet enkel de Gifengel en Strozzi en Donati buiten gebleven, maar ook al zijn andere beslommeringen, tot de bisschop en de gardiaan toe. Sindsdien veegt hij, melkt hij, hakt hij of bedelt... en is zo goed als gelukkig. Levenslang heeft hij zich het vuur uit de voetzolen gelopen. Als kind over de moeraspaadjes buiten Lucca om riet voor zijn vader die mandvlechter was. Als speelman langs bruiloften en partijen in Toscane en Lombardije. Als broeder door de halve christenwereld omdat ze hem goed vonden in 'karweitjes'. Bij de spiritualen wordt hij teruggegooid op zichzelf. De buitenwereld, die hem zijn hele leven diende tot klankbodem en afleiding, is weggevallen. De stilte hangt om hem heen als een klok. Het is goed zo. Hij zwijgt en bidt met de anderen mee en hij kan de hut niet uitkomen, of hij kijkt even naar de beboste haviksneus van de Vernia-berg op de horizon. Misschien brengt hij het toch nog eens zo ver dat hij erheen kan zonder aanstoot te geven. 'Naakt het naakte kruis volgen,' leert broeder Umiliato, die 's avonds na de vespers een kort woord van wijsheid spreekt. Broeder Umiliato weet uitspraken van Franciscus die nergens te boek staan, overgefluisterd als ze zijn van spiritueel op spiritueel. Daardoor is in de kluis van Pratomagno Franciscus nog maar heel kort dood, of eigenlijk helemaal niet. Lapo is niet van plan Umiliato ooit weer te verlaten. Als hij de wereld in moet dan nooit lang meer, want de ware monnik, leert hij, ligt buiten zijn kluis als een vis op het droge naar lucht te happen. Hij is vastbesloten een ware monnik te zijn. Met Pinksteren zal hij Umiliato naar het Kapittel van de spiritualen vergezellen, ergens in Umbrië. Tegen die tijd zal hij toch wel zo gelouterd zijn dat hij ook eens een visioen krijgt, al is het maar een kleintje.

Voorlopig gaan alle visioenen zijn neus voorbij, naar Ruffino en vooral naar Joachim. Lapo ziet Joachim 's avonds met uitgespreide armen en een dagelijks holler gelaat in de hoek knielen die als kapel is afgeschermd en vindt het moeilijk deze mystieke gestalte te verbinden met de wartaal die hij in Vertine en de donderpreek die hij in Raggiolo gehoord heeft. Maar met het verstrijken van de dagen nemen Joachims visioenen toe – soms hoort Lapo hem schreeuwen in zijn grot – en wat hij daar nu en dan over loslaat past al beter in het oude beeld. 'Bitru was bij me,' zegt hij bijvoorbeeld tegen Umiliato.' Bitru met de luipaardkop en de griffioene vleugels en al zijn legioenen. Het grootste legioen bestond uit naakte heksen...'

Of: 'Heb je ze gehoord vanmorgen, de trompetten en schalmeien van Byleth? Midden in de grot kwam hij op zijn bleke paard en weet je wie achter hem zat? De naakte Lilith...' Naakt speelt een grote rol in Joachims visioenen. Op een avond komen ook de wilde varkens zijn grot binnen en daar hoort Lapo broeder Umiliato over uit: ook Vertine is immers in beroering gebracht door de wilde varkens van Joachim. Umiliato meent te weten dat het om de kudde varkens gaat, waar Christus volgens het evangelie onreine geesten in heeft gedreven. Hij is niet gelukkig met wat Lapo bericht over de verwarringen die Joachim in Chianti teweeg heeft gebracht en ook niet met de aandacht die Lapo daar blijkbaar nog aan besteedt, terwijl hij toch bezig is heilig te worden. Na lange aarzeling maakt hij inbreuk op de regel en arrangeert een gesprek tussen Lapo en Joachim op de dag dat de retraite eindigt en de Advent begint: hij wil vermijden dat de nieuweling bij hen blijft om enige andere reden dan het heil van zijn ziel. Tegelijk wil hij ervoor zorgen dat Lapo, áls hij blijft, de muizenissen die hem naar de kluis dreven van zich af kan zetten als een gedane zaak.

Het gesprek wordt geen succes en levert weinig op dat Lapo niet al kon raden. Joachim behandelt hem uit de hoogte waar hij zich naar toe heeft gemediteerd en kan zich in het begin Vertine zelfs helemaal niet herinneren. O juist, de bron waar hij duivels uit dreef: ze lieten zwavel achter en gezegend zwavelwater helpt tegen vele kwalen. De varkens met de onreine geesten, maar natuurlijk als voorboden van het Laatste Oordeel gaan ze rond, als mensen vermomd en onder leiding van de Antichrist in Avignon. Wat voor spiritaal is Lapo, dat hij dat niet begrepen heeft?

'Je zei het niet tegen mij. Je zei het tegen een stel boeren en die zijn het, die je niet begrepen. Ze kijken dag en nacht uit naar varkens om ze op te eten.'

'Dat is alles waar ze aan denken. Aan hun buik en wat daar onder zit. Vreten en vrijen. Vertine, nou weet ik het weer. Al die wijven daar zijn heksen. Horig aan de pastoor. Twee oude vrouwen waren er, zusters, die mekaar beheksten en iedere dag bij me kwamen voor een exorcisme. Daar heb je dat hele dorp in je holle hand: wijven die elkaar betoveren en bezwadderen en een duivelse pastoor die ze uitbuit. Wou je nog meer weten?'

'Is het waar dat je doden kunt oproepen?'

'Dat hangt ervan af hoe ze stierven en waar ze nu zijn. Soms kan ik ze laten spreken door levenden van wie ze bezit nemen, net als duivels. Maar er is veel kracht voor nodig, het is zwaar werk.'

Kracht heeft Joachim zeker. Uitgevast en – vermoedelijk – gelouterd als hij nu is, heeft hij een hevigheid in zich opgetast waar Lapo onrustig van wordt: zo beheersen slangen een konijntje! Als iemand in staat is Angelo Moronti op te roepen, dan moet het Joachim zijn; maar Joachim is wel de laatste die Lapo als tussenpersoon zou kiezen.

Broeder Ruffino luidt een roestige schapenbel voor de completen en daarna is het de beurt van Umiliato en Lapo Mosca om op retraite te gaan. Lapo krijgt de grot toegewezen, waar Joachim net uit is. Dat is geen gelukkige plek en zijn gesprek met Joachim vormde al evenmin een gelukkige inleiding tot verdiepingsweken. Niet alleen verstoorden de harde woorden van de fraticello zijn vrome stemming, maar ze haalden ook de gebeurtenissen uit Vertine weer omhoog, en zijn verplichting om rapport uit te brengen aan de bisschop, en de belofte die hij aan een oude vrouw heeft gedaan...

Dat is natuurlijk niet de enige reden waarom het met Lapo's roeping als spirituaal van nu af aan minder goed gaat. Sinds ook de oude Umiliato een Maria geworden is moet Lapo het stellen met de geestelijke onderrichtingen van Ruffino en Joachim, die hem allebei zijn aanwezigheid kwalijk nemen. Ze laten het aan vermaningen over duivels, antichristen, apocalyptische beesten en verder ontuig niet ontbreken, maar die stoffering maakt zijn Huis van Stilte nu niet direct bewoonbaarder. Umiliato zelf ziet hij alleen nog in de kapel: dichtgeklapt als een altaardrieluik, mijlen ver van iedere sterveling, vis, teruggegooid in het water.

Lapo heeft plotseling niets meer te doen. Hij mag niet te hulp snellen als de Martha's melk laten overkoken en voedsel laten verbranden en de kleine praktische verbeteringen negeren die hij heeft uitgedacht. De bedelzakken die ze terugbrengen uit Stagno zijn mager. Een goede retraitant zou dat niet eens zien, laat staan dat hij zou denken: ík had heel wat meer losgekregen... Zo'n retraitant zou ook niet een beetje terugverlangen naar de dorpelingen beneden. Beneden hadden ze tenminste geen hekel aan Lapo. Ze hadden hem prompt herkend als geestelijke bijloper, slecht in duivels en donderpreken, maar goed genoeg om zieken op te monteren of hout te hakken voor een oude vrouw.

Afgelopen. In een grot moet hij zitten kleumen van vroeg tot laat en onzevaders opzeggen en over het naderend kerstfeest mediteren. Daar heeft hij zich nog wel op verheugd. Hij zou niet langer achterblijven bij Franciscus zelf, die zo goed mediteerde dat hij het Kerstkind levend voor zich in een kribbe zag liggen. Alleen na drie dagen weet hij er met geen mogelijkheid iets nieuws meer over te bedenken. Het ogenblik komt waarin hij er zich op betrapt dat hij het onzevader van achteren naar voren zit op te zeggen. Hij wordt er neerslachtig van. Zijn oude schuldgevoel keert terug. Als God hem niet roept, wat doet hij dan in die rotgrot?

Hij kent het verhaal natuurlijk van een collega-speelman die in een klooster belandde en net zo'n bolleboos in het bidden werd als hij; die ging ten einde raad maar kopjeduikelen en op zijn handen lopen voor Onze-Lieve-Vrouw, en de Lieve Vrouw was daar wat blij mee en bedankte hem hartelijk. Lapo's kracht ligt meer in het kopjeduikelen met woorden, want daar komt zijn dichtkunst op neer. Hij heeft Maria tientallen rondelen toegezongen en haar weliswaar nooit duidelijk 'dank je wel' horen zeggen, maar toch ook niet 'laat dat!' Omdat hij toch wát moet doen in zijn grot probeert hij het met kerstrondelen, Lieve-Vrouw-rondelen en tenslotte duivelsrondelen... maar het wil helemaal niet lukken, niet met het versje, niet met een wijsje. Zelfs voor de rijmelarij van een Lapo Mosca is blijkbaar inspiratie nodig. Zo zit hij koud en leeg op de steen, bidt de ene oefening van berouw na de andere... en kan de gedachten niet langer tegenhouden die zich niets aantrekken van fraticelli en retraites, en met geweld terugkeren naar gebeurtenissen en conclusies die met heilig worden weinig te maken hebben. De stilte opent luiken die anders gesloten blijven, heeft Umiliato beloofd eer hij naar zijn eigen grot vertrok. O ja, dat doet ze! Waarom nog langer ontkennen, bijvoorbeeld, dat Joachim en Ruffino hem irriteren en wel hoogmoediger en eigenwijzer zijn dan de broeders in Fiesole, maar niet heiliger? Ruffino in zijn agressieve bezetenheid herinnert hem soms aan Angelo Moronti, maar Angelo zette zich tenminste in voor... nee, halt, Angelo zette zich nergens voor in, hij was een leugenaar en een gehuurde sluipmoordenaar...

Ik kán het niet geloven, zegt Lapo hardop in zijn grot en slaat met nieuwe ijver aan het bidden, of valt van verveling in slaap. Verveling: dat is zijn bekoring. Joachim kreeg tenminste nog bezoek van duivels met drie koppen en slangenstaarten; en dat was niets vergeleken bij de kleurrijke gedrochten die wijlen Antonius de Kluizenaar belaagden. Lapo heeft ze eens op een schilderij gezien en ervan genoten: ronde vissen op voetjes, varkens met kamelenbulten, apen die met stenen smeten.

Apen.

Wat deed schele Naddo met de aap eigenlijk in Vertine?

De markt in Gaiole, waar hij zijn kunsten had vertoond, was al drie dagen voorbij toen Lapo hem bij Angelo's graf zag staan. Natuurlijk, hij had iets gemompeld over de laatste eer die hij een collega moest bewijzen. Maar hij kon alleen weten dat Angelo dood was als hij zich nog in de buurt bevond en na het sluiten van een markt valt er voor een speelman in de hele omgeving niets meer te halen.

Waarom was hij niet al lang naar een andere markt vertrokken, Mercatale, of Greve, of... of San Gimignano?

De oude Guelf met zijn opdracht aan een speelman. Welke speelman? Heeft de zegsman van Donati namen genoemd? Diep, diep van onder zijn geestelijke oefeningen haalt Lapo zijn laatste gesprek met Pazzino tevoorschijn: *...maar toch geen opdracht aan Angelo? Wel degelijk aan Angelo, als je daar tenminste die speelman mee bedoelt...* Donati kan de naam Angelo van zijn zegsman nauwelijks gehoord hebben. Wat zei hij verder nog: dat speellui vaker voor dat soort opdrachten gebruikt werden en dat deze een goeie naam had als moordenaar. Heeft schele Naddo die goeie naam? Het zou Lapo niets verwonderen.

Gesteld dat Naddo op Strozzi werd afgestuurd, ís hij dan ook de moordenaar? Niet waarschijnlijk. Het huis was leeg. De knecht Pieraccio had bij de deur gestaan tot het spreekuur geëindigd was en haar daarna gesloten. Een tweede deur was er niet. Als Naddo de avond na de markt naar Vertine gekomen was, had hij de kans niet gekregen en een latere kans deed zich niet meer voor. Hij is in de buurt gebleven om de situatie te bestuderen, want natuurlijk zou hij in San Gimignano de moordenaar uithangen en het loon inpikken, als hij daar maar even de mogelijkheid toe zag. Het enige wat de 'Naddo-theorie' voorshands bereikt is dat Angelo's schuld – en daarmee zijn bedrog! – niet langer vaststaat. Niet op grond van Donati's bewijs tenminste. Terug naar Donati? Als waar is wat de jongen beweerde, komt hij niet langer in aanmerking als verdachte van een daad die volstrekt niet bij hem past. Opnieuw terug naar Angelo? Bij Angelo paste de moord wel degelijk, hij had een moord beraamd... zij het met een steenslinger. Geen huurling: een wreker. Maar bloedwraak geldt voor eervol: waarom dan heeft hij de daad op de drempel van de nood nog ontkend en er Lapo om vervloekt?

Naddo niet. Donati niet. Angelo niet...?

Luiken open! Pieraccio. Natuurlijk Pieraccio.

Lapo Mosca heeft van begin af aan geweten dat Pieraccio niet helemaal uitgeschakeld kon worden. Als het waar is dat Donati hem vlak tevoren Lapo's hartsvanger in bewaring heeft gegeven, wordt hij een serieuze verdachte. Hij kan Donati uitgelaten, de deur gesloten, de moord gepleegd, Angelo de trap op gestuurd en zelf de plaat gepoetst hebben. In Vertine slaat geen klok de uren, zoals in de stad. Geen sterveling, ook Lapo niet, kan zijn toevlucht tot een tijdschema nemen, zeker niet waar het gaat om een drama van enkele minuten. De reden waarom Pieraccio tot dusver niet werkelijk als verdachte in aanmerking kwam was zijn gebrek aan motief. Lapo schuift Pieraccio's vertoon van toewijding en zijn gesnotter achteraf zonder veel complimenten opzij; maar de verhouding tussen meester en knecht leek werkelijk goed, er bestond een stille verstandhouding tussen die twee. Pieraccio was een familiestuk, Strozzi had zijn kind ten doop gehouden, hij was de enige die de rentmeester volledig vertrouwde...

Ja? Vertrouwde de rentmeester hem? De ricinuszaden. Was Pieraccio bezig zijn meester te vergiftigen? Hij wist nu hoe het kwam dat hij zich beroerd voelde, had Strozzi tegen Pazzino Donati gezegd. Hij zou er definitief een einde aan maken. Stel dat die opmerking géén betrekking had op zijn tafelgesprek met Lapo? Stel dat zijn verdenking op nieuwe feiten berustte, dat hij Pieraccio had betrapt? En ineens zit Lapo niet meer in zijn meditatiegrot. Hij zit op de plee van de pastoor en kotst en schijt zijn hart uit zijn lijf. De wijn uit Strozzi's keuken was vergiftigd. Wat meer van dat bocht in een minder robuuste bast en Lapo Mosca had zijn wijndiefstal betaald met zijn leven.

Pieraccio ter verantwoording geroepen, Pieraccio in doodsangst. Hij grijpt naar het eerste wat hij pakken kan. De hartsvanger die Donati heeft achtergelaten.

Maar het motief? vraagt Lapo aan de muis die rond zijn voeten snuffelt. Hij krijgt geen antwoord, ofschoon het een bekend feit is dat Toscaanse muizen de slimste ter wereld zijn. Groeide er een wrok in Pieraccio, langzaam, als een kwaadaardig gezwel? Of werd hij aangespoord door het banale motief dat ook schele Naddo aangespoord kan hebben: geld? Is iemand erin geslaagd, de knecht van de gehate vechtjas om te kopen?

Als ik niet kan ontdekken wat Pieraccio bewoog om met mijn

mes te gooien, zegt Lapo tegen de muis, kan ik nooit iets bewijzen. En als ik niets bewijzen kan, kan ik Angelo Moronti niet schoonwassen, niet voor mezelf, en zeker niet in het openbaar. Wanneer ze de onschuld van Angelo zouden erkennen kwam ik onherroepelijk zelf op de beklaagdenbank, zoals de zaken nu staan. Ik had Strozzi kunnen vermoorden, zo goed als ik zijn wijn kon jatten.

Hij heeft nog nooit zo'n vruchtbare retraitedag gehad. Ruffino, 's avonds, kijkt met jaloezie naar zijn bezielde gezicht. Die loslopende vette broer zal toch geen visioen gehad hebben?

Maar het visioen – als het er een is, waar precies loopt de grens tussen verschijning en verbeelding? –, het visioen komt een dag later en gaat over vogels. Minder bovenaards dan bijvoorbeeld engelen – om bij de gevleugelden te blijven – maar minstens zo welkom. Lapo heeft Pieraccio in de legkaarten van vorige aanslagen op Strozzi zitten passen – vallende stenen, adders, het alcoholbad – en Pieraccio past natuurlijk overal in... behalve in het drama van Tiorcia, waar Lapo zelf bij is geweest. Pieraccio kán zijn meester niet in het gistvat gegooid hebben, want Lapo heeft zowel hem als de lijfwachten voortdurend onder ogen gehad. Hij zit er wrevelig aan te denken, terwijl voor zijn grot een bergkraai de kruimels pikt waar ze het muisje vandaan heeft gejaagd. Krassend roept het beest zijn soortgenoten. Bergkraai als lokvogel. En opeens ziet Lapo, zo helder of hij ervóór staat, een trieste rij lokvogels, waarvan hij de onderste bevrijd heeft en de bovenste niet. Waar was dat? De bovenste zijn verbrand. Het was op Tiorcia. Hij heeft Pieraccio níét voortdurend onder ogen gehad. Terwijl hij met de vogels bezig was bevonden noch de knecht noch de kelderdeur zich binnen zijn gezichtsveld.

Op dat ogenblik gaat de kluizenaarsroeping van Lapo Mosca definitief de mist in, de mist en de sneeuw en de kou van Pratomagno. Hij heeft lang genoeg op een bergtop gezeten. Als hij misschien moe was, is hij nu uitgerust. Als hij misschien neerslachtig was, is hij nu getroost. Hij moet naar San Gimignano om zijn Naddo-theorie te bevestigen, hij moet Pieraccio aan de tand voelen, die in dienst dacht te komen bij de zuster van zijn slachtoffer. Hij moet een bruidsschat loskrijgen voor de kleindochter van een

Vertinese weduwe en verslag uitbrengen aan bisschop Corsini en heel, heel boetvaardige excuses maken tegen zijn gardiaan. Actie! zegt hij tegen zijn muisje, en tegelijk kan hij, vreemd genoeg, opeens weer makkelijker tegen zijn vriend Franciscus praten. Franciscus moet altijd wel geweten hebben dat Lapo, zoon van Lapo, niet in de wieg gelegd is voor mystieke contemplatie en beter als gewone sloeber kan meedraven in de gewone gelederen van de 'vettebroers'.

Hij zou liefst meteen zijn grot maar uitstappen, omlaagbaggeren naar Stagno en linksaf op huis aan. De minachtende voldoening die hij daar Ruffino mee zou schenken, kan hij desnoods nog verkroppen–maar oude Umiliato in zijn retraite storen, of zonder een woord verlaten, is hem niet mogelijk; afgezien daarvan had hij ook zijn tamboerijn wel graag terug. Franciscus heeft daar natuurlijk ook geen oplossing voor: in de hemel is het Advent, evengoed als op aarde, en dan heeft een heilige waarachtig wel iets anders aan zijn hoofd.

Hoewel, bij heiligen weet je het nooit. Lapo zit zijn muis een kunstje te leren, als het beest opeens wegschiet. Op hetzelfde moment wordt er achter hem een keel geschraapt. Als hij omkijkt staat zijn eigen gardiaan in de grotopening.

'Dadelijk meekomen,' zegt de gardiaan. 'In naam van de heilige gehoorzaamheid.'

12

Als de peer rijp is valt ze vanzelf

'Je zou het een wonder kunnen noemen,' zegt Lapo Mosca. 'Ik vraag Sint-Franciscus nog niet wat ik doen moet, of daar staat mijn baas voor me om het te vertellen. Goed, hij had mijn brief gekregen en moest tóch mijn kant uit. Maar hij kwam als geroepen en hij wás ook geroepen.'

Hij zit in het boudoir van Bianca Strozzi, die haar spintol laat rusten om hem aan te horen en hem vragen stelt die wisselen van gematigd tot compleet onnozel; een ideale bruid voor Pazzino

Donati, die haar dan ook aanmoedigt en bewonderend gadeslaat. Over hun hoofden heen spreekt Lapo tot Bianca's nicht, die in een hoek zit als chaperonne voor de verloofden en zwijgend naar haar borduurwerk staart met die zweem van een glimlach die Lapo zo goed kent. Hij heeft de komst van de gardiaan bij de schaapskooi beschreven: hoe de twee Martha's klaarstonden om met stenen te gooien, tot bleek dat de bezoeker hen van Lapo wilde bevrijden; toen kwamen ze dadelijk met kommen melk. Lapo heeft een brief-je voor broeder Umiliato achtergelaten en is achter zijn baas aan naar beneden getrokken, een geslagen hond, maar kwispelend.

'Wonderen,' herhaalt hij, 'het Casentino-dal zit er vol mee tot de rand. Witte wonderen en zwarte en de meeste vind je op de Vernia-berg.'

'Zwarte toch niet?' vraagt Donati. 'Ik heb er geen gezien ten-minste.'

'Niet iedereen ziet ze, al staat hij er vlak naast. Maar de duivels die Franciscus indertijd zo dwars konden zitten in zijn grot naast de afgrond, die zijn er nog steeds. Toen ze laatst een vlonder over die afgrond legden is een van de broeders door een duivel omlaag-gesmeten, minstens honderd el...'

'Hoho,' zegt Pazzino, 'drieënnegentig el, ik heb er naar geïn-formeerd.'

'Best, dat is ook nog genoeg om dood te vallen. Maar die broe-der had geen schrammetje. Franciscus ving hem op. Hij heeft het me zelf verteld.'

'Een zwart wonder dat witgewassen werd,' giechelt Bianca.

'Ik zal u een spierwit wonder vertellen waar ik bij was,' vertelt Lapo in de richting van Monna Maria en streelt de schoothond die niet van hem is weg te slaan.

'We kwamen er aan in noodweer, de gardiaan, de secretaris en ik. Een paar uur later en we waren er niet meer doorheen geko-men. De hele nacht gierde de sneeuwstorm om de berg. Dat was een teleurstelling voor ons, want anders houden de broeders een nachtprocessie naar de grot waar Franciscus de Kruiswonden ont-ving, en die werd nu afgelast. Het was te gevaarlijk, zeiden ze. Met al die sneeuw kon je de vlonder over de afgrond niet meer zien. Maar wat denkt u dat we wél konden zien, de volgende morgen?

Diersporen. Herten, reeën, hazen, hoenders, zelfs vossen, allemaal waren ze hun holen uit gekomen om de processie te houden waar wíj te beroerd voor waren. Ik heb hun sporen met eigen ogen bekeken en geteld...'

'Dat schijnt vaker voor te komen,' zegt Donati, 'want zoiets is mij ook verteld.'

Dat raakt je de koekoek: Lapo heeft een oud verhaal naar de tegenwoordige tijd verplaatst; de omlaaggevallen broeder is trouwens ook al jaren dood. Maar de ogen van Monna Maria stralen en Lapo moet zich verzetten tegen de verleiding nog tien andere wonderen te improviseren. Een mens moet niets overdrijven, of tenminste: niet te veel. Zeker niet als hij kersvers terugkomt van de Serafijnse berg, die jarenlang op zijn horizon heeft gelegen. Bovendien moet hij terzake komen. Hij heeft Pazzino Donati daarstraks nog eens gevraagd naar de sluipmoordenaar van San Gimignano en natuurlijk wist Pazzino geen naam. Maar waarachtig! hij wist dat de huurling een aap had, dat had hij onthouden omdat hij het zo aardig vond.

'U bent zo vriendelijk geweest om me te ontvangen,' zegt hij nu tegen Bianca Strozzi. 'Dat was meer dan ik had durven hopen toen ik aan uw deur klopte. Ik had me ermee tevreden gesteld als ik even met de knecht van wijlen uw broer had kunnen praten. Die hoopte tenminste dat u hem in dienst zoudt willen nemen.'

Wijlen de broer is nauwelijks ter sprake gekomen. Bianca steekt van top tot teen in rouwkleding, maar daarmee schijnt ze haar tol te hebben betaald. Ook nu maakt ze zelfs niet het gebaar van tranen wegpinken.

'Pieraccio? Die is hier niet. Hij heeft me vorige maand wel opgezocht.'

'Maar u kon hem niet gebruiken?'

'Eigenlijk niet, hij is te oud, maar we hadden hem toch aangenomen als hij het gevraagd had. Gelukkig vroeg hij het helemaal niet. Mijn broer betaalde hem goed en hij had genoeg gespaard voor een lapje grond.'

'Aha. Waar ligt dat lapje, weet u dat?'

'Ik geloof niet dat hij het al heeft. Hij moest eerst nog iets anders regelen, zei hij.'

'En u weet niet toevallig met wie?'

'Dat weet ik,' zegt Pazzino. 'Met een baron Ricásoli. Een van de zoons van messer Arrigo, die jongens die Vertine bezet hadden. Onlangs zijn ze uit de stadsban bevrijd.'

'Kijk aan,' prevelt Lapo, die ieder antwoord eerder verwacht had.

'We hebben hem nog niet weer terug gezien,' zegt Bianca, 'maar als hij komt zullen we hem naar je klooster sturen.'

'Pallisperna achter de Abruzzen,' plaagt Pazzino, en Lapo: 'Eerst zal ik bidden op uw vaders graf, als u me zegt waar dat is.'

Lapo is bezig afscheid te nemen, als uit de hoek van de kamer de mooiste stem ter wereld vraagt: 'Wil je niet eerst iets voor ons zingen, Lapo Mosca?'

'Ik heb geen vedel meer, Madonna,' zegt hij – hij heeft het kind Maria indertijd door een vedel leren kennen – 'en zelfs geen tamboerijn, die is bij de kluizenaars gebleven.'

'Je kent toch wel liedjes zonder tamboerijn?' vraagt Bianca gretig. 'Hier, neem mijn luit.'

'Maar luitliedjes zijn liefdesliedjes,' protesteert hij en kijkt van zijn eigen geestelijk kleed naar Bianca's rouwkleed en dan naar de luit, hij heeft in jaren geen luit meer aangeraakt. Maar Pazzino: 'Des te beter. Je zingt toch niet voor een begrafenis in het verleden. Je zingt voor een bruiloft in de toekomst!'

Helaas, voor de liefde waar Lapo tenslotte van zingt is geen bruiloft weggelegd en geen andere toekomst ook. Het is een manke liefde, die weet dat ze nooit op wederliefde mag hopen en bij alle berusting treurt over het uitblijven van ook maar het geringste blijk van genegenheid:

> 'De nachtegaal zingt voor de maan
> zijn lied zo zoet en puur
> dat wie het hoort moet snikken,
>   en denkt aan liefde, lang vergaan.
> De nachtegaal zingt voor de maan,
>   maar die heeft daar geen boodschap aan,
>   glijdt achter 'n wolkenmuur
>   en laat haar zanger stikken.

Wij allen zingen voor de maan.
Ons lied klinkt zoet en puur,
maar eindigt steeds in snikken.'

Hij is al bij de deur als de mooiste stem ter wereld zegt: 'Waarom heeft de nachtegaal de maan niet aangekeken, Lapo Mosca? Dan had hij haar zien glimlachen.'

Pazzino Donati begeleidt Lapo naar buiten.

'Ik wou het niet zeggen waar de dames bij waren, broeder, maar die Pieraccio zul je nooit meer kunnen spreken. Hij is dood. Een paar dagen na zijn bezoek aan Monna Bianca hebben ze hem uit de Arno gevist.'

'Vermoord?'

'Dat zal wel en natuurlijk zonder zijn spaargeld. Ik weet niet eens of hij nog bij de Ricásoli geweest is, maar het doet er niet meer toe.'

Weggestroomd water... knikt Lapo berustend; maar vanbinnen kolkt hij als een maalstroom. De bengels Ricásoli als opdrachtgevers voor een moord? Als gewoonlijk niet geneigd tot betalen en evenmin geneigd om het leven te sparen van wie hun aandeel in een moord kon rondvertellen? Maar wat hadden de bengels in godsnaam met Benedetto degli Strozzi te maken?

Hij blijft staan midden op Ponte Vecchio om naar de rivier te kijken, die hoog staat en snel stroomt. Het lijk van Pieraccio heeft ze prijsgegeven, maar de antwoorden die Lapo op zijn vragen had willen hebben, houdt ze achter. Toen Bianca Strozzi het over Pieraccio's spaarduitjes had, heeft hij die term voor zichzelf vertaald met: moordenaarsloon, want Strozzi was te arm om zijn personeel royaal te betalen. Maar als Pieraccio dat loon al geïncasseerd had, wat deed hij dan bij de Ricásoli? Lapo staart in het bruine water en opeens, daar komt toch een antwoord naar boven. Heeft hij niet onlangs mensen gewaarschuwd voor de gevaren die aan het chanteren van de bengels verbonden waren? Het briefje waar de 'weeruil' naar zocht en dat Lapo in een kistdeksel vond, het briefje dat hij kwijt is geraakt: Pieraccio heeft het gevonden. Beter nog: hij heeft het gestolen. Uit Lapo's achterzak. Daar had hij, terwijl hij over Strozzi's dood zat te jammeren, alle gelegenheid voor. Hij is ermee naar de bengels gestapt en heeft het loon gekregen waar Lapo Ornella en Arrighetto voor wilde bewaren. Een meer dan verdiend loon... maar als Pieraccio's dood los staat van Strozzi's dood, zal Lapo nooit ervaren wie de opdrachtgever geweest is. Weggestroomd water maalt niet meer, maar een speurder zonder oplossing kan er nog wel in verdrinken. Lapo loopt de brug af, bleek van ergernis.

Hij zal die avond worden ontvangen door bisschop Corsini. Voor hij naar Fiesole vertrekt heeft hij nog mooi gelegenheid om de belofte in te lossen die hij aan de oude vrouw in Vertine gedaan heeft en een bruidsschat te organiseren voor haar kleindochter. Hij richt zijn schreden naar een van de vrome broederschappen die zich bezighouden met het beheer van erfenissen die na de Zwarte Dood onopgeëist zijn gebleven en voor liefdadige doeleinden werden bestemd. Hij kiest er de aartsbroederschap van de Misericordia op het domplein voor uit, waar hij een administrateur van kent. Het is bij lange na niet de rijkste van dit soort instellingen, haar beginkapitaal bedroeg niet meer dan 25 000 florijnen, nog niet het tiende deel van wat de Compagnia van Orsanmichele te besteden heeft; maar over het beheer van de Migricordia wordt veel minder geroddeld in de stad. Allicht is er nog iets van hun fondsen over.

Lapo heeft geluk, hij loopt de bevriende administrateur zó in de armen. De man staat te kijken bij de bouw van de nieuwe loggia voor vondelingen, waar de broederschap opdracht toe heeft gegeven. Het wordt een juweel van een loggia en de administrateur heeft begrip voor Lapo's bewondering – maar tegelijk maakt hij zich zorgen over de bouwkosten. Ze worden aan de liefdadigheidsfondsen onttrokken en dat terwijl er plannen in de maak zijn het hele vondelingenwezen af te stoten naar het Bigallo-weeshuis. Tenslotte stelden de erflaters hun vermogen niet ter beschikking van de stadsverfraaiing! Met handenvol verdwijnen de florijnen in de zakken van bouwmeesters en steenhouwers, maar over zo'n simpel verzoek om een paar ons zilver, als waar Lapo nu mee komt, zal zorgvuldig vergaderd moeten worden...

'Laat ik het dan maar eens bij Orsanmichele proberen,' besluit Lapo. Wie met een kluit in het riet gestuurd wordt, wil er zich nog wel eens uitwerken door een beroep op de concurrentie... De administrateur zegt dan ook haastig dat hij daar nog maar even mee wachten moet. Hij neemt Lapo mee naar zijn bureau om aantekeningen te maken; maar als hij hoort dat het om een jonge dochter uit Vertine gaat, laat hij de pen zakken. In Vertine, zegt hij, is onlangs een vriend van hem vermoord. Doodgestoken door een speelman, wordt er beweerd.

'Beweerd? Komt het je onwaarschijnlijk voor? Als je Benedetto degli Strozzi bedoelt: daar was ik om zo te zeggen bij.'

'Werkelijk? Dan moet je me toch eens vertellen: was die moordenaar een Florentijn?'

'Die speelman,' Lapo kiest zijn woorden bedachtzaam, 'die speelman niet, die kwam ergens anders vandaan. Maar zulk volk werkt nooit voor zichzelf. Zijn opdrachtgever had natuurlijk uit Florence kunnen komen. Waarom vraag je dat?'

'Och... laat ik het zó zeggen... De dood van Benedetto kwam bepaalde personen hier in de stad ongetwijfeld gelegen.'

'Ik had begrepen dat vooral personen buiten de stad zich op hem wreken wilden: in de Casentino, in San Gimignano, in Chianti...'

'Mogelijk. Maar de mensen waar híj zich op wreken wou zaten hier. Wie denk je dat hem uit zijn baan gewerkt heeft?'

'Het gemeentebestuur. Vanwege zijn wrede optreden, is me gezegd.'

'En sinds wanneer maakt het gemeentebestuur zich daar druk over? Sinds wanneer is het gemeentebestuur een compagnie van menslievende boetbroeders? Zijn ontslag is doorgedwongen door invloedrijke mensen die hem weg wilden hebben.'

'Eerst weg uit zijn baan en toen weg uit het leven, bedoel je dat? Wist hij te veel van bepaalde mensen?'

De administrateur kijkt Lapo een poosje aan.

'Wou je naar Orsanmichele voor je boerenbruid? Dat kun je wel laten. Daar is niets meer te halen.'

'350000 florijnen hadden ze, is me gezegd...'

'Hadden ze. De kist is leeg. Ik waarschuw je alleen maar. Ik ben toevallig op de hoogte omdat Benedetto een soort collega van me was. Hij zat in de raad van toezicht van Orsanmichele. Zo vaak hij in de stad was, dook hij in de boeken. Wat hij daar vond besprak hij wel eens met me, want hij was niet bepaald een boekhoudwonder.'

'Waarom kozen ze hem dan in die raad?'

'Misschien juist daarom. Ze verwachtten dat hij zich nergens mee zou bemoeien. En hij was onkreukbaar eerlijk. Niet altijd aangenaam, maar eerlijk wel. Ook toen hij zijn kapitaal verloor heeft hij nooit een vinger naar die fondsen uitgestoken. Hij niet.'

'Maar anderen wel? En je denkt dat Strozzi daarachter kwam en het dreigde bekend te maken?'

'Ik denk het niet, ik weet het. Kijk, erg zorgvuldig is er nergens omgesprongen met het pestgeld, hier ook niet, dat kun je aan die loggia zien. Er was gewoon te veel van. Maar zo'n vondelingenafdak kún je desnoods nog onder armenzorg laten vallen. Bij Orsanmichele zijn hele fortuinen in de zakken van de regenten verdwenen. Strozzi heeft me zelf te verstaan gegeven dat hij die verduisteraars – een, of meer, dat weet ik niet – een ultimatum had gesteld voor hij naar Chianti vertrok. Ze hadden tijd om hun tekorten aan te zuiveren tot Kerstmis en daarna ging hij ermee naar de podestà...'

Lapo Mosca glimlacht.

'Zit het zo? Dan begrijp ik je verbazing over een niet-Florentijnse moordenaar. Maar de ene inlichting is de andere waard en ik kan je geruststellen. De opdrachtgever van de speelman was géén Florentijn. Het was een edelman uit San Gimignano die tot bloedwraak gehouden was. Strozzi had zijn twee zoons laten onthoofden.'

De administrateur is zichtbaar opgelucht. De gedachte dat iemand een baantje als het zijne, verricht ter liefde Gods, met de dood zou kunnen bekopen stemde hem onbehaaglijk. Lapo vraagt onschuldig: 'Welke regenten van Orsanmichele had je eigenlijk op je zwarte lijst?'

'Dat is het juist, ik weet het niet. Ik dacht aan een van de oude graanhandelaren die de broederschap indertijd hebben opgericht. Verder bestond het bestuur bijna helemaal uit leden van Benedetto's eigen consortería en die komen natuurlijk niet in aanmerking. Zijn zwager Manetti, zijn neef Giannozzo... je kunt moeilijk iemand verdenken die op de nominatie staat voor Gonfaloniere van de republiek!' De administrateur staat op. 'Wat ik je verteld heb is strikt vertrouwelijk, daar wil je wel aan denken, hè?'

'Hoe zou jij denken over een klein zwijggeld? Vijf, zes onsjes zilver voor een bruid uit Vertine?'

'Je bent een schooier, Lapo Mosca. Maar vijf ons is ook de wereld niet. Als je nou volgende week even langskomt...'

Wat zeiden ze ook weer in Chianti, over een wolf die een wolf vreet? Wéér een consortería met moord en doodslag achter de knusse gevel, denkt Lapo, terwijl hij de tocht naar Fiesole aanvaardt. Het laatste stuk van de legkaart is geleverd. Pieraccio was een groot deel van zijn leven in dienst bij Giannozzo Strozzi, dat heeft hij Lapo zelf verteld. Een aardige, gemoedelijke man, Giannozzo. Lapo heeft hem vaak gezien, wie niet trouwens in Florence, zijn brede glimlach en gulle hand zijn spreekwoordelijk en een garantie voor zijn loopbaan: Giannozzo brengt het nog ver. Een werkgever om trots op te zijn, om aan verknocht te zijn, tienmaal beminnelijker en royaler dan zijn neef Benedetto. Waarom zou Pieraccio zijn oude baas niet tegen een mooie vergoeding ter wille zijn en vergif mengen door de wijn van de man die Giannozzo's fortuin en carrière bedreigde? Een goede gifmenger loopt weinig gevaar. Hij begint met kleine doseringen om de wereld wijs te maken dat het slachtoffer aan een maagkoliek lijdt; volgt daarna de acute aanval met dodelijke afloop, dan is niemand erg verbaasd: wat boeken de geneesheren niet allemaal onder 'maagkoliek'! Voor de 'acute aanval' had Pieraccio zijn zware mengsel klaar liggen, gebotteld en wel. De ironie van het noodlot wilde dat die vervelende kleine minderbroeder die Strozzi waarschuwde, met dat mengsel zelf bijna het hoekje om ging...

Lapo loopt de oever van de Mugnone langs, die al het water dat hij in het Mugello-dal bij elkaar heeft kunnen zuigen in volle vaart naar de Arno stuwt. Hij denkt aan het lied dat hij door Moronti heeft horen zingen en later door de klaagvrouw van de Tiorciahoeve:

> Ga naar de oever, blijf zitten wachten,
> eens drijft het lijk van je vijand voorbij...

en hij besluit dat het niet waar is. Vijanden drijven niet voorbij. Vijanden blijven buiten schot. Het zijn hun knechten die ze voorbij laten drijven. Of slaat dat 'eens' op die verre toekomst waarin Angelo's boeren geacht worden tezamen, als honderd ganzen, die boze wolf te doden? Arme Angelo. Om Strozzi te lijf te gaan is hij te laat gekomen, maar om Strozzi's klasse te lijf te gaan kwam hij te vroeg. Lapo kan de jaren niet schatten, en de honderden Gifengelen niet, die nog rond moeten trekken, zingend, hitsend, vogelvrij en vluchtend, eer de onderdrukten eraan toe zullen zijn hun eigen onrecht te slopen. En wie gelooft dat ze het ooit werkelijk teniet zullen doen?

'Dus als wij het verslag moeten samenvatten,' zegt de bisschop van Fiesole, 'werd de pastoor van Vertine niet zozeer gekweld door duivels als wel door een slecht geweten. Zijn parochianen zijn schuldeloze slachtoffers van een ketterse ophitser. De ophitser zelf kunnen wij niet vervolgen, omdat hij onder de jurisdictie valt van mijn Ghibellijnse confrater in Arezzo. Met wat voor garen probeer je de handen van je bisschop eigenlijk te binden, Lapo Mosca?'

'Met het garen van uw eigen genade, monseigneur. Alles wat ik heb willen zeggen is dat u zich over een dorp als Vertine geen zorg hoeft te maken, als het maar een echte pastoor heeft in plaats van een namaakinquisiteur. Dan hoeven de parochianen hun toevlucht niet tot duivels en hagenprekikers te nemen.'

'Moet ik aannemen dat je ons benoemingsbeleid probeert te beïnvloeden?'

'Kon ik dat maar. Die pastoor daar gaat nog jaren mee. Tegen dat u een opvolger benoemt ben ik wie weet al lang dood.'

'Zeg dat niet te hard,' waarschuwt Corsini met dat trekje bij zijn mond dat zijn secretarissen als glimlach uitleggen.

'Wij stellen vast dat de nieuwsdienst op de Pratomagno te wensen overlaat. Eigenlijk, broeder, hebben wij een tweede opdracht voor je klaar liggen. Er is namelijk opnieuw een misdrijf gepleegd in Vertine en daar is niemand op het ogenblik beter thuis dan jij. Een misdrijf onder de meest heiligschennende omstandigheden. De pastoor is tijdens het opdragen van de mis onwel geworden en

ter plaatse overleden. Naar het schijnt was de miswijn vergiftigd.'
Lapo's mond is opengevallen en weer dichtgeklapt.

'Over de dader en zijn motief bestaat grote verwarring. De landheer en de plaatselijke podestà hebben de zaak in onderzoek, maar je begrijpt dat ook van de zijde van het bisdom...'

'Met uw verlof, monseigneur, los ik de zaak hier en nu voor u op. De dader ligt op het kerkhof. Het is de pastoor zelf. De man leed aan hebzucht. Ik vertelde u dat er grote voedselschaarste heerst in Vertine. Rentmeester Strozzi was nog niet dood, of de pastoor begon al wat eet- en drinkbaar was in het rentmeesters-huis naar zijn eigen woning te slepen. Ik weet dat daar flessen wijn bij waren en ik weet ook dat daar een of meer van waren vergiftigd met ricinuszaden. Ik kán dat weten, monseigneur, want ik ben er zelf op een haar na het slachtoffer van geworden. Later pas heb ik begrepen dat de huisknecht van Strozzi zijn meester naar het leven stond. Die meester heeft hij daar niet mee klein gekregen... maar de pastoor blijkbaar wel. Ze hoeven alleen maar vast te stellen dat de miswijn inderdaad uit de voorraad van de rentmeester stam-de...'

De bisschop knikt, steeds nog met dat trekje bij zijn mond; mis-schien is de door Lapo ontvouwen theorie wel niet geheel nieuw voor hem.

'Dus je acht het minder zinvol, zelf naar Vertine terug te ke-ren?'

'Ik ga natuurlijk waarheen u me zendt, monseigneur...'

'Goed. Dan zenden we je toch maar naar je klooster terug. Wij brengen niet graag onze goede verhouding met je gardiaan in ge-vaar. Je gardiaan geeft er de voorkeur aan je voorlopig onder zijn persoonlijk toezicht te houden na je uitstapje bij de ketters van Pratomagno.' Lapo knielt opgelucht voor Corsini's zegen.

'Intussen willen wij niet nalaten je een bewijs van onze erkente-lijkheid te schenken,' vervolgt de bisschop, na zijn kruisteken over het gebogen kroeshoofd met de nauwelijks nog zichtbare tonsuur.

Lapo Mosca weert ijverig af: zijn orde is arm, monseigneurs tevredenheid is meer dan beloning genoeg; ondertussen kijkt hij met belangstelling uit zijn ooghoeken naar de hand met de bis-schopsring, die onder de mantel verdwijnt.

'Wij vertrouwen dat je niet je hart bent kwijtgeraakt op de Pratomagno, want daar zouden we niets aan kunnen doen. Maar ons kwam ter ore dat je er iets anders bent kwijtgeraakt, dat je in geen geval mag missen. Ons bisdom zou ons bisdom niet meer zijn zonder de liedjes van een zingende broeder.'

Hij overhandigt Lapo Mosca een nieuwe tamboerijn.

De historische gebeurtenissen die de achtergrond vormen van deze geschiedenis zijn voornamelijk ontleend aan de eerste drie boeken van de *Istoria di Firenze* van de chronist Matteo Villani (verschillende uitgaven). Behalve bekende 'consorterie' als van de Ricásoli, Strozzi, Guidi, Donati vindt men hier ook Pier Saccone de' Tarlati en zijn handlanger Arrighetto di San Paolo terug.

Agnolo Moronti, 'buffone' uit de Casentino, is een historische figuur, die tweemaal voorkomt in de *Trecento novelle* van Franco Sacchetti; daarin wordt echter niet gesproken over zijn uiteinde, noch over zijn subversieve activiteiten. Op de alternatieve speelmanspoëzie van de Italiaanse Middeleeuwen (bijvoorbeeld van Matazone da Calignano) is onder anderen de aandacht gevestigd door Dario Fo (*Mistero buffo*).

In de laatste jaren zijn veel gegevens aan het licht gebracht over de leefomstandigheden van de Toscaanse boerenbevolking (publicatie van kadasters, pachtcontracten, testamenten enzovoort) met name door Elio Conti (*La Formazione della struttura agraria moderna nel contado fiorentino*, Roma 1965) en Giovanni Cherubini (verschillende studies, verzameld in de bundel *Signori, Contadini, Borghesi*, Firenze 1977/2).

Aan heksen- en duivelsgeloof in de Casentino werd een collectief onderzoek gewijd door studenten uit Arezzo onder leiding van Alfonso di Nola, waarvan een rapport verscheen onder de titel *Inchiesta sul diavolo* (Bari, Laterza 1978).

Voorzover gedichten en rijmpjes zich niet van de rondeelvorm bedienen zijn het (samenvattende) vertalingen van originelen.

De motto's boven de verschillende hoofdstukken zijn voornamelijk ontleend aan *Proverbi toscani*, verzameld door U. Cagliaritano, Siena s.d. (1970).

De geschiedenis speelt zich af in het najaar van 1352.

Uitgeverij Querido stelt alles in het werk om op milieuvriendelijke en duurzame wijze met natuurlijke bronnen om te gaan. Bij de productie van dit boek is gebruikgemaakt van papier dat het keurmerk van de Forest Stewardship Council (FSC) mag dragen. Bij dit papier is het zeker dat de productie niet tot bosvernietiging heeft geleid.

Mixed Sources
Productgroep uit goed beheerde
bossen en gerecycled materiaal.
www.fsc.org Cert no. CU-COC-803223
© 1996 Forest Stewardship Council